ALLISON SAFT

ASAS RELUZENTES

São Paulo
2025

Wings of Starlight
Copyright © 2025 Disney Enterprises, Inc. All rights reserved.

© 2025 by Universo dos Livros

Todos os direitos reservados e protegidos pela Lei 9.610 de 19/02/1998.
Nenhuma parte deste livro, sem autorização prévia por escrito da editora, poderá ser reproduzida ou transmitida sejam quais forem os meios empregados: eletrônicos, mecânicos, fotográficos, gravação ou quaisquer outros.

Diretor editorial
Luis Matos

Gerente editorial
Marcia Batista

Produção editorial
Letícia Nakamura
Raquel F. Abranches

Tradução
Jacqueline Valpassos

Preparação
Monique D'Orazio

Revisão
Bia Bernardi
Juliana Gregolin

Diagramação
Beatriz Borges

Arte
Renato Klisman

Design da capa
Gegham Vardanyan

Ilustração da capa
Charlie Bowater

Dados Internacionais de Catalogação na Publicação (CIP)
Angélica Ilacqua CRB-8/7057

S134a

    Saft, Allison
       Asas reluzentes / Allison Saft ; tradução de Jacqueline Valpassos. – São Paulo : Universo dos Livros, 2025.
       336 p. (Coleção Refúgio das Fadas, vol. 1)

       ISBN 978-65-5609-745-9
       Título original: *Wings of starlight*

       1. Literatura infantojuvenil norte-americana
       I. Título II. Valpassos, Jacqueline III. Série

24-5378   CDD 028.5

Universo dos Livros Editora Ltda.
Avenida Ordem e Progresso, 157 — 8º andar — Conj. 803
CEP 01141-030 — Barra Funda — São Paulo/SP
Telefone: (11) 3392-3336
www.universodoslivros.com.br
e-mail: editor@universodoslivros.com.br

Para aqueles que veem o mundo como ele
poderia ser: mais brilhante e cheio de magia

PRÓLOGO

Há coisas escondidas de todos, exceto daqueles que sabem exatamente onde procurar. Se você olhar pela janela nas primeiras horas da aurora, quando o mundo todo ainda está adormecido, pode notar um orbe de luz passando veloz por entre as folhas do fim de verão, avermelhando-as em seu rastro. E ver tênues faixas douradas no ar, brilhando logo acima dos jacintos que brotam da terra recém-descongelada. Talvez, se você for realmente observador, possa apreciar as marcas de cinzel no entalhe do cristal rendilhado de cada floco de neve. Infelizmente, poucos o são. E, assim, poucos experimentarão a verdadeira maravilha. Poucos saberão que até mesmo a coisa mais mundana — a lua minguante, o fluxo da maré, o feliz reaparecimento de uma bugiganga perdida embaixo de sua mesa de cozinha — é magia.

Tudo isso, é claro, é obra das Fadas do Nunca.

Elas orquestram a virada da estação em uma única noite e depois voltam para casa. Dizem que se você passar voando pela segunda estrela à direita e seguir em frente até o amanhecer, você também chegará lá: o Reino do Refúgio das Fadas. Visto de cima, o Refúgio das Fadas é como um bolo cortado em quatro pedaços generosos. Em seu coração está a Árvore do Pó de Fada, luminosa e dourada como uma vela na escuridão. A leste, fica o Vale da Primavera, onde as flores nunca murcham. Ao sul, a Clareira do Verão, onde os dias se estendem, longos e lânguidos, como um gato sonolento. A oeste, a Floresta do Outono, fresca, madura e com um colorido vívido.

Por fim, ao norte, encontra-se o Bosque do Inverno.

Os habitantes das estações quentes fazem o possível para manter o Bosque do Inverno longe de seu pensamento. Mas quando o vislumbram sob a vasta sombra da montanha, não conseguem deixar de imaginar suas árvores esqueléticas, ou os pingentes de gelo reluzindo como presas à mostra ao luar, ou aqueles que moram em um lugar tão cinzento e sem vida. As fadas do Inverno — assim raciocinam as fadas das estações quentes —, é melhor que fiquem em sua solidão nevada. Elas cuidam de seus próprios assuntos há séculos. Além disso, o frio lá é tão amargo e cruel que quebraria as asas de uma fada das estações quentes em um instante. Cruzar sua fronteira não resultaria em nada de bom.

Mesmo que a maioria de seus medos não passe de superstições infundadas, sem o conhecimento das estações quentes, forças obscuras vivem no interior do Bosque do Inverno. Há um lugar onde todas as árvores se dobram para trás, afastando-se do lago congelado que se estende abaixo delas. Ali, o próprio ar parece tão pesado e inadequado quanto um suor febril. Ninguém visita aquele lugar. Ninguém sensato, de qualquer forma, exceto o jovem Guardião do Bosque do Inverno.

Mas se você fosse corajoso ou tolo o suficiente, poderia pisar no gelo. Abaixo dele, não encontraria água, mas uma escuridão profunda e perversa. Mesmo se conseguisse suportar por mais de um momento o medo que ele inspira, não seria capaz de compreendê-lo. As sombras só ocasionalmente se organizam em uma forma reconhecível. Aqui, um dente. Ali, um olho, uma garra.

Não, poucos experimentariam tal terror. Mas se você *tivesse* de alguma forma vagado até o lago naquela noite fria e sem lua — como o Guardião do Bosque do Inverno fez —, poderia ter visto o que ele viu: o momento em que uma única fissura rachou a superfície do gelo. Poderia ter ouvido o estilhaçar que sacudiu a neve solta dos galhos. Ter sentido a própria floresta tremer de expectativa.

Foi aí que algo — um fiapo de sombra — se ergueu como fumaça de gelo rompido. E ferveu, fundindo-se em uma forma que lembrava o pesadelo que o havia gerado. Na escuridão, era quase impossível ver, mas suas pegadas caíam pesadamente contra a terra. Então, compelido por algum instinto antigo e horrível, aquilo se arrastou em direção às estações quentes.

1

Era o tipo de tarde feita para devaneios: o ar dourado com a luz do sol e o pó de fada, o prado fervilhando com o zumbido baixo das abelhas. Clarion se empoleirou no galho de um carvalho, cercada pelo suspiro e pelo farfalhar das folhas. Que delícia estar sozinha e — pelo menos por quinze minutos gloriosos — sem nada para fazer.

Ela quase se arrependeu do pensamento, por mais adorável que fosse. Era muito fácil imaginar a resposta da rainha Elvina, entregue como um decreto real: *A Rainha do Refúgio das Fadas não fica parada enquanto ainda há trabalho a ser feito.*

Mas Clarion não era a Rainha do Refúgio das Fadas — ainda não, pelo menos — e seu compromisso semanal com a Ministra do Verão havia terminado inesperadamente cedo. Ela não pretendia desperdiçar esse raro vislumbre de liberdade.

Com sua coroação cada vez mais próxima, cada momento de vigília era rigorosamente preenchido com aulas, ensaios, provas e mais reuniões do que ela jamais imaginou ser possível. Tudo essencial, ela supôs, quando lhe restava apenas um mês para absorver as centenas de anos de sabedoria de Elvina. E, no entanto, o Refúgio das Fadas era vasto e maravilhoso, e Clarion às vezes suspeitava de que não sabia nada sobre o lugar. Como poderia, se passara quase toda a sua vida observando-o de longe?

Clarion olhou para o Prado dos Girassóis com algo perigosamente próximo de desejo. Conforme a hora dourada se aproximava, emergiam as fadas com o talento da luz, brilhando de empolgação e ansiosas para enfrentar o caos controlado de seu momento mais movimentado do dia. Pela copa da árvore, ela as observou voando de um lado para o outro através do ar carregado de pólen, deixando rastros de pó de fada por onde passavam. Algumas trabalhavam em equipes para direcionar os raios do sol cada vez mais perto da linha do horizonte, gritando coisas como "Um pouco para a esquerda!" e "Não, sua outra esquerda!". Outras mergulhavam as mãos nos raios de sol e os colocavam em suas cestas, tão fácil quanto coletar água de um poço. Os muitos pequenos detalhes que entravam na magia cotidiana de um pôr do sol nunca deixavam de surpreender Clarion. Parecia impossível que em breve, na noite do solstício de verão, ela seria responsável por todos eles.

A perspectiva a aterrorizava mais do que gostaria de admitir.

Um zumbido agudo cortou seus pensamentos. Então, algo passou por ela: um raio preto contra o céu brilhante. Clarion cambaleou para trás, quase perdendo o equilíbrio antes de se firmar em um galho.

O que foi *isso*?

Com a mão sobre o coração acelerado, ela olhou para baixo através da cortina de folhas. Uma abelha, vacilando em seu voo, pousou pesadamente no chão e permaneceu imóvel ali, de forma assustadora. Depois de um momento, suas asas bateram, e Clarion soltou um suspiro de alívio. *Não estava machucada, então,* ela pensou. A pobre coitada devia ter se exaurido. As abelhas formavam um enxame trabalhador e tinham a tendência de superestimar seus limites, especialmente ali no calor perpétuo do meio do verão. Felizmente, nada que uma colher de açúcar não resolvesse — e havia açúcar de sobra no Refúgio das Fadas. Sem dúvida, cheias de todos os tipos de doces a essa hora, as cozinhas estavam ali perto, nos fundos do palácio. Melhor ainda, a colmeia — e todo o seu mel — ficava do outro lado do prado.

Um problema simples com uma solução simples.

E ainda assim, Clarion hesitou.

Qualquer problema no reino a fazia comichar com o desejo de consertá-lo. Antes, ela acreditava que essa tendência era uma centelha de sua magia latente de talento de regente — um pequeno pedaço do todo que finalmente fazia sentido para ela. Mas, agora, entendia que seus instintos — sua compaixão — não eram confiáveis.

A Rainha do Refúgio das Fadas não era semelhante a seus súditos.

Desde sua Chegada — a noite em que havia surgido de uma estrela cadente, como todas as Rainhas do Refúgio das Fadas antes dela —, Elvina lhe deixara bem claro que ela era diferente. Que *elas* eram diferentes, marcadas indelevelmente com poeira estelar. Além de Elvina, Clarion era a única com talento de regente em todo o Refúgio das Fadas.

Clarion olhou para o prado, onde equipes de talento dos animais e talento da jardinagem pastoreavam seu enxame de abelhas. Será que notariam a ausência de uma delas? Mesmo que notassem, uma busca levaria a noite toda. Talvez algo tão servil quanto salvar uma abelha estivesse abaixo de sua atenção, mas ela não conseguia suportar a ideia de ir embora agora. Que tipo de rainha seria caso se afastasse do sofrimento de até mesmo o menor de seus súditos?

Agora, só faltava descer daquela árvore.

Uma capa pesada pendia de seus ombros, prendendo suas asas. Todas as fadas emitiam uma aura tênue — que fulgurava ou diminuía de intensidade conforme seus estados de espírito —, mas, graças às suas asas, seu brilho sempre beirava o irreprimível. Embora as fadas do talento da luz no verão compartilhassem sua propensão de reluzir em dourado, a intensidade não era suficiente para permitir que Clarion se misturasse e passasse despercebida à vista de todos. Deixar alguém ver suas asas era o mesmo que gritar: *Lá vem a futura Rainha do Refúgio das Fadas.*

Se alguém dissesse a Elvina que ela estivera ali, sem supervisão... Não, não podia pensar nisso. Teria que descer. Inconveniente, sim. Perigoso, quase certamente. Mas preferia muito mais o risco de cair a suportar outro sermão de Elvina.

Enchendo-se de coragem, Clarion foi baixando galho por galho. Seus músculos queimavam e a casca arranhava suas mãos, mas, por algum milagre, conseguiu não torcer o tornozelo ao pousar no mar de girassóis. Eles se erguiam acima dela, balançando suavemente na brisa e lançando sombras salpicadas na grama. E ali, poucos metros à sua frente, jazia a abelha deitada em uma poça de luz solar amarela.

Cautelosamente, Clarion se aproximou da abelha e se ajoelhou ao seu lado.

— Você está bem?

As anteninhas da abelha giraram letargicamente em sua direção, o que Clarion decidiu interpretar como um "sim".

Ocorreu-lhe que nunca havia interagido com uma abelha antes. Muitas fadas as mantinham como animais de estimação — tanto quanto era possível mantê-las, considerando que entravam e saíam quando queriam. As fadas faziam amizade com elas, com pratos de néctar deixados nos peitoris das janelas e jardins domésticos cheios de suas flores favoritas: erva-dos-gatos, lavanda e margaridas amarelas. Elvina nunca *proibira* tais coisas, é claro, mas também não as encorajava. A desenvoltura que os outros tinham com os animais do Refúgio das Fadas era outra coisa que Clarion nunca havia aprendido.

— Vamos colocá-la de volta no ar — disse ela. Clarion se sentiu apenas um pouco tola, falando com uma abelha como se o bichinho pudesse entender. Somente fadas de talento dos animais podiam realmente se comunicar com seus protegidos. Ainda assim, para garantir, ela acrescentou: — Por favor, não me pique.

Cuidadosamente, ela pegou a criatura em seus braços. A abelha não ofereceu resistência, e Clarion teria jurado ver gratidão em seus olhos cansados. Seu pelo era surpreendentemente macio — e exalava o mais leve perfume: o frescor do limão e o sabor terroso do pólen. Tão próxima, Clarion percebeu pela primeira vez como as asas de uma abelha e as do restante de seus súditos se assemelhavam. Eram tão frágeis e preciosas quanto vidro e marcadas com um padrão intrincado de veias. Isso fez com que aquele instinto protetor se acendesse mais forte dentro dela.

Aninhando a abelha em seu peito, ela caminhou pelo campo de girassóis. Através do dossel acima de si, vislumbrou fadas voando. Partículas de pó mágico flutuavam preguiçosamente pelo ar, acompanhando o som alegre de suas risadas. Isso a encheu de felicidade e anseio — e também de uma terrível solidão. Todas as fadas que compartilhavam determinado talento viviam juntas, trabalhavam juntas, brincavam juntas. Elas se misturavam com as outras, é claro, mas havia uma compreensão inata entre aquelas que foram feitas para o mesmo propósito. Às vezes, Clarion se perguntava como seria sentir que pertencia a algum lugar — ter tantos outros a quem recorrer, que a entendiam tão completamente.

Chegaram à beira do campo, onde um bordo alto projetava sua longa sombra sobre elas. Mas foi o oco em seu tronco — um buraco a alguns metros do chão, preenchido com fileiras precisas de favos de mel dourados — que chamou a atenção de Clarion: a colmeia.

Com cuidado, Clarion colocou a abelha na grama.

— Eu já volto.

A abelha bateu as asas uma vez em resposta. Em algum nível, talvez a abelha a entendesse.

Clarion se virou para a árvore e respirou fundo para se acalmar. Já havia escalado uma árvore naquele dia. Então, por que não mais uma? Ela se içou para cima, encontrando apoios nos sulcos da casca e nos chapéus de cogumelos-do-mel que floresciam do tronco. Por fim, alcançou a borda do buraco. O zumbido suave das abelhas reverberou dentro de seu peito, e os cheiros florais reconfortantes de cera e néctar a inundaram. Clarion arrancou com cuidado uma tampa de cera que selava o favo de mel. Imediatamente, o mel jorrou para a superfície. Na luz do sol do fim da tarde, quase parecia brilhar. Clarion arrancou uma folha de um galho e a usou para coletar as gotas que pingavam languidamente do favo.

A jornada de volta para baixo foi perigosa usando uma só mão, mas ela conseguiu não cair. Correu de volta para sua abelha e colocou a folha ao lado dela.

— Aqui está.

Clarion observou com ansiedade enquanto a abelha bebia. Devagar, ela começou a se mexer. Primeiro, levantou-se — com cautela, como se testasse se suas pernas delicadas a sustentariam. Então, visivelmente encorajada, ela levantou voo. Deu piruetas e saltou, girando em círculos ao redor de Clarion como se dissesse: *Junte-se a mim.*

— Eu queria poder.

Clarion não conseguiu evitar o sorriso. Mesmo que seu talento fosse uma incógnita para ela, talvez pudesse fazer algo de bom.

— Mel? — alguém chamou, com uma voz cortada pelo pânico. — Mel?

A abelha se animou ao som de seu nome.

Clarion olhou para cima e viu uma fada de talento dos animais vasculhando freneticamente os girassóis.

— Procurando por esta aqui?

O rosto castanho da fada apareceu entre as pétalas, e a confusão era visível em suas feições. Ela piscou com força para o espaço vazio à sua frente.

— Tem alguém aí?

— Aqui embaixo.

Ela se assustou e quase caiu de seu poleiro. Clarion estremeceu. Era realmente raro ver uma fada com os pés no chão. Constrangida, ajustou o caimento de sua capa. Por sorte, o brilho do sol de verão disfarçou a luz que suas asas derramavam. O pouco que escapava da gola manchava apenas levemente sua pele; não era mais óbvia do que o reflexo de um botão-de-ouro preso sob seu queixo. O suor escorria por suas costas, deslizando entre as asas comprimidas. Realmente não via a hora de se livrar daquela capa — e do calor, diga-se de passagem.

Quando a fada dos animais se recuperou do choque, seu olhar focou na abelha.

— Mel!

Mel avançou em direção à fada a toda velocidade, mas desviou no último momento. A fada dos animais não vacilou, como se estivesse acostumada a tais exibições. Pareceu lutar contra um sorriso enquanto Mel mergulhava em um girassol.

— Você deveria polinizar calêndulas hoje — resmungou a fada, mas Clarion percebeu pela expressão em seu rosto que ela estava aliviada por tê-la encontrado.

Mel ressurgiu coberta de pólen. Ela sacudiu o excesso como um cachorro molhado, então voou para se juntar ao restante de sua colmeia. Até Clarion percebeu que ela estava em fase de adaptação.

— Ela parece ser um problema — observou Clarion.

— Oh, você não sabe nem a metade. — A fada dos animais balançou a cabeça com exasperação afetuosa, depois se virou para Clarion. — Foi uma coisa gentil que você fez.

Clarion foi pega de surpresa — e sentiu-se um tanto perturbada pelo elogio. Poucas fadas falavam com ela sem serem abordadas primeiro. Elvina exalava uma aura de comando que envolvia Clarion sob sua proteção, o que a mantinha próxima a Elvina, sim — mas todas as outras mantinham-se afastadas. Ela estava lamentavelmente sem prática de qualquer tipo de conversa-fiada.

Esforçando-se para manter a informalidade em seu tom, ela disse:

— Não foi problema nenhum.

— Mesmo assim, obrigada. — O sorriso da fada de talento dos animais era tão caloroso quanto o próprio verão. — Tenho certeza de que você tem mais o que fazer do que correr atrás de abelhas rebeldes.

Clarion sorriu de volta, hesitante.

— De nada.

— Já vi você por aí antes? — A fada franziu a testa, olhando bem para o rosto dela como se tentasse localizar suas feições. — Você se parece muito com…

— Clarion?

Clarion estremeceu ao som de seu nome — e à voz familiar da Ministra do Verão. *Desmascarada*. O medo tomou conta de Clarion quando ela se virou para encarar a ministra. Aurélia pairava logo atrás dela com um olhar de leve surpresa. Tinha a pele negra e os olhos dourados como pó de fada. Seu cabelo derramava-se em mechas pelos ombros. Naquele dia, ela trajava um vestido de milefólio; a saia em camadas espumava com flores, dispostas em cachos cor-de-rosa, laranja e brancos.

— O que você ainda está fazendo aqui? — ela perguntou. — Achei que você já tivesse retornado ao palácio.

— Fiz um breve desvio — Clarion respondeu debilmente. — Para descansar?

Aurélia se animou com isso. Tinha sido moldada por uma eternidade de tardes lânguidas de verão e valorizava a paz e o silêncio acima de tudo. Ali, na Clareira do Verão, sempre havia tempo para um cochilo ou um copo de limonada. Mas, se por um lado cochilavam durante o calor do meio-dia, por outro, realmente ganhavam vida à noite. O verão era a única estação que nunca dormia de verdade. Se Clarion permanecesse ali por tempo suficiente, aquelas que viviam sob a luz do luar — fadas de talento dos vaga-lumes e talento da contagem de estrelas — emergiriam de seu sono.

— Minha brilhante protegida — arrulhou Aurélia. — Viu? Você *está* aprendendo sobre o verão.

O elogio soou vazio, mas Clarion forçou alegria em sua voz.

— Obrigada, ministra.

Ela sorriu de modo indulgente.

— Agora, se me der licença. Tenho que verificar minhas fadas da luz.

Com isso, ela se retirou. Relutantemente, Clarion olhou para a fada de talento dos animais, que estava bastante pálida. Ela abriu a boca para dizer algo, *qualquer coisa*, para deixá-la à vontade. Mas era tarde demais. Ela viu o momento exato em que a outra fada se deu conta. O momento exato em que seu choque se transformou em mortificação — e algo como reverência. Clarion mal conseguiu suportar.

— Princesa Clarion — ela engasgou. — Eu sinto *muito*.

Clarion levantou as mãos de forma apaziguadora.

— Não há necessidade de se desculpar.

— Mas há. — A fada dos animais curvou a cabeça profundamente. — Vossa Alteza, por favor, perdoe-me pela minha impertinência. Se eu soubesse…

Ela nunca teria falado com Clarion.

O que mais havia para dizer? Então, Clarion respondeu baixinho:

— Você está perdoada.

A fada dos animais curvou a cabeça outra vez. Murmurando um agradecimento ofegante, saiu correndo. De volta ao seu trabalho, sem dúvida — e de volta aos seus amigos.

Aquela habitual dor da solidão mergulhou através da futura rainha como uma estrela cadente. Por alguns minutos preciosos, Clarion quase conseguira esquecer quem era. Ali, não havia guardas seguindo-a de longe. Ninguém prestando atenção quando ela passava. Nenhuma conversa diminuindo até cessar quando ela se aproximava. Nenhum sussurro ondulando em seu rastro. Mas nada disso importava, no fim. Mesmo ali, ela não conseguia escapar do que era.

Deveria desejar respeito, deferência, distância imparcial. Mas não queria. Mais do que tudo, desejava a única coisa que parecia realmente impossível: ser *conhecida*. Elvina nunca iria...

Elvina.

Oh, estrelas. Se não fosse embora agora, ela se atrasaria.

Clarion soltou o broche em seu pescoço e removeu a capa de viagem dos ombros. Pegou-a rapidamente em seus braços e voou, explodindo dos girassóis em uma rajada de luzes e pétalas douradas. Algumas abelhas que passavam preguiçosamente desviaram do curso para evitá-la.

Conforme subia mais alto no céu, arrastava um rastro de pólen atrás de si. Permitiu-se um único momento para olhar para trás — e se arrependeu imediatamente. As fadas de talento da luz aparentemente tinham terminado o trabalho da tarde. Elas se separaram em equipes e estavam lançando uma bola de luz para frente e para trás sobre uma rede. Mesmo daquela distância, Clarion podia ouvir seus alegres gritinhos e risadas — e as manifestações misturadas de triunfo e frustração quando uma equipe marcava um ponto.

A visão de seus súditos, tão completa, descomplicada e feliz, deveria tê-la encantado. Mas, agora, era apenas um lembrete doloroso de sua própria solidão real. Por mais que quisesse, nunca seria verdadeiramente semelhante a eles.

2

A Árvore do Pó de Fada assomava à distância, imponente e exuberante com sua copa que parecia uma nuvem. Cascatas em camadas de pó de fada — tão douradas e brilhantes quanto a luz das estrelas — jorravam do coração de seus galhos mais altos e se acumulavam no ápice de seu tronco. Seus ramos se enrolavam de forma protetora ao redor do Poço do Pó de Fada antes de desviar em arcos elegantes e arabescos caprichosos. Clarion sempre achou que um deles parecia um coração de cabeça para baixo; outro, com o rabo de um gato curioso. E, logo abaixo do poço, alojado em uma cavidade do tronco antigo da árvore, ficava o palácio. Janelas pontilhavam a casca, todas iluminadas por dentro.

Mesmo de onde estava, Clarion conseguia distinguir o brilho da luz que havia deixado acesa em seu quarto, emanando com suavidade das portas de vidro de sua sacada. Ela contava que voltar furtivamente seria a parte mais difícil dessa pequena empreitada, mas não havia previsto o problema adicional de seu atraso. Sério, vinha mantendo uma sequência tão boa de pontualidade... Elvina ficaria muito decepcionada em se deparar com a interrupção da boa conduta.

Se ao menos Clarion tivesse conseguido dominar o teletransporte, uma das habilidades mais úteis de fadas de talento de regente... Elvina sempre fazia parecer muito fácil: dissolvia-se em um redemoinho de pó dourado brilhante e reaparecia do outro lado da sala. Uma vez Clarion conseguiu fazer sua mão esquerda desaparecer antes que voltasse à existência com força total. Dado seu histórico com magia, ela estava meio convencida de que a mão desapareceria para sempre, ou que acabaria no meio da sala, descolada do restante de seu corpo.

Clarion pousou no emaranhado de galhos do lado de fora de sua sacada e diminuiu seu brilho. Com alguma sorte, ninguém estaria procurando por um lampejo de ouro entre a folhagem... embora ela em segredo se deliciasse em imaginar como seus súditos reagiriam à sempre digna Princesa do Refúgio das Fadas invadindo de forma sorrateira seus próprios aposentos. Imaginar a reação de Elvina, no entanto, era decididamente menos divertido. Felizmente, ela teve a prudência de deixar as portas da sacada destrancadas. Abriu-as com cuidado e então voltou para seu quarto. Assim que trancou as portas atrás de si, vozes abafadas chegaram até ela, vindas do corredor. Clarion reconheceu instantaneamente Petra e Artemis.

— ... se sentindo um pouco indisposta... — *A voz de Petra*, Clarion notou com agradável surpresa. Estava praticamente falhando sob o esforço de mentir.

Sua mais antiga — bem, sua *única* — amiga sempre fora péssima nesse tipo de coisa. Não ajudava nada que, mesmo depois de todos esses anos, Artemis — a guarda de Clarion — sempre conseguisse perturbá-la. Clarion supôs que apreciava o esforço, considerando que não havia pedido a Petra para cobri-la. Ela nem esperava sua visita hoje.

Que momento perfeito...

Clarion atravessou o quarto e parou em frente à penteadeira, que estava abarrotada de frascos de fragrâncias e cosméticos. Uma rápida olhada no espelho confirmou que não havia pólen no nariz nem pétalas soltas emaranhadas no cabelo. Parecia um pouco corada por causa do voo, mas não havia nada que não pudesse ser explicado. Petra *alegara* que ela se sentira mal, afinal de contas. Clarion ficou tentada a usar a desculpa para se esquivar da aula, mas não fazia sentido em adiar o inevitável. Havia feito pouco progresso em sua magia desde que Elvina começara a treiná-la, e não esperava um avanço antes da próxima.

Um lampejo no canto do olho chamou sua atenção. As nuvens haviam se movido, deixando uma onda de luz do sol entrar no quarto. Além do vidro das portas de sua sacada, ela foi saudada pela visão familiar das montanhas em sua vigília sombria sobre o Bosque do Inverno. No calor da hora dourada, a neve que as cobria refulgia com uma alvura ofuscante. Não importava quantas vezes batesse os olhos nela, aquela beleza fria e austera nunca deixava de atordoá-la. Por mais tolo que fosse, Clarion ansiava por ver as montanhas de perto. Quase conseguia se imaginar bem no seu topo: o vento em seu cabelo, a neve dançando ao seu redor, a beleza do Refúgio das Fadas vista daquela grande altura. Que maravilhoso seria.

Elvina desencorajava qualquer linha de questionamento sobre o Bosque do Inverno, é claro. Ainda assim, o Inverno não a assustava tanto quanto ela sabia que deveria. Da segurança quente e isolada de seu quarto, havia ali algo muito tranquilo — e terrivelmente solitário.

Assim como ela.

Ninguém das estações quentes visitava o Bosque do Inverno há centenas de anos — desde antes de Elvina nascer, e quem sabia exatamente há quanto tempo *isso* tinha sido? Fadas de talento de regente viviam vidas longas. Clarion nunca entendeu a falta de curiosidade de Elvina. Havia um outro reino sobre o qual elas não sabiam nada, cheio de fadas com as quais ninguém nunca havia falado. Apenas as fadas da Primavera e do Outono tinham visto fadas do Inverno — e apenas de longe, enquanto cruzavam o Mar do Nunca a cada virada de estação.

Elas são tão frias quanto sua estação, seus relatórios diziam, e *mal olham em nossa direção*.

Clarion tentou imaginá-las, sombrias e monocromáticas contra um céu cor de ardósia, mas esses detalhes esparsos nunca a tinham satisfeito. Ela ardia com perguntas para as quais talvez nunca tivesse as respostas. Como devia ser viver em um lugar tão hostil? Que tipos de problemas as fadas de lá tinham? E como era o Guardião do Bosque do Inverno?

A voz de Artemis soou do corredor:

— Saia do caminho, artesã.

Houve um ruído estrangulado de protesto — e, então, a maçaneta balançou ameaçadoramente contra a fechadura.

— Princesa Clarion — Artemis chamou —, vim escoltá-la até os aposentos de Sua Majestade.

Não há mais como evitar, então. Se ela realmente se decidisse a isso — ou acreditasse que Clarion estava em perigo real —, Artemis era mais do que capaz de remover sua porta das dobradiças.

Clarion abriu a porta e ficou cara a cara com o punho de Artemis erguido para bater. Petra, visivelmente em meio a um esforço valente para impedi-la, estava lutando para segurar seu antebraço. Artemis se colocou em posição de sentido de imediato. Petra sufocou um grito de surpresa. Um rubor cobriu a ponta de seu nariz pálido e sardento.

Artemis e Petra nunca deixavam de impressioná-la pelo contraste que faziam: Artemis, alta e de ombros largos; Petra, com ossos tão delicados quanto os de um beija-flor. Nenhuma delas, no entanto, jamais se preocupou em aprender o que fazer com seu cabelo. Artemis havia cortado o dela na altura do queixo, e ele emoldurava seu rosto de pele mais escura com fios pretos irregulares, como se ela lhes tivesse passado uma faca cega por tédio ou necessidade. Petra ostentava uma cabeleira de cachos ruivos brilhantes. Na maioria das vezes, ela a usava empilhada no alto da cabeça e presa no lugar com o que quer que tivesse espalhado pela oficina. Hoje, havia escolhido um prego, e o metal brilhava suavemente na luz. Um risco à segurança, na opinião de Clarion.

— Vossa Alteza — Artemis disse quando se recuperou —, você está se sentindo bem?

Vossa Alteza. Por mais que Clarion pedisse, Artemis nunca abandonava sua formalidade. A fada de talento de batedora era a sombra de Clarion desde que conseguia se lembrar: seguindo-a ou permanecendo de modo obediente ao seu lado nas ocasiões em que fazia aparições públicas. Mas, na verdade, Clarion sabia chocantemente pouco sobre ela, além de sua competência assustadora e sua insistência na pontualidade. Nenhuma delas, na verdade, tinha o hábito de compartilhar seus sentimentos com a outra.

— Muito melhor agora, obrigada. — Clarion viu de relance a expressão de pânico de Petra por cima do ombro de Artemis. Era quase certo que estava atrasada para sua aula àquela altura, mas não podia simplesmente deixar Petra imaginando qualquer cenário horrível que houvesse conjecturado para justificar sua ausência. Invocando sua voz mais majestosa, ela acrescentou: — Você pode me dar apenas um momento? Preciso falar com Petra. A sós.

Artemis — obviamente pensando no horror indizível de chegar um minuto atrasada para um compromisso — parecia agoniada. No entanto, respondeu:

— Claro, Vossa Alteza.

Ela recuou pelo corredor e cruzou os braços atrás das costas em repouso. Sem dúvida, estaria ouvindo, apesar de sua expressão compenetrada e indiferente. Todas as fadas de talento de batedora eram incorrigivelmente intrometidas, mas Clarion supôs que era isso que as tornava boas em seu trabalho.

Clarion conduziu Petra para seu quarto e fechou a porta logo atrás. De imediato, Petra agarrou o braço de Clarion. Em um sussurro estridente, ela exigiu saber:

— Onde você estava? Parei para dizer olá, mas você não atendeu a porta. Então, Artemis me encurralou lá fora para perguntar se eu tinha visto você, e eu tive que inventar alguma coisa!

— Desculpa. E obrigada. Eu tive...

Antes que pudesse dizer outra palavra, Petra desabou no chão. Seu vestido, costurado com folhas verdes de bordo, amontoou-se ao seu redor. Ela soltou um longo gemido e embalou a cabeça nas mãos. Clarion quase a lembrou do objeto afiado que espetava seu coque, mas pensou melhor. Era óbvio que tinha preocupações maiores no momento.

— Não sei como você consegue ficar sozinha com ela todos os dias — disse Petra. — Ela é muito *intensa*. Você já tentou se colocar em seu caminho quando ela está determinada a fazer alguma coisa?

— Na verdade...

— Protegi você o máximo que pude — continuou Petra —, mas quando ela relatar o que eu fiz para Elvina, meus dias aqui estarão contados.

— Obrigada por me dar cobertura — Clarion conseguiu interromper. — Mas tenho certeza de que não é...

— Talvez não seja tarde demais para escapar. — Depois que Petra deu início, não havia muito que pudesse impedi-la. Cada palavra saía dela com urgência crescente. — Ouvi dizer que algumas fadas ganham a vida em outros lugares, escondendo-se em navios piratas ou... — Clarion não sabia por onde começar a desembaraçar aquilo. Em vez disso, fingiu considerar.

— Não é que essa é uma boa ideia? Imagino que teriam muito trabalho para uma artesã em um navio.

Petra a encarou, boquiaberta.

— Você está tentando se livrar de mim!

Clarion não conseguiu evitar o sorriso.

— Consertar redes, consertar o casco, consertar as panelas e frigideiras...

— Tudo bem — resmungou Petra, mas não havia ironia em suas palavras. — Eu entendi.

Clarion riu de leve — mas logo ficou séria com a expressão estranhamente conflitante no rosto de Petra. E entendeu perfeitamente. Fazia algumas semanas desde a última vez que se viram e, ainda assim, parecia que o tempo não havia passado. Embora não tivessem sido criadas da mesma risada de bebê, às vezes Clarion sentia como se fossem irmãs. Elas sempre compartilharam algum entendimento inato: nenhuma das duas era exatamente o que parecia à primeira vista.

Poucas fadas levavam Petra a sério quando tudo que se davam ao trabalho de reparar eram as coisas rabugentas que ela dizia. Mas Clarion sempre adorou ver sua mente girar como uma máquina fantástica. Na verdade, considerava catastrofizar um dos muitos encantos de Petra, agora que sabia como tirá-la disso. Por baixo de tudo, ela era brilhante, engraçada e leal — o tipo de fada que nunca deixava seus medos realmente deterem-na, não importava quão poderosos fossem.

Oh, como sentia falta dela, mesmo quando ela estava bem ali na sua frente.

Anos antes — antes de Elvina proibir Clarion de andar livremente, antes de seus deveres tomarem todo o seu tempo livre —, as duas eram inseparáveis. Elas saíam de fininho — ou, talvez mais precisamente, Clarion arrastava Petra aos chutes e gritos de sua oficina — para explorar, com a presença sofredora de Artemis logo em seguida. Agora, Clarion tinha seu treinamento, e Petra tinha seu ofício.

Ela se especializara em intrincados trabalhos em metal, mas havia pouca coisa que não pudesse consertar ou fabricar. Ao longo dos anos, ela moldara de tudo, de joias a utensílios e esculturas — e sonhara ainda mais alto. Certa vez, havia passado uma noite inteira explicando seus esquemas para um membro protético. Naturalmente, Elvina havia se encantado tanto por sua arte quanto por sua engenhosidade e a nomeara artesã pessoal da Coroa. Clarion ainda se lembrava de como Petra tinha ficado orgulhosa — como sua motivação a tornara positivamente luminosa. Isso encheu Clarion com o tipo mais puro de alegria que já conhecera. Por mais que Clarion ansiasse por aqueles dias despreocupados que costumavam compartilhar, Petra merecia seu sucesso.

Ela merecia felicidade.

Clarion ofereceu suas mãos a Petra. Quando ela as pegou, Clarion a suspendeu do chão e a guiou de volta ao ar.

— Vejo você assim que puder. — Depois de um momento, acrescentou: — Eu aviso se você precisar fugir para uma vida no mar.

Petra gemeu, lamentosa.

— Tudo bem.

Clarion abriu a porta do quarto. Com um último suspiro de desalento, Petra voou pelo corredor. Ela parou apenas por um momento para lançar um olhar demorado a Artemis. Artemis, por sua vez, pareceu perfeitamente impassível, mas Clarion não deixou de notar a tensão em seus ombros.

Francamente. Um dia desses, Clarion orquestraria algum tipo de intervenção. Dez anos desse chove-não-molha eram tempo suficiente.

— Estou pronta — disse ela.

As portas do quarto se abriram para uma vasta câmara: um buraco que havia se formado no tronco. Passarelas e escadas de madeira traçavam o perímetro, descendo em espiral até um nível de sólido durâmen. Abaixo disso, estava o coração vivo da árvore, onde a magia fluía como seiva, até as veias mais estreitas de suas folhas e para suas raízes mais distantes.

Juntas, elas subiram as escadas sinuosas em direção aos aposentos de Elvina. As paredes haviam se desgastado com o tempo e eram entalhadas pelas mãos de incontáveis fadas de talento da carpintaria. Clarion sempre encontrava algo novo para admirar quando passava. Aqui e ali, uma imagem a impressionava: uma íris ornamentada, os olhos redondos de uma coruja, a curva do rio que cortava o Refúgio das Fadas. Em alguns lugares, a arte ficara escondida por pedaços de musgo e trepadeiras floridas, mas Clarion ainda conseguia distinguir tinta com infusão de pó de fada brilhando por baixo. Ninguém nunca raspou a folhagem; a Árvore do Pó de Fada, é claro, deveria ter um toque pessoal em seu próprio estilo.

Elas pararam em frente ao enorme par de portas que ficava diante dos aposentos de Elvina, cada uma gravada em detalhes de tirar o fôlego com uma metade espelhada da Árvore do Pó de Fada. Artemis as abriu, deixando uma lâmina de luz do sol do fim da tarde penetrar na passarela. Respirando fundo, Clarion entrou — e foi recebida pela parede de retratos.

Pinturas de todas as rainhas que tinham vindo antes dela a encaravam, todas empertigadas e poderosas. Com séculos entre elas, cada uma tinha sido retratada em um estilo radicalmente diferente — mas todas foram pintadas por mãos reverentes. Elas a enchiam de um temor silencioso. Parecia impossível que seu retrato fosse pendurado ao lado do delas. Quando era mais jovem, estudava-as em busca de qualquer semelhança consigo mesma. Algumas compartilhavam sua pele clara ou pequenos olhos azuis, outras, seu cabelo castanho-mel. Mas todas tinham as mesmas asas: luminosas e douradas, como as de uma borboleta-monarca. Agora, ela só se preocupava que, se olhasse muito de perto, pudesse encontrar decepção em seus rostos.

Clarion desviou o olhar dos retratos. No fim da fileira estava Elvina, sua silhueta recortada contra a janela iluminada pelo sol. Usava um vestido dourado com saias largas e babados, e o tecido brilhava com o pó de fada trançado nele. Partículas douradas saíam da cauda de seu vestido e brilhavam no chão, girando apaticamente pelo ar. Uma coroa — feita por Petra, Clarion notou — estava no topo de sua cabeça; erguia-se bem acima dela, curvando-se para trás no formato de chifres de cabra. Com ela, Elvina parecia imponente, exatamente como uma fada de talento de regente deveria ser.

— Você está atrasada — ela disse, exausta. Não era uma acusação, mas uma declaração. Já tinha acontecido antes. Ambas sabiam que aconteceria de novo.

Clarion fez o possível para não murchar com sua insatisfação.

— Sinto muito.

Elvina se virou para encará-la. Clarion não pôde deixar de notar como a rainha parecia cansada naquele dia. Mechas grisalhas entremeavam seu cabelo castanho, e o brilho de seu vestido desbotava os tons frios de sua pele branca. Ainda assim, sua expressão não tolerava discussões ou humilhações. Havia algo incognoscível em seus olhos verdes, o olhar remoto e intransigente de uma fada que tinha vivido cem vidas. Às vezes, isso assustava Clarion, esse vislumbre de seu futuro.

— Por um bom motivo, tenho certeza — disse Elvina.

— Oh, sim. Um motivo muito bom. — Qual *era* esse motivo, ela ainda não sabia. Mas certamente poderia inventar alguma explicação razoável se solicitada.

Elvina fez um som de desdém, como se os detalhes não lhe dissessem respeito. Clarion mal podia acreditar em sua sorte.

— Você tem praticado as técnicas que discutimos?

Clarion assentiu. Sim, tinha. Claro que tinha. Não podia dizer, no entanto, que havia feito muito progresso nos últimos meses — um fato que a desanimava infinitamente. Desde o momento em que uma fada abria os olhos pela primeira vez, sabia exatamente qual era seu talento: sua afinidade mágica, seu chamado na vida, a coisa que vinha a ela tão facilmente quanto respirar. Talentos, segundo a maioria dos relatos das fadas, davam a todos no Refúgio das Fadas propósito e alegria. Clarion duvidava muito que os seus próprios fossem tão fáceis.

Elvina lhe dissera que a magia de talento de regente estava enraizada na emoção — ou melhor, na ausência dela. Somente com perfeita clareza mental e foco completo ela poderia encontrar a liberdade de manipular a luz das estrelas que queimava forte dentro dela. Mas por mais que Clarion tentasse — fosse por meio de respiração, exercícios ou pura força de vontade — ela não conseguia se privar de sentimentos. Não conseguia se livrar daquela fome desesperada por conexão.

— Ótimo — disse Elvina. — Deixe-me ver.

Em um instante, as mãos de Clarion ficaram frias de nervosismo. Não, ela não podia se desesperar ainda. Talvez desta vez fosse diferente. Estendeu a mão. No fundo do peito, sentiu aquela fonte infinita de magia. Se aplicasse pressão suficiente, se segurasse com toda a sua força, poderia dobrá-la à sua vontade.

Foco, ela pensou. *Controle.*

Por um momento, uma luz dourada floresceu no centro de sua palma. Tremeluziu como uma vela na brisa, mas uma esperança hesitante acendeu dentro dela. Ela se sentiu tonta com o esforço, mas com apenas um pouco mais...

A luz estalou e então se extinguiu. Clarion soltou um suspiro, fechando os dedos em volta da brasa moribunda como se pudesse mantê-la. Tentou não deixar sua decepção transparecer no rosto.

Do outro lado da sala, uma luz brilhante refulgiu. Quando Clarion olhou para cima, Elvina estava iluminada por seu poder. Equilibrava-se em sua palma como uma estrela em miniatura, lançando os planos de seu rosto e todo o aposento em duro relevo. Ela exalava tanto brilho e calor que Clarion teve que resistir à vontade de levantar o braço para se proteger.

Ao contrário das fadas de talento da luz, as fadas de talento de regente não precisavam manipular uma fonte de luz. Nascidas de estrelas cadentes, elas carregavam poços de luz estelar dentro de si. Sua magia podia cortar a escuridão absoluta — e quase tudo em seu caminho. Podia ser moldada em um escudo para proteger o reino. Mais do que tudo, era um símbolo: algo em que os cidadãos do Refúgio das Fadas podiam acreditar.

Elvina cerrou o punho e a luz se apagou.

— Clarion.

Aí vem. Clarion forçou seu rosto para a neutralidade enquanto se preparava para o sermão.

— Sua coroação é daqui a um mês.

Clarion baixou a cabeça.

— É.

— Você ainda não dominou a habilidade mais fundamental da nossa magia.

— Não dominei — disse ela, com a voz ligeiramente embargada.

A Rainha do Refúgio das Fadas exigia um domínio de política, organização e liderança — mas também a magia exclusiva das fadas de talento de regente. Uma magia que Clarion vinha lutando para aperfeiçoar desde que seu treinamento começara oficialmente. Ela não conseguia se teletransportar. Não conseguia produzir mais do que um lampejo de luz. Evidentemente, não conseguia nem ajudar uma única *abelha* sem horrorizar seus súditos.

Depois de um momento de irritação, Elvina perguntou:

— Onde você estava?

Que sentido havia em esconder isso? Ela suspirou, derrotada.

— Na Clareira do Verão.

Os lábios de Elvina se estreitaram. Não precisava falar para Clarion sentir todo o peso de sua desaprovação. A expressão em seus olhos dizia: *Já passou da hora de deixar de lado as coisas infantis.*

— Por que você não voltou para cá depois da sua reunião?

— Eu pretendia retornar na hora certa, de verdade. Mas quando eu estava saindo, houve... — Ela se interrompeu antes que pudesse se perder em detalhes que Elvina não queria ou não precisava. — Pensei em oferecer minha ajuda a uma fada de talento dos animais.

A surpresa de Elvina era palpável.

— Isso não é da sua conta. Tenho certeza de que a fada tinha seus negócios sob controle.

— Mas ela me agradeceu — protestou Clarion. — Talvez ela precisasse...

— Eu entendo que você se sinta limitada pelo nosso papel, mas você não pode ajudar todas as fadas necessitadas, e certamente não pode fazer amizade com todas elas. Uma boa rainha deve se concentrar na tarefa em questão, e ajudar em grande escala. Este é um vasto reino. — Elvina flutuou até a janela. Dos galhos mais altos da Árvore do Pó de Fada, era possível ver metade do Refúgio das Fadas estendido diante delas. — Tudo isso é sua responsabilidade. Você entende o que isso significa?

— Claro que entendo.

— Você é jovem. — Elvina franziu a testa. — Não conheceu conflito... Não o conflito *real*, um que ameaça todas as pessoas sob sua proteção. Você deve estar preparada. Até que tenha dominado o básico, você não pode tentar resolver problemas que, à primeira vista, são muito mais complicados do que parecem. Estou confiando tudo o que tenho a você.

Seu tom deixou espaço para algo não dito. Havia muitas coisas com que ela poderia preenchê-lo. *Não vou ver você desperdiçar tudo. Não sinto que você possa lidar com isso.*

— Ser uma boa rainha...

— É ser tão fria e distante quanto a estrela da qual você nasceu — Clarion concluiu por ela. Era o princípio que fundamentava a filosofia de governança de Elvina, um princípio que havia sido impresso em Clarion desde o dia em que ela chegara.

Elvina a encarou com um olhar fixo.

— Eu sei que não é fácil para você. Mas essa é a única maneira de manter a imparcialidade... A única maneira de fazer os cálculos necessários para governar de forma justa.

Mas se essa era realmente a única maneira, por que ela havia chegado *assim*? Quando emergira de sua estrela pela primeira vez, um senso de propósito ardia dentro dela. Agora, essa certeza parecia muito distante. Às vezes, suspeitava de que piorava em magia à medida que sua coroação se aproximava. Às vezes, mais profundamente, ela se preocupava que talvez, a qualquer dia, uma nova estrela caísse na Terra e uma nova herdeira fosse emergir, tão perfeita quanto a própria Elvina. Tão perfeita quanto Clarion falhara em ser.

— Eu entendo — ela murmurou.

O semblante severo de Elvina suavizou.

— Você está sob muita pressão. Mas isso vai acontecer, Clarion.

Mas quando? O pensamento doeu mais do que ela esperava.

— Obrigada.

— Vá descansar um pouco — disse Elvina. — Você está pronta para comandar a reunião do conselho amanhã.

Quase tinha esquecido. Semanalmente, os Ministros das Estações se reuniam para discutir o estado de tudo dentro de cada um de seus reinos. Qualquer coisa, de disputas a solicitações de recursos, era levada a Elvina. E a partir de amanhã, Clarion supôs, a ela.

Amanhã, então. A partir de amanhã ela tentaria agir como a rainha de que o Refúgio das Fadas precisava.

3

Na manhã seguinte, com o sermão de Elvina ainda ecoando em seus ouvidos, Clarion se preparou para a reunião do conselho: a primeira que presidiria sozinha. Por precaução, ela folheou uma última vez os papéis em sua escrivaninha, uma compilação de resumos de seus ministros. Por sorte, a agenda do dia era — surpreendentemente — leve. O Refúgio das Fadas ficava mais movimentado nas semanas que antecediam cada mudança sazonal. Com o solstício a um mês de distância, o fim da primavera dificilmente constituía uma calmaria.

Sem mencionar que havia a questão de sua coroação.

Sua coroação. Só de pensar nisso, ela sentia os nervos se inflamarem com intensidade renovada. Logo Clarion tomaria as decisões que garantiriam que o reino funcionasse como deveria e que as estações mudassem sem problemas. Não apenas o Refúgio das Fadas dependia dela — mas também o Continente e todos os humanos nele.

A pressão a esmagaria se ficasse pensando muito. Em vez disso, ela colocaria o conselho de Elvina para trabalhar e se concentraria na tarefa em questão. Se não conseguia manifestar uma explosão de magia, então pelo menos conduziria uma reunião com postura inequívoca. Naquele dia, Elvina não encontraria nenhuma falha nela.

A futura rainha se levantou e, imediatamente, um arrepio a percorreu. Clarion se virou, meio que esperando encontrar alguém — ou algo — observando-a através das portas de vidro de sua sacada. No entanto, deparou-se apenas com seu próprio reflexo cansado, emoldurado como um retrato por galhos entrelaçados — e, para além dele, as montanhas do Bosque do Inverno. As mais altas se elevavam em picos curvos, inclinando-se uma em direção à outra na forma de uma lua crescente. Na luz do início da manhã, toda a neve exibia reflexos rosados como o interior de uma concha. Às vezes, ela quase conseguia imaginar que as montanhas estavam olhando para ela.

Durante toda a sua vida, ouvira que fadas do Inverno não eram confiáveis. Restavam poucas histórias que explicassem a fonte da inimizade, mas Clarion tinha visto uma ou outra apresentação teatral que abordava o conflito que havia separado seus mundos. Ela ainda se lembrava de estar sentada ao lado de Elvina — sem fôlego, com os nós dos dedos brancos pela força com que apertava o parapeito de segurança do camarote de ópera —, enquanto Saga, a mais talentosa contadora de histórias do Refúgio das Fadas, tecia o conto de Titânia, a primeira Rainha daquelas terras.

Enquanto falava, imagens brilhavam em uma nuvem de pó dourado atrás dela. Lampejos de lanças de gelo e flechas de pena. A Árvore do Pó de Fada nada mais era que uma muda que se curvava ao vento. O Guardião do Bosque do Inverno e sua coroa cruel e serrilhada, envolta por uma escuridão imponente.

No seu íntimo, Clarion achava todo aquele drama incrivelmente romântico. Elvina, por outro lado, zombou quando uma das conselheiras de confiança de Titânia pereceu de uma morte trágica. Mas, apesar de toda a sua teatralidade, a lenda nunca havia exposto os detalhes pelos quais Clarion ansiava. Falava apenas de um vago desentendimento entre os dois governantes — e uma força sombria que havia consumido o Guardião do Bosque do Inverno. Isso, para a maioria dos cidadãos das estações quentes, era o suficiente para desencorajar qualquer curiosidade sobre seus vizinhos.

Clarion juntou suas anotações e destrancou as portas da sacada. O ar frio a envolveu, e os sons do despertar do Refúgio das Fadas chegaram até onde estava, no alto. Com um bater de asas, ela saltou para as balaustradas de sua sacada, depois para o ar.

Subiu, afastando folhas e galhos, até que conseguiu ver a fonte do Poço do Pó de Fada. Uma cascata de pó dourado derramava-se de um buraco na madeira e sobre as pétalas cor-de-rosa de um lírio. O excesso pingava em camadas de cogumelos-ostra perolados até que finalmente desaguava no poço, aninhando-se na conexão espiralada dos galhos da árvore.

O pó de fada — a força vital de sua sociedade — era produzido bem no fundo do coração da árvore. Ninguém sabia exatamente como ou por que, embora especialistas já tivessem escrito densos tomos acadêmicos e discutido teorias por séculos a esse respeito. Tudo o que Clarion sabia com certeza era que a magia fluía através dela, inundando todo o Refúgio das Fadas com sua vasta rede de raízes. Se Clarion se detivesse um instante, poderia sentir tudo ao seu redor, quente e reconfortante. Preenchia o ar de doçura, de chá com mel e pãezinhos de canela assando no forno. Sua presença sutil nunca deixava de enchê-la de admiração.

Mesmo tão cedo, todos começavam a se alinhar para sua ração diária de pó mágico: uma xícara de chá e nada mais. As fadas guardiãs do pó estavam até os tornozelos na água rasa do Poço do Pó de Fada, mergulhando seus recipientes na superfície. Com a eficiência que Clarion admirava, elas despejavam o líquido com o pó sobre cada fada. Sem ele, o voo seria impossível; as asas de uma fada não suportariam seu peso sem ajuda. Por toda a fila, fadas fofocavam e riam. Algumas carregavam xícaras cheias de chá de dente-de-leão, ansiosas por um acréscimo de energia; outras ainda zumbiam com a energia de suas escalas noturnas. Um dos homens-pardais lá embaixo a notou meio escondida atrás de uma cortina de folhas. Ela ergueu a mão em um aceno encabulado. Ele empalideceu, então desviou o olhar, tentando fazer algo complicado e de aparência industriosa com a folha de grama em suas mãos.

Clarion tentou não murchar de decepção. Petra sempre disse que sua expressão transmitia uma certa realeza, assim como sua voz. Não havia nada que ela pudesse fazer sobre qualquer uma dessas coisas.

— Vossa Alteza.

Clarion soltou um suspiro de surpresa. Esticou o pescoço e localizou Artemis sentada em um dos galhos logo acima. Ela sempre conseguia se esconder à vista de todos — um talento impressionante, se não ocasionalmente assustador.

— Bom dia — cumprimentou Clarion, um pouco sem fôlego.

Sua guarda trazia uma expressão que beirava a solidariedade. Era sempre difícil dizer com Artemis, que dominava a arte sutil do estoicismo. Mas, às vezes, Clarion pegava Artemis observando as outras fadas de talento de batedora quando saíam em patrulha com algo como anseio em seus olhos. Na única ocasião em que Clarion havia perguntado sobre isso, Artemis havia se fechado completamente. Algumas feridas, Clarion supôs, não deviam ser cutucadas.

— Eles não estão acostumados com uma rainha que acolhe a familiaridade — Artemis disse rispidamente. — É apenas respeito que estão lhe demonstrando.

Respeito, é? Mesmo que ela quisesse, dificilmente se sentia digna disso. Ainda assim, as tentativas hesitantes de Artemis de confortá-la nunca deixavam de trazer *alguma* alegria. Artemis jamais admitiria, é claro, mas Clarion suspeitava de que havia uma alma sensível enterrada em algum lugar sob aquele exterior frio e profissional. Um dia desses, ela poderia revelar isso.

— Claro. — Com animação forçada, Clarion perguntou: — Vamos?

Artemis assentiu.

Fazendo o possível para ficar fora de vista, Clarion as conduziu para as câmaras do conselho, localizadas logo abaixo do Poço do Pó de Fada. Não havia porta, propriamente dita; em vez disso, as laterais do teto abobadado tinham sido esculpidas de modo que pareciam ser envidraçadas com retalhos de céu aberto. Arabescos intrincados, elaborados com tinta brilhante de pó de fada, preenchiam as finas tiras de casca deixadas entre cada "vidraça". Escondidos dentro dos padrões estavam os símbolos de cada estação: a flor perene para a Primavera; a lua cheia para o Outono; um arco-íris para o Verão; e um floco de neve para o Inverno. Isso sempre havia intrigado Clarion. Se seus reinos sempre haviam sido separados um do outro, por que as fadas de talento da arte tinham incluído o inverno em seus desenhos?

À medida que se aproximavam, o som abafado das ministras discutindo entre si chegou a Clarion através do teto aberto. O que havia para discutir tão cedo naquela manhã estava além de sua compreensão. Ela supôs que isso resultava de relacionamentos de trabalho infinitamente longos. Havia um sem-número de disputas mesquinhas e desentendimentos políticos para desenterrar e litigar, cujas origens Clarion fora sabendo apenas por alto desde sua Chegada. De qualquer forma, elas nunca se cansavam de debater qual das estações importava mais. Clarion preparou-se para entrar na câmara.

Lá dentro, os três Ministros das Estações se reuniam em torno de uma longa mesa que ocupava quase a totalidade da sala. A Ministra da Primavera parecia estar fazendo algum tipo de discurso apaixonado, com o qual o Ministro do Outono concordava vagamente. A Ministra do Verão, por sua vez, parecia prestes a adormecer em seu assento. Mas, assim que notaram Clarion, um silêncio se abateu sobre todos. Era parte da magia do talento de regente, ela aprendera: uma habilidade de dominar a atenção de uma multidão. Artemis se encolheu nas sombras, assumindo a posição formal de descanso. Clarion manteve o queixo erguido enquanto se dirigia para a cabeceira da mesa, onde Elvina geralmente ficava. De certa forma, a sala parecia totalmente diferente daquele ponto de vista.

Mais perto dela estava o Ministro do Outono — Rowan —, que lhe lançou um sorriso relaxado. Como sempre, ele parecia ter acabado de sair do frio; suas bochechas pálidas estavam vermelhas. Os olhos castanhos brilhavam para ela, e os cabelos ruivos se enrolavam por trás de suas orelhas. Ele usava uma capa de retalhos de folhas de outono presa com um broche de castanha polida. Clarion gostava mais dele, mesmo que fosse só porque ele ousava falar fora de hora na presença dela. Ele era entusiasmado, agradável e apenas *ocasionalmente* propenso a crises de melancolia.

Ao lado dele estava a Ministra do Verão, Aurélia, que ergueu o queixo como cumprimento. Naquele dia, ela estava vestida com a plena floração de sua estação: um vestido de hortênsias, um colar de zínias e pulseiras de rosas. Ela havia arrumado o cabelo em um coque elaborado no alto da cabeça.

E, então, havia a Ministra da Primavera — Íris —, que ofereceu a Clarion um pequeno aceno de seus dedos. Ela havia escolhido um vestido de campânula branca de saia rodada, e delicados brotos estavam trançados numa coroa ao redor das têmporas, emoldurando seu rosto em longos tentáculos. Tinha uma pele quente e arenosa e olhos quase tão negros quanto seu cabelo, que caía longo e solto até o meio das costas. Como sua estação, ela era leve e arejada, volúvel e ansiosa: uma personalidade brilhante o suficiente para despertar a natureza de seu sono.

Essa tinha sido a comitiva de Elvina desde que Clarion chegara. Ainda assim, ela não conseguia deixar de sentir que estavam incompletos sem um Ministro do Inverno. Em algum lugar do outro lado da fronteira, o Guardião do Bosque do Inverno governava em solidão seu reino congelado. Mas mesmo que as estações quentes e o Inverno estivessem em bons termos, o Guardião do Bosque do Inverno não poderia participar de suas reuniões. Fadas das estações quentes não conseguiam suportar o frio do Inverno; depois de apenas alguns minutos, suas asas ficariam quebradiças e se partiriam. As asas das fadas do Inverno, por sua vez, derreteriam como gelo sob o sol da Primavera.

Íris sorriu radiante para ela.

— Bom dia, Vossa Alteza!

Clarion se assustou. A alegria que conseguia reunir, mesmo nas primeiras horas, nunca deixava de impressioná-la.

— Bom dia.

— Ouvi dizer que você vai nos presidir hoje — disse Rowan, baixando a voz para um tom conspiratório. — Finalmente convenceu Sua Majestade a desacelerar para variar, hein?

Clarion espalhou suas anotações na mesa à sua frente.

— Não é nada d...

Antes que ela pudesse terminar a frase, as portas se abriram para Elvina. Ela entrou na sala em um turbilhão de pó de fada e saias diáfanas. Os ministros imediatamente ficaram em posição de sentido, murmurando "Vossa Majestade" em uníssono. Elvina, no entanto, não perdeu tempo com gentilezas. Não disse nada enquanto se sentava na extremidade oposta da mesa. Ali, fixou em Clarion um olhar expectante. Direto ao assunto, então.

— Eu declaro esta reunião aberta. — Clarion limpou a garganta quando sua voz vacilou, apenas um pouco. — Começaremos com os relatórios dos ministros. Ministra do Verão, pode, por favor, compartilhar algum novo assunto?

— Estamos quase prontos para a virada sazonal — disse Aurélia, languidamente. — Tenho pouco a relatar além de sua coroação.

Elvina não disse nada, mas parecia visivelmente perturbada. Clarion fez o possível para afastar isso da mente. A alternativa era dar peso àquele medo silencioso dentro dela: o de que Elvina não confiava nela para assumir seu papel.

— Os preparativos estão ocorrendo conforme o planejado — continuou Aurélia. — Reunimos quase toda a luz do sol de que precisamos e identificamos o local perfeito. Quando tiver um momento livre, Vossa Alteza, pedirei que venha para aprovar.

Em sua cadência calorosa e arrastada, Aurélia descreveu os outros projetos em que suas fadas estavam trabalhando na semana anterior. Quando terminou, Íris estava praticamente vibrando com uma empolgação malcontida.

— Continuaremos com a Ministra da Primavera...

— Estou muito feliz que tenha perguntado, Vossa Alteza. Minhas fadas da jardinagem estão trabalhando com dedicação nos arranjos florais. Mas há apenas algumas pequenas coisas que eu quero acertar... — Íris pegou nada menos que cinco buquês debaixo da mesa. Rowan olhou em silencioso espanto enquanto ela os colocava em uma fileira organizada. — Vamos falar sobre cores. O que você acha dessas? Também poderíamos seguir numa direção completamente diferente e...

Clarion se sentiu só um tantinho sobrecarregada.

— Confio em você, ministra. Tenho certeza de que vai ficar lindo.

— Certamente vai ficar. — Íris se envaideceu. — Oh! Mas ainda resta a questão dos mosaicos de gotas de orvalho... As fadas da água têm experimentado padrões. Claro, não posso trazê-los aqui, mas talvez em breve você possa ir até a Praça Primaveril, e poderemos repassar *todos* os detalhes.

— Estou ansiosa por isso — respondeu Clarion, e ela percebeu que falava sério. Mesmo que não tivesse o mesmo pendor para o design que Íris, seu entusiasmo era contagiante. — Ministro do Outono…?

— Eu — disse Rowan, pesaroso — não tenho nada com que contribuir no momento, pelo menos não para sua coroação.

Era compreensível. Embora o outono ainda fosse demorar meses para chegar ao Continente, preparar-se para a mudança sazonal exigia muita coordenação e esforço. Antes que Clarion pudesse dizer isso, Íris soltou um suspiro.

— Ah, mas você *precisa* — disse Íris. — Preciso pegar emprestado algumas de suas fadas velozes.

— Ah, certo. — Rowan bateu no queixo. Um tom de provocação surgiu em sua voz. — Por que isso de novo?

— Para carregar as pétalas para… Ah, não! — Íris levantou as mãos. — Escute. Se você não consegue apreciar minha visão artística…

— Já que estamos no assunto — Aurélia interrompeu —, até que eu precisaria de algumas fadas artesãs, se você ainda não colocou todas elas para trabalhar.

— Uma preocupação mais prática — refletiu Rowan. — Mas não estou convencido de que posso dispensá-las.

Enquanto os três vagavam pelas estradas secundárias de sua divagação, Elvina fixou em Clarion outro olhar eloquente, da extremidade oposta da mesa. Este dizia: *E aí?*

Certo. Cabia a ela colocar ordem na reunião.

— Se me permitem — Clarion interrompeu, mais suave do que pretendia. Mesmo assim, eles ficaram em silêncio. Todos os olhares na sala pousaram nela novamente. Determinada a não perder a coragem, Clarion continuou: — Certamente podemos organizar uma programação que funcione para todos. Talvez o Ministro do Outono possa dispensar algumas fadas por um dia na semana…?

Rowan olhou para Elvina como se buscasse sua aprovação. Elvina apenas deu-lhe um vago aceno, como se dissesse: *Como ela quiser.*

Satisfeito, Rowan assentiu.

Clarion não conseguiu conter um sorriso. Talvez tivesse conseguido uma pequena vitória: resolução para um problema que lhe fora apresentado. Antes que pudesse dar prosseguimento à reunião, no entanto, uma batedora praticamente despencou do alto, no meio da sala.

Todos os cinco pularam de surpresa.

A batedora escapou por pouco de se estabacar na mesa. No entanto, saudou Elvina, mesmo enquanto lutava para acalmar sua respiração. Era como se algo a tivesse perseguido até ali. Clarion arriscou um olhar para Artemis. Curiosidade e preocupação guerreavam em sua expressão, mas manteve-se em seu posto. Elvina se levantou, mais uma vez assumindo seu papel de rainha.

— O que foi?

— Desculpe pela interrupção, Vossa Majestade — ofegou a fada de talento de batedora —, mas pouco antes do amanhecer, um monstro foi avistado no Refúgio das Fadas.

Um silêncio frio desceu sobre os presentes.

Íris falou primeiro, sua confusão evidente na voz.

— Um monstro? Como um falcão, ou...

— Não, ministra — a batedora respondeu gravemente. — Um monstro. Não sei de que outra forma chamá-lo. Ele invadiu a Primavera vindo do Inverno.

Um monstro? Do Inverno? Clarion não sabia que outros seres além de fadas do Inverno e alguns animais viviam por lá, muito menos *monstros*. Mas quando olhou para Elvina, a rainha não pareceu nem um pouco abalada. Por outro lado, ela mantinha a compostura em todas as situações, não importava o quanto fossem perigosas. Por mais que isso confundisse Clarion, ela sempre havia admirado e invejado essa atitude em Elvina. Uma verdadeira Rainha do Refúgio das Fadas não poderia mostrar fragilidades.

— E como era esse monstro? — perguntou Rowan, desconfiado.

— É difícil definir, senhor. Algo como uma raposa, mas não como nenhuma raposa que eu já tenha visto. Tinha algo como um brilho, ou uma sombra... — A batedora parou de falar, cada vez mais pálida. — Nós o seguimos o máximo que pudemos, mas o perdemos de vista quando o sol nasceu.

— Mande chamar a comandante imediatamente — disse Elvina. — Quero falar com ela aqui.

Com a concreta orientação de seguir uma ordem, a batedora recuperou um pouco da compostura. E voltou à posição de sentido.

— Sim, Vossa Majestade.

— Depois de fazer isso, pegue sua unidade e garanta que todos os cidadãos entrem — continuou Elvina. Uma carranca preocupada vincou sua testa. — Até que possamos identificar a ameaça, ninguém sai.

— Sim, Vossa Majestade.

Artemis se animou, seus dedos se contraindo em direção à espada presa no quadril.

— Majestade, se houver algo que eu possa...

— Você não abandonará seu posto ao lado da princesa — respondeu Elvina friamente.

Clarion sentiu uma pontada de compaixão pela forma como Artemis murchou. Baixando a cabeça, ela respondeu:

— Claro que não.

Elvina sacudiu o pulso para a outra batedora.

— Está dispensada. Quanto ao restante de vocês, esta reunião está encerrada. Por uma questão de segurança, não saiam do palácio até segunda ordem.

— Mas, Vossa Majestade, não posso ficar aqui — protestou Íris. — Se o monstro entrou pela Primavera...

A expressão no rosto de Elvina não admitia discussão.

— As batedoras cuidarão disso.

— Sim. Claro — Íris respondeu, mas Clarion não deixou de notar a preocupação em seu tom. Aurélia apoiou a mão com firmeza no ombro de Íris e apertou.

O farfalhar de papel e murmúrios baixos encheram a sala. Clarion observou os ministros saírem, sentindo um medo frio alojado no fundo do peito. *Um monstro.* Como uma coisa dessas poderia ser possível?

— Você também, Clarion — disse Elvina, cansada. — Vá para o seu quarto.

A indignação explodiu dentro dela. Era isso, então? Dispensada, assim como os outros, como se ela não fosse nada mais do que uma criança? Essa reunião — uma oportunidade de demonstrar sua capacidade — tinha dado errado. E agora Elvina a excluiria de algo tão importante?

— Eu posso ajudar.

— Não, não pode. Este não é um assunto que lhe diga respeito.

A confirmação de seu pior receio deveria tê-la destruído: Elvina não precisava dela. Em vez disso, aquela semente de raiva explodiu em plena floração dentro de si. Ela voou pela sala rapidamente, seu brilho se intensificando e lançando uma luz âmbar nas paredes ao redor.

— Como isso pode não me dizer respeito? Espera-se que eu governe todo o Refúgio das Fadas dentro de um mês.

Por fim, Elvina olhou para ela — olhou *de verdade*. Obviamente, Clarion a chocara, porque ela não respondeu por alguns longos momentos.

— Só quis dizer que você não deve se preocupar com isso.

Clarion não conseguia aceitar tal explicação.

— Mas eu não deveria aprender a lidar com uma crise?

— Ainda há tempo para ensiná-la. Esse tempo não é durante uma crise. Confie em mim. Tenho tudo sob controle. — Elvina pousou as mãos nos ombros de Clarion. Pesavam muito sobre ela, e Clarion encontrou sua resistência momentaneamente sufocada sob o choque.

Elvina raramente a tocava, raramente demonstrava qualquer tipo de ternura por ela. E ainda assim, Clarion não conseguia esquecer a maneira como Elvina olhara para ela quando surgiu da estrela em seu Dia de Chegada. Ela ajudou Clarion a sair da cratera, depois, segurou seu rosto com uma espécie de admiração e intenso reconhecimento brilhando em seus olhos. Aquilo encheu Clarion com tamanha tristeza que ela não entendeu, nem podia entender.

Antes que pudesse responder, a comandante das batedoras, Beladona, chegou voando. Estava vestida com trajes completos — uma couraça e placas de armadura de casca de árvore amarradas em seus antebraços e canelas, tudo brilhando ameaçadoramente — e carregava uma lança na mão e uma aljava de flechas de capim-serra nas costas. Seu cabelo louro estava preso em um coque severo na nuca bronzeada pela exposição ao sol.

— Vossa Majestade. Vossa Alteza. — Ela apertou o punho sobre o coração em saudação. — Deveríamos discutir logística.

— Deveríamos — Elvina concordou. — Clarion...

— Por favor, deixe-me ficar — pressionou Clarion. — Não vou interromper.

— Isso está fora de cogitação — retrucou Elvina. — Vá.

Clarion só conseguia encará-la, atordoada. Elvina já tinha ficado impaciente ou decepcionada com ela antes, sim — mas nunca havia sido tão rude. Sem dizer mais nada, ela se virou para Beladona e começou a falar com ela em tom baixo. Clarion, indignada pela humilhação, entendeu que esse era de fato o fim da discussão. Elvina havia prometido lhe ensinar tudo o que ela precisava saber — e que melhor maneira de aprender do que observando? Ficara claro que sua percepção não era valiosa ou bem-vinda.

Estava contemplando a ideia de ficar escutando atrás da porta como uma criança mandada para a cama. Havia jurado dar o melhor de si — comportar-se com a dignidade condizente com seu papel. E ainda assim...

— Vamos, Vossa Alteza — Artemis disse calmamente. Agora, o tom de pena em sua voz era inequívoco. Ela praticamente conduziu Clarion para fora da câmara do conselho e de volta para o seu quarto. Desta vez, Clarion se sentiu ferida demais para protestar.

Do lado de fora da janela do seu quarto, um caos controlado irrompeu no Refúgio das Fadas. Ao longe, ela podia ouvir o som das trombetas ecoando das torres de vigia no alto dos pinheiros. Pó de fada riscava o céu enquanto fadas se apressavam para casa e batedoras voavam acima das copas das árvores empunhando seus arcos, com seus olhos treinados vasculhando as sombras. O coração de Clarion doía de preocupação. Seu povo estava sofrendo. Petra provavelmente estava apavorada, e isso a mortificava mais do que tudo.

Você tem que ajudar em grande escala, Elvina tinha dito a ela. Mas ela não podia. Não enquanto estivesse trancada em seu quarto — e certamente não enquanto Elvina a impedisse de cumprir seu dever.

A Rainha do Refúgio das Fadas não fica parada enquanto ainda há trabalho a ser feito.

Clarion nunca fora perfeita, ela sabia. Mas como poderia ser, quando as ordens de Elvina se contradiziam? Teria que escolher uma. E agora, com sua coroação já tão próxima, não poderia se contentar em não fazer nada.

Não faria mal procurar o monstro ela mesma, não é?

Se voltasse com algo útil, nunca mais seria excluída. E talvez — quem sabe — ela pudesse convencer *a si mesma* de que as estrelas não tinham cometido um erro horrível. Certamente, com todas as batedoras e Elvina ocupadas, ninguém notaria sua falta. Ela só teria que esperar até a noite para escapar, quando Artemis finalmente estivesse de folga.

Conforme as horas passavam, o sol ia se pondo, manchando o céu de um ardente vermelho-fogo. Pouco antes do crepúsculo, Clarion abriu as portas da sacada. Quando saiu, sombras se acomodaram pesadamente sobre ela, fazendo sua pele formigar com desconforto. Uma rajada de vento chacoalhou todos os galhos, e ela podia jurar ter ouvido o uivo distante de uma raposa abafado em algum lugar sob o barulho.

Em algum lugar lá fora, um monstro espreitava.

O pensamento mal havia deslizado por sua mente quando seu olhar encontrou as montanhas. A quase escuridão do crepúsculo as havia transformado em algo austero e sombrio. Pela primeira vez, elas a encararam de volta de forma convidativa, quase com expectativa. Clarion não sabia dizer se isso a emocionava ou a perturbava mais. Reunindo coragem, ela voou em direção ao Vale da Primavera — para a fronteira onde a Primavera encontrava o Inverno.

4

Um silêncio assustador se instalara sobre a Primavera. Nenhum canto de pássaros, nenhuma brisa agitando a grama alta, nenhum som de risada ecoando pelas árvores. Clarion nunca tinha visto o Refúgio das Fadas assim. Parecia quase desolado.

A escuridão descia lentamente, escorrendo pelas cerejeiras e pelos prados. Bem abaixo dela, Clarion teve um vislumbre de seu brilho refletido em um lago. A fraca luz do sol cintilava na água, mas sem talentos aquáticos para esculpir ali ondulações, a superfície estava desconcertantemente vítrea em sua placidez. Um dos mosaicos de gotas de orvalho que Íris mencionara jazia inacabado na margem, obviamente abandonado assim que as batedoras soaram os alarmes.

Conforme se aproximava da fronteira, o som de água corrente chegou a Clarion. Aos poucos, as árvores iam ficando esparsas conforme se afastavam das margens lamacentas de um rio. Com um bater de asas, Clarion desceu e pousou suavemente na grama. Amoras e arbustos de rosa-mosqueta cresciam selvagens no mato, e o cheiro delicado de prímula perfumava o ar. Ao se aproximar do rio que separava a Primavera do Inverno, ela se sentiu estranhamente exposta, sem nenhuma floresta para envolvê-la, e o brilho de suas asas não era diminuído por uma capa de viagem. Nunca tinha estado tão perto da fronteira antes.

Nunca tinha estado tão *sozinha*.

Uma raiz da Árvore do Pó de Fada se retorcia da terra e se estendia sobre a largura do rio. Pontes como essa existiam entre cada estação em um anel ininterrupto: do Inverno para a Primavera, da

Primavera para o Verão, do Verão para o Outono e do Outono para o Inverno. Quando Clarion chegou, a existência das pontes a deixara intrigada. Que utilidade tinham para as fadas, quando tão poucas delas caminhavam em qualquer lugar? Agora, a futura rainha se maravilhava com a poderosa magia que fluía através delas.

As quatro estações existiam simultaneamente no Refúgio das Fadas graças às raízes da Árvore do Pó de Fada que as uniam em um só lugar. Um pensamento — que ela sabia muito bem que não deveria alimentar — borbulhou em sua mente: se o inverno e as estações quentes realmente tinham sido feitos para serem separados, então, por que aquela ponte existia?

Um farfalhar distante das árvores a tirou de suas reflexões. A inquietação percorreu sua espinha em forma de arrepio. O som tinha vindo do Bosque do Inverno. Quando voltou sua atenção para lá, poderia jurar que vislumbrara um clarão desaparecer atrás de uma fileira de árvores brancas. Os nós escuros em seus troncos a encaravam como olhos que não piscavam.

Talvez Clarion tivesse encontrado o que fora procurar, afinal de contas.

Preparando-se, pisou na ponte. Na metade do caminho, o musgo exuberante que cobria a casca deu lugar a uma espessa camada de neve. Pingentes de gelo pingavam de suas laterais, brilhando perversamente à luz do pôr do sol. Clarion parou bem perto da geada que cobria os limites da Primavera.

No crepúsculo, tudo do outro lado do rio estava pintado de prata e carvão. Rajadas de neve deixavam-se carregar preguiçosamente pelo ar, um espelhamento frio das flores de cerejeira flutuando das copas das árvores da Primavera. A neve caindo assemelhava-se a um véu separando seus mundos. Parecia mais *mágico* do que ela esperava, mas Clarion não podia baixar a guarda — nem esquecer a razão de ter ido lá, para começo de conversa.

As sombras pareciam mais escuras no inverno, mas suas asas emitiam luz suficiente para ela poder enxergar. Pó de fada caía delas enquanto Clarion se deslocava, as partículas brilhando como brasas na escuridão. A neve que cobria a terra estava intacta: sem pegadas, sem buracos, nada. A batedora dissera que o tal monstro parecia uma raposa. Se era grande o suficiente para ser visto a uma grande distância, irradiando alguma aura sinistra, para onde poderia ter ido?

De repente, ela se sentiu muito tola. Aquele som deveria ter sido pura imaginação. O que ela estava pensando, vagando em busca de um monstro? Quando o concebeu, o plano parecia tão óbvio — tão *sensato*. Agora, pensava sobre como era ridículo. O estresse e a dúvida de sua iminente coroação tinham confundido tudo. A coisa realmente sensata a fazer agora seria voltar.

Mas, então, o que faria? Ela não conseguia suportar a ideia de retornar ao seu quarto vazio, ou pior, a uma câmara do conselho da qual tinha sido excluída.

Além disso, estava *ali*, tão perto de um lugar que a chamava há anos. Era estranhamente tentador estender a mão e pegar um floco de neve. Mesmo tão perto da fronteira, o ar da Primavera ainda mantinha seu agradável frio noturno. A que distância teria que chegar para sentir a mordida do frio verdadeiro? Muito timidamente, ela levou a mão até a borda da fronteira, deixando-a pairar a poucos centímetros das rajadas de neve. Por fim, sentiu um mínimo suspiro de inverno contra sua pele. Tomando coragem, ela deixou seus dedos deslizarem para o outro lado.

Um frio profundo apoderou-se dela, forte e repentino o suficiente para fazê-la ofegar, arrepiando todos os pelos da parte de trás de seus braços. Clarion puxou a mão para trás e soprou um hálito quente em suas palmas em concha. Bem, certamente não restavam dúvidas sobre sua incapacidade de atravessar. Mesmo assim, o frio a deixou um tanto eufórica. Ela nunca sentira nada parecido.

Outro lampejo de movimento chamou sua atenção. Desta vez, pôde ver com nitidez: um tênue brilho prateado reluzindo na escuridão. *Não*, ela pensou, *uma aura*. A luz espectral envolvia uma sombra que se descolava da própria noite. Clarion voou para trás alguns metros. Era isso: o monstro.

— Para trás!

Mas assim que as palavras saíram de sua boca, a sombra entrou em foco. Clarion tentou, mas não conseguiu engolir sua crescente mortificação. Não era um monstro.

Era um homem-pardal.

Ele parecia ter sido delicadamente moldado na neve, com sua pele clara e cabelo branco como osso, que lhe caía sobre os ombros, e parte estava puxado para trás do rosto, revelando as extremidades pontudas das orelhas. Suas asas brilhavam como gelo sob a luz do sol poente. Contra o cenário austero do inverno, ele era quase... etéreo.

Uma fada do inverno.

Ela não imaginou que uma fada do inverno seria tão modesta. Ele era apenas um *garoto*, não mais velho do que ela. As aparências enganavam. Clarion não podia subestimá-lo.

Tentou imprimir ao rosto uma expressão que mostrasse alguma aparência de compostura. Tarde demais, evidentemente, pois ele levantou as mãos de forma apaziguadora e disse:

— Desculpe. Eu não queria assustá-la.

Sua polidez a surpreendeu ainda mais do que a aparição repentina.

— Você não me assustou — disse ela, com cautela.

— Bem — ele respondeu, visivelmente surpreso —, isso é um alívio.

A fada do inverno se aproximou devagar da fronteira, medindo cada movimento, como se lhe desse a oportunidade de recuar. Clarion forçou-se a permanecer enraizada onde estava. A cada passo que ele dava, a neve estalava sob suas botas e sua expectativa aumentava. Ele parou bem na borda da fronteira.

Assim tão perto, ela podia ver cada plano de sua face, das maçãs do rosto destacadas ao queixo quadrado. Não havia calor nos olhos do jovem homem-pardal. O olhar que dirigia a Clarion era cauteloso e treinado, como se ela fosse um animal ferido pronto para atacar. Qualquer desconfiança que Clarion abrigasse, parecia ser totalmente recíproca.

— Quem é você? — Clarion exigiu saber. Sua voz saiu exatamente como havia praticado: autoritária, fria, desapaixonada. A de uma rainha, mesmo que essa não fosse exatamente *sua* voz.

— Não quero fazer mal — ele afirmou. Clarion resistiu à vontade de rir. Como se simplesmente dizer isso pudesse deixá-la tranquila. — Meu nome é Milori.

— E o que o traz aqui — ela fez uma pausa, dando-lhe outra examinada rápida —, Milori?

Se ele ficou incomodado com seu tom suspeitoso, não demonstrou. Desde sua expressão neutra aos ombros para trás, o jovem era a própria imagem da confiança.

— Vim para solicitar uma audiência com a Rainha do Refúgio das Fadas. — Após uma pausa, ele acrescentou: — E parece que eu consegui.

— Você sabe quem eu sou? — Em seu choque, Clarion abandonou sua altivez real. A pergunta soou muito mais esperançosa do que ela pretendia.

— Claro que sim. — Ele parecia quase intrigado. Seus olhos adquiriram um brilho estranho; não de todo desagradável, mas um brilho que ela não conseguia ler ao certo.

Isso não importava, porque *ele sabia quem ela era*.

Ele sabia quem ela era, e não se encolheu para longe, nem hesitou ou entrou em pânico. Ela podia contar em uma única mão o número de fadas que ousaram olhá-la nos olhos — que ousaram falar com ela sem serem convidadas a fazê-lo. Talvez não tivessem respeito ou amor pela realeza das estações quentes no Bosque do Inverno, mas ela alegremente preferiria a impertinência à reverência.

— Posso saber o que o faz pensar assim? — ela perguntou, tentando não soar *muito* ansiosa.

Aquele brilho nos olhos da fada se intensificou. Diria até que ele parecia estar *se divertindo*.

— Seu porte real.

Clarion olhou feio para ele.

— Como disse?

O sorriso malicioso que Milori deu indicava que ela havia demonstrado que ele estava certo.

— E suas asas — ele acrescentou, mais sóbrio. — Elas são distintivas… E muito brilhantes. Eu vi você chegando a uma boa distância.

Constrangida, Clarion as dobrou contra as costas. De repente, desejou ter trazido sua capa de viagem, afinal de contas.

— Sinto muito por desapontá-lo, mas eu não sou realmente a Rainha do Refúgio das Fadas. Você está procurando pela rainha Elvina. Eu sou apenas a rainha em treinamento.

E não sou uma rainha muito boa, aliás, ela quase acrescentou.

— Entendo — ele respondeu. Toda a alegria sumiu de sua expressão. Clarion percebeu que sentiu falta dela quando se foi; tal melancolia não combinava com um rosto como o dele. — E como eu devo chamá-la?

Uma pequena parte dela sabia que deveria insistir no decoro. Ninguém a chamava pelo nome, exceto Elvina e Petra. *Vossa Alteza,* ela quase disse. Mas o que saiu de sua boca foi:

— Clarion.

— Clarion — ele repetiu. Como era estranho ouvir o nome dela naquele sotaque cadenciado, naquela voz tão fria e lisa como uma vidraça. Fez um arrepio percorrê-la, um que não tinha nada a ver com o frio.

Clarion alisou as saias com as mãos, fazendo o possível para parecer desinteressada.

— Quer que eu transmita sua mensagem para a rainha Elvina?

— Se você puder. Diga a ela que o Guardião do Bosque do Inverno deseja falar com ela. É um assunto urgente… Que diz respeito a ambos os nossos reinos.

Será que ele estava falando sobre o monstro? Sua mente girava com as possibilidades. Clarion esperava levar informações de volta para Elvina — e que informação poderia ser mais valiosa do que algo que viesse do próprio Guardião do Bosque do Inverno?

— Ela nunca concordará com isso. — Não era mentira; Elvina nunca encorajara exatamente seu interesse pelo Bosque do Inverno. — Mas talvez eu possa me encontrar com o guardião.

Uma expressão um tanto peculiar cruzou as feições do rapaz, e desapareceu num instante.

— Isso pode ser arranjado, se você desejar.

Clarion lutou para impedir que a empolgação transbordasse dela. Teria que orquestrar outra fuga, o que poderia ser difícil quando a situação se estabilizasse. Mas pela segurança do Refúgio das Fadas — pela chance de provar a si mesma —, ela daria um jeito.

— Eu desejo. Apenas me diga quando... e onde.

— Aqui e agora, pode ser?

— Aqui e...? — Clarion quase caiu no rio quando se deu conta. *Milori* era o Guardião do Bosque do Inverno. O Guardião do Bosque do Inverno estava *ali*, falando com ela como se fosse a coisa mais natural do mundo. Ela não conseguiu esconder o tom de acusação em sua voz quando disse: — Você poderia ter começado falando isso! Não ensinam decoro no Inverno? E o que o Guardião do Bosque do Inverno está fazendo na fronteira?

— Suponho que a mesma coisa que a Rainha do Refúgio das Fadas esteja fazendo. — Ele parou para considerar. — Ou a rainha em treinamento, como queira. Você está procurando por algo.

Ela não conseguiu argumentar. Cruzou os braços sobre o peito e o encarou com um olhar desafiador.

— Suponho que sim.

O silêncio ficou tenso entre eles.

— Estou contente em conduzir nossa reunião dessa distância — ele disse, inclinando a cabeça para ela. A ironia se refletiu em suas feições enquanto examinava o espaço que ela havia criado quando ele emergiu da floresta. — Mas pode ser mais fácil se você se aproximar.

A neve engrossou e, quando o vento soprou, produziu um redemoinho ao redor dele, ocultando-o parcialmente da visão de Clarion. A fronteira funcionava como uma barreira entre os dois. Além disso, se ele quisesse lhe fazer mal, além do golpe que já dera à sua dignidade, já teria feito *algo* a essa altura. Timidamente, Clarion diminuiu a distância entre eles e parou bem na beira da Primavera. Ela sentiu a geada sob seus pés quando pousou.

Clarion se ressentiu do fato de ter que inclinar a cabeça um tantinho para trás para encará-lo nos olhos, tão cinzentos quanto o céu de inverno, que olhavam firmemente nos dela, e havia um cansaço terrível por trás deles. A constatação a fez se sentir estranhamente desconcertada. O que poderia perturbá-lo tanto a ponto de transparecer dessa forma?

De perto, ela o admirou novamente. Alguns fios de cabelo soltos se enrolavam em volta de suas orelhas pontudas. Mas o que mais a impressionou foram seus braços, musculosos e completamente nus sob sua túnica de orelha de cordeiro. Ela não conseguia entender como ele não estava com frio. Passar a mão pela borda por um momento tinha sido o suficiente para o ar gélido perfurá-la até os ossos. Ele sentiria o equivalente se estendesse a mão para ela? *Tocá-la* lhe pareceria quente como encostar a mão em uma chama? Clarion limpou a garganta, determinada a encerrar esses pensamentos.

— Então, do que se trata? — ela perguntou.

O ângulo da luz do sol poente lançava metade do rosto dele na sombra.

— Acredito que um monstro logo cruzará seu reino.

Era uma proclamação grave, mas tinha chegado tarde demais. Ainda assim, se ele tivesse alguma informação sobre esse monstro, a excursão tinha valido a pena. Ela não retornaria ao palácio de mãos vazias.

— Receio que já tenha acontecido. Nossas batedoras o avistaram hoje, pouco antes do amanhecer.

— Sinto muito — ele respondeu, baixinho. Algo como culpa estampou sua expressão. — Eu esperava ter tempo para avisá-la antes que ele chegasse à Primavera.

Para me avisar? Clarion franziu a testa.

— Você o viu?

— E eu lamento não ter conseguido impedir — ele disse, como se não conseguisse falar rápido o suficiente. Ela não achou ter confundido a emoção estrangulada naquelas palavras. — Mas é por isso que vim pedir sua ajuda.

— Minha ajuda? — Clarion foi incapaz de esconder a incredulidade em sua voz. — Diga-me primeiro o que é esse monstro.

Um ar de surpresa cintilou no rosto dele. Por um momento, o rapaz não disse nada, como se não a tivesse ouvido corretamente.

— Você não sabe.

Clarion tinha certeza de que ela parecia tão perplexa quanto ele agora.

— Como eu poderia?

— Sua antecessora não foi franca com você — disse o jovem, com um toque de amargura.

— Perdão? — Ela recuou. Como ele *ousava* lançar tais acusações? E se ele sabia o que era esse monstro — e se tinha vindo de seu reino —, então, não estava em posição de julgar ninguém. — Talvez você devesse prender suas feras antes de deixá-las atravessar a fronteira para as estações quentes!

Milori pareceu magoado, mas não tentou se defender. Isso fez com que um pouco da raiva que ela sentia desaparecesse. Ele estendeu a mão, como se quisesse atravessar a fronteira e imobilizá-la antes que ela fugisse. Por fim, deve ter pensado melhor. Deixou a mão pender na lateral do corpo com os dedos recolhidos num punho fechado.

— Escute-me, Clarion. Eu posso explicar, mas...

— *Estou* ouvindo.

— ... mas é muito perigoso ficar aqui por muito mais tempo. O monstro só é ativo na escuridão.

Clarion estava ficando cansada de ter negadas as informações que queria.

— Oh, que conveniente.

Ele pelo menos teve a decência de parecer repreendido.

— Posso estar aqui logo de manhã, se você quiser.

— Eu... — Ela *gostaria* disso, mesmo que fosse apenas para satisfazer sua curiosidade. — Não posso.

Um pouco do tom grave do rapaz foi substituído por confusão.

— Por que não?

— Não sei quais são *seus* deveres, Guardião do Bosque do Inverno — ela disse, sentindo-se estranhamente perturbada —, mas eu tenho obrigações. Não posso abandoná-las para ir aonde eu quiser... especialmente sendo para a fronteira do Inverno.

— Entendo. — Ele passou a mão pelos cabelos, parecendo um tanto esgotado — A rainha não sabe que você está aqui, sabe?

— Não. Eu escapei. — Clarion murchou. Ficou um pouco envergonhada em admitir isso. Talvez ele a levasse menos a sério agora que sabia quão limitada ela estava em seu papel. — Perigosas ou não, as noites são o único momento verdadeiramente meu.

— Muito bem — ele disse, visivelmente determinado. — Vejo você ao pôr do sol amanhã.

Com isso, ele se virou.

— Espere! — Indignação e pânico brilharam intensamente dentro dela. E se ela não conseguisse escapar no dia seguinte? E se precisasse de tempo para pensar sobre com o que estava se comprometendo? — Eu... eu não concordei!

Milori se deteve, como se estivesse considerando.

— Se estiver interessada em resolver esse problema em vez de evitá-lo, sabe onde me encontrar. Estarei esperando aqui, ao pôr do sol, todas as noites por uma semana. — Ele estudou o rosto dela, e a intensidade de seu olhar penetrante fez o calor subir pelo pescoço de Clarion. O que quer que ele tenha encontrado fez um leve sorriso curvar seus lábios. Isso, ela pensou debilmente, combinava muito mais com ele do que a gravidade. — Boa noite, Clarion.

Ele levantou voo. Clarion não conseguia tirar os olhos da fada enquanto ele voava mais fundo no Bosque do Inverno — e ela capturou o exato momento em que o luar dourou suas asas e lançou sua sombra delicada sobre a neve.

Ela ergueu as mãos e as arrastou pelo rosto em frustração. Fora até lá em busca de respostas, mas iria embora com muito mais perguntas do que tinha antes.

5

Sua antecessora não foi franca. As palavras de Milori a assombraram enquanto voltava para o palácio. O que, exatamente, o guardião achava que ela deveria saber? Mais preocupante: o que ele achava que Elvina havia escondido dela?

Certamente era traição até mesmo entreter um pensamento como esse. Mas, por outro lado, Elvina estava estranhamente calma quando aquela batedora invadira a reunião do conselho, assumindo seu papel com tanta naturalidade quanto a de entrar em um vestido novo. Se ela já soubesse sobre o monstro, então...

Não, *não*. Clarion não podia se permitir seguir por esse caminho.

Levar informações de volta para Elvina era tentador, sim, mas se envolver em algum tipo de — o que, conspiração? Isso estava além dela, e com sua coroação se aproximando, não podia se dar ao luxo de se distrair com o Guardião do Bosque do Inverno e suas palavras enigmáticas. Pelo que sabia, ele estava mentindo para ela. E, ainda assim, Clarion achou difícil duvidar da preocupação genuína — e da culpa — que tinha visto em seu rosto.

Ela afastou a lembrança de sua expressão apreensiva. Sincera ou não, jamais poderia se encontrar com ele novamente.

À distância, a Árvore do Pó de Fada brilhava na noite como uma lanterna. Mas Clarion não conseguia se obrigar a voltar para casa ainda. Milori a avisou que a criatura, o que quer que fosse, caçava na escuridão, mas, abaixo dela, o Vale da Primavera dormia serenamente: sem caos, sem terror e definitivamente sem monstros. Com certeza, não faria mal dar uma olhada em Petra; afinal, ela morava no caminho para casa. Clarion inclinou para a esquerda, o vento a guiando ao longo de seu curso constante.

O Recanto das Artesãs ficava aninhado na base de um sicômoro enorme, cercado por todos os lados por um declive de terra, coberta selvagemente com grama alta e curvados jacintos azuis. A maioria das artesãs construía suas casas sobre as raízes da árvore, todas elas coroadas por um telhado de folhas de bordo. Escadarias delicadas de cogumelos-dente-do-norte brotavam da casca e pavimentavam o caminho até as portas da frente. A criatividade das artesãs sempre surpreendia Clarion. Sem elas, pouco seria feito no Refúgio das Fadas. Além de consertar e construir infraestrutura, elas inventavam todo tipo de coisa para tornar a vida diária mais fácil.

Seu trabalho manual — e o início dos preparativos de outono — estava espalhado no centro da clareira: copos de bolota cheios com a tintura dos talentos das folhas, cuidadosamente dispostos em um gradiente de escarlate a dourado; ferramentas espalhadas nos chapéus de cogumelo usados como bancadas de trabalho; carrinhos parcialmente montados, feitos de cascas de abacate ocas. A uma curta distância, Clarion avistou suas rodas de casca de castanha, esperando para serem instaladas. A desordem dava a impressão de um lugar abandonado às pressas. Mas velas e lâmpadas alimentadas pela luz do sol queimavam suavemente nos peitoris das janelas, e ela podia ver as formas vagas de silhuetas se movendo do lado de dentro.

Seguiu em direção à casa de Petra, que ficava escondida em um canto distante da vila. Ao contrário da maioria das outras casas, a dela era um trabalho intrincado de pedras de rio empilhadas, argamassadas com lama e pó de fada e cobertas com uma espessa camada de musgo. Segundo ela própria admitia, Petra preferia um visual menos "orgânico", mas um cogumelo solitário brotara do telhado como que para irritá-la.

Clarion pousou em sua varanda. A porta pairava acima dela, uma lasca delicada de uma árvore derrubada que Petra havia lixado e polido para brilhar. Ela bateu. Imediatamente, um gritinho agudo veio de dentro.

Clarion suspirou.

— Sou eu.

— Clarion?

As cortinas se abriram, e o rosto pálido de Petra apareceu na janela. A porta se abriu lentamente para revelá-la ali, segurando um martelo em uma mão e a tampa de uma bolota — um escudo improvisado, Clarion presumiu — na outra.

— Você me assustou!

Clarion não conseguiu evitar o sorriso.

— Você está tão desacostumada com visitantes, ou achou que um monstro bateria tão educadamente?

Assim que a palavra *monstro* passou por seus lábios, Petra ofegou.

— O que você está fazendo aí? É muito perigoso ficar aí fora.

Antes que Clarion pudesse responder, Petra agarrou-a pelo braço e arrastou-a para dentro em uma confusão de cabelos ruivos selvagens e pó de fada espalhado. A casa estava completa e desconcertantemente escura. Ela piscou com força, desejando que seus olhos se ajustassem.

— Talvez um pouco de luz...?

— Absolutamente não. Suas asas já são brilhantes demais — Petra resmungou. — Você vai atraí-lo até aqui, se já não o fez.

Clarion zombou.

— Isso é ridículo.

Petra lançou-lhe um olhar significativo.

— Você se esqueceu do Incidente do Morcego? Eu, não.

Agora, isso era o que se poderia chamar de golpe baixo. Uma vez, muitos anos antes, as duas tinham escapado para o Outono sob a cobertura do anoitecer, para sentar-se sob as estrelas com canecas de sidra de maçã quente. Clarion levara dias para convencer Petra de que valeria a pena. O que ela não havia considerado era seu brilho, que perturbara o padrão de voo dos morcegos no caminho para lá. Mesmo agora, ela conseguia ver o brilho das asas escuras — e ouvir sua própria risada sobrepondo-se ao grito horrorizado de Petra.

— A batedora disse que parecia uma raposa — disse Clarion.

— Desta vez, você está segura.

Petra não se dignou a responder. Em vez disso, fechou as cortinas enfaticamente. As asas de Clarion realmente iluminavam a escuridão do quarto. Seu brilho traçava o contorno de todas as coisas de Petra, e o pó de fada que saía delas se espalhava pelo chão, brilhando como pedaços de luz das estrelas. Pelo pouco que conseguia enxergar na escuridão, parecia que a bancada de Petra tinha virado no chão. Obviamente, ela estava no meio de um projeto. Todos os outros aspectos de sua vida — da socialização à arrumação — caíam por terra quando ela mergulhava de cabeça num projeto. Clarion ficou surpresa e desapontada ao perceber que não sabia o que havia capturado a atenção de Petra dessa vez.

Ambas *realmente* andavam ocupadas nos últimos tempos.

Aparentemente satisfeita com suas medidas de segurança, Petra deslizou para o chão e fixou Clarion com um olhar sonolento.

— O que você está fazendo aqui tão tarde?

— Eu queria ver como você estava.

Petra suspirou, inquieta, enquanto começava a prender o cabelo em um nó bagunçado no alto da cabeça.

— Ah, bem. É mais do mesmo. O trabalho tem sido...

— Para ver se você está segura — interrompeu Clarion. — Eu estava preocupada com você enfurnada aqui sozinha.

— Ah! Sim, o mais segura possível. Não me importo com uma desculpa para ficar aqui. — Ela estudou Clarion quase desconfiada. — É realmente por isso que veio? Parece que você tem um segredo.

— Um segredo? — Clarion riu com nervosismo. Será que tinha *mesmo*? Ir para a fronteira não era exatamente proibido, mas se alguém descobrisse que ela havia se encontrado com o Guardião do Bosque do Inverno... Bem, na verdade, ela não sabia o que aconteceria. Era melhor não tocar no assunto, em parte porque nunca mais se encontraria com ele, e principalmente porque a simples menção de uma fada do inverno em qualquer lugar perto das estações quentes destruiria a constituição frágil de Petra. Ela já parecia estar bem próxima de um colapso nervoso. Além disso, Petra era *péssima* em guardar segredos. — Não, claro que não. De onde você tirou essa ideia?

— Oh, não. — Petra apoiou a testa nos joelhos. Quando falou novamente, sua voz estava abafada. — É muito ruim, então, não é?

Clarion ficou desanimada. Era mesmo tão nítido que Petra já percebera algo diferente nela?

De algum modo, Petra se afundou ainda mais no chão. Levantou o queixo e fitou Clarion com um olhar de puro desespero.

— Elvina realmente *vai* me banir.

Clarion piscou forte para ela, com sentimentos confusos, variando entre alívio e confusão.

— Hum... não?

— É pior? Você veio dar a notícia de que não sobreviveremos a esta noite? Não, é...

— Petra — Clarion interrompeu, agarrando seus ombros. — Você está aumentando as coisas de novo.

— Certo. Você tem razão. — Petra murchou, e então forçou-se a se levantar outra vez. — Então, o que é? A Rainha do Refúgio das Fadas aparece na minha porta...

— Rainha em treinamento — Clarion a interrompeu.

— ... sem avisar e sem motivo?

Como seria bom conversar sobre o que havia acontecido com ela. Clarion suspirou e se empoleirou na beirada da mesa de Petra — isto é, no pouco espaço livre que havia sobrado. Algo chacoalhou atrás de Clarion e ela o deslizou para fora do caminho. Petra não gritou para ela ter cuidado, então supôs que não devia ser nada importante.

Enquanto Clarion estudava o rosto cansado e manchado de fuligem de sua amiga, uma dor floresceu profundamente em seu peito. Em momentos como esse, conseguia apreciar a verdadeira sabedoria da filosofia de Elvina. Uma rainha tinha que carregar o peso de suas decisões sozinha. Manter todos a certa distância tornava muito mais fácil resistir à tentação de sobrecarregá-los. E, então, ela disse:

— Eu juro que não tenho segundas intenções, segredos ou notícias terríveis.

Petra não parecia convencida. Distraída, pegou uma de suas ferramentas e a girou nos dedos, olhando fixamente para ela.

— Você não precisa ser misteriosa, Clarion. Não comigo.

Não preciso? Ela gesticulou para os destroços da casa de Petra e se forçou a sorrir.

— Eu sei. Só senti sua falta. Por que você não me conta o que é tudo isso?

— Eu ainda não contei? — Os olhos de Petra se iluminaram, e toda a ansiedade e incerteza derreteram-se dela. Ela vasculhou suas coisas até recuperar duas folhas planas de metal. — Isso pode ser inovador. Estou desenvolvendo uma nova técnica de soldagem usando areia e...

Clarion deixou a onda de entusiasmo de Petra tomar conta de si. Mesmo que mal entendesse uma palavra de seu discurso, a visão da amiga em seu elemento aqueceu Clarion como a luz do sol. E em algum lugar, mais fundo, isso despertou uma centelha de tristeza.

Como deve ser, ela se perguntou, *ter tanta certeza do seu caminho? Como deve ser compartilhar dele?*

Quando retornou para o palácio, as portas da sacada se fecharam muito alto atrás dela. Clarion prendeu a respiração, preparando-se, mas depois de alguns momentos, nada aconteceu. Nenhum alarme soou. Nenhuma batedora chutou sua porta.

Um pequeno alívio, ela pensou. De alguma forma, escapara ilesa de sua missão de reconhecimento. Sentia-se quase tonta com a rápida sucessão de acontecimentos.

Ela vestiu uma camisola e depois se acomodou em sua penteadeira para desfazer a trança. Enquanto trabalhava, soltando as pétalas de flores e grampos de seu cabelo, uma parte fantasiosa nela acreditou que ainda podia sentir o cheiro de neve e resina de pinheiro. O Inverno, de alguma forma, a seguira até em casa. Ela tinha acabado de pegar seu pente quando três batidas fortes soaram na porta. Clarion estremeceu. Não havia como confundir aquele anúncio autoritário, mesmo sem palavras.

Elvina.

O mais calmamente que pôde, Clarion disse:

— Entre.

Quando se virou, viu Elvina emoldurada pela porta.

Apesar do adiantado da hora, ela não havia trocado de roupa. Sua expressão era ilegível à primeira vista, mas Clarion pensou ter detectado um lampejo de alívio em seus olhos.

— Você está aqui.

— Onde mais eu estaria? — Clarion sorriu de forma radiante para ela, esperando que isso a distraísse da hesitação em sua voz, e girou de volta para o espelho. Ela pegou o pente e começou a alisar as ondas em seu cabelo.

No reflexo, Clarion observou a expressão de Elvina tornar-se sombria.

— Você não estava aqui quando procurei você mais cedo.

Clarion não tinha resposta para isso. Se ao menos tivesse inventado alguma mentira inteligente, alguma desculpa... Mas parecia imprudente inventar algo agora.

— Sinto muito.

Sua voz soou terrivelmente baixa e patética, até mesmo para seus próprios ouvidos. Elvina soltou um longo suspiro.

— Achei que você tivesse superado esse seu impulso. No mínimo, achei que você teria o bom senso de ficar longe de um perigo tão óbvio. Eu deveria realocar sua guarda pela desatenção.

— Não foi culpa dela — protestou Clarion. O pânico a invadiu. Como ela podia ter sido tão descuidada? Não havia considerado como isso poderia impactar Artemis, cujo único encargo era garantir que Clarion ficasse fora de perigo. — Foi minha.

Qualquer simpatia na expressão de Elvina desapareceu.

— Você desobedeceu às minhas ordens diretas.

— E eu peço desculpas por isso. — Clarion se levantou. Com seu cabelo desatado e camisola solta, ela se sentia totalmente inadequada para a tarefa de desafiar Elvina. Mas, talvez, agora que tinha toda a sua atenção, pudesse falar com ela. — No entanto, não posso ficar parada enquanto nossos súditos se colocam em risco. A Rainha do Refúgio das Fadas deve...

— Eu temi que o pior tivesse acontecido!

A crueza da voz de Elvina silenciou todos os pensamentos coerentes de Clarion. Ela ecoou no silêncio. A respiração de Elvina ficou irregular, e foi só então que Clarion entendeu. Elvina não estava apenas furiosa com ela.

Estava com medo.

— As batedoras não conseguiram rastrear a criatura — Elvina continuou. — Ela não deixou rastros, como se tivesse simplesmente desaparecido. Quando voltei ao palácio e encontrei Artemis em pânico e você desaparecida, em que eu deveria acreditar? Se tivesse levado você...

Então, não haveria coroação, e Elvina estaria livre para governar por mais mil anos — ou até que outra estrela caísse, uma que carregasse uma herdeira muito mais adequada. Clarion não sabia o que era pior: sua autopiedade ou como Elvina parecia infeliz com suas mãos trêmulas.

— Onde você estava? — perguntou Elvina, com a voz baixa.

Sua antecessora não foi franca. Clarion reprimiu a lembrança das palavras de Milori tão rápido quanto ela surgiu.

— Fui dar uma olhada em Petra. Você sabe como ela fica.

Não era mentira, não totalmente.

— Sei. — Elvina cedeu. A resposta pareceu apaziguá-la e, aos poucos, ela se recompôs. — Você é gentil com aquela artesã, mas não me desobedeça novamente. O Refúgio das Fadas não pode se dar ao luxo de ter sua herdeira indo aonde ela quiser e se colocando em perigo desnecessário. Você é valiosa demais.

Claro. Ordens não eram para ser questionadas — nem compreendidas. Clarion colocou os braços em volta de si mesma como que para se proteger.

— Elvina?

A rainha inclinou o queixo em reconhecimento.

Se ela quisesse a resposta para sua pergunta, tinha que avançar com cuidado.

— Aquela batedora disse que o monstro veio do Bosque do Inverno. As fadas do Inverno ficarão bem?

Elvina franziu a testa, claramente surpresa com essa nova linha de questionamento.

— O Bosque do Inverno é um lugar perigoso e árido, cheio de monstros. Elas já estão acostumadas.

Cheio de monstros. Clarion não conseguia tirar da mente a expressão de perplexidade de Milori quando ele disse: *Você não sabe.* Lutando para manter o tom neutro, ela perguntou:

— Você tinha noção disso antes de hoje?

— Só vagamente — respondeu Elvina com cautela. — Há uma razão pela qual não tentamos fazer contato com o Inverno.

— Mas é função da Rainha do Refúgio das Fadas manter seus súditos seguros. — Clarion ousou encontrar os olhos de sua mentora. Ela se viu nervosa e fria com a emoção de poder responder. Não sabia que gostava disso. — Não é?

— Seus *súditos*, sim — disse Elvina, encarando-a de volta com um olhar inexpressivo. — As fadas do Inverno se administram há séculos e coexistem ao lado dessas criaturas desde que cheguei... E há muito, muito mais tempo, tenho certeza. Além disso, elas respondem ao Guardião do Bosque do Inverno. O Guardião tem sua própria maneira de fazer as coisas, e eu lhe asseguro que eles não apreciariam nossa interferência.

Clarion não ficou satisfeita com essa resposta. Como ela poderia ficar, quando o próprio Guardião do Bosque do Inverno havia *pedido* sua ajuda? Elvina exigia que ela aceitasse suas decisões e explicações sem questionar. No dia anterior, até teria aceitado. Mas agora, Clarion não podia negar que talvez Milori estivesse certo.

Elvina estava escondendo algo.

Quando Clarion não respondeu, Elvina pareceu aliviada. Sua postura rígida relaxou e seu tom suavizou.

— Vamos deixar isso para trás. Permaneceremos vigilantes; mas, por enquanto, parece que o perigo passou. Amanhã, os negócios continuarão como de costume, e você irá acompanhar o Ministro do Outono. Será bom para você ver como ele administra os preparativos para uma virada de estação.

— Sim, Vossa Majestade.

Com um aceno rígido, Elvina saiu do quarto.

Assim que a porta se fechou atrás dela, Clarion desabou na cama. No escuro, o teto ondulava com a luz dourada que emanava de suas asas. De onde estava, podia ver a vastidão do céu noturno através de sua janela. E lá, alcançando a dispersão de estrelas, estava o pico coberto de gelo da montanha, congelado e desprezado. Desta vez, não lhe parecia tanto que as montanhas a observavam, mas uma fada do inverno. Se ela fechasse os olhos, praticamente conseguiria ver: Milori, seu cabelo como uma chama branca ao vento, seus olhos fixos na Árvore do Pó de Fada.

Estarei esperando aqui, ao pôr do sol, todas as noites por uma semana.

6

No dia seguinte, Clarion se arrependeu de ter ficado acordada até tão tarde. Quando a noite caiu sobre a Floresta do Outono, ela estava exausta de um dia inteiro de trabalho ao lado do Ministro do Outono — e tremendo até mesmo usando seu xale de teia de aranha.

Rowan, que havia pedido licença alguns minutos antes, retornava agora com uma caneca de chá de raiz de dente-de-leão. Ele a entregou com um olhar meio cúmplice.

— Você vai acabar se acostumando com os dias longos.

— Espero não ter me arrastado muito — disse ela, meio envergonhada e meio grata por ele ter notado. — Obrigada.

Ele sorriu para ela.

— De nada.

Clarion tomou um gole de seu chá. Embora nunca tivesse sido muito fã do amargor do dente-de-leão, a bebida pareceu fazê-la voltar ao mundo dos vivos, por assim dizer. No mínimo, aqueceu suas mãos. A temperatura ali sempre caía para um *friozinho revigorante*, e a folhagem brilhava eternamente em sua glória vermelha e alaranjada. Isso a fez desejar coisas que já não apreciava há algum tempo: longas noites perto de uma fogueira ou mergulhar em um oceano de folhas caídas.

Rowan havia começado recentemente os preparativos para a chegada do outono e, apesar de andar distraída, Clarion estava determinada a guardar cada detalhe na memória. Esta seria a primeira transição de estação que ela supervisionaria como rainha e, depois da forma como decepcionara Elvina profundamente na noite anterior, nada mais poderia dar errado. Essa seria sua única oportunidade de mostrar sua têmpera, agora que havia se dissuadido de qualquer outro envolvimento com o Guardião do Bosque do Inverno. Não importava que ela tivesse ficado acordada por muito mais tempo do que gostaria de admitir, repassando cada palavra que ele lhe dissera.

Agora, Clarion direcionava toda sua formidável força de vontade para afastá-lo para bem, *bem* longe de sua mente. A dificuldade aumentara muito, já que Artemis a espreitava a poucos metros de distância, encarando Clarion como se ela pudesse desaparecer se Artemis desviasse o olhar por um segundo sequer. Clarion supôs que fizera por merecer sua atenção reforçada — e a culpa que a acompanhava. Ela havia colocado Artemis em apuros com seu pequeno número de desaparecimento.

Não tinha estado no Outono desde o Festejo do ano anterior, quando o mundo inteiro resplandecia sob a luz da lua cheia da colheita. Ela ainda se lembrava do brilho do cetro de Outono refratando o luar em pó de fada azul — que chovia sobre eles, acumulando-se nas árvores e caindo em seus cílios como neve. Raramente tinha visto o Refúgio das Fadas tão alegre. Lembrava-se sobretudo de estar ao lado de Elvina, com o rosto plácido e desejoso, enquanto observava todos dançando e brilhando bem abaixo delas.

Ela pairava, como agora, para sempre fora de alcance.

Clarion observou as fadas do Outono trabalhando na clareira abaixo. Com a ordem de Elvina de retornar aos negócios como de costume, parecia impossível para Clarion imaginar que havia algum perigo. E ainda assim, conforme as sombras sob as árvores se aprofundavam, ela não conseguia se livrar de suas inquietações.

A luz do sol do crepúsculo pingava através das copas das árvores, estampando a terra em um suave ouro rosa. Algumas fadas se reuniram em torno de um talento de folhas que aplicava pigmento em uma folha de carvalho trazida do verão, assentindo e murmurando em aprovação sobre sua técnica. Uma fada veloz passou zunindo por Clarion. Ela arrastou uma grande rajada de vento em seu rastro, fazendo o cabelo de Clarion esvoaçar — e um bando de borboletas-monarcas rodopiarem para fora de seu curso. A fada de talento dos animais que as pastoreava lamentou em protesto.

— Desculpe! — gritou a fada veloz, sem se deter.

— Cinco mil quilômetros! — gritou a fada dos animais atrás dela, sacudindo seu cajado. — Elas têm que voar a cinco mil quilômetros!

Clarion não conseguiu evitar o sorriso. Que maravilha ver seus súditos discutindo, rindo e demonstrando seus talentos. Rowan, enquanto isso, parecia totalmente imperturbável, como se esse tipo de confusão fosse tão comum a ponto de ser normal. Ele estava com uma das mãos enfiadas no bolso da capa. Na outra, segurava um caderno, totalmente preenchido com seus rabiscos caóticos. Ele lhe disse que era uma lista de verificação, mas Clarion não podia, em sã consciência, chamar tal desordem de lista de verificação. Itens tinham sido rabiscados e acrescentados com imprudente falta de organização. Sua mente trabalhava em saltos que ela não conseguia acompanhar.

— Neste ponto do ciclo — ele disse, como se já estivesse falando há algum tempo —, estamos principalmente testando novas ideias e garantindo que temos todos os suprimentos de que precisamos. Elvina normalmente confia em mim para cuidar de todos os detalhes. Mas alguns dias antes de partirmos para o Continente, ela nos visita para fazer uma revisão final em nossos preparativos.

— E como ela sabe que o que você fez é aceitável?

Seus olhos brilharam para ela.

— Intuição.

Esse era exatamente o tipo de resposta não quantificável que a atormentava. Não, ela não podia depender de algo tão indigno de confiança e inconstante quanto sua própria intuição. Nos últimos dias, sua intuição não fizera nada além de lhe causar problemas. Provavelmente, ele estava brincando. Provavelmente, Elvina tinha um elaborado sistema de critérios criado para avaliar seu trabalho. Clarion fez uma anotação mental para questioná-la sobre isso quando retornasse ao palácio.

Sentindo claramente sua angústia, Rowan riu.

— E um pouco de fé em seu ministro, é claro. Eu já fiz isso centenas de vezes antes, Clarion. Você está em boas mãos... Ou, pelo menos, mãos experientes.

O fato de ele aludir à própria idade fez pouco para acalmá--la. Era apenas um lembrete amargo de como ela ainda precisaria ir longe — e como ela própria não tinha o luxo de séculos para se tornar competente.

— Isso alguma vez o preocupou?

A surpresa suavizou seu rosto.

— O quê?

— Eu não sei — ela disse, baixinho. Descobriu que não conseguia dizer o que realmente queria. *Você já duvidou de si mesmo?* Em vez disso, ela fez um gesto amplo com a mão abarcando a clareira abaixo deles, onde um grupo de fadas de talento das folhas dobravam e redobravam folhas secas em padrões complicados — um esforço para atingir a textura ideal de crocância quando pisadas. *Um processo muito complicado*, Rowan lhe assegurara certa vez. — Tudo isso. Tudo dependendo de você. Todos olhando para você.

Seus cachos soltos balançavam ao vento, e a sombra de seus longos cílios se inclinavam sobre as maçãs do rosto. Enquanto ele a observava, franzindo a testa, Clarion não conseguia deixar de ver a quietude de uma floresta antiga que vivia atrás de seus olhos.

— Houve uma época, muito tempo atrás que, sim, tenho certeza. Mas não está na minha natureza. O Outono tem a ver com reflexão e desaceleração. Conforme fui ficando mais velho, aprendi a não me preocupar com as coisas antes que elas aconteçam.

— Entendo. — Era esse o truque, então? Simplesmente escolher não se preocupar? Era um conceito realmente estranho para ela, considerando que sua amiga mais próxima era Petra, que escolhera se preocupar com todas as possibilidades.

— Você tem talento de regente — disse Rowan. — Sei que parece avassalador assim de forma abstrata, mas quando você começar a colocar a mão na massa pra valer, saberá o que fazer.

Clarion apertou mais o xale em torno de si.

— Claro.

O sorriso dele desapareceu enquanto estudava sua expressão.

— O que causou tudo isso? Sua Majestade está lhe dando problemas?

— Tivemos nossos desentendimentos ultimamente — ela respondeu, da forma mais diplomática que pôde.

— É mesmo? — Ele apoiou o queixo na curva entre o indicador e o polegar, avaliando. — Desde que você era uma recém-chegada, tenta se tornar a imagem dela. A mesma postura. O mesmo tom de voz... Você sabe qual. Não consigo imaginar que ela tenha desencorajado isso.

Clarion queria tomar isso como um elogio, mas algo em seu tom sugeria que não era o que Rowan pretendia. Estava menos para uma mãe e filha humanas, que ela ouvira dizer que tendiam a se parecer uma com a outra, e mais para uma criança e sua boneca. Com solidariedade explícita em seu rosto — *não*, Clarion pensou, *pena* —, ela se irritou.

— Ela só quer me preparar para o papel.

— Claro que quer. — Rowan rapidamente voltou atrás. — E eu só quero dizer que você é uma honra para ela. Você sempre foi... digamos, rebelde? Ainda assim, que desentendimentos vocês poderiam ter?

— Ela diz que confundo as prioridades. Para mim, é mais natural abordar o que vejo na minha frente. Uma discussão. Os sentimentos de alguém. — *Uma oportunidade de investigar*, ela pensou. Clarion puxou um fio solto invisível em seu xale. — Isso me distrai do quadro geral.

— Ah. — Havia algo ilegível em sua expressão, como se ele estivesse tentando se conter para não dizer o que realmente estava em sua mente. — Talvez o que ela quisesse dizer é que você não pode se culpar toda vez que as coisas dão errado. Por mais que tente, você não pode resolver todos os problemas do Refúgio das Fadas sozinha.

— Imagino que não.

Ele deu um tapinha em seu ombro: um gesto afetuoso que quase a desequilibrou.

— Você tem instintos melhores do que se permite acreditar.

Mas eu não tenho. Se ao menos ele soubesse. Se ao menos ele soubesse como ela era inadequada por baixo da fachada. Quando se tratava das coisas que importavam — tomada de decisões, compostura, *poder* bruto —, ela nunca seria igual a Elvina. Ela lhe ofereceu um sorriso vacilante.

— Eu agradeço por isso. De verdade.

Sua expressão ficou séria.

— Clarion. Você sabe que não precisa...

Foi então que o ar estremeceu, e o mundo inteiro ficou mortalmente, anormalmente silencioso. Calafrios percorreram seus braços. O medo comprimiu sua espinha como um torno. Parecia o momento de arrepios antes do raio cair, mas o céu — escuro como estava com a noite invasiva — não tinha nuvens.

Rowan franziu a testa.

— Você sentiu isso?

— Senti — ela disse, um pouco sem fôlego.

Artemis apareceu ao lado dela num piscar de olhos, seus dedos pairavam acima da aljava de flechas presa em seu quadril. Rowan enfiou o caderno no bolso. A bainha de sua capa estalou ao vento. Na clareira abaixo, todos estavam congelados. Nenhuma sombra de falcão escurecia a terra. Nenhum uivo de raposa cortava o silêncio. Mas ali, na linha das árvores...

Algo chamou a atenção de Clarion. Uma névoa muito escura — a neblina já tinha sido tão espessa? — se espalhou pela clareira, e sombras se acumularam na terra. Elas começaram a fervilhar e se debater, como se lutassem para tomar forma. Murmúrios de alarme irromperam na clareira abaixo.

— O que *é* isso? — perguntou Clarion.

— Eu não sei — disse Artemis, apreensiva. Ela sacou uma flecha e a encaixou no arco. Uma arma formidável contra seus inimigos naturais, certamente, mas algo dizia a Clarion que seria inútil contra o que quer que *fosse* aquilo.

Fios de escuridão giravam para cima, entrelaçando-se enquanto subiam. Clarion captou o reflexo de escamas pretas, e teve o vislumbre de olhos brilhantes de veneno. *Uma serpente*, ela percebeu depois de um instante — embora não fosse como nenhuma outra serpente que já tivesse visto. Era sólida, *real*, e ainda assim seu corpo aparentava ser inteiramente de fumaça, mantido unido pelo que pareciam ser pontos de luz violeta. Seu corpo se enrolava em si mesmo em espirais, pingando e escorrendo de suas costuras; a forma exata dele mudava incessantemente, como se mal conseguisse se lembrar do que exatamente deveria ser. Fazia brotar um membro, depois uma asa, antes de reabsorvê-los. Clarion mal conseguia fixá-la em sua mente. A longa sombra da serpente caiu como uma lâmina sobre as fadas do Outono.

Monstro.

A serpente sibilou. Foi tudo o que precisou para Artemis entrar em ação. Ela disparou sua flecha, que voou pelo ar e acertou em cheio a boca aberta da fera. Embora tivesse espetado a parte de trás de sua cabeça, a serpente sequer vacilou. Toda a cor sumiu do rosto de Artemis.

— Fujam, todos! — gritou Rowan.

Foi quando os gritos começaram.

Enquanto as fadas voavam, a serpente cuspia seu veneno. Era preto como breu — e brilhava, oleoso e iridescente. Cada fada que ela atingia caía do céu e encontrava a terra com um som doentio. Elas não gritavam; apenas ficavam ali, moles, como se tivessem adormecido no meio do voo. Rowan olhava horrorizado.

Clarion agarrou seu cotovelo.

— Temos que fazer alguma coisa.

Isso, evidentemente, foi o suficiente para tirá-lo de seu estupor. Ele se virou para ela, com o maxilar cerrado e a boca pressionada em uma linha fina.

— Oh, não. *Eu* tenho que fazer alguma coisa. *Você* retornará ao palácio imediatamente. É muito perigoso para você estar aqui.

Quantas vezes seria forçada a ficar para trás? Excluída de ajudar na proteção de seu povo?

— De que serve uma rainha se ela é proibida de fazer qualquer coisa?

— Melhor do que uma morta — Artemis rosnou.

Clarion vacilou. Considerando que apenas um talento de regente chegava a cada poucas centenas de anos, eram uma mercadoria preciosa. Ninguém sabia o que aconteceria se uma rainha morresse antes do tempo. Outra seria enviada, ou o Refúgio das Fadas seria deixado à mercê da sabedoria de seus ministros?

Artemis se atrapalhou para retirar uma folha de capim-azul do bolso. Ela a levou aos lábios e soprou. O som estridente atravessou a floresta. O alarme das fadas batedoras. Depois de alguns momentos, Clarion ouviu o alarme captado por outra batedora à distância.

— As batedoras chegarão a qualquer momento — disse Artemis. — Venha comigo. Não vale a sua vida.

— Você sabe que ela tem razão — disse Rowan, mais gentilmente dessa vez. — Vá.

— Tudo bem — Clarion engasgou. — Apenas ajude-os.

— Eu a manterei segura, senhor. — Artemis parecia tão dedicada ao dever como sempre, mas Clarion não deixou de notar a emoção brilhando em seus olhos.

Arrependimento, ela pensou. *E anseio.*

Ele assentiu, depois voltou sua atenção para a clareira abaixo. Algumas valentes fadas velozes permaneceram, tentando encurralar a fera para longe de seus amigos. Elas se esquivavam e se moviam através de suas espirais escuras, atirando no monstro tudo o que estivesse ao alcance das mãos. Desta vez, Rowan não hesitou. Mergulhou do outeiro, e suas asas se abriram amplamente.

— Distraiam-na! — gritou ele. — Eu levarei os feridos para um lugar seguro.

Clarion não conseguia tirar os olhos do punhado de fadas velozes. Elas cortavam o ar em disparadas selvagens e rajadas de pó de fada. Com a fera distraída, Rowan pousou e levantou uma das fadas caídas em seus braços. Assim que ele começou a carregá-la em direção à linha das árvores, o monstro o atacou. Veneno escorria de suas presas nuas.

Não. Clarion viu o momento em que ele se virou — e percebeu o que estava prestes a acontecer. Cada segundo se estendeu como uma eternidade. Por instinto, ela esticou a mão. Como se pudesse alcançá-lo daquela distância. Como se pudesse fazer alguma coisa. Mas o medo acendeu uma faísca dentro dela que a tomou como um incêndio. Ela conhecia esse sentimento.

Magia.

Ofegou quando a luz dourada de seu poder brilhou no centro de sua palma e se lançou contra a besta. A surpresa fez com que sua mira fosse terrível, mas a serpente recuou como se tivesse sido queimada.

Por um momento, Clarion só conseguia olhar para sua própria mão, boquiaberta e maravilhada. A magia ainda brilhava como poeira estelar em sua palma. Ela a banhava em sua luz dourada e fazia os olhos arregalados de Artemis brilharem. Como tinha…? Não. Naquele momento, não importava como ela tinha feito aquilo — só que ela pudesse fazer de novo. As batedoras estavam a caminho, mas não chegariam a tempo. Além disso, flechas não tinham feito nada contra aquele monstro.

Mas talvez a magia fizesse.

Ela havia prometido ser boa. Havia prometido ficar em segurança. Mas se isso significasse salvar vidas…

— Por favor, me perdoe, Artemis.

Quando Clarion levantou voo, ela ouviu apenas o débil grito.

— Vossa Alteza! Espere!

Quando ela deslizou para baixo, plantando-se entre a serpente e Rowan, a criatura havia se reorientado. Onde a magia de Clarion a havia chamuscado, sua carne — se é que poderia ser chamada de carne — havia começado a se desprender em gotas de líquido preto.

De perto, a serpente era ainda mais horripilante. A proximidade da criatura encheu o crânio de Clarion com um zumbido monótono de medo. E então, a coisa voltou todo o peso de seu olhar para ela. Sua mente ficou completamente em branco. Cada músculo de Clarion se contraiu de medo instintivo. Ela forçou-se a levantar as mãos, mas estavam tremendo. Sua magia nunca pareceu tão distante. Mas, agora, mais do que nunca, ela tinha que ser perfeita.

Controle, ela pensou, em meio ao grito de terror que seus pensamentos haviam se tornado, semelhante ao de um coelhinho. *Foco.*

A magia crepitava fracamente em sua palma. A serpente preparou-se para atacar, escancarando a mandíbula. Naquele momento, a pressão que ela exercia sobre a magia se afrouxou. Dois pensamentos lhe ocorreram ao mesmo tempo. *Eu vou morrer.* E, mais forte ainda: *Se você quiser machucá-los, terá que passar por mim.*

Estranhamente, foi o segundo que a encheu de serenidade. Uma luz dourada jorrava dela. Brilhava mais forte do que o sol, cortando a névoa baixa na clareira.

Então, algo derrubou Clarion no chão.

Ela desabou estatelada, levantando uma nuvem de poeira em seu rastro. Um enorme peso caiu sobre ela. Quando as manchas desapareceram de sua visão, Clarion estava olhando para Artemis, seu rosto manchado de terra e enlouquecido de pânico. Não conseguia ouvir nada além do zumbido em seus ouvidos e do som de suas respirações irregulares. Partículas de luz das estrelas ainda brilhavam no ar quando sua visão clareou, flutuando como flocos de neve do outro lado da fronteira.

Mas quando ela ousou se levantar sobre um cotovelo, não viu sinal da serpente, a não ser um fio de escuridão, deslizando freneticamente de volta para a sombra da floresta. Veneno havia sido cuspido no trecho de terra onde Clarion estava parada apenas um momento antes.

Artemis a salvara.

O alívio não durou muito, no entanto. Seu olhar se fixou em Rowan, deitado sem se mexer em meio às folhas de outono espalhadas. Para Clarion, elas se pareciam demais com sangue.

— Ministro!

Ela se levantou e voou até ele. Ele não se mexeu com a aproximação dela, mas seu peito subia e descia. *Vivo.* Clarion quase chorou de alívio. Ela se ajoelhou ao lado de Rowan e o sacudiu. A expressão em seu rosto se contorceu — não de dor, exatamente, mas... medo? Seus olhos se agitaram por trás das pálpebras fechadas. Parecia que ele estava tendo um pesadelo.

Ela o sacudiu outra vez, mais freneticamente.

— Acorde.

Ele não respondeu.

A respiração de Clarion ficou mais pesada. O que estava acontecendo? Devagar, ela se levantou e examinou os destroços ao seu redor. Todos os preparativos cuidadosos das fadas haviam sido derrubados. Fadas inconscientes jaziam na clareira, algumas soltando soluços sufocados enquanto dormiam. O pânico cresceu dentro dela. Clarion voou até a fada ao lado de Rowan e a sacudiu.

— Acorde.

Nada.

Ela voou para seguinte e a seguinte e a seguinte. Nenhuma delas se mexeu.

Nada, nada, nada.

— Acordem — ela sussurrou para si mesma. — Por favor, por favor. Acordem.

Quando tentou despertar uma sexta fada de seu sono, uma mão pousou pesadamente em seu ombro.

— Vossa Alteza — disse Artemis, a voz suave. — Pare.

Por fim, Clarion caiu de joelhos e enterrou o rosto nas mãos. Respirou até sentir que não estava mais prestes a chorar. Nunca em sua vida ela se sentira tão patética, tão *desqualificada para ser rainha*. Nunca ficara tão enojada consigo mesma.

Pela primeira vez, Clarion entendeu por que Elvina não confiava nela. Entendeu a verdadeira profundidade de seus fracassos. Se ela não dominasse suas habilidades antes da coroação, um dia, o Refúgio das Fadas cairia em ruínas.

E seria inteiramente culpa dela.

7

Clarion mal se lembrava de ter sido levada de volta ao palácio. As batedoras chegaram apenas alguns minutos depois que a serpente escapara, pousando ao redor dela em formação sem fazer barulho. Ninguém lhe disse uma só palavra — pelo menos, se disseram, ela não ouviu. Sua dor havia puxado um véu sobre o mundo; por trás dele, nada parecia inteiramente real. Por trás dele, nada poderia realmente tocá-la. Ela se lembrava vagamente das batedoras examinando a cena em silencioso horror. Ela se lembrou da sensação de uma dor surda quando notou os arranhões em seu braço. E depois, Artemis a afastando da Floresta do Outono.

Agora, estava sentada entorpecida nos aposentos de Elvina, acomodada em uma *chaise longue*. Em algum momento, Artemis havia removido a própria capa e a enrolado em volta dos ombros de Clarion. Estava aquecida com o calor corporal, mas seu corpo ainda tremia. Alguém também havia colocado uma xícara de chá em suas mãos, mas já havia esfriado. O quarto estava aconchegante e escuro, com as cortinas pesadas fechadas sobre as janelas e a luz de velas dourando todas as superfícies. Sombras tremeluziam no rosto de Elvina.

— Clarion. — A voz de Elvina, mais gentil do que costumava soar já há algum tempo, a sacudiu de volta para seu corpo. — O que aconteceu?

Clarion tomou um gole de chá, apenas para evitar responder imediatamente. Então sugou ar para os pulmões até que a névoa sobre seus pensamentos se dissipasse.

— Não tenho certeza se consigo descrever corretamente. Tudo aconteceu muito rápido.

— Eu entendo. Mesmo assim, tente, por favor.

E assim, Clarion fez. Relatou como em um momento tudo estava normal — e como no minuto seguinte, o ar ficou frio e pesado. Como uma sombra ganhou vida diante de seus olhos, apenas meio formada. Como fadas caíram como pedras do céu e não se levantaram mais. Como o medo pareceu um peso vivo sobre si quando ficou cara a cara com a criatura, enraizando-a no lugar. Só de pensar nisso, ela estremeceu.

Enquanto Clarion falava, a expressão de Elvina não se alterou. Nenhuma surpresa — nenhum horror — foi registrada. Ela apenas parecia severamente resignada. Quando Clarion terminou de contar sobre a noite, uma sensação doentia de certeza tomou conta dela. A dúvida que Milori havia introduzido não parecia mais tão ridícula.

— Você sabe o que essas coisas são — disse ela.

A luz do fogo brilhava nos olhos de Elvina. As sombras que ele projetava entalhavam linhas rígidas em seu rosto. Por um momento, sua expressão era ilegível. Ela negaria, mesmo agora? Então, com uma torção descontente de sua boca, ela disse:

— São chamadas de Pesadelos.

— Pesadelos? — Até mesmo dizer isso em voz alta a arrepiou.

— Como você bem sabe agora, eles têm um poder terrível — continuou Elvina. — Mergulham suas vítimas em um sono cheio de pavor. No momento em que recebemos o primeiro alarme, pedi às nossas fadas da cura que começassem a trabalhar em um antídoto. Até agora, nenhum de seus esforços funcionou. O Ministro do Outono e outros dez cidadãos do Refúgio das Fadas ainda não foram despertados.

Clarion mal conseguia processar a informação. Até que desenvolvessem um antídoto, onze fadas sofreriam enquanto vivessem. A culpa borbulhava dentro dela, mas sua frustração era ainda mais forte. Agora, tudo em que Clarion conseguia pensar era em como Elvina havia escondido isso dela. Se ela soubesse o que estava enfrentando — se pudesse ter se preparado...

— Você sabia do que eram capazes?

— E eu fiz planos para lidar com isso — respondeu Elvina. Clarion detectou um tom defensivo em sua voz. — As fadas de talento de cura continuarão trabalhando vinte e quatro horas por dia até encontrarem a solução. Manterão todos os adormecidos o mais confortáveis que puderem até que sua tarefa esteja concluída.

Não, ela não permitiria que Elvina a deixasse às cegas por mais tempo.

— O que *são*?

— Ninguém sabe exatamente. — Elvina se acomodou na *chaise longue* ao seu lado e cruzou as mãos no colo. Ela olhou para frente, sua expressão estranhamente vaga. — Houve uma época, há muito tempo, em que as rainhas se lembravam da origem dos Pesadelos. Mas o conhecimento delas desapareceu com o tempo. Tudo o que temos são fragmentos. Titânia, a primeira Rainha do Refúgio das Fadas, confiou a história à sua aprendiz... E assim por diante, até agora. Quando chegou até mim, estava distorcida e vaga. Era mais como um conto de fadas, um conto desgastado pela repetição até quase não parecer real. Tudo o que posso dizer é que os Pesadelos vivem no Bosque do Inverno, onde as noites são longas e o frio parece um abraço familiar. Ninguém os via há uma eternidade, mas minha mentora me transmitiu isso: se eles ressurgissem, deveríamos agir rapidamente.

Suas palavras foram absorvidas devagar. Ao longo dos anos, Elvina havia repassado a Clarion pedaços da história do Refúgio das Fadas. No entanto, nenhuma menção havia sido feita aos *Pesadelos*. Obviamente, fora uma omissão deliberada. Antes que pudesse se conter, antes que pudesse engolir mais um lampejo de mágoa, ela disse:

— Por que você não me contou antes?

— Não parecia importante.

— Parece importante agora.

— O que quer que eu faça? — disse Elvina entredentes. — Você ainda não pode acessar toda a gama de suas habilidades. Lendas sobre coisas que poderiam muito bem nunca ter acontecido, que poderiam nunca ter existido, só teriam distraído você.

— Você não pode decidir o que eu devo ou não saber. — A voz de Clarion tremeu com a força de sua raiva. O ataque a abalara demais para que mantivesse sua compostura habitual. Onze pessoas prejudicadas por causa de *suas* falhas... E por causa da imprudência de Elvina. — O que mais você não me contou?

Elvina suspirou como se a conversa a tivesse exaurido completamente.

— Clarion. Contenha-se.

Controle. Foco. Se ela não pudesse se comportar adequadamente como uma rainha, Elvina não a trataria como uma. Clarion respirou fundo, dando o máximo de si para suavizar suas feições até a passividade. Era assim que Elvina gostava mais dela. Era assim que poderia convencê-la de que era capaz.

— Tenho que estar preparada para todas as eventualidades — argumentou Clarion. — Como posso estar preparada se não sei o que estou enfrentando?

Com sua compostura restaurada, Elvina a considerou menos como um cardo-corredor prestes a atravessar a Praça Primaveril. De volta ao território familiar, finalmente. Respondendo no mesmo tom, a rainha disse:

— Isso será resolvido.

Clarion pousou sua xícara de chá no pires com um tilintar tão frágil quanto seus nervos.

— Como?

O silêncio caiu sobre elas. Por um momento, Clarion pensou que seria o fim da discussão. Mas Elvina a chocou ao responder.

— Devemos minimizar o risco de repetir outra tragédia. Vou convocar uma reunião amanhã para discutir um plano de segurança para o Refúgio das Fadas. Enquanto isso, as batedoras vão lidar com a eliminação dos Pesadelos... E se livrar deles.

Clarion só conseguia pensar em como o Pesadelo havia atacado rápido; em fadas caindo do céu, silhuetas recortadas contra a luz do sol vermelho-sangue, pó de fada escorrendo de suas asas flácidas. Não havia como se livrar de um monstro como aquele de forma eficiente. Mas então Clarion se lembrou de como a criatura havia fugido quando ela liberou sua magia, como uma barata corre de uma repentina inundação de luz. Clarion ainda não sabia como tinha feito aquilo, ou se ela poderia fazer de novo.

Mas Elvina podia.

— Os Pesadelos têm medo da nossa magia.

A surpresa cruzou o rosto de Elvina.

— Ah, é?

— Eu consegui invocar minha magia... Só brevemente. Se ao menos você tivesse visto. — Clarion conteve seu entusiasmo o máximo que pôde. Ela se lembrou de que a compostura, não a convicção, conquistaria sua mentora. — Nenhuma das armas de Artemis obteve resultado contra a serpente. Mas se você ou eu acompanhasse as batedoras...

— Não. Isso está fora de questão, Clarion. — Elvina se levantou abruptamente, seu tom se tornando gélido. — O Refúgio das Fadas é tão forte quanto sua rainha.

De que serve uma rainha se ela é proibida de fazer qualquer coisa?

Melhor do que uma morta.

Seu coração se contorceu. Se isso fosse verdade, então o Refúgio das Fadas deveria ser impenetrável. Elvina, afinal, era a rainha perfeita. Se bem que agora Clarion não tinha mais tanta certeza. Elvina não ouvia conselhos. Não compartilhava informações valiosas, o que poderia ter evitado que tudo aquilo se desenrolasse tão catastroficamente como acontecera.

Se estiver interessada em resolver esse problema em vez de evitá-lo, sabe onde me encontrar. Naquele momento, Clarion só conseguia pensar em Milori e seus tristes olhos cinzentos: alguém com um plano para agir.

Elvina com certeza não estava mentindo para ela, mas obviamente também não estava lhe contando toda a verdade. A menos que Clarion quisesse ficar sentada em silêncio — a menos que ela quisesse sufocar completamente sua própria intuição para sempre —, não tinha outra opção. Pelo bem do Refúgio das Fadas, ela engoliria suas reservas. Assim que pudesse, encontraria Milori onde a Primavera desaguava no Inverno.

Na manhã seguinte, Elvina convocou uma assembleia.

Por suas ordens, todos deixaram de lado o trabalho do dia e se aglomeraram na sala do trono do palácio. Hera e trepadeiras floridas pendiam do teto como estandartes reais, e a luz do sol filtrava-se por delicadas fissuras na madeira, inundando o espaço de dourado.

O próprio trono brotava da terra: o tronco de uma pequena muda esculpido em forma de assento. Galhos retorcidos e exuberantes com folhas de verão formavam os braços e o encosto. Era lindo, mas Clarion sempre suspeitara de que fosse terrivelmente desconfortável. Ali no estrado coberto de musgo, ela se erguia acima das fadas reunidas. Ela se espantava com quantas vidas um dia teria em suas mãos. Não via todos os seus súditos em um só lugar desde o dia em que chegara.

Elvina estava na beirada do estrado, majestosa e totalmente resplandecente. Estava vestindo seu traje de gala completo: sua coroa com chifres, tecida com flores silvestres, e seu vestido de saia ampla, brilhante e dourado com pó de fada. Clarion estava a uma curta distância atrás dela, ladeada pelas Ministras da Primavera e do Verão. Nenhuma delas tinham dito uma palavra a manhã toda. Sem Rowan — sem a discussão animada e as risadas que ele provocava —, ambas pareciam quase perdidas. O silêncio delas lhe convinha muito bem. Clarion se assustava com cada farfalhar de folhas na brisa, com cada sombra que se alongava.

Murmúrios percorriam a multidão reunida. Em seus rostos virados para cima, Clarion viu toda a sua preocupação refletida de volta para ela, ampliada mil vezes. Distraída, buscou aquela centelha de poder dentro de si e não encontrou nada. Por que a abandonara outra vez, quando a tinha alcançado tão facilmente no dia anterior? Naquele momento de perigo, diante daquele monstro, algo dentro dela tinha cedido.

Mas *o quê?*

Por mais que tentasse, não conseguia se lembrar de qual técnica havia empregado. Na época, sua mente estava consumida por uma espécie de vazio, em algum lugar entre desespero e resignação. Era totalmente impossível replicá-la ali, dentre todos os lugares, e ela não sabia como poderia recriar essas condições a menos que decidisse criar o hábito de se jogar de cabeça em situações de risco de vida. Além disso, não sabia se queria descobrir se — quando realmente importasse — ela poderia invocar o poder de que precisava para salvar alguém.

Elvina levantou a mão, e um silêncio se abateu instantaneamente sobre a multidão. Havia aquele magnetismo de talento de regente em ação. Isso nunca deixava de impressionar Clarion.

— Obrigada a todos por se reunirem aqui hoje — disse Elvina. — Eu entendo que é incomum e que todos vocês têm trabalho para terminar, por isso, vou me esforçar para ser breve. No entanto, há uma situação terrível no Refúgio das Fadas da qual tenho certeza de que muitos de vocês já ouviram falar por meio de rumores e especulações. Ontem, um grupo de fadas foi atacado na Floresta do Outono por uma criatura que cruzou a fronteira vindo do Bosque do Inverno.

As palavras de Elvina foram recebidas com suspiros e gritos alarmados.

— Eu sei que muitos de vocês têm perguntas. — A voz de Elvina ecoou acima da multidão, ecoando nos tetos altos. — Eu sei que muitos de vocês estão preocupados. Quero acabar com essas preocupações e garantir que estamos fazendo tudo ao nosso alcance para manter todos os moradores do Refúgio das Fadas seguros. Todas as vítimas estão vivas e em condições estáveis. Embora não tenhamos muitas informações para compartilhar, parece que esses monstros podem enredar suas presas em um sono do qual elas não conseguem acordar. Embora não tenhamos conseguido despertar as vítimas, nossas fadas da cura estão trabalhando com o máximo afinco para restabelecê-las. Agora...

Uma fada de talento da tempestade trajando um vestido de lírios da chuva gritou do meio da multidão.

— Com todo o respeito, Vossa Majestade, como isso aconteceu? No outro dia, todos nós fomos colocados sob toque de recolher... E então, nos garantiram que a ameaça havia sido controlada.

Clarion tentou não deixar a surpresa transparecer em seu rosto. Em todos os seus dezessete anos, nunca tinha ouvido alguém questionar Elvina tão abertamente. Mas muitos na multidão concordaram com a cabeça.

— Nossas batedoras não encontraram nenhuma evidência de uma ameaça contínua na ocasião — respondeu Elvina, com um pouco de gelo em seu tom. — Com as informações que tínhamos, e dada a iminente coroação da princesa Clarion, parecia o melhor curso de ação retomar a atividade normal. Lamento muito a falta de cautela, e garanto que tal descuido não tornará a acontecer. O que aconteceu foi uma tragédia, e eu assumo a responsabilidade. Agora, se me dão licença, prosseguirei...

Como ninguém mais se intrometeu, ela apertou as mãos e continuou.

— Onze de seus companheiros estão atualmente sob os cuidados de nossas fadas da cura. Um desses companheiros, como muitos de vocês já sabem, é o Ministro do Outono.

Outra fada — uma de talento do tingimento salpicado de pigmentos — falou do fundo da multidão.

— Como serão feitos os preparativos para o outono?

Murmúrios irromperam da multidão novamente, suas vozes baixas de medo. Clarion não havia de fato considerado o impacto disso até agora. Se uma estação não chegasse ao Continente a tempo, os efeitos poderiam ser desastrosos. Um longo verão significava seca. Significava ondas de calor mortais e incêndios florestais. Colheitas murchando no solo e águas sufocadas com flores de algas. A natureza era uma vasta rede, como a delicada teia de uma aranha. Se um fio fosse tocado, reverberava por todo o resto. Havia coisas que nem mesmo o pó de fada e a ética de trabalho das fadas poderiam ajudar.

Aquela voz cruel em sua cabeça sussurrou: *E seria tudo culpa sua.*

Se ela fosse uma fada de talento de regente mais competente, então...

— Ainda faltam vários meses para o outono chegar ao Continente — respondeu Elvina, com muito mais confiança do que Clarion conseguia reunir. — Faremos tudo o que estiver ao nosso alcance para garantir que os preparativos continuem sem problemas. As fadas do Outono conhecem bem seu trabalho, e a princesa Clarion e eu cuidaremos do governo no lugar do ministro. No entanto, prevejo que ele estará de pé bem antes de sentirmos sua ausência.

A inquietação da multidão pareceu se dissipar parcialmente. Clarion pensou ter visto um pouco da tensão nos ombros de Elvina se aliviar quando seus súditos mais uma vez ficaram em silêncio. A ideia de que tinha ficado abalada, mesmo que por um segundo, parecia absurda para Clarion. Elvina nunca havia demonstrado nada além de uma convicção inabalável em seus próprios planos. Ela se recusara a ouvir algo diferente na noite anterior.

— Antes de dispensá-los — disse Elvina —, gostaria de compartilhar os nomes daqueles que estão se recuperando do ataque.

Suas mãos em concha se encheram com a luz de sua magia. A cada nome que recitava, deixava um orbe de luz subir ao teto. Pó de fada chovia suavemente sobre eles. Dali, Clarion podia ver fadas se abraçando ou dando as mãos para confortar umas às outras.

— Lidaremos com as criaturas que fizeram isso — assegurou Elvina, quando todas as onze luzes brilharam intensamente acima de todos. — Mas não devemos ser imprudentes. A partir de hoje, estou instituindo um toque de recolher novamente. Agora que aprendemos que essas criaturas são ativas na escuridão, ninguém sairá depois do pôr do sol. Sem exceções. Qualquer um que quebrar essa regra responderá a mim. Estamos entendidos?

O silêncio foi completo.

Então, uma fada de talento do clima, com o cabelo desgrenhado de rastrear os padrões do vento, perguntou:

— E quanto ao Inverno?

Havia um leve tom de acusação no questionamento. De repente, Clarion ficou agudamente ciente da montanha que assomava ao norte — de todo o vento que a varria, de sua brancura ofuscante.

Várias fadas falaram ao mesmo tempo, clamando para serem ouvidas:

— Você disse que essas criaturas vieram do Inverno.

— Elas as soltaram?

— Elas perderam o controle das criaturas?

— As fadas do Inverno também foram vítimas delas?

Elvina levantou a mão, exigindo silêncio mais uma vez. Quando a comoção diminuiu, ela respondeu:

— O Guardião do Bosque do Inverno não faz contato com as estações quentes há algum tempo. No entanto, não acredito que isso seja obra delas. Só posso imaginar que também devem estar sofrendo. Meus pensamentos estão com elas.

Elvina acreditava nisso ou *sabia*? Clarion estremeceu com a reviravolta de seus próprios pensamentos. Odiava essa paranoia recém-descoberta — essa desconfiança da mulher que praticamente a criara.

— Dito isso, compartilho de sua apreensão. Precisamos tomar medidas para nos proteger a longo prazo. — Elvina inclinou o queixo, e a sombra curva de sua coroa se estendeu pelo chão. — Pretendo derrubar as pontes entre o Inverno e as estações quentes.

Se a multidão reagiu, Clarion não conseguiu ouvir por causa do zumbido em seus próprios ouvidos. Seu horror era como garras arranhando suas costas.

— Vai levar tempo — continuou Elvina. — A magia que flui dentro delas é poderosa e não pode ser destruída por meios comuns. Mas fiquem tranquilos, o plano já está em andamento.

Esse era o plano de Elvina? Abandonar Inverno aos Pesadelos? Pior, deixá-los completamente desconectados do restante do Refúgio das Fadas? Talvez Clarion tivesse pouca experiência em governar. Talvez ela não entendesse exatamente com o que estavam lidando, mas sabia, no fundo do coração, que isso era *errado*.

Quando Elvina dispensou a assembleia, fadas começaram a sair. Uma voz familiar cortou a escuridão de seus pensamentos.

— Clarion!

Ela olhou para cima e viu Petra lutando para chegar ao pé do estrado, seu cabelo vermelho brilhando à luz do sol. A visão confortou Clarion mais do que ela esperava. Antes que pudesse abrir a boca para cumprimentá-la, Petra se lançou para frente e agarrou o antebraço de Clarion. Algo tão familiar quanto abraçá-la em público levantaria sobrancelhas, mas ela sentiu todo o carinho e alívio que Petra pretendia lhe dar na pressão constante de seu aperto.

— Você está bem — Petra sussurrou. — Quando soube do que aconteceu, eu...

— Está tudo bem. *Eu estou* bem. — Clarion ofereceu a ela um sorriso incerto. — Quase.

Petra retirou a mão e, em vez disso, deixou-a se curvar protetoramente na frente do peito.

— O que há de errado?

O olhar de Clarion disparou para Elvina, que tinha começado a falar com Aurélia e Íris em voz baixa. Artemis, postada obedientemente ao pé do estrado, é claro que notou sua fraca tentativa de ser sorrateira. Ela estreitou os olhos para Clarion, como se dissesse: *Eu sei que você está tramando algo*. Depois de seu desaparecimento duas noites antes — e do ataque em Outono —, ela supôs que nunca mais escaparia de sua guarda tão facilmente.

— Não aqui — disse Clarion. — Siga-me.

Petra gemeu.

Clarion a levou em direção à porta da sala do trono. Artemis imediatamente começou a segui-las, perto o suficiente para ficar de olho em ambas, longe o bastante para ficar fora do alcance de suas vozes. Por mais inconveniente que fosse às vezes, Clarion não podia negar como se sentia segura com sua sombra caindo sobre elas. Petra lançava olhares furtivos em sua direção de vez em quando, a cor em suas bochechas se aprofundando a cada momento que passava. Às vezes, era impossível dizer se ela queria correr *de* Artemis ou *em direção* a ela.

Quando chegaram ao gramado do palácio, uma ampla extensão de verde salpicada de botões-de-ouro e azedinhas, Clarion se acomodou na grama. Tão cedo pela manhã, ainda estava fria e úmida com orvalho. O campo inteiro brilhava sob a luz do sol. Clarion não conseguia deixar de pensar que parecia geada.

— Por que você me trouxe aqui? — Petra perguntou.

— O que você acha do plano de Elvina?

Um pouco da preocupação desapareceu do rosto de Petra. Confortável no reino da logística e de sua própria experiência, ela disse:

— Ela já falou com algumas das fadas artesãs sobre isso. As raízes da Árvore do Pó de Fada não podem ser destruídas facilmente, então, não será tão simples quanto colocar os talentos de entalhe para trabalhar nelas. Mas se houver algum meio de impregnar um machado com magia, então, teoricamente...

Petra começou a esboçar a teoria para ela, mas Clarion processou pouca coisa. Não suportava a ideia de a magia de talento de regente e de a engenhosidade das fadas artesãs serem usados dessa forma. De Milori, que havia procurado sua ajuda, sendo tão sumariamente excluído. Mais do que tudo, Clarion não suportava a ideia de desperdiçar essa oportunidade. Se tivesse uma pequena chance de consertar a fenda entre seus mundos, como poderia se afastar disso?

— Eu tenho que impedi-la — disse Clarion.

O rosto de Petra ficou mortalmente pálido, e sua voz saiu como pouco mais que um guincho.

— Impedi-la? Por quê?

Clarion se empertigou.

— Porque não é certo abandonar as fadas do Inverno aos Pesadelos! Você ao menos sabe o que vai acontecer se as pontes forem destruídas?

— Ninguém será capaz de cruzar a fronteira para o Inverno novamente — respondeu Petra. A julgar por seu cenho franzido, e seu tom hesitante, os protestos de Clarion a constrangeram. — Mas os especialistas em pó de fada confirmaram que há outros sistemas de raízes conectando o Inverno à Árvore do Pó de Fada. Elas ficarão bem. Apenas sozinhas.

Deixá-las sozinhas era realmente aceitável*?*, Clarion se perguntou. Ela balançou a cabeça.

— Tem que ter outro jeito.

Depois de Elvina ter sido tão desdenhosa com suas ideias, Clarion não tinha a ilusão de ser capaz de dissuadi-la. O que significava que precisava falar com Milori.

— Faz tempo que não vejo essa expressão — disse Petra, com partes iguais de admiração afetuosa e cautela.

Clarion piscou, despertando de repente de seus próprios pensamentos.

— Que expressão?

Petra fez algo parecido com uma carranca e gesticulou para o próprio rosto.

— Essa expressão. Significa que você vai fazer algo imprudente.

Clarion sorriu de modo inocente, mesmo que só para esconder que de fato planejava fazer algo imprudente.

— Eu nunca faria isso! Eu superei essas coisas.

Petra enterrou o rosto nas mãos.

— Por que não acredito em você?

— Vou falar com Elvina — mentiu. — Não se preocupe.

— Por que você diria isso? Agora vai me deixar mais preocupada!

Mas Clarion já tinha voltado sua mente para a elaboração de um plano. O novo decreto de Elvina lhe dera a oportunidade perfeita para escapar. Até segunda ordem, ninguém circularia à noite. Ninguém chegaria a sentir sua falta. Ninguém, exceto Elvina.

E Artemis.

Clarion ousou olhar para ela, meio escondida com sua túnica cor de terra contra o tronco da Árvore do Pó de Fada. Como se tivesse sido chamada — como se pudesse sentir o esquema imprudente se formando em sua mente —, Artemis encontrou seus olhos franzindo a testa, desconfiada.

Para o bem do Refúgio das Fadas, Clarion teria que descobrir uma forma de despistá-la.

8

Durante a semana toda, Clarion conseguiu se concentrar em pouca coisa mais do que o sol avançando gradualmente para o oeste. À luz do dia, a vida prosseguiu normalmente. Mas, à medida que a tarde se transformava em noite, o medo se acumulava sobre o Refúgio das Fadas como uma nuvem de tempestade. Até Clarion se pegava estremecendo a cada som distante de um animal. Hoje, estava ainda mais dolorosamente consciente das sombras que se alongavam. Porque assim que o sol se pusesse abaixo do horizonte, a semana que Milori lhe oferecera acabaria.

A impaciência se alojou como uma farpa em sua mente. Seus deveres consumiam cada minuto seu ultimamente, e aquele dia não era exceção. Durante a reunião do conselho, olhou para a cadeira vazia de Rowan enquanto representantes das fadas batedoras e das fadas da cura apresentavam suas atualizações sobre os Pesadelos. As únicas palavras que realmente absorveu foram *nenhum sinal* e *nenhuma cura*. Isso apenas confirmou ainda mais o que suspeitava: não havia nada que as estações quentes sozinhas pudessem fazer.

Ela precisava falar com Milori.

Sua agenda estava misericordiosamente livre depois disso, mas Artemis sem dúvida provaria ser um obstáculo. Após o decreto de Elvina, estava particularmente *atenta*. Qualquer clique de uma fechadura ou rangido de uma porta, e Clarion sentia o peso dos olhos da batedora como a ponta de uma lâmina pressionada em sua espinha. Se não podia passar furtivamente por ela, teria que tentar uma tática diferente: pedir permissão. Clarion podia não conhecer

Artemis tão bem quanto conhecia Petra, mas conhecia seus valores. Mais importante, conhecia seu coração. Se alguém podia entender o fardo de querer manter o Refúgio das Fadas seguro, era ela.

Assim que a reunião terminou, Clarion ignorou resolutamente o olhar avaliador de Elvina e correu de volta para o seu quarto. Destrancou as portas da sacada e saiu para o calor do fim da tarde. Artemis, como era de se prever, estava empoleirada nos galhos bifurcados de um galho de árvore coberta de musgo, sua espada de madeira polida descansando na curva de seu pescoço e ombro. Seus braços estavam preguiçosamente pendurados sobre o joelho que havia puxado para o peito. O ângulo da luz do sol lançava metade de seu rosto na sombra e iluminava os tons de azul em seu cabelo escuro.

Distraidamente, Clarion notou que a Árvore do Pó de Fada havia brotado uma única Nuncamora logo acima da cabeça da batedora, como se estivesse oferecendo hospitalidade enquanto mantinha sua vigilância solitária. De vez em quando, notava seus habitantes e seus humores. Uma vez, depois de um dia particularmente difícil, os galhos do lado de fora de sua janela floresceram desenfreadamente com magnólias-borboleta douradas.

— Vossa Alteza — disse Artemis, como forma de saudação, sua voz tão friamente deferente como sempre.

Clarion apoiou os cotovelos no peitoril da varanda, fazendo o possível para parecer casual. Ocorreu-lhe que raramente fazia tal coisa — que conceito, parecer *casual* — e tinha pouca ideia do que fazer com as mãos ou o rosto.

— Tenho a tarde livre — disse ela. — Estava esperando sair.

Artemis olhou para ela desconfiada.

— Para onde quer ir?

— A fronteira da Primavera com o Inverno? — Assim que as palavras saíram de sua boca, ela estremeceu. Pretendia soar confiante, mas saiu mais como uma pergunta.

Artemis fez uma careta.

— Não acho que Sua Majestade gostaria muito disso.

— Não, não acho que ela gostaria.

Artemis pareceu aliviada.

— Então estamos de acordo.

— *Se* ela soubesse que eu fui — Clarion acrescentou alegremente.

Artemis se endireitou, agora entendendo o jogo de Clarion. Colocou a espada no colo e se virou para ela com uma expressão no rosto que só poderia ser descrita como incredulidade.

— Você quer que eu minta para Sua Majestade por você.

Bem, isso foi muito mais fácil de abordar do que esperava.

— Se você quiser colocar dessa forma... sim.

— Certamente... — Como se fosse uma deixa, o galho da árvore que carregava a fruta caiu no ombro de Artemis. Perplexa, ela o arrancou e olhou para ele. — O que é isso?

Clarion conteve um sorriso.

— Um suborno, eu acho. Funcionou?

Artemis não pareceu impressionada e também não dignificou seu gracejo com uma resposta.

— Certamente há outro lugar para onde você gostaria de ir. — Depois de um momento, com um toque de esperança na voz, acrescentou: — Talvez o Recanto das Artesãs?

Clarion encontrou seu olhar com toda a convicção queimando intensamente dentro dela.

— Nenhum outro lugar seria melhor para mim do que a fronteira.

Artemis, sentindo claramente que Clarion não seria demovida de seu intento pelo bom senso, suspirou fundo.

— Permissão para falar livremente?

— Claro.

Artemis se levantou e, com um bater de asas, pousou graciosamente no peitoril. As folhas lançavam sombras salpicadas sobre seu rosto.

— Vossa Alteza, minhas ordens são para mantê-la segura. Dadas as circunstâncias — e, francamente, conhecendo você —, a fronteira é o último lugar para onde eu deveria permitir que fosse.

Clarion esperava essa resposta. Artemis, afinal, era a fada mais dedicada que conhecia — e muito mais devotada a ela do que Clarion merecia. Por mais que isso a frustrasse, também a comovia. Artemis não seria tão rigorosa se não se importasse.

— Eu não insistiria se não fosse importante. Confie em mim.

Artemis hesitou. O que quer que tivesse visto na expressão de Clarion devia tê-la abrandado, porque se sentou de modo que os olhos das duas estavam quase no mesmo nível novamente. Deu uma mordida na fruta e mastigou de modo pensativo.

— O que há na fronteira que você tanto quer ver?

— O Guardião do Bosque do Inverno.

O choque brilhou nos olhos de Artemis, uma mudança tão sutil quanto sombras passando sobre a lua. Desconfiada, perguntou:

— Por que você iria querer se encontrar com ele?

— Acho que ele sabe como derrotar os Pesadelos. — Clarion franziu a testa. — Cortar o Inverno do restante do Refúgio das Fadas não é uma opção. Se eu puder salvar mais fadas, então tenho que tentar.

Artemis parecia mais dividida do que Clarion jamais a vira. Com carinho inconfundível, disse:

— Você sempre foi tão teimosa.

A esperança se iluminou dentro dela.

— Então, você vai me deixar ir?

— Eu não deveria, para o seu próprio bem. Não sou alheia ao que acontece quando alguém lidera com o coração acima da cabeça. — Artemis sorriu tristemente, como se estivesse perdida em algum devaneio. — A rainha Elvina e a comandante Beladona me deram uma segunda chance ao me nomear guarda real. Se algum mal acontecesse a você, eu não sei o que isso me custaria.

Clarion ficou surpresa, tanto com a vulnerabilidade de Artemis quanto com sua confissão. Artemis tinha sido uma presença tão constante que Clarion ficou chocada ao perceber que ela tinha uma vida antes mesmo de Clarion chegar. Havia coisas sobre ela que a futura rainha não sabia — e talvez nunca soubesse.

— Não consigo imaginar você liderando com seu coração.

— Isso foi há muito tempo — disse Artemis.

Quando ela olhou para Clarion novamente, sua fachada estoica estava de volta ao lugar. Mas, só por um momento, Clarion realmente a viu. Isso quase confirmou o que Clarion suspeitava havia muito tempo. Artemis não tinha escolhido aquilo: a vida mimada de guarda pessoal de uma rainha em treinamento. Quantas vezes Clarion a pegara olhando cheia de anseio para as patrulhas? Quantas vezes a pegara afiando sua lâmina já afiada para uma batalha que nunca aconteceria? De fato, a ocasião em que a vira mais *viva* tinha sido quando Artemis a empurrou para fora do caminho daquela serpente.

Talvez pudesse imaginar uma versão imprudente de Artemis, afinal. Não era o tipo de fada que deixaria os outros arriscarem a vida — especialmente se ela mesma pudesse assumir o risco.

— Nenhum mal me acontecerá — disse Clarion suavemente. — Eu juro que nunca faria nada intencional para colocar sua posição em risco.

Artemis passou a mão pelos cabelos e soltou um longo suspiro.

— Se você realmente acredita que este é o melhor caminho a seguir, então eu confio em você.

Eu confio em você. Há quanto tempo ansiava por ouvir essas palavras? Mal conseguia acreditar nelas agora que ouvira.

— Eu acredito — Clarion se apressou a dizer, apenas para manter a emoção fora da voz.

Artemis já parecia arrependida.

— Vá, então. Se Sua Majestade vier procurá-la, eu inventarei uma desculpa.

Clarion agarrou sua mão livre e apertou.

— Obrigada.

Artemis olhou para suas mãos com uma expressão estranhamente perturbada. Logo, se desvencilhou e reorganizou suas feições de volta em uma máscara de profissionalismo.

— Volte antes do anoitecer.

Com apenas alguns minutos até o pôr do sol, Clarion esperou na ponte que ligava o Inverno e a Primavera. Sentou-se no musgo úmido que cobria a raiz, deixando seus pés balançarem sobre a água. Seu reflexo a encarou, envolto pela aura suave de suas asas no crepúsculo. Ali, apesar do perigo que a noite prometia, ela se sentia quase em paz. Com o borbulhar silencioso do rio abaixo dela e a neve constante caindo do outro lado da fronteira, era...

— Você veio.

Clarion ofegou, quase caindo na água.

Quando se recuperou, olhou para cima e viu Milori parado a alguns metros de distância. Quando havia chegado lá? Era como se ele tivesse brotado da própria neve. Clarion abriu a boca para falar, mas algo na leve surpresa estampada no rosto dele roubou suas palavras. Não sabia se isso a ofendia ou o tornava querido para ela. Então, pensando bem, concluiu que não lhe dera mesmo nenhuma razão para esperá-la.

Ocorreu-lhe um segundo tarde demais que estava meio esparramada no chão, olhando boquiaberta para ele. Não ajudava em nada que ele parecesse quase *belo* na luz do entardecer. Flocos de neve se juntavam em seus cílios e brilhavam contra seu cabelo branco, de modo que ele parecia dourado com a geada. Clarion sinceramente esperava que o calor que ia subindo por seu pescoço não atingisse o rosto. Ser pega tão sem dignidade... era totalmente inaceitável.

Com um bater de asas, Clarion se endireitou em toda a sua altura e pairou acima do chão. De modo afetado, espanou a grama de suas saias.

— Eu vim — disse. Então, mais gentilmente: — Levou mais tempo do que imaginei. Tive que descobrir um jeito de voltar aqui.

— Claro — disse ele. — Você mencionou suas obrigações na última vez que conversamos.

Aquele tom irônico retornara à sua voz. Clarion se ressentiu muito da implicação. Qualquer que fosse a noção que ele tinha sobre a realeza do Refúgio das Fadas, realmente *estava* bem ocupada.

— Não tem sido fácil. Fui mantida trancada a sete chaves, e nosso novo toque de recolher complica as coisas.

A expressão dele se abrandou com preocupação.

— Um toque de recolher?

— Sim. Fomos atacadas. — Parecia uma explicação insuficiente para o que havia acontecido.

A lembrança do fato fez seu estômago revirar de medo — e culpa. Se ao menos tivesse conseguido impedir...

— Onze fadas caíram numa espécie de sono. Nossas fadas da cura estão trabalhando para reanimá-las, mas...

— Sinto muito. — Ele parecia estar falando sério. Pior: parecia acreditar que era culpa dele. — Várias fadas do Inverno tiveram o mesmo destino. Também não conseguimos desenvolver um antídoto.

Uma terrível melancolia caiu sobre ele, e Clarion teve que lutar contra o impulso de... o que, exatamente? Não tinha palavras de consolo para lhe oferecer. Mas ao menos conseguia entendê-lo. Não havia nada pior, pensou, do que ser impotente quando os outros dependiam de você.

Clarion sorriu tristemente.

— Ainda acha que eu posso ajudar?

— Acho. — Ele hesitou. — Só não pensei que você voltaria. Por que você voltou?

— Porque eu quero ouvir seu plano. — Ela cruzou os braços para afastar o frio que emanava da fronteira, e das notícias que tinha para compartilhar. — Já que ninguém sabe como destruir os monstros, Elvina pretende prendê-los no Inverno. Ela vai cortar as pontes que ligam o Inverno às outras estações. Vocês ainda terão seu suprimento de pó de fada, mas...

Milori ficou tão pálido quanto os bancos de neve. Parecia menos solitário, pensou, ver alguém reagir com o mesmo horror que ela. Cem emoções e pensamentos passaram pelo rosto dele, mas, no fim, tudo o que Milori disse foi:

— Você discorda dela?

— Claro que sim. Eu mesma vi o monstro. — Quando fechava os olhos, ainda podia ver o Pesadelo, como uma imagem residual gravada em sua mente. Podia não ter mergulhado no sono, mas aquilo ainda atormentava seus sonhos. — Não vou deixar vocês lidarem com eles sozinhos. Eu não fui forte o suficiente para proteger as fadas, mas quando minha magia o atingiu... Eu não sei o que aconteceu, exatamente. Pareceu quase medo. Elvina me proibiu de me envolver, mas eu me recuso a deixá-la continuar com isso se eu for capaz de destruí-los.

— Ninguém no Inverno foi capaz de expulsá-los — disse ele, quase maravilhado. — Você realmente pode ser a chave.

A chave. Ele não diria isso se soubesse o pouco domínio que tinha da magia do talento de regente.

— Eu não sei quanto a isso. — desviou o olhar. — A única outra coisa que tenho para contar é que eles são chamados de Pesadelos. Pelo menos, foi o que Elvina me disse. Mas você já sabia disso, não?

— Já — ele respondeu, relutantemente. — Eu sei o que são.

Sua antecessora não foi franca com você, ele lhe dissera.

Não, certamente não tinha sido.

Visivelmente confundindo o silêncio dela com traição, ele acrescentou:

— Meu conhecimento é incompleto, mas acredito que as rainhas do Refúgio das Fadas têm informações que eu não tenho. Mas quando percebi que você sabia ainda menos do que eu... — Ele franziu a testa, como se estivesse buscando as palavras certas para fazê-la entender. — Não houve muita boa vontade entre nossos reinos. Eu temia que você não confiasse em mim, a menos que ouvisse da própria rainha Elvina.

— Eu entendo — disse ela, baixinho. Ele não estava errado, supôs. Seus ombros afrouxaram de alívio. — Como descobriu sobre eles?

— Há um lago congelado nas profundezas do Bosque do Inverno que há muito tempo é usado para conter Pesadelos.

Enquanto Clarion estudava seu rosto, percebeu como ele parecia exausto. As sombras sob seus olhos sugeriam que ele não dormia bem há dias. Há quanto tempo ele estava acordado, preocupado com seus próprios súditos?

— Eles finalmente escaparam.

— Como uma prisão — murmurou ela. De repente, se deu conta. — Então, você...

— Sim — ele disse, cansado. — É por isso que sou chamado de Guardião do Bosque do Inverno.

Que fardo pesado, pensou. Não era de se admirar agora que ele parecesse tão culpado. Ele de fato acreditava que aquilo era culpa dele? Uma parte dela ansiou por estender a mão para aliviar a tensão em sua testa — para pousar uma mão reconfortante em seu braço. Esse já não era um problema para ele carregar sozinho. Mas Clarion resistiu ao desejo e, em vez disso, com uma gentileza que a surpreendeu, disse:

— Eu quero ajudar você. Diga-me como.

Um pequeno alívio suavizou o pior do desespero do rapaz.

— Há um lugar chamado Salão do Inverno, onde uma cópia de cada texto do Refúgio das Fadas é armazenada. É presidido por uma fada conhecida como Protetor do Conhecimento das Fadas. Há um livro em sua coleção que nem ele nem eu somos capazes de ler. Ele acredita que apenas fadas de talento de regente podem desbloqueá-lo.

Cada texto do Refúgio das Fadas? Que espetacular. Clarion nunca mais teria que ansiar por respostas. Mas a sugestão de sua magia ser a chave cortou sua empolgação. Dada a mísera quantidade de poder que podia invocar, era uma fada de talento de regente apenas no nome. Quando realmente importasse, ela o decepcionaria. Mas não fazia sentido dizer isso a ele agora.

— Bastante fácil. — Clarion forçou um sorriso. — Você pode trazê-lo para mim?

— É muito pesado para carregar. Além disso, o Protetor é... — Milori fez uma careta, o que disse muito mais do que quaisquer palavras jamais conseguiriam exprimir. Ele devia ter sido um homem-pardal temível, de fato, para inspirar tamanha deferência no Guardião do Bosque do Inverno. — Não sei o que ele faria se o livro fosse exposto às intempéries. É um livro muito antigo.

Bem, isso certamente representaria desafios.

— O que você sugere, então?

Sem hesitação, ele respondeu:

— Você precisará vir para o Inverno comigo.

Seu primeiro pensamento foi: *De jeito nenhum* — e seu primeiro instinto foi rir —, mas pelo menos seu treinamento para rainha em distanciamento real provou ser eficaz o suficiente para esconder sua reação. Ele queria que ela *fosse para o Inverno com ele*? Estava totalmente fora de questão, supondo que fosse possível. Clarion não conseguiu esconder a incredulidade em sua voz quando disse:

— E como você propõe que eu faça isso?

— O Protetor me disse que fadas das estações quentes costumavam atravessar para o Inverno — Milori disse sem convicção, como se ele próprio tivesse dificuldade de acreditar.

Se tinham feito isso, certamente não tinha sido durante a vida de Elvina. Milori não estava exagerando quando afirmou que o Salão do Inverno continha *todo* o conhecimento das fadas, então. A ideia de que outras haviam cruzado a fronteira a arrepiou. Todas as vezes em que se perguntou sobre a existência das pontes e admirou os entalhes das insígnias do Inverno por todo o palácio... Fazia sentido. Talvez seus reinos *realmente* houvessem convivido em harmonia no passado.

— Se você puder encontrar um jeito de proteger suas asas do frio — disse ele —, deverá ser capaz de cruzar a fronteira por um breve período.

Teoricamente, isso era verdade. Enquanto suas asas permanecessem isoladas, elas não congelariam. Clarion soltou um longo e firme suspiro. Não conseguia acreditar que estava *considerando* um plano tão perigoso depois da promessa que fizera a Artemis. Mas se isso protegeria seus súditos — tanto no Inverno quanto nas estações quentes —, Clarion não tinha outra escolha.

— Tudo bem. Ainda não sei como vou conseguir, mas... — Antes mesmo de terminar a frase, a solução lhe ocorreu. *Petra*. Se havia uma fada com quem podia contar para criar uma invenção inteligente, era ela.

A expectativa acendeu os olhos cinzentos de Milori.

— Você teve uma ideia.

— Sim — disse ela, relutantemente. Isso envolveria apenas recrutar a fada mais avessa a riscos em todo o Refúgio das Fadas para talvez o esquema mais imprudente que Clarion já havia inventado. — Não posso garantir nada, mas vou tentar.

— É tudo o que peço. Obrigado.

Ele falou com tanta sinceridade, tão cheio de *esperança*, que a fez se sentir quase aflita. Sua gratidão — e a noção de que alguém estava contando tanto com ela — parecia algo precioso, de fato. E que gostaria de conservar.

— Claro.

Ele também devia ter sentido o peso do silêncio. Desviou o olhar antes de quebrá-lo.

— Suponho que não teremos como entrar em contato um com o outro nesse meio-tempo. Se quiser, posso continuar esperando por você aqui ao pôr do sol.

— Todas as noites? — Clarion levantou uma sobrancelha. — Não sentem sua falta?

Ele inclinou a cabeça.

— O que você quer dizer?

— Ninguém vigia seus passos? — provocou ela. Um rubor se espalhou por suas bochechas quando percebeu o que tinha dito exatamente. — Quero dizer… ninguém se importa que você venha assombrar a fronteira da Primavera como um fantasma?

— Ah. — Se o rapaz ficou ofendido, não demonstrou. Na verdade, ele parecia gostar desse relacionamento que haviam estabelecido. — Se as fadas do Inverno soubessem que eu estava… como foi que você disse, *assombrando a fronteira?* Então elas poderiam não ficar satisfeitas. Mas agora é primavera, então, as coisas estão calmas. Além disso, quem está lá, realmente, para se importar com o que eu faço? Ninguém está acima de mim em posição, exceto você.

Ninguém, exceto você.

O coração dela deu uma cambalhota enquanto repassava essas palavras. Parecia que ele havia tecido algum feitiço, um que comprimia o mundo inteiro nisto: a neve caindo suavemente sobre a terra e a firmeza de seu olhar sobre ela.

Clarion colocou uma mecha de cabelo atrás da orelha — e se absteve de lembrá-lo novamente de que ainda não era rainha. Ela se viu faminta por mais detalhes de como exatamente as coisas funcionavam no Inverno, mesmo que fosse apenas para se livrar dessa… *agitação.*

ASAS RELUZENTES

— Houve um Guardião do Bosque do Inverno que treinou você?

Ele negou com a cabeça.

— Ele deixou suas anotações. Era tudo o que eu tinha.

— Ah. — Clarion não conseguia imaginar como seria difícil ter que juntar as peças de um quebra-cabeça que alguém havia deixado para trás, e fazer isso completamente sozinho. Com os Ministros das Estações nas estações quentes acontecia o mesmo: um desaparecia antes que o outro chegasse, os dois nunca se sobrepunham. Mas a rainha servia como uma luz guia e uma rocha firme, pronta para ajudar uma recém-chegada a se levantar. Ali estava mais uma forma de deixarem o Inverno se defender sozinho. A culpa pesava no estômago de Clarion.

Milori, sentindo claramente a reviravolta sombria de seus pensamentos, ofereceu-lhe um pequeno sorriso.

— Eram anotações muito completas, fique tranquila.

Isso provocou uma risada em Clarion. A imagem mental de um Milori recém-chegado, apressado e folheando um tomo centenário para encontrar as respostas, cortou sua tristeza como a brusquidão de uma chuva de verão.

— Bem — disse ela —, espero que tenham sido bem organizadas.

— Por tópico — ele respondeu solenemente.

— Que bom. — Clarion hesitou, de repente relutante em partir. — Bem, eu não deveria me demorar. Minha guarda ficará fora de si se eu não retornar antes de a noite cair.

Ele olhou para cima.

— Você deveria se apressar, então.

De fato, deveria. A lua já se mostrava no alto, um fino crescente, como um olho se abrindo.

— Vejo você assim que puder.

— Tome cuidado, Clarion.

O som de seu nome inundou-a de calor. Mas durou pouco. Quando ela piscou, ele tinha ido embora novamente. Havia deixado para trás apenas um redemoinho de neve brilhando no fraco luar.

De manhã, Clarion encontrou Artemis acomodada nos galhos do lado de fora de sua sacada. A Árvore do Pó de Fada, evidentemente possuída por alguma centelha de capricho travesso, havia brotado um verdadeiro pomar em miniatura acima dela. Nuncamoras em todos os tons pendiam sedutoramente de seus galhos, perfumando o ar com uma doçura sutil. Artemis, completamente inconsciente ou fingindo não notar, pelo visto tinha decidido ocupar-se com um entalhe. Sua lâmina fina cintilava na luz do sol da manhã enquanto trabalhava. Observá-la encheu Clarion de carinho renovado.

Poucos lhe eram tão confiáveis.

Na noite anterior, Clarion fechou as portas de sua sacada atrás de si no momento em que a escuridão total se instalou como uma forte nevasca sobre o Refúgio das Fadas. Assim que a fechadura estalou atrás dela, Clarion vislumbrou o brilho de uma fada no canto do olho. Artemis, deixando a árvore, como se finalmente pudesse descansar.

— E aí? — Artemis perguntava agora sem olhar para cima. — Você encontrou seu Guardião do Bosque do Inverno?

Clarion não gostou da forma como seu estômago traiçoeiro se revirou com a escolha de palavras de Artemis. Milori certamente não era *dela*. Clarion não havia escapulido para um encontro nem nada do tipo.

— Encontrei.

Por fim, Artemis olhou para ela. Havia um brilho inconfundível de esperança em seus olhos.

— E ele tinha a informação que você queria?

— Não exatamente, mas tem uma ideia de onde encontrá-la. — Clarion descansou os cotovelos no peitoril e franziu a testa enquanto apoiava o queixo nos punhos. Agora, havia apenas a pequena questão de dar a notícia de o que exatamente *encontrá-la* implicaria. Mal havia convencido Artemis a deixá-la visitar a fronteira. Recrutá-la para um plano de cruzá-la... Bem, iria com calma. — Por falar nisso, há um lugar para onde eu gostaria de ir hoje.

— É mesmo? — Artemis parecia tão consternada que Clarion não conseguiu evitar o riso. Era raro obter uma demonstração tão aberta de emoção por parte dela.

— Não é um lugar perigoso, juro. Desta vez, eu *gostaria* de ir para o Recanto das Artesãs. Preciso pedir um favor a Petra.

Artemis se animou com isso, mas rapidamente corrigiu a expressão de seu rosto para a neutralidade.

— Um favor?

Melhor acabar logo com isso, supôs.

— Espero que ela possa fazer algo que me permita atravessar para o Inverno.

Artemis quase deixou cair a faca. Ela se atrapalhou com o objeto por um momento antes de fixar Clarion com um olhar de pura e total incredulidade.

— O quê?

— Por um tempo muito curto! — Clarion se apressou a acrescentar. — Preciso ler um livro para ele.

— Ler um...? — Artemis parou e apertou a ponte do nariz. Quando seu braço pendeu frouxamente para o lado, revelou uma expressão que sugeria que havia decidido que era melhor não fazer muitas perguntas. Quando voltou a falar, fez um esforço nobre para soar diplomática. — Vossa Alteza, *tem certeza* de que é uma boa ideia? Confio em seu julgamento de caráter, é claro, mas essa é uma viagem muito perigosa de se empreender.

— Eu sei... E sei que estou pedindo muito. Mas não vejo outra maneira de seguir em frente.

Com um suspiro resignado, Artemis guardou sua faca de entalhe e sua pequena escultura disforme.

— Vamos fazer uma visita à artesã?

Clarion, quase derretendo de alívio, curvou-se contra o peitoril.

— Sim. Obrigada.

Juntas, elas partiram para o Recanto das Artesãs, voando muito acima das árvores. Daquele ponto de vista, o Refúgio das Fadas era uma extensão acolchoada de luxuriante verde e azul brilhante. O ar estava iluminado com rastros de pó de fada enquanto fadas passavam zunindo. Os sons distantes de suas risadas a alcançaram mesmo naquela altura, e seu peito se contraiu com uma emoção repentina. Algo tão precioso precisava ser protegido.

Aqui e ali, Clarion vislumbrou batedoras agarradas aos galhos mais altos dos pinheiros. Elas assentiram em um reconhecimento silencioso enquanto passavam.

— Já encontraram alguma coisa?

— Não — disse Artemis, soturnamente. — Não que eu tenha ouvido.

— Parece impossível que algo daquele tamanho possa simplesmente desaparecer sem deixar vestígios.

— Mesmo que encontrassem algo... — Artemis parecia preocupada. — Aquela coisa nem se encolheu quando foi atingida por minhas flechas. Mas eu vi o que sua magia fez.

Clarion se aqueceu com a reverência aberta em sua voz. Na verdade, mal sabia o que tinha feito. Em certo momento, sentiu-se quase resignada com seu destino: se morresse, cairia protegendo outra pessoa. No momento seguinte: luz dourada, tão brilhante quanto uma estrela caída. Não sabia que Artemis tinha visto aquilo, considerando que prontamente a derrubara no chão. Os arranhões em seus cotovelos ainda doíam.

— Então você entende — disse Clarion, baixinho. — Por que estou fazendo o que estou fazendo.

— Não acho que você tenha ideia do que está fazendo, mas depositei minha confiança em você. — Artemis ofereceu-lhe um débil sorriso, então pareceu se lembrar de que tinha sido quase *atrevida*. Em um tom grave, acrescentou: — Com todo o respeito, é claro, Vossa Alteza.

ASAS RELUZENTES

Não era exatamente o voto de confiança que Clarion esperava; mas, por enquanto, teria que bastar.

Voaram em silêncio até chegarem à cabana de Petra em seu refúgio solitário no Recanto das Fadas. Na luz da manhã, o orvalho que se formava no telhado de palha e musgo brilhava convidativamente. Quando pousaram em sua varanda, Artemis passou os dedos pela fachada áspera de pedra da casa. Com genuína admiração em sua voz, disse:

— Não fazia ideia de que a artesã fosse tão ativa.

Clarion se permitiu rir consigo mesma discretamente.

— Você nunca a viu focada em algo? Na verdade, é bem assustador.

Considerando que o rosto pálido e sardento de Petra ainda não tinha aparecido na janela, provavelmente estava em um de seus estados de fuga enquanto falavam. De fato, todas as persianas estavam fechadas, bloqueando a luz. Sério, ela conseguia ser muito *intensa*. A maioria das outras fadas artesãs ficava bem longe do seu caminho quando estava absorta em um projeto. Havia se tornado uma fada completamente diferente.

Clarion bateu na porta. Nenhuma resposta veio de dentro, mas podia ouvir o clangor estridente de metal martelando metal. Oh, com toda certeza Petra estava quase perdida para o mundo agora.

— Devemos voltar outra hora? — perguntou Artemis.

— Oh, não precisa. — Clarion experimentou a maçaneta e encontrou a porta destrancada.

Artemis olhou para a porta entreaberta com um olhar de perplexa consternação. Obviamente, tinha algumas seletas palavras sobre segurança, mas escolheu guardá-las para si mesma.

Clarion abriu a porta devagar e foi recebida por uma explosão de calor e o cheiro inconfundível de solda. O suor imediatamente começou a pinicar a nuca de Clarion. Pó de fada cintilava na escuridão abafada do quarto. Todo tipo de ferramentas para as quais Clarion não tinha nomes flutuavam no ar, como se fossem carregadas pela corrente de um rio. E ali, curvada sobre sua mesa de trabalho e banhada pelo brilho quente de sua forja, estava Petra. Seus cachos ruivos encontravam-se selvagemente desordenados, e suas sardas estavam escondidas atrás de listras de ouro e fuligem. Martelava uma fina folha de metal derretido, moldando-a com um foco tão pleno que Clarion pensou por um momento que não havia registrado a presença delas.

— Clarion. — A voz de Petra soou sobrenaturalmente calma. Apontou para alguma engenhoca pairando fora de seu alcance. — Me passe aquilo.

Artemis se posicionou perto da porta. Clarion sorriu para ela de forma encorajadora antes de atender ao pedido. Ao entregar a ferramenta, disse:

— Preciso lhe pedir um favor.

Petra emitiu um som distraído para indicar que estava ouvindo, mas não olhou para ela. Pelo menos, Clarion não *achou* que estivesse olhando. Petra estava usando os óculos de segurança que havia criado com a ajuda de uma fada de talento da água no ano anterior. As duas haviam fixado gotas de orvalho — tingidas de preto com bagas de espinheiro e cascas de nozes — em armações de metal. Assim, Clarion não conseguia ver seus olhos.

— Preciso que você me ajude a atravessar a fronteira para o Bosque do Inverno.

— *O quê?* — Petra cambaleou para trás de sua mesa de trabalho e quase bateu na parede. Seus óculos de segurança caíram de lado em seu rosto, e as lentes de gotas de orvalho estouraram com o tratamento brusco. A água pingou em suas bochechas e deixou manchas enegrecidas para trás, mas seu choque foi tão grande que ela mal pareceu notar. — O que disse?

— Eu disse...

— Oh, eu ouvi você — disse Petra sombriamente. Por fim, limpou os restos dos óculos com as costas da mão. — O que eu não entendo é por que você desejaria ir para o Inverno.

— Porque é por um motivo muito, *muito* bom? — Clarion tentou.

— Mas é contra as regras!

— Cruzar a fronteira não é proibido. — Não era, tecnicamente. Era, no entanto, mortal sem as devidas precauções, o que tornava o Inverno um destino um tanto impopular.

— Talvez não seja para mim — disse Petra. — Mas é muito provável que seja para você.

— Estou inclinada a concordar — Artemis disse dolorosamente do fundo da sala.

Petra soltou um gritinho de surpresa. Então, quando percebeu quem exatamente tinha falado, a cor foi drenada de sua face e então subiu bem alto em suas bochechas.

— Você! O que *você* está fazendo aqui?

Artemis olhou por cima do ombro, como se pudesse haver outra pessoa que tivesse provocado tal reação. Quando virou de volta, estava com uma expressão um tanto perturbada. Limpou a garganta e disse:

— Acompanhando Sua Alteza, que insistiu bastante nesse curso de ação. Você pode ajudar, ou não?

Petra ficou boquiaberta.

— Você está nisso?

Artemis suspirou.

— Infelizmente. E agora você também está.

— Ninguém vai precisar saber que foi você quem me ajudou — Clarion interrompeu, antes que realmente perdesse o controle da situação.

Petra apontou seu martelo na direção de Clarion.

— Eu ainda não concordei! Você sempre tem algum esquema maluco, e dessa vez, eu...

Clarion segurou seu pulso e o baixou. Petra começou a brandir o martelo ameaçadoramente.

— Os Pesadelos vieram do Inverno. Se eu puder cruzar a fronteira e investigar, talvez eu possa impedir que algo parecido aconteça novamente. Mais importante, posso convencer Elvina de que ela não precisa seguir com seu plano.

— Isso não faz eu me sentir melhor. — Petra gemeu. — Ao contrário, faz eu me sentir *pior*. Você poderia ter morrido no outro dia, Clarion, e agora quer se jogar no caminho do monstro de novo? Não serei eu quem ajudará você a fazer isso.

Ternura e frustração se acumularam dentro de Clarion.

— E você quer viver sua vida inteira assim? Preocupada em ser atacada a qualquer momento? Sendo escoltada para onde quer que vá?

— Não — Petra respondeu baixinho.

— Eu posso impedir isso — disse Clarion, apertando seu antebraço. — Mas preciso da sua ajuda. Por favor?

Petra esfregou os olhos com as palmas das mãos.

— Por que eu? Não sou uma fada de talento da costura. Se você quer manter suas asas isoladas, a maneira mais fácil é se vestir para o frio. — Como se tivesse percebido algo pela primeira vez, sua expressão se iluminou. — Por que você não pede a Patch? Aí, podemos fingir que nunca tivemos essa conversa.

Patch era a fada da costura que havia confeccionado vários vestidos de Clarion ao longo dos anos. Mas um casaco de inverno? Patch nunca concordaria com um pedido tão ridículo sem uma explicação — e contaria a Elvina imediatamente se Clarion desse alguma. Patch também tinha uma tendência a olhar fixamente quando falavam com ela. Perturbava Clarion sentir como se sua própria alma estivesse sendo medida a cada palavra.

— Eu poderia — Clarion falou com voz arrastada. — Mas Patch não é a melhor artesã do Refúgio das Fadas.

Petra se envaideceu.

— Bem, eu...

Clarion pegou uma de suas ferramentas de onde pairava no ar, então a girou distraidamente entre os dedos.

— A menos, é claro, que você não ache que está pronta para a tarefa.

— Largue isso — Petra resmungou. — E é claro que estou. Não vai ser um desafio, do ponto de vista prático. Pode não *parecer* elegante, mas...

— Eu não me importo com isso — respondeu Clarion, talvez ansiosa demais. — Você consegue?

— Tenho muitas outras coisas em andamento, sabe? Mas acho que consigo. — Petra empalideceu, depois enterrou o rosto nas mãos. — Não acredito que estou fazendo isso. Por favor, não faça eu me arrepender.
— Não farei. — Clarion encostou a cabeça no ombro de Petra.
— Obrigada.
— Você me deve uma — murmurou Petra. — Você me deve muitas.
Clarion não pôde evitar sorrir.
— Eu sei.

Naquela noite, Clarion foi até a fronteira. Não sabia exatamente o que a impelia. Não que tivesse algo terrivelmente urgente para compartilhar com Milori, mas não podia negar a vertigem que havia surgido dentro dela com as pequenas vitórias daquele dia. Pela primeira vez desde que os Pesadelos haviam surgido, tinham um caminho a seguir. Além disso, algo a incomodava ao pensar nele vagando a fronteira em solidão até que ela retornasse. Ele fizera isso todas as noites por uma semana, é claro, mas era algo que parecia terrivelmente *triste*.
Se ela quisesse, nenhum dos dois teria que ficar sozinho.
Ela chegou no momento em que o céu começou a ficar vermelho com tons suaves de rosa. Do outro lado da fronteira, os pinheiros e bétulas esculpiam silhuetas irregulares contra o pôr do sol. Desta vez, Milori já estava lá. Sentado na ponte, com um livro aberto na palma da mão. A luz minguante o cobria de ouro e dançava sobre a neve recém-caída, até que todo o mundo pareceu brilhar.
Nunca antes havia percebido como o Inverno era lindo.
Milori virou-se para ela naquele exato momento, como se tivesse chamado seu nome. Obviamente, não houve tempo para se proteger, porque sua expressão se transformou em algo que ela não sabia ler. Ele parecia quase deslumbrado, como se estivesse olhando diretamente para o próprio sol. Por um momento, ela se esqueceu de como respirar. Mas quando piscou, seu rosto havia voltado à agradável

neutralidade. Talvez tivesse imaginado por completo aquele olhar extasiado. Convencer-se disso tornou muito mais fácil recobrar a razão.

Clarion desceu na ponte. Fazendo o possível para manter a voz calma, disse:

— Boa noite.

— Boa noite. — Ele fechou o livro. Uma rápida olhada na capa revelou que era... algo que ela não reconhecia, mas a lombada fina e pintada de dourado a lembrou dos volumes escondidos na seção de poesia da biblioteca. Pensou em perguntar-lhe sobre isso, mas ele assumiu: — Eu não esperava você de novo tão cedo.

Milori não parecia descontente, mas a constatação a envergonhou mais do que gostaria de admitir. Talvez devesse ter esperado uma ou duas noites tímidas antes de voltar correndo para lá. Mas se iriam trabalhar juntos de forma eficaz, a conveniência certamente não era nada do que se envergonhar.

Ela assumiu um tom falsamente ofendido.

— Então você me subestimou.

— Um erro que não cometerei novamente. — Um sorriso irônico surgiu no canto dos lábios dele... Um sorriso que Clarion se esforçou muito para não notar. — O que você conquistou em um dia?

Ela alisou um vinco invisível em suas saias.

— Eu encontrei uma forma de atravessar, mas pode levar alguns dias até que eu consiga tentar.

— Essas são ótimas notícias. — Ele franziu a testa pensativamente. — Não teve problemas? Você mencionou obrigações.

— Certo. — Clarion suspirou melancolicamente. — Essas.

O silêncio caiu sobre ambos enquanto ela pensava no que lhe dizer. O silêncio nunca a havia incomodado, mas Clarion se viu ansiando por preenchê-lo. Ela e Milori nunca poderiam ter nada parecido com *amizade*. Mas ali no crepúsculo, com o espaço entre eles equivalendo a uma parede sólida, nada parecia totalmente real. Que mal fazia fingir?

Devagar, Clarion se acomodou na ponte ao lado dele até que se sentaram quase ombro a ombro. A magia que fluía pelas raízes da Árvore do Pó de Fada aqueceu suas palmas, aterrando-a. Assim tão perto, podia ver os flocos de neve se acumulando no cabelo branco de Milori e as sombras emplumadas que seus cílios projetavam nas maçãs de seu rosto. Aquele pensamento problemático ressurgiu, sem ser convidado: *Lindo.*

E perigoso, Clarion se lembrou.

— Eu nunca apreciei o quanto era preciso para planejar uma coroação. — Ela apoiou o queixo nas mãos, olhando para seu reflexo vacilante na superfície do rio. — Todo mundo quer minha opinião sobre cada detalhe, mas mal consigo processar que isso vai acontecer. As expectativas...

— Parece muita pressão.

Clarion olhou para ele, assustada com a compreensão genuína em sua voz. Constrangida, colocou uma mecha solta de cabelo atrás da orelha.

— É... Mas você não veio aqui para ouvir meus problemas. Não é só estresse. Tem o baile da coroação na noite da próxima lua cheia, apenas uma semana antes da minha coroação.

Os lábios de Milori se separaram, como se quisesse dizer algo, mas ele se conteve. No fim, disse:

— Faremos um na mesma noite.

Clarion se animou.

— Sério?

— Claro. — Seus olhos brilharam com uma alegria silenciosa. — Sua coroação iminente merece reconhecimento. Nunca perdemos uma oportunidade de comemorar no Inverno.

Ela resfolegou, incrédula — e deselegantemente. Mas não conseguia se importar tanto assim. Aprendera que Milori tinha um senso de humor sutil, mas ela não conseguia imaginá-lo em um baile. Nas estações quentes, as festas duravam horas, cheias de espetáculo, dança e *barulho*. O Inverno e seu Guardião, por sua vez, pareciam para ela as águas paradas de um lago.

— Até você?

— Até eu — ele respondeu, com uma melancolia que surpreendeu Clarion. Ela ouviu claramente o que ele não disse: *numa outra época.*

Ela percebeu que sentia falta do brilho caloroso de diversão nos olhos dele — e pensou no que poderia fazer para restaurá-lo. Ajustou as saias para poder sentar-se de pernas cruzadas e se inclinou para encará-lo.

— E que tipo de coisas vocês fazem em um baile do Inverno?

Milori sorriu com o entusiasmo dela.

— Imagino que o mesmo tipo de coisas que fazem em um baile de estação quente.

— Não tenho tanta certeza. — A curiosidade borbulhava dentro dela, urgente demais para ser reprimida. — Devo lembrá-lo de que não sei absolutamente nada sobre o Inverno.

Milori ficou em silêncio por alguns momentos, e seu olhar procurou o dela.

— O que você quer saber?

Tudo. Admitir a ele que sempre sentira alguma atração por seu reino a fez se sentir terrivelmente exposta. Mas agora, finalmente poderia ter respostas para todas as perguntas que tinha desde que chegara. Mas por onde começar?

— Não sei. Que tipo de talentos vocês têm?

— Muitos para listar. Temos talentos do gelo, talentos do floco de neve, talentos da geleira, talentos do pingente de gelo...

A cabeça de Clarion girava enquanto ele continuava a recitar. Quantas complexidades poderia haver em água congelada?

— E quanto a você?

A surpresa suavizou suas feições.

— Não sei se há um nome para o que eu sou.

— Certamente há.

Cada talento tinha um nome — e nas raras ocasiões em que o talento inato de uma fada se desenvolvia em algo mais especializado, elas quase sempre sabiam intuitivamente como denominá-lo. Que estranho, então, que isso lhe escapasse. Talento de guardião parecia ser o nome mais simples, mas parecia... inadequado. Algo nele a irritava, como um quadro pendurado torto na parede ou um suéter que não se ajustava muito bem. Além disso, deixava muitas coisas sem explicação.

— Vigiar os Pesadelos não pode ser tudo o que você faz — pressionou ela. — Quem recebe os recém-chegados?

— Sou eu.

A resposta dele a eletrizou. Ela se sentou mais ereta.

— E quem coordena os preparativos para entregar o inverno ao Continente?

— Suponho que seja eu — ele disse, cautelosamente. — Mas é uma parte muito pequena do meu papel. Meus deveres como Guardião do Bosque do Inverno têm precedência sobre todo o restante.

— Você tem responsabilidades semelhantes às de Elvina. — Quando tal constatação lhe ocorreu, Clarion se virou para encará-lo por inteiro. Os olhos dele refletiam o brilho dela, queimando mais intensamente com sua empolgação. — Talvez você também tenha talento de regente! Você nasceu de uma estrela?

Milori hesitou.

— Não nasci, não.

— Entendo. — Dentre todas as coisas, foi *decepção* o que surgiu dentro dela. Clarion encobriu-a o melhor que pôde. Que bobagem, esperar que houvesse alguém como ela além de Elvina. Conforme a aura ao redor dela diminuía, Clarion lhe ofereceu um sorriso hesitante. — Lá se vai essa teoria. Sinto muito não poder ajudar mais.

— Não há nada pelo que se desculpar. Não saber não me incomoda — ele respondeu gentilmente. — Você está bem?

— Sim, estou. — Clarion desviou o olhar para o Bosque do Inverno, incapaz de encarar a insustentável seriedade de seu olhar. A neve girava no vento, derretendo no instante em que se aproximava da fronteira. — Eu pensei que talvez houvesse outra pessoa como eu no Inverno. Faz sentido que não haja. Ser uma boa rainha é ser tão fria e distante quanto uma estrela.

Pelo canto do olho, teve um vislumbre da reação de Milori. Seu corpo inteiro se moveu para trás, como se as palavras o tivessem atingido fisicamente.

— É nisso que você acredita?

No que ela *acreditava*? No que acreditava pessoalmente era irrelevante.

— Foi isso que Elvina sempre me ensinou. — Clarion entrelaçou os dedos no colo. — Mas eu nunca fui assim. Sempre quis coisas que não deveria. É meu maior defeito.

— É? Eu entendo a necessidade dessa visão de mundo, mas...

— Quando ousou olhar para cima novamente, a visão dele roubou seu fôlego. O sol poente o pintou em sombras gritantes. — Que mal há em desejar que as coisas pudessem ser diferentes?

A necessidade dessa visão de mundo? Clarion sentiu o peso de suas palavras como uma faca no coração. Talvez ele não fosse uma fada de talento de regente como ela. Talvez não tivessem enfrentado exatamente as mesmas coisas. Mas, naquele momento, não importava. A forma da dor dele combinava com a sua.

Milori estava tão solitário quanto ela.

Clarion ansiava por descansar a mão sobre a dele, mas se sentia ancorada no lugar. Por muito tempo, desejara que alguém a enxergasse — e *de verdade*. Agora que alguém poderia, ela entendia como seria aterrorizante permitir isso — e o quanto tornaria mais complicada toda essa missão.

Sempre quis coisas que não deveria.

Isso nunca pareceu tão verdadeiro.

10

Após três dias de espera longa e angustiante, Petra lhe enviou uma atualização. Aconteceu enquanto Clarion estava deitada na cama, mais uma vez acordada antes de o sol nascer completamente.

O céu do lado de fora de sua janela era uma mancha aveludada de roxo pontilhada com estrelas desbotadas. Mesmo dali, conseguia ver a mais tênue lasca de montanhas com picos brancos espiando-a. Um pequeno tormento, quando tudo o que conseguia pensar era em quão cedo estaria sob a sombra delas — e quão cedo ela e Milori existiriam no mesmo lado da fronteira. Talvez então pudesse se convencer de que tudo aquilo era real.

Houve uma batida suave nas portas de sua sacada.

Clarion se levantou de repente quando o pânico a atingiu como uma tempestade súbita. Alguém em sua porta assim tão cedo não pressagiava nada de bom. Outro ataque, ou...

Quando seus olhos se ajustaram à escuridão, todo o medo desapareceu. Algo entre aborrecimento e puro alívio tomou seu lugar quando notou Artemis parada ali. A guarda estava na sacada, sua silhueta traçada por seu próprio brilho. Clarion cravou as palmas das mãos nos olhos sonolentos. O que ela poderia querer tão cedo?

Artemis bateu de novo, mais incisivamente dessa vez.

Clarion afastou as cobertas e atravessou o quarto. Abriu a porta, deixando entrar um suspiro de ar fresco e o som fraco da conversa das guardas das rações enquanto se preparavam para distribuir as rações matinais. Fez o possível para olhar feio para Artemis, embora imaginasse que o efeito fosse um pouco diminuído por seu desalinho.

Ainda estava usando sua camisola e o cabelo estava solto até o meio das costas.

— Bom dia.

— Bom dia — Artemis respondeu, obediente. — Desculpe incomodá-la a esta hora, mas pensei que você gostaria disso.

Ela segurava um rolo fino de pergaminho amarrado com barbante verde. Clarion o pegou de sua mão estendida e desenrolou o bilhete. Imediatamente, reconheceu a caligrafia de Petra, assim como as manchas reveladoras de fuligem e graxa e algo que sinceramente esperava que não fosse sangue. Costurar não poderia ser *tão* perigoso, mesmo para alguém sem prática, poderia? A mensagem em si, no entanto, era atipicamente curta — e não estava assinada.

Tudo o que dizia era: *Está pronto.*

O coração de Clarion pareceu parar, e ela apertou o pergaminho contra o peito. A expectativa vertiginosa que vinha crescendo há dias tomou conta dela. Depois de tantos anos olhando para ele, depois de tantos anos se perguntando, ela poderia ir ao Inverno já *esta noite*. Foi necessário muito autocontrole para evitar sair rodopiando pelo quarto. Artemis mal saberia o que fazer com ela.

Contentou-se em sorrir para a guarda — e pegou Artemis olhando para ela com uma expressão peculiarmente meiga. Quando Artemis percebeu que Clarion tinha notado, reorganizou as feições na própria imagem da compostura.

— Algo de bom?

— Podemos pegar meu casaco.

— Ah. — Artemis fez uma careta, visivelmente ainda não entusiasmada com a perspectiva de deixar sua protegida vagar pelo Inverno. — Boas notícias, de fato.

Depois de um momento, algo ocorreu a Clarion. Ela considerou a carta em suas mãos.

— Onde você conseguiu isso?

Um leve rubor surgiu por baixo da gola de Artemis.

— A artesã me deu.

— Eu não sabia que você passava tanto tempo no Recanto das Artesãs — disse Clarion, tentando puxar conversa. Artemis e Petra se conheciam há anos por meio de Clarion, mas, até onde sabia (para sua consternação, considerando como era óbvio o fato de que Petra gostava dela), nunca haviam passado um tempo juntas sem Clarion. Isso era uma novidade, sem dúvida.

— Nós nos encontramos por acaso — ela se apressou em responder. — Isto é, eu estava ali por perto.

— Ah, é? — Clarion pressionou, incapaz de disfarçar o tom de interesse em sua voz agora. — Para quê?

— Antes de ir para casa, eu faço minha própria varredura em busca de Pesadelos.

Clarion assentiu.

— Você encontrou algum na casa dela?

— Não, eu... — Artemis parecia nervosa agora. Passou a mão pelo cabelo cortado toscamente. — Acho que fiquei curiosa sobre o que ela estava fazendo. É algo que tornaria o trabalho das batedoras muito mais fácil.

Satisfeita, Clarion sorriu inocentemente e dobrou a carta.

— Entendo. Bem, podemos dar outra olhada hoje mais tarde.

— Como quiser, Vossa Alteza. — Ela lançou um olhar azedo que quase fez Clarion rir. Talvez devesse provocá-la com mais frequência. Era um alvo fácil demais. — Podemos ir depois da sua reunião com a Ministra da Primavera, que é em uma hora, caso você tenha esquecido.

Clarion gemeu. *Tinha* quase esquecido. Com sorte, Íris não a seguraria por *muito* tempo. Só estava entre Clarion e o Inverno.

Quando Clarion se preparou, ela e Artemis seguiram para o Vale da Primavera. Embora sempre se sentisse mais em casa no Verão, a Primavera nunca deixava de agradá-la. Era o domínio das fadas de talento da jardinagem do Refúgio das Fadas, capazes de fazer flores desabrocharem. Clarion podia ver trabalho manual em todos os lugares que olhava: árvores carregadas de frutas cítricas, forsítias douradas, delicados ramos de glicínias, morangos silvestres amadurecendo em retalhos quentes de luz solar. Enquanto voavam pela floresta, Clarion vislumbrou suas casas aninhadas nos galhos, todas elas com telhados de fúcsia e trombetas.

Chegaram à Praça Primaveril, o coração de Vale da Primavera. Àquela hora da manhã, novelos transparentes de neblina saíam do Mar do Nunca e enchiam a clareira. Duas enormes cerejeiras emolduravam a vista da água — além de uma pedra coberta de musgo na qual uma única flor crescia: a Sempre-viva. Suas pétalas brancas e macias estavam dobradas em torno de si como as asas de uma fada adormecida. Florescia apenas no equinócio da primavera, quando a estação deveria chegar ao Continente. Uma vez por ano, todas as fadas se reuniam nessa clareira para a revisão final da rainha sobre os preparativos da primavera. Apesar dos longos dias de trabalho pela frente, algumas ficavam acordadas até o amanhecer para assistir suas pétalas se abrirem com o nascer do sol.

Um dia, Clarion esperava vê-lo ela mesma.

Íris esperava por elas ao lado da Sempre-viva, delineada pela luz do sol. Naquela manhã, usava um vestido de açafrões, com longas mangas em forma de sino que só deixavam de fora as pontas dos dedos. Seu cabelo fluía pelas costas como uma cascata de água escura. Seu rosto — atipicamente melancólico — animou-se ao vê-las.

Depois que as três trocaram amabilidades, Íris suspirou.

— Eu esperava ter mais para mostrar a você hoje. Obrigada por vir mesmo assim.

Clarion franziu a testa.

— O que você quer dizer?

Os lábios de Íris se separaram em surpresa.

— Sua Majestade não lhe contou?

O coração de Clarion desanimou.

— Não me contou o quê?

Íris hesitou.

— Pode ser mais fácil mostrar. Venha ver.

Com um bater de asas e uma chuva de pó de fada, Íris levantou voo. Ela as levou mais fundo no Vale da Primavera, até que chegaram a um campo aberto. O que Clarion viu fez um arrepio de horror percorrer seu corpo. Um sulco de destruição no prado — indo direto para o Inverno. Ou talvez mais precisamente: *vindo* do Inverno. O que quer que passara por ali parecia ter drenado a própria cor da folhagem. Flores murchas e ressecadas e os restos despedaçados do que parecia ser uma treliça jaziam espalhados entre a grama pisoteada. Um leve cheiro de podridão a alcançava mesmo à distância.

— Pela segunda estrela... — murmurou Clarion.

— As batedoras vieram esta manhã para avaliar os danos. — Íris torceu as mãos, inquieta. — Ninguém se machucou. Ninguém além das flores, de qualquer forma.

Clarion percebeu que mesmo a morte das flores a entristecia. Afinal, a maioria das fadas da Primavera conseguia se comunicar com elas. Olhou para Artemis, esperando que sua questão silenciosa fosse clara: *Você sabia disso?*

Artemis balançou a cabeça negativamente.

Mais uma coisa que Elvina não achara adequado informá-la. E mais um lembrete da urgência de ela e Milori descobrirem como destruir os Pesadelos.

— Estou muito aliviada em saber que ninguém se machucou — disse Clarion com brandura. — Sinto muito pelo campo.

— É muita gentileza a sua dizer isso, Alteza — respondeu Íris, visivelmente tentando soar mais alegre do que se sentia. — *Eu* é que sinto muito que parte do trabalho que realizamos para a sua coroação tenha sido arruinado. Mas Sua Majestade cuidará dos Pesadelos, e consertaremos tudo em pouco tempo. Enquanto isso, deixe-me mostrar o que minhas fadas da água têm feito. Você vai adorar.

Clarion mal teve tempo de responder antes que Íris disparasse em outra direção. Clarion seguiu-a o mais rápido que pôde. Se ao menos tivesse tanta energia tão cedo pela manhã...

Íris a guiou por uma curta distância antes de mergulhar de volta por entre as copas das árvores. Elas pousaram nas margens de um rio no momento em que um grupo de libélulas disparava em um borrão de asas iridescentes. Quando Clarion se recompôs, deliciou-se com o som do domínio das fadas de talento da água: água borbulhante, o coaxar do canto dos sapos, o zumbido dos insetos, e a risada de seus súditos, tão alegre quanto um riacho fluindo sobre pedras.

Clarion sempre amou observar as fadas da água trabalhando. Algumas delas flutuavam na corrente em barcos feitos de casca de bétula e nenúfares, encorajando os peixes dourados que nadavam logo abaixo deles. Outras descansavam em troncos parcialmente submersos, envoltos por cortinas de taboas e samambaias. Havia ainda as que saltavam pela superfície, deixando pequenas ondulações em seu rastro. Isso fez a respiração de Clarion ficar suspensa, dividida entre admiração e nervosismo. Como regra, fadas não sabiam nadar, pois asas encharcadas eram muito pesadas. No entanto, as fadas de talento da água eram destemidas e alegres — e estavam perfeitamente à vontade.

Pelo menos, até que a notaram. Quando ela passou, ficaram abruptamente em silêncio. Clarion não sabia se sorria encorajadoramente ou desviava os olhos para que elas não se sentissem examinadas.

— Aqui estamos — disse Íris alegremente.

Demorou um momento para Clarion registrar o que via. Estavam diante de uma vasta teia de aranha amarrada em uma estrutura de galhos. Estava coberta com mais gotas de orvalho do que Clarion conseguia imaginar, cada uma delas colorida com tinta. Era, percebeu, um mosaico — feito para se parecer com ela. Quando o sol batia na teia, a água refratava a luz e espalhava padrões multicoloridos no solo da floresta.

— O que você acha? — perguntou Íris.

— É espetacular — disse Clarion, baixinho, e não estava falando por falar. Ver-se representada com tanto cuidado despertou dentro dela uma emoção que não conseguia identificar completamente.

Clarion teria jurado que sentiu mais do que ouviu o suspiro coletivo de alívio atrás dela. Como se toda a clareira estivesse prendendo a respiração, o som de respingos e conversas recomeçou.

Íris bateu palmas.

— Oh, que bom! Sua coroação vai ser incrível, Vossa Alteza. Espere só até...

O som da voz de Íris desapareceu aos ouvidos de Clarion até não passar de um zumbido enquanto ela contemplava a própria imagem, uma versão de si mesma mais majestosa e equilibrada do que sabia ser. Mal conseguia se concentrar em qualquer uma das belas coisas que Íris estava descrevendo para ela. Sua coroação de certa forma parecia totalmente insignificante diante da ameaça contra o Refúgio das Fadas.

Por mais que desejasse aproveitar os talentos de seus súditos, por mais que desejasse poder acreditar em Elvina, tudo o que conseguia pensar era em como tudo parecia precário. Tudo o que conseguia pensar era no casaco de inverno esperando por ela no Recanto das Artesãs — e como naquela noite cruzaria a fronteira para o Inverno.

— Vossa Alteza?

Clarion se assustou. Íris estava franzindo a testa para ela com uma expressão de preocupação genuína em seu rosto — e também de decepção. Clarion se sentia culpada por ter ficado perdida em seus pensamentos de maneira tão evidente. Obviamente, isso importava muito para Íris.

— Sinto muito, ministra — disse Clarion. — Você me perguntou alguma coisa?

Íris cruzou os braços e a encarou com um olhar avaliador.

— Algo a preocupa?

— Algumas coisas — admitiu Clarion timidamente. — Há tanto para preparar para a coroação. Às vezes, não me sinto pronta.

Um ar de surpresa transpareceu no rosto de Íris antes que sorrisse.

— Vossa Alteza, você está *nervosa*?

Clarion estremeceu.

— Um pouco.

— Sério? — Íris parecia genuinamente chocada, se não um pouco encantada. — Eu nunca teria imaginado. Você sempre parece tão serena.

— É uma ilusão cuidadosamente estudada — disse Clarion com franqueza.

— É normal ficar nervosa. — Íris bateu no queixo. — Mas você realmente parece exausta. Anda dormindo o suficiente?

Estaria mentindo se dissesse que sim.

— Bem, eu…

— Eu sei exatamente o que fazer. — Íris se animou. — Vou te mandar para casa com um pouco de chá de escutelária.

Sua exuberância e generosidade pegaram Clarion desprevenida.

— Isso seria adorável. Obrigada.

— De nada — disse Íris. — Chá conserta *quase* tudo. Mas se está disposta a ouvir alguns conselhos, pense assim. Você é como uma flor bulbosa.

Isso... não soava como um elogio. Clarion franziu o nariz.

— É mesmo?

Com um movimento casual do dedo de Íris, um bulbo de flor em miniatura apareceu em sua mão, brilhando com pó de fada.

— No Refúgio das Fadas, é claro, as flores brotam sempre que pedimos. Mas no Continente, flores desse tipo são plantadas no outono, pouco antes de o solo congelar. Você poderia pensar que isso as mataria, mas elas ficam dormentes durante todo o inverno. Então, assim que a primavera chega...

Jacintos brotavam da terra ao redor delas em tons de branco, rosa vibrante e roxo suave. Exalavam um aroma úmido e verde, tão etéreo quanto a própria primavera.

— A primavera tem tudo a ver com renovação — disse Íris serenamente. — Quando as coisas parecem impossivelmente escuras, flores bulbosas são faíscas de esperança. Leva tempo para as coisas florescerem. Você só precisa ser paciente e dedicada. — Após uma pausa pensativa, apontou um dedo para Clarion. — Então, seja legal consigo mesma. Você vai crescer, eu garanto.

Por um momento, Clarion se sentiu atordoada demais para responder.

— Obrigada, ministra. De verdade.

— Disponha — respondeu docemente. — Agora, sobre aqueles arranjos florais...

No meio da tarde, Clarion e Artemis chegaram à solitária cabana de pedra de Petra. Previsivelmente, ela não respondeu quando bateram, mas Clarion podia ver o tênue brilho alaranjado da forja através das janelas molhadas de orvalho.

Empurrou a porta para abri-la e gritou:

— Cheguei.

Como sempre, os projetos de Petra tomavam todas as superfícies — e a maior parte do chão. Mas, estranhamente, suas ferramentas de metalurgia estavam paradas e inertes, refletindo tênues lampejos da luz do fogo. Hoje, a oficina de Petra parecia pertencer a uma fada de talento da costura — como se ela tivesse esvaziado toda a sua ração de pó mágico sobre seu espaço de trabalho. Conforme Clarion se aprofundava na sala, teve que desviar de agulhas e tesouras no ar. Tocou em um carretel de linha, observando enquanto ele voava preguiçosamente pela sala, desenrolando-se conforme avançava. Para onde quer que se virasse, havia uma confusão de tecidos e botões coloridos.

Petra estava no olho da tempestade que havia criado, mexendo com um casaco que havia enrolado nos ombros de metal de um manequim. Parecia tão bem descansada quanto Clarion, o que significava: nem um pouco. Não ficaria surpresa se Petra não tivesse dormido desde que iniciara aquele projeto. Dizer que era obstinada era um eufemismo grosseiro.

— Você está bem? — Clarion perguntou timidamente.

— Levou dias para eu obter um modelo que fosse remotamente utilizável — disse Petra, seu tom quase como um transe —, e várias horas colhendo seda de aranha para convencer Patch a me ensinar pontos básicos. Mas depois de três protótipos, eu consegui. Finalmente.

Clarion olhou por cima do ombro e não conseguiu conter seu suave som de surpresa. O casaco estava muito além de *remotamente utilizável*. Deveria saber que Petra era incapaz de fazer algo menos que espetacular. Era uma profusão de tecido dourado grosso, brilhando levemente com pó de fada. Uma franja de pelo branco forrava o capuz e os punhos das mangas.

— É lindo — disse Clarion.

— Vai servir. — Por mais desdenhosa que parecesse, Petra parecia orgulhosa. — Experimente.

Petra tirou o casaco do manequim e o estendeu. Clarion enfiou os braços pelas mangas, colocou-o em volta dos ombros e imediatamente lutou para conter o riso. Era *enorme*. Estava quase se afogando em tecido, mas pelo menos suas asas se encaixavam confortavelmente.

Petra olhou para ela inquieta e puxou as lapelas.

— O caimento está horrível. Percebi tarde demais que nem cheguei a tirar suas medidas.

Clarion riu, bufando.

— É quente. É tudo o que preciso.

— Talvez se eu...

— Está perfeito. — Clarion segurou suas mãos para acalmá-la. — Obrigada. De verdade.

— Não há de quê — Petra respondeu mal-humorada.

— Tenho que tirá-lo imediatamente, no entanto. É sempre tão quente aqui.

— Não é tão quente — Petra protestou. — Oh! Tenho outras coisas para você.

Enquanto Clarion tirava o casaco e o dobrava sobre o braço, Petra vasculhava sua mesa de trabalho. Uma faca de entalhe caiu e atingiu o chão com um som metálico. Depois de alguns instantes, Petra empurrou um par de luvas e botas a ela, bem como um estranho conjunto do que pareciam ser duas raquetes de badminton. Clarion as deixou balançarem nas pontas dos dedos pelas tiras de couro presas a elas.

— Para que servem? Para jogar?

— Não seja ridícula. Elas vão nos seus pés.

Clarion as inspecionou com mais atenção. Cética, disse:

— Acho que *você* é que está sendo ridícula.

— São sapatos de neve — Petra explicou cansadamente. — Eles aproveitam as propriedades da flutuação distribuindo seu peso sobre uma área de superfície maior para que... Na verdade, deixe pra lá! O importante é que eles tornarão mais fácil para você caminhar na neve.

— Incrível — Clarion murmurou. — Eu nunca teria pensado nisso.

— Eu sei. — Petra lançou um sorriso para ela, visivelmente satisfeita com o elogio. Depois de um momento, ele desapareceu. — Só... tenha cuidado, ok?

— Não se preocupe — disse Clarion. — Quando foi que não fui cuidadosa?

Petra lançou-lhe um olhar eloquente.

— Você sabe que eu te amo.

Clarion não gostou do rumo que aquilo estava tomando.

— Claro que sim.

— Você é minha amiga mais antiga. — Clarion podia ouvir claramente o que Petra não dissera: *minha única amiga.* — Por muito tempo, você foi a única que falava comigo.

Clarion sorriu para ela.

— Parece que me lembro que você tinha medo de mim.

— Bem, você é intimidadora — respondeu Petra. — E você nunca recuou do que a assusta. Você costumava me arrastar para tantas coisas que eu preferiria evitar...

Clarion se lembrava daqueles dias com carinho: duas párias inseparáveis, correndo soltas pelo Refúgio das Fadas. Sim, imaginava que havia arrastado Petra para muitos problemas ao longo dos anos. Houvera a vez em que tinham pegado os dois ratos mais rápidos e obstinados do estábulo das artesãs e os cavalgaram pelos campos a galope. Ou a vez em que se perderam em uma toca de coelho depois que Clarion sugeriu que fossem explorar cavernas. Ou a vez em que havia convencido Petra a criar uma carruagem puxada por beija-flores, o que foi — sem surpresa, em retrospecto — um desastre.

Mas Petra não parecia estar com vontade de relembrar. Na verdade, parecia estar se preparando para algo.

— Aonde você quer chegar com isso? — Clarion perguntou.

— Agora que eu fiz isso por você, preciso que me deixe fora dessa história. Não me conte o que você está fazendo. Toda vez que penso nisso, eu... — Petra parou por um momento para se recompor. — É melhor para nós duas se eu fingir que você não vai chegar nem perto do Inverno.

— Certo. — Fazia sentido. E ainda assim, doía. Parecia... isolador, saber que não podia falar com ela sobre algo tão importante. — Eu posso fazer isso.

— Ótimo. — Petra franziu a testa. — Você sabe o que está fazendo, não sabe?

Quando Clarion fechou os olhos, viu os campos arruinados da Primavera queimados. Seus súditos caindo do céu, inconscientes por uma única gota do veneno do Pesadelo. Clarion tinha apenas uma vaga e terrível noção do que estava enfrentando, e uma ideia ainda mais vaga do plano de Milori. Mas se isso significava proteger o Inverno — se isso significava provar que era capaz —, então tinha que seguir em frente.

Clarion sorriu de forma tão encorajadora quanto pôde. Se teria que mentir para Petra dali para frente, poderia muito bem começar a praticar.

— Claro que sim. Você não tem absolutamente nada com que se preocupar.

11

Minutos antes do pôr do sol, Clarion estava na fronteira, envolta em seu novo casaco. Olhou fixamente para o outro lado: a luz mortiça refletindo na neve, as sombras reunidas sob os abetos, o denso redemoinho de rajadas de neve. Seus dedos tremiam enquanto fechava os delicados botões do casaco, e não conseguia dizer se era empolgação ou nervosismo o que a deixava tão abalada.

— Uma solução muito prática a que você encontrou.

Clarion se assustou com o som da voz de Milori. Os sapatos de neve pendurados em seu ombro chacoalharam ruidosamente com o movimento repentino.

— Por favor, não se aproxime de mim sorrateiramente desse jeito!

Milori pousou na ponte com o mais tênue brilho de diversão nos olhos.

— Minhas mais sinceras desculpas — disse ele, embora não parecesse tão arrependido.

Clarion estava começando a suspeitar de que ele *realmente* aparecia com o vento. Colocou a mão sobre o peito e confirmou que seu coração ainda estava batendo.

— Está tudo bem.

Na verdade, achou bastante difícil fazer cara feia enquanto ele a olhava daquele jeito. A alegria havia desaparecido de sua expressão, e Milori a estudava agora com uma curiosa mistura de esperança e receio. Uma rajada de vento varreu a neve solta dos galhos e jogou seu cabelo branco sobre o ombro.

— Você está pronta?

Ela *estava*?

A perspectiva de cruzar a fronteira a assustava mais do que queria admitir. A parte sensata dela, sufocada como estava sob sua empolgação e determinação, preocupava-se com os perigos. Confiava em Petra, mas nem mesmo ela poderia transformar um casaco impermeável a coisas como lágrimas ou água. Um erro descuidado poderia custar as asas de Clarion. Mas, no fundo, preocupava-se com a sensação de finalmente cruzar a fronteira. O Inverno ainda manteria seu fascínio quando colocasse os pés nele?

— Só um momento. — Clarion rapidamente colocou suas botas e luvas, depois amarrou os sapatos de neve. Quando terminou, Milori deu um passo para trás para dar-lhe autorização. Olhou para a fronteira, onde as pontas de suas botas roçavam a linha rendada de geada. Clarion se forçou a atravessá-la; mesmo assim, sentia-se presa ao local.

— Eu não posso fazer isso com você olhando — falou num rompante.

— Você gostaria que eu me virasse?

Ela zombou.

— Não seja ridículo.

Ela fechou os olhos e fez o possível para ignorá-lo. Parou tão perto da fronteira que uma ínfima sensação de frio tomou conta da ponta do seu nariz. Tudo o que tinha que fazer era dar um único passo adiante. Ficaria *bem*. Clarion respirou fundo e suspirou — então, percebeu, um pouco tarde demais, que devia parecer extraordinariamente tola. Quando abriu os olhos, Milori a estava observando com outro daqueles olhares curiosamente provocadores.

— O que foi? — exigiu saber.

— Nada mesmo. — Os olhos dele brilhavam, e o coração traidor de Clarion vibrou ao ver seu sorriso. — Você precisa de ajuda?

— Não, senhor. — Tentou ao máximo não soar ofendida. — Eu não preciso da sua ajuda.

— Talvez um puxão seja a palavra mais adequada?

Não soou melhor, mas ela se absteve de fazer comentários. Milori estendeu a mão para ela. Clarion não conseguiu fazer nada além de encará-la por alguns momentos.

— O que é isso?

Ele sustentou o olhar dela.

— Apenas confie em mim.

Muito hesitante, Clarion pegou a mão dele — e ficou surpresa ao descobrir que sua pele era agradavelmente fria. Não sabia o que estava esperando. Que ele fosse esculpido em gelo? Que o seu toque a congelasse, mesmo através das luvas? Não, ele era exatamente como ela: de carne e osso. Ambos permaneceram parados ali, suas mãos unidas como uma ponte entre mundos.

Então, com um puxão suave, ele a guiou.

Enquanto Clarion passava pelo véu de neve, conteve um suspiro de espanto, pois a temperatura despencava à medida que o Inverno a envolvia. Quando abriu os olhos outra vez, havia deixado tudo o que conhecia para trás. Involuntariamente, soltou uma risada ofegante e olhou para Milori. Tão próxima, foi tomada pela surpresa de constatar a verdadeira cor dos olhos dele: um cinza tempestuoso, com o mais leve toque de azul-glacial. Podia ver sua expressão suavizando enquanto ele a olhava, e…

Ela ainda estava segurando sua mão.

Um calor inundou seu rosto. Clarion recolheu a mão praticamente com um safanão.

— Desculpe… e, hum… obrigada?

— De nada. — Ele flexionou os dedos como se estivesse se recuperando de uma cãibra, depois se afastou dela um único passo. A neve estalou sob seu peso.

Neve. Clarion estava realmente no Bosque do Inverno.

Deixando parte de seu constrangimento de lado, Clarion inclinou a cabeça para o céu e girou em um círculo lento. Nuvens flutuavam no alto em um espesso lençol cinzento, delineado pela luz ardente do pôr do sol. Abriu a boca para pegar os flocos de neve que caíam, e eles derreteram em sua língua quase no mesmo instante. Estava tão estranhamente encantada com tudo aquilo… Não sabia dizer se já tinha se sentido tão… zonza.

— É o que você esperava? — Havia um toque de surpresa em sua voz.

A respiração de Clarion formou uma pluma de vapor no ar gelado e até isso era maravilhoso.

— É lindo.

Por um momento, ele não respondeu. Se não o conhecesse, diria que ele parecia quase nervoso.

— Há muito mais para ver. Siga-me.

— Tudo bem — disse ela, esperando não soar muito ansiosa.

E com isso, ele a levou para a floresta.

Apenas o barulho de seus passos e o farfalhar suave dos galhos agitados pelo vento preenchiam o silêncio. Clarion descobriu que não se importava. O silêncio ali não era assustador, mas quase aconchegante, como se o mundo todo estivesse dormindo. Esperava paisagens desoladas e faixas de terra monocromática e sem vida. Mas tudo era espetacular, do padrão intrincado de geada nas folhas aos pingentes de gelo pendurados nas árvores iluminados pelo sol. Ali, tudo brilhava, tão mágico quanto pó de fada.

Logo, o terreno se tornou mais rochoso — e íngreme. A respiração de Clarion ficou mais pesada, saindo dela em pequenas nuvens brancas. O vento descia a encosta da montanha, fazendo as pontas de seu casaco chicotearem atrás dela. O forro de pele de seu capuz fazia cócegas em seu rosto dolorido pelo frio. Tinha certeza de que estava vermelha como um pimentão. Milori, enquanto isso, permanecia tão pálido quanto a terra coberta de neve; ele não corava nem pelo esforço nem pelo frio. Mesmo enquanto subiam, ele não voou e insistiu em caminhar ao lado dela.

Teimosamente cavalheiresco, notou.

Depois do que pareceram horas, eles chegaram ao pico de uma das montanhas. O que ela viu roubou seu fôlego. Dali, podia ver todo o Bosque do Inverno se esparramando diante deles. Era uma terra de um branco resplandecente e verde profundo, com rios e lagos mais claros e azuis do que ela jamais imaginou ser possível. À distância, podia ver as casas das fadas do Inverno esculpidas em gelo e moldadas em neve, brilhando ao luar e cintilando suavemente por dentro.

Como alguém podia achar aquele lugar tão terrível?

— Aqui está — ele disse com suavidade.

Ela podia ouvir a reverência em sua voz muito claramente — o mesmo que ela também sentia. O que havia para dizer, de fato? Nunca tinha visto nada parecido.

Depois de um momento, ele acrescentou:

— Nosso destino é o Salão do Inverno. Você pode avistar o brilho daqui.

Ele apontou, e Clarion apertou os olhos para enxergar uma tênue aura azul revestindo uma encosta distante da montanha.

— É uma caminhada e tanto até lá.

Ele lançou um pequeno sorriso para ela.

— Há um meio mais rápido de viajar.

— Se você está sugerindo me carregar...

— Certamente que não. — Ele pareceu quase insultado, o que a fez sorrir. — Imagino que vocês não tenham trenós nas estações quentes.

— Trenós — repetiu ela.

— Aham. — Ele se aproximou da base de um abeto, onde algumas tábuas de madeira esculpidas em círculos estavam encostadas em seu tronco. Milori tirou a neve de duas delas e as levou até ela.

Clarion fez o possível para não parecer completamente perplexa.

— O que são essas coisas?

Ele as jogou no chão aos pés dela.

— Trenós.

— Entendo — disse, mas não entendeu nada. — E o que fazemos com eles?

— Nós subimos neles e deslizamos montanha abaixo.

— Nós... — Clarion ficou boquiaberta. — O quê? Isso é absurdo.

Ele deu de ombros e subiu em um dos trenós.

— Vamos ver. Faz muito tempo que não faço isso.

— Você está falando sério, então — disse ela, incrédula. Tudo o que conseguia pensar era quão alto eles tinham subido — e quão escorregadia era a neve compactada sob seus pés. Que Pesadelos que nada. Esse certamente seria o fim dela. Não podia negar que a tolice óbvia da proposta a tornava mais atraente. Quando tinha sido a última vez em que ela havia embarcado em uma aventura *de verdade?* — Esse é um passatempo comum entre fadas do Inverno?

— Em tempos mais felizes, sim. — Milori olhou para ela através dos cílios. — Claro, se você preferir, podemos caminhar...

— Não! Não há necessidade. — Clarion realmente se sentiu ridícula ao se empoleirar no outro trenó. Havia cordas grosseiras de lã enroladas em buracos perfurados em cada lado, o que Milori explicou que deveriam servir como apoios para as mãos. — E agora?

— Nós deslizamos.

— O que... ei!

Ele não esperou. Com um *sorriso malicioso* — aqueles de que ela muito se ressentia, pois provocavam um friozinho impressionante em sua barriga —, ele se levantou do chão com um pulo. Seu trenó se aproximou da encosta da montanha e então desceu. Bem, não havia mais nada a fazer além de segui-lo. Determinada a não pensar em como aquilo era perigoso, Clarion foi atrás dele. O terror — e a *velocidade* — foram imediatos.

Ela nunca tinha voado tão rápido em sua vida.

A floresta passava correndo em faixas de verde e branco, e a neve sibilava abaixo dela. Seu estômago se contraía quando o trenó saltava sobre os bancos de neve e o gelo escorregadio, ameaçando virar no ar, mas ela manteve um curso firme. O vento chicoteava seu rosto e desfazia sua coroa de tranças. Seu cabelo se soltou por completo caindo-lhe em volta dos ombros, esvoaçando descontroladamente ao seu redor. A neve, derrubada dos galhos acima, caía no chão.

No sopé da encosta, Milori estava saindo do trenó — muito devagar. Clarion ia bater de cabeça nele.

— Cuidado! — gritou.

Milori olhou para cima. Sem hesitar, ele voou, esquivando-se de Clarion habilmente. Ela passou zunindo por ele — e foi bater num barranco. O trenó voou no ar e então atingiu o chão com força. A violência do impacto arrancou Clarion do assento. Com um grito de surpresa, ela caiu do trenó e pousou diretamente em uma almofada de neve profunda.

— Clarion!

Por um momento, ela ficou ali, olhando atordoada para o céu.

— Estou viva.

— Isso é bom. — O rosto de Milori logo eclipsou sua visão. — E você está bem?

— Acho que sim.

Quando recuperou os sentidos por completo, ela rastejou para fora do buraco em forma de Clarion que havia deixado na neve. Ele lhe ofereceu a mão. Desta vez, Clarion aceitou sem hesitar e permitiu que ele a colocasse de pé. A neve cobria seu cabelo despenteado pelo vento e grudava em seus cílios. A expressão dele estava tão cheia de preocupação que ela não conseguiu evitar rir. Que *emocionante* tinha sido aquilo! Não conseguia se lembrar da última vez em que se *divertira* tanto, de forma tão pura e boba. Por apenas um minuto, não tinha sido a futura rainha do Refúgio das Fadas. Era apenas uma fada brincando na neve.

Milori olhou para ela com uma expressão peculiar.

— O que foi? — perguntou.

— Nada — Milori se apressou a dizer. Ele fez menção de segurar uma mecha solta do cabelo dela, e Clarion parou de respirar completamente. Por um instante, pensou que ele pretendia colocá-la atrás de sua orelha ou tirar o gelo que estava grudado nela. Mas ele deve ter pensado melhor, pois seu braço pendeu de volta ao lado do corpo. Clarion se lembrou bruscamente de não ficar desapontada.

— É só que... você parece diferente aqui. Combina com você.

— Ah, é? — Clarion deu um passo para mais perto dele e imprimiu um tom de desafio em sua voz, mesmo que apenas para esconder aquela centelha frustrada de anseio. — O que *isso* quer dizer?

— Ah — disse ele. — Aí está você.

Ela olhou intensamente, mas Milori não se afastou. Na verdade, o espaço entre eles pareceu diminuir enquanto ele a considerava.

— Só quis dizer que você parece feliz aqui. — Seu tom se tornou quase gentil. — Isso é bom.

Como poderia não parecer feliz? Na escuridão crescente, com alguém que a enxergava por dentro, aquele lhe parecia um lugar ao qual ela quase pertencia. Um mundo inteiro feito de luz das estrelas, resplandecente e prateado. Ocorreu-lhe que ninguém nunca tinha dito isso sobre ela antes. Será que era infeliz nas estações quentes?

— Obrigada. — Ela colocou a mecha rebelde de cabelo atrás da orelha. — Vamos continuar?

Lado a lado, eles partiram para o Salão do Inverno. O luar filtrava-se pelos galhos nus das árvores e lançava sobre Milori um brilho prateado. Ele tinha a testa franzida de preocupação, como se estivesse procurando uma forma de quebrar o silêncio pensativo de Clarion. Por fim, ele disse:

— Devo perguntar. O quanto você apreciou andar de trenó?

Surpreendeu-a o suficiente para que soltasse uma leve risadinha. Nossa, como ele fazia aquilo parecer sério.

— Eu adorei.

— Apesar de sua aterrissagem forçada?

— Talvez até por causa disso. Fez eu me sentir viva de um jeito como eu não me sentia há muito tempo. Confesso que... — Ela parou de falar. Se terminasse a frase, ele quase certamente zombaria dela por isso. Ou pelo menos a acharia ignorante. Mas Clarion se deu conta de que ele já a fizera baixar bastante a guarda aquela noite. — Eu não achei que o Inverno seria tão... divertido?

Ele arqueou uma sobrancelha.

— Não diga que achou que nós ficamos parados como esculturas de gelo?

— É uma suposição razoável. — Ela tentou manter a indignação fora de sua voz, mas falhou. — Nós só vemos vocês durante as transições sazonais. E de longe. Fique você sabendo que achamos vocês todos um tanto distantes.

Ele soltou uma risada suave.

— O sentimento é mútuo, fique tranquila.

Ela sorriu involuntariamente.

— Perguntei à rainha o que ela sabia sobre o Bosque do Inverno, e ela me respondeu que era um lugar fervilhando de monstros.

Nesse momento, outra rajada de vento levantou a neve fresca do chão, cobrindo-os de branco — e a atingiu com um frio penetrante. Clarion tremeu, meio pelo frio, meio pela noção de que, na escuridão total, Pesadelos poderiam emergir das sombras a qualquer momento.

— Fervilhando de monstros — Milori repetiu com certo espanto em seu tom. — Então, por que você concordou em vir aqui comigo se era isso que você pensava? Você poderia ter sido atacada. Ou eu poderia sumir com você.

— Você poderia? — Clarion perguntou, incapaz de evitar o tom de diversão em sua voz. — Não quero ofender, mas você não me parece muito assustador.

— Não? — Ele inclinou a cabeça para ela, e seus olhos estavam praticamente faiscando com algo parecido com travessura. — Como eu pareço a você, então?

O rosto de Clarion queimou, e seu coração acelerou. Que coisa irritante, pensou, o fato de que um único olhar dele fosse o suficiente para deixá-la nervosa.

— Impertinente, para começar.

Milori parecia bastante encantado, a julgar pelo pequeno sorriso malicioso que estava visivelmente tentando esconder do rosto.

— Minhas desculpas, Vossa Alteza.

— Você está desculpado — disse ela, de forma afetada, erguendo o queixo. Depois de um momento, deixou o teatrinho de lado e suspirou. — Para ser sincera, eu sempre quis vir aqui. Posso ver esta montanha do meu quarto. Toda noite, olho para ela, e eu sempre pensei… Eu não sei. Deve parecer bobo para você, mas eu achava que parecia triste. Estou feliz em saber que não é.

— Não é nem um pouco triste.

De fato, tão perto da aldeia, o som cintilante de risadas e canções de trabalho chegou aos seus ouvidos. Clarion os sorveu com sofreguidão. Por entre as árvores, espiou lampejos de um rio congelado. Aqui e ali, podia ver fadas dançando em sua superfície com… facas presas aos pés? Era tudo muito intrigante — e completamente mágico.

— O que elas estão fazendo?

Milori a afastou delas puxando-a pelos ombros.

— Outra hora, talvez. Você já caiu o suficiente hoje.

As árvores gradualmente foram rareando e então deram lugar a uma clareira no sopé da montanha. Clarion parou na linha das árvores. Uma porta colossal feita inteiramente de gelo surgiu diante deles. Era entalhada com um emblema de floco de neve e tingida de azul na luz etérea que emanava de trás dela.

— Este é o Salão do Inverno — disse Milori.

— Uau — exclamou ela, baixinho, admirada.

Ele a guiou em direção à porta. Grandes pilares de gelo se erguiam da terra e se elevavam sobre eles, marcando a passagem da floresta até a entrada. Quando estavam diante dela, Clarion estendeu a mão para tocar o painel de gelo. Milori agarrou seu pulso e a deteve. Antes que pudesse protestar, ele disse:

— Antes de entrarmos, devo avisá-la sobre o Protetor.

Clarion parou. Ele já havia mencionado o Protetor uma vez antes, em um tom que sugeria que ele impunha respeito — e talvez uma dose saudável de pavor.

Milori parou por um momento. Então decidiu-se pela forma de preveni-la:

— Ele é excêntrico.

Isso... não era o que ela esperava. Poderia significar *qualquer coisa*, mas supôs que não valia a pena insistir no assunto. Veria por si mesma em breve.

— Certo — disse ela. — Entendido.

Satisfeito, Milori colocou as mãos contra as portas maciças. Os entalhes intrincados responderam ao seu toque; eles se iluminaram, tão brilhantes que banharam seu rosto em azul. Com um rangido, as portas se abriram. Clarion tentou não engasgar quando passaram pela soleira. Era um palácio feito inteiramente de gelo. O teto se elevava bem alto acima deles, sustentado por colunas de gelo e repleto de estalactites brilhantes e perversas. Esculturas de flocos de neve pendiam suspensas acima deles, emitindo aquele mesmo reflexo azul assustador. Até o chão era de gelo sólido. Levou um momento para Clarion encontrar o equilíbrio e não cair estatelada a cada passo. Ao redor dela, as paredes eram guarnecidas por estantes de madeira escura. Todas elas abarrotadas de livros, pergaminhos e tabuletas.

— Isso é incrível.

Milori ficou visivelmente surpreso, pois sorriu um pouco.

— É.

Sua voz, mesmo baixa, ressoou pelo corredor, grave e sonora. A luz brincava em seu rosto. Clarion teve que desviar o olhar para não encará-lo.

Nesse momento, uma longa sombra projetou-se no chão. Um som terrível cortou o silêncio: um rosnado. Então, o som de garras se arrastando violentamente pelo gelo.

Um *Pesadelo*.

12

Clarion buscou sua magia — e se preparou para o desamparo que viria quando ela não respondesse. Mas quando a fera emergiu por entre as estantes, não carregava a aura sinistra de um Pesadelo. Não era feita de sombras oleosas — mas de carne, osso e pelo. *Nada reconfortante,* pensou Clarion, enquanto a criatura os encarava com os dentes arreganhados e um rosnado. Tinha quase três vezes a altura deles, com uma pelagem cinza espessa e olhos amarelos que a perfuravam até o coração.

Clarion instintivamente rastejou para trás.

— O que é isso?

Milori respondeu:

— É só Fenris.

Só? Como ele poderia estar tão calmo nessa situação?

— Você deu um nome a ele!

— Não fui *eu*. — Milori estendeu as mãos, como se chamasse a criatura até ele. — Ele é o lobo do Protetor.

O lobo — Fenris — se esgueirou em direção a Milori arrastando a barriga no chão e com as orelhas coladas à cabeça. Quando os alcançou, Fenris colocou o queixo enorme nos pés de Milori e balançou a cauda contra o gelo. Obviamente, os dois eram amigos.

Clarion riu sem fôlego, apenas para dissipar a tensão que crescia dentro dela. Havia envolvido Petra em alguns esquemas perigosos, mas até ela tinha seus limites — ou talvez um pouco de autopreservação.

— E *você* tem uma dessas feras?

— Não. — Milori deu tapinhas no focinho de Fenris. — Eu sempre tive um fraco por corujas.

— *Corujas?* — Clarion não conseguiu esconder o horror em sua voz. Eram predadoras perigosas: pelo menos nas estações quentes.

— O Protetor tem um fraco por criaturas incompreendidas — disse Milori depois de um momento. Agora que nenhum dos dois estava prestando atenção no lobo, Fenris soltou um suspiro de tristeza. A força de sua respiração afastou o cabelo de Clarion do rosto. — Fenris aqui é bem inofensivo. Ele ainda é um filhote. Mas mesmo adultos, os lobos são irrequietos, embora seja fácil fazer amizade se você tiver comida.

— Eu não tenho nada para você. — Clarion coçou a orelha do animal timidamente. Ele se mexeu como se uma mosca tivesse pousado nele.

— Fenris — uma voz bem-humorada chamou de algum lugar nas estantes. — Por que toda essa confusão? Ah!

Uma fada do Inverno voou para o átrio. Ele era baixo em estatura, com um rosto gentil e cabelos brancos que pareciam uma língua de fogo. Usava um traje de aparência bastante séria, mas quando seus olhos pousaram neles, sua expressão se iluminou com um entusiasmo desenfreado e despreocupado.

— Milori!

— Protetor. — Todo o comportamento de Milori mudou. Seu sorriso de resposta o fez parecer instantaneamente mais leve. — Eu trouxe alguém para conhecer você.

Aquele era o Protetor?

Clarion esperava que o Protetor do Conhecimento das Fadas fosse mais... reservado. O Protetor, no entanto, era exuberante. Ele voltou sua atenção para Clarion, ajustando os óculos enquanto se aproximava.

— Uma fada das estações quentes, hein? Faz muito tempo que uma dessas cruzou a fronteira para o Inverno pela última vez.

— Você já *viu* fadas das estações quentes antes? — Clarion perguntou.

— Oh, não. Quem me dera! Eu já li histórias, no entanto. — Fenris trotou até o Protetor com o rabo abanando e choramingou suavemente. O Protetor distraidamente deu uns tapinhas no topo de sua cabeça. — Ao que parece, fadas das estações quentes costumavam vir aqui o tempo todo, antigamente. Patinar um pouco no gelo, fazer fadas de neve...

— Isso parece delicioso. — Clarion não tinha noção do que fosse patinação ou fadas de neve, mas a maneira carinhosa como ele falou a encheu de admiração. — Eu adoraria ler sobre isso.

O Protetor se animou.

— Bem, eu...

— Talvez mais tarde — Milori interrompeu, obviamente sentindo um desvio do objetivo deles. — não é apenas *uma* fada das estações quentes. Clarion é a Rainha do Refúgio das Fadas.

— Rainha em treinamento — Clarion o corrigiu, com um olhar penetrante na direção de Milori. Ele parecia muito satisfeito consigo mesmo.

O Protetor ficou boquiaberto.

— Então...

Milori sorriu para ele, quase indulgentemente.

— Enfim, alguém pode ler nosso livro.

Nosso livro. Obviamente, isso era algo em que eles estavam trabalhando juntos havia muito tempo.

A expressão no rosto do Protetor só poderia ser descrita como exultante.

— Você consegue?

— Espero que sim — disse Clarion. A ideia de destruir suas esperanças era quase insuportável. — Mas ainda não tenho certeza.

— Excelente! — O Protetor a agarrou pelo braço e quase a arrastou para mais fundo na biblioteca.

— Protetor — gemeu Milori, com a resignação sofrida de alguém que sabia que era inútil protestar.

Ele seguiu, com Fenris andando logo em seguida. As prateleiras labirínticas pareciam se reorganizar à medida que avançavam. Clarion as estudou distraidamente enquanto passavam, os títulos dourados iluminados pelos castiçais de gelo brilhando com uma luz azul suave. Enfim, chegaram ao seu destino: um quadrado de espaço vazio, cercado por todos os lados pelas estantes. Uma mesa ocupava boa parte da área, abarrotada de pilhas de livros e canetas de pena.

— Espere só um momento — disse o Protetor.

Ele a soltou e pegou um par de luvas do bolso. Depois de calçá-las, voou para cima, quase até o teto, até encontrar o que procurava. Tirou da prateleira um enorme livro encadernado em couro — e quase caiu com o peso dele. Clarion prendeu a respiração até que o Protetor o trouxesse ao nível do solo com segurança. Com o máximo cuidado, ele o colocou sobre a mesa.

Não era de se espantar que Milori houvesse dito que não poderia levá-lo até a fronteira. Era realmente antigo, com páginas finas e amareladas. A capa estava descascando e gasta, e embora Clarion pudesse constatar que havia nela uma ilustração, a tinta havia desbotado com o tempo. Tudo o que restava agora eram formas estranhas gravadas no couro, brilhando fracamente com seu poder adormecido.

— O que é isso? — perguntou ela.

— Não sei — disse o Protetor, muito mais alegremente do que esperava. — Está na coleção há muito, *muito* tempo. Está escrito em uma língua perdida, mas é repleto de ilustrações de Pesadelos.

Um arrepio passou por ela.

— O que você precisa que eu faça?

— Está selado com runas que respondem à magia de talento de regente — o Protetor respondeu. — Suspeito de que seja como um código. Depois que você desbloqueá-lo, deverá ser capaz de entender a língua em que está escrito.

O medo apertou a garganta de Clarion.

— Eu nunca aprendi a desbloquear nada com magia de talento de regente.

— Tente — ele disse de forma encorajadora. — Deve vir naturalmente.

Quem me dera.

— Tudo bem.

Ela estendeu a mão para pegar o livro dele, mas ele arfou.

— Troque suas luvas primeiro, se você não se importa. É muito frágil.

Milori resmungou algo que soou como *bibliotecários*.

Clarion tirou suas luvas úmidas e colocou o par de luvas que o Protetor lhe entregou. O livro era delicado sob seu toque, e a lombada gemeu quando ela o abriu. O volume prontamente tossiu uma nuvem de poeira. Clarion folheou as páginas delicadas, passando os olhos pelas iluminuras das letras maiúsculas e os estranhos rabiscos de monstros nas margens. As ilustrações eram realmente impressionantes, emoldurando a caligrafia em uma língua que ela nunca tinha visto antes. Formas pretas amorfas com olhos cor de violeta cruéis a encaravam. Aqui e ali, redemoinhos dourados de magia perfuravam a escuridão.

Ela fechou o livro novamente, olhando para as runas douradas que brilhavam na capa. Mas nada nelas chamou sua atenção. Não se reorganizaram em significado. Ela os decepcionaria. Como podia ter pensado o contrário? Deveria ter dito a Milori desde o início que não conseguia acessar toda a gama de sua magia de talento de regente. Seu estômago se revirou de vergonha.

— Sinto muito. Não acho que posso ajudá-los.

Ambos os rostos desanimaram.

— Suponho que foi um tiro no escuro. — A testa de Milori franziu enquanto ele pensava. — Mas, por outro lado...

— Você tem uma ideia? — perguntou o Protetor.

— As runas nas portas do Salão do Inverno ativam-se ao meu toque — respondeu ele. — Talvez o livro responda ao de Clarion.

O Protetor deu de ombros.

— Certamente vale a pena tentar.

Mais uma tentativa, então. Clarion tirou as luvas e as colocou de lado. Respirou fundo. Era isso, supôs. Se aquilo — o que quer que fosse — não funcionasse, como Clarion poderia esperar dominar sua magia? Não. *Só mais uma tentativa.* Com dedos trêmulos, colocou a palma da mão contra a superfície do livro.

Uma luz dourada irradiou dele.

O Protetor gritou, meio surpreso, meio encantado. Até o rosto de Milori estava banhado na luz quente que emanava do livro. Seus olhos brilhavam de triunfo.

Clarion retirou a mão, mas um pouco da admiração deles também a havia invadido. Ela se sentiu quase tonta, observando o ar cintilar com magia persistente.

— O que está acontecendo?

— Não faço ideia! — Mais uma vez, não saber pareceu emocionar o Protetor. — Tente ler agora.

Quando Clarion abriu o livro novamente, a escrita em cada página brilhava dourada com sua magia. O pó de fada se erguia da tinta, brilhando na escuridão como a luz das estrelas. Através da névoa cintilante, as palavras lentamente tomaram forma em sua mente.

— "Há muito tempo, quando a Árvore do Pó de Fada ainda era apenas uma muda, os sonhos das crianças, bons e ruins, viajavam pelo Refúgio das Fadas"— disse ela... ou não? Clarion mal conseguia ter certeza se a voz que ouvia era a sua, porque as palavras certamente não eram. Elas saíam como se fossem recitadas; a história se desenrolava em sua mente de forma tão clara que quase conseguia vê-la como um reflexo em água parada.

Era uma lenda, percebeu. Dizia o seguinte:

Todas as noites, enquanto cruzavam os céus acima do Mar do Nunca, aqueles sonhos se entrelaçavam e iluminavam a noite como uma aurora boreal. Naquela época, havia fadas de talento dos sonhos que reuniam os sonhos como lã tosquiada e os levavam para suas casas. Durante toda a noite, fiavam os sonhos em suas rodas de fiar. De manhã, reuniam seus fios e os teciam pelos galhos da jovem Árvore do Pó de Fada para que as esperanças e os desejos das crianças protegessem e nutrissem a árvore enquanto ela crescesse.

Fiar sonhos era um trabalho longo e árduo; os pesadelos tinham que ser separados no processo, pois continham um poder sinistro. Eles ficavam no chão da sala de trabalho como pedaços de tecido preto. À luz do dia, eles queimavam; mas, certa noite, alguns mais obstinados escaparam da atenção das fadas de talento dos sonhos. Com aquele vislumbre de liberdade, eles arrasaram o Refúgio das Fadas.

Podiam se transformar como fumaça, mas pareciam se lembrar da forma dos medos que os haviam gerado. Monstros, insetos, cães ferozes — qualquer fera que uma criança pudesse conjurar — atacaram naquela noite. Com garras e dentes dilacerantes. Mas ainda mais terrível era sua magia. Qualquer fada que fosse atingida por ela caía em um sono do qual não podia despertar, atormentada por seus piores medos. E pouco antes do amanhecer — quando os Pesadelos evaporariam como neblina —, eles encontravam refúgio nos lugares mais escuros, esperando até que a noite caísse mais uma vez.

A Rainha do Refúgio das Fadas estava consumida pela preocupação com seus súditos — e com a frágil Árvore do Pó de Fada, apenas uma muda ainda dando suas primeiras folhas. As fadas de talento dos sonhos não conseguiram destruir os Pesadelos e, então, aconselharam a rainha a construir uma prisão, que eles selariam com uma barreira tecida com magia dos sonhos. A única questão que restava era onde colocá-la.

Ela e seus ministros debateram por horas — até que o querido amigo da rainha, o Lorde do Inverno, se ofereceu para abrigá-la nas profundezas do Inverno, já que seu reino era o mais distante da vulnerável árvore. Ele mesmo cuidaria dela para garantir que nenhum Pesadelo escapasse novamente.

Com esse ato, ele ganhou um novo título: Guardião do Bosque do Inverno.

Uma noite, as fadas de talento dos sonhos fizeram uma armadilha para os Pesadelos soltos, prendendo-os em redes de fios de sonhos. Elas os transportaram para o Bosque do Inverno, onde as fadas de talento do gelo haviam perfurado um buraco em um lago congelado. Elas mergulharam os Pesadelos naquelas águas escuras e então colocaram por cima a tapeçaria da barreira criada pelos talentos de sonhos. No momento em que as fadas de talento do gelo consertaram o gelo, selando o terrível poder dos Pesadelos, as fadas adormecidas acordaram. Daquele dia em diante, todos os Pesadelos foram transportados para sua prisão aquática no Bosque do Inverno.

Lá, os monstros brigavam entre si como animais famintos — até que, em uma visita, as fadas de talento dos sonhos perceberam que os Pesadelos tinham ficado perturbadoramente quietos. Ao longo dos séculos, o mais velho dos Pesadelos, alimentando-se de toda aquela amargura e desespero presos, tornou-se poderoso o suficiente para uni-los. Como uma abelha-rainha no centro de sua colmeia, ele comandou os outros que não pensavam — tinham apenas o desejo de escapar — para destruir. Aquilo que haviam deixado para apodrecer estava aterrorizando as fadas de talento dos sonhos.

Quando a Árvore do Pó de Fada atingiu seu tamanho máximo, os sonhos não iluminavam mais os céus. Com o tempo, cada vez menos fadas de talento dos sonhos chegaram ao Refúgio das Fadas — até que restava apenas uma, e depois nenhuma.

— É assim que a natureza funciona — Clarion murmurou. — As coisas sobem e descem de acordo com seus desígnios.

Com isso, o livro terminou. A magia que corria por ela adormeceu, e a nuvem de pó de fada se desfez, chovendo suavemente sobre a mesa. Seu reflexo quente no gelo desapareceu, e a estranha luz azul encheu a sala mais uma vez.

Nenhum deles falou a princípio.

Clarion mal conseguia processar: um talento inteiro de fadas desaparecido no tempo, que poderia ter despertado seus súditos e contido os Pesadelos. O que eles deveriam fazer agora?

Os pensamentos de Milori, evidentemente, seguiram o mesmo caminho. Ele franziu a testa para o Protetor.

— Já tinha ouvido falar de fadas de talento dos sonhos?

— Não! — Ele estava praticamente vibrando de empolgação. Pelo menos, *alguém* estava animado com o que haviam descoberto, pensou Clarion. — Essa é uma descoberta totalmente nova.

— Faz sentido agora. — A tristeza se instalou sobre Milori. — A barreira que elas criaram está se deteriorando, e não há mais nenhuma delas para consertá-la. Não há nada que possamos fazer.

Clarion tirou a mão do livro e mordeu o lábio. Talvez não houvesse mais fadas de talento dos sonhos, mas se ela aprendeu alguma coisa com Petra ao longo dos anos era que não havia problemas insolúveis. Simplesmente não tinham chegado à solução certa.

— Deve haver *alguma coisa* — disse ela. — Quando o Pesadelo atacou a Floresta do Outono, eu consegui afastá-lo. Foi quase como se ele fosse repelido pela minha magia. Não sei bem por que, mas…

— As rainhas do Refúgio das Fadas nascem das estrelas, não é? — perguntou o Protetor. Quando Clarion assentiu, ele continuou: — A luz do sol os queima, então faz sentido para mim que os Pesadelos sejam repelidos pela sua magia. O sol *é* uma estrela, afinal.

A esperança brilhou nos olhos de Milori.

— Então, você pode destruí-los.

Clarion levantou as mãos.

— Não. Eu não posso.

— Mas você acabou de dizer…

— Eu não consigo controlar minha magia. — A confissão escapou antes que ela pudesse impedi-la. — Toda a minha vida, eu tentei, mas não consigo. Nunca foi fácil para mim, e temo que nunca será. Sinto muito por desapontá-los.

Ela piscou com força contra as lágrimas que ameaçavam rolar. Que humilhante sentir-se tão derrotada na frente deles. Milori parecia prestes a protestar, mas o Protetor colocou a mão em seu ombro para fazê-lo parar.

— Talvez haja algo mais que você possa fazer — disse o Protetor. Após uma breve pausa, seu brilho se intensificou quando outro pensamento lhe ocorreu. — Se não me falha a memória, rainhas não nascem de qualquer estrela, mas de uma estrela à qual uma criança fez um pedido. Talvez a magia do talento dos sonhos viva em você, e em todas as fadas de talento de regente. É possível que consiga consertar a barreira. Se há alguma coisa mais forte que o medo, é a esperança.

— Talvez — ela disse baixinho. Sentia-se desesperada para acreditar nisso. Mas agora que a magia havia sangrado para fora dela, Clarion estava se tornando dolorosamente consciente do frio no ar. Seus dentes batiam, e suas asas pareciam rígidas sob seu casaco. Cada respiração era um fiapo branco no escuro.

Milori colocou a mão no cotovelo de Clarion. Seu toque era leve como uma pena — quase terno.

— Você está tremendo.

Clarion se forçou a sorrir.

— Não é nada para se preocupar.

— É, sim. Precisamos levá-la de volta às estações quentes.

Pela primeira vez, ouvindo aquela firmeza glacial na voz dele, entendeu por que seus antepassados já haviam sido conhecidos como Senhores do Inverno. Clarion tentou encará-lo, mas descobriu que não tinha mais força para lutar.

— Leve Fenris — disse o Protetor, seu comportamento ficando sério. — Vá.

O alívio suavizou a voz de Milori.

— Obrigado. Venha, Fenris. Clarion.

Com isso, ele voou em direção à saída, e o lobo obedeceu. As unhas do animal estalaram no chão de gelo enquanto ele seguia Milori. Clarion devolveu as luvas que o Protetor lhe dera. Seus dedos haviam ficado bem pálidos, o que ela fez o possível para não notar.

— Obrigada, Protetor.

Ele enfiou as luvas no bolso.

— Disponha, Vossa Alteza.

Ela demorou apenas um momento antes de seguir Milori, colo-cando as próprias luvas de volta enquanto caminhava. Assim que Clarion saiu para a noite de inverno, uma rajada de vento gelado a atingiu. Seu corpo inteiro doía de tão violentamente que tremia, e as pontas de suas orelhas queimavam de frio. Puxou o capuz sobre as orelhas e se aninhou mais fundo no forro de pele. Como seria doce rastejar para baixo de suas cobertas com uma xícara de chá.

Milori estava a alguns passos de distância, iluminado pelo luar e pelo brilho do gelo. Fenris estava deitado ao seu lado, seus olhos amarelos estreitados e fixos em Clarion. Isso a congelou onde estava. A visão de Milori — praticamente luminosa, o espaço entre eles brilhando sob a luz das estrelas — fez seu coração palpitar. Suas botas rangeram na neve quando ela se aproximou dele. Milori lhe ofereceu a mão. Clarion aceitou e, com a mão livre, agarrou um punhado do pelo de Fenris.

— Suba. — Com isso, Milori levantou voo. Ele a puxou para cima e a firmou enquanto ela montava nas costas do animal. O lobo deu um rosnado sem entusiasmo para mostrar seu descontentamento.

Clarion deu uns tapinhas em seu ombro.

— Desculpe, garoto.

Fenris bufou. Assim que ela se acomodou, ele se levantou.

A mudança de peso a desequilibrou; ela teve que se agarrar ao pelo dele para não cair.

— Opa!

Milori estava ao seu lado em um instante, pairando no ar e se preparando como se fosse ampará-la. Quando lhe pareceu que ela não ia despencar na neve — um tanto humilhante, pensou — ele relaxou.

— Acho que eu deveria ter avisado para você segurar — disse Milori, desculpando-se só um pouquinho. — Vamos.

Ele decolou, e o lobo o perseguiu valentemente. Pela segunda vez naquela noite, sentiu como se estivesse voando, mesmo com suas asas amarradas. Na frente deles, Milori era pouco mais que um lampejo de luz contra a escuridão da floresta, ziguezagueando e se desviando de pingentes de gelo e galhos carregados de neve. Clarion quase riu enquanto processava exatamente o que estava fazendo. Se alguém das estações quentes a visse assim… Imaginar suas reações atordoadas a deleitou muito mais do que deveria. No mínimo, afastou um pouco de sua melancolia.

Milori os levou até a fronteira do Inverno com a Primavera. Assim que Fenris se deitou, Clarion deslizou de suas costas e correu pela ponte. Quando ela cruzou para a Primavera, desabotoou os botões com dedos dormentes e trêmulos e deixou seu casaco acumular-se a seus pés. O frio do Inverno ainda permanecia em sua pele, mas ela desdobrou suas asas: rígidas — mas ainda douradas e inteiras.

A ansiedade de Milori desapareceu, e o alívio iluminando seu rosto a fez se sentir estranhamente perturbada. Ele desceu de onde pairava e sentou-se na ponte.

— Como você se sente?

— Fisicamente? Estou bem. — Esfregou as mãos, satisfeita ao perceber que a sensibilidade estava lentamente retornando aos seus dedos. Recuou alguns passos, até ficar longe o suficiente para que o frio que emanava do Inverno não pudesse mais alcançá-la e suspirou. — Só estou desapontada por não poder ser mais útil. Não sei para onde vamos a partir daqui. Mas sabendo que nossos reinos costumavam ser tão próximos...

Não poderiam deixar Elvina prosseguir com seu plano.

— Eu sei. — Depois de um momento, de forma mais hesitante, ele perguntou: — O que você acha do que o Protetor disse?

Se há alguma coisa mais forte que o medo, é a esperança.

Clarion distraidamente tirou neve do cabelo.

— Que ele tem mais fé em mim do que eu mesma.

Milori franziu a testa para ela.

— Acho que você é capaz de muito mais do que imagina.

Seu peito se contraiu com a força repentina de sua emoção.

— Como pode dizer isso? Você acabou de me conhecer.

Aparentando ser a coisa mais óbvia do mundo, ele disse:

— Porque você nasceu para isso. Eu sinto quando a olho. Talvez seja sua magia. Talvez seja você. Seja o que for, você tem uma certa aura. Impõe respeito, sim; mas, mais do que isso, você inspira esperança. É a primeira vez que sinto isso em muito tempo.

O rosto de Clarion se aqueceu. As emoções a sobrecarregaram — tanto que ela se esqueceu completamente de como falar.

— Oh.

A expressão de Milori ficou ternamente vazia, como se lhe tivesse ocorrido tardiamente que ele tinha dito tudo aquilo em voz alta.

— Perdoe-me — ele se apressou a dizer. — Eu não queria...

— Não — ela o interrompeu. — Por favor, não se desculpe. Essa é a coisa mais gentil que alguém já me disse.

Será que ela havia nascido para isso? Eis uma coisa em que Clarion nunca acreditara. Mas com os olhos cinzentos firmes e sinceros de Milori nos dela, quase conseguia se convencer de que era verdade. Talvez, se ela se permitisse cultivar essa ideia — se fingisse, só por um momento, que era algo como a coroa que logo seria dela...

Talvez conseguisse fazer isso.

Valia a pena lutar por um Refúgio das Fadas totalmente unido e seguro. Por mais que a assustasse, tinha que tentar. Pelo bem das fadas do Inverno. Pelo bem de Rowan e dos outros. Se houvesse alguma chance de que pudessem quebrar o feitiço dos Pesadelos sobre seus súditos, o risco valeria a pena.

— Amanhã — disse Clarion, com muito mais convicção do que sentia — leve-me até a prisão dos Pesadelos. Quero colocar a teoria do Protetor à prova.

13

Quando Clarion acordou, seu travesseiro estava úmido com neve derretida. Se não fosse por isso, poderia ter acreditado que sonhara com sua excursão ao Inverno. Mas então: lá estava o casaco enfiado no fundo do armário. Tudo aquilo era real. Uma biblioteca esculpida em gelo. Cavalgar um lobo por bosques nevados. Um livro descrevendo talentos há muito perdidos. E um garoto de cabelos brancos que a transportara pelo frio.

Acho que você é capaz de muito mais do que imagina.
Talvez a magia do talento dos sonhos viva em você.

Parecia algo grande demais para nutrir esperanças. Mas naquela noite, descobriria com certeza se conseguiria selar a barreira e acordar seus súditos do sono. Eles pesavam muito em sua mente esta manhã. E, então, assim que se preparou, pediu a Artemis que a acompanhasse até os Campos de Matricária, onde as fadas de talento da cura realizavam seu trabalho. Era um dos recantos mais tranquilos do Verão, um prado coberto de matricária e pontilhado de fontes límpidas. Beber delas tinha um efeito calmante, por isso as fadas da cura sempre mantinham frascos de água à mão.

Clarion não conseguiu evitar sentir uma pontada de alívio por aquele lugar ainda estar intocado. Nem todo o Refúgio das Fadas tinha tido tanta sorte. No dia anterior, um enxame de pulgões-pesadelo havia descido sobre os canteiros de abóboras e os campos de Nuvens de Algodão do Outono, drenando a própria vida deles. Clarion não tinha visto aquilo com os próprios olhos, mas Artemis havia lhe repassado os rumores que ouvira de outras batedoras.

Quando o sol apareceu acima do horizonte, Clarion e Artemis já haviam chegado à clínica, um espaço aninhado no tronco oco de uma árvore de bordo. Elas pousaram em um dos cogumelos que serviam como varanda da frente da clínica, que estava abarrotada de uma variedade de cadeiras de balanço. Luzes ardiam na janela, mesmo tão cedo pela manhã. Fadas de talento da cura se revezavam em turnos a qualquer hora para garantir que estivessem sempre disponíveis para ajudar fadas em necessidade.

Clarion hesitou em frente à porta, respirando o cheiro cítrico amargo da matricária. Uma mistura terrível de nervosismo e culpa agitava seu estômago. Não tinha vindo visitar Rowan ou os outros desde que haviam sido atacados, e não sabia se conseguiria enfrentá-los.

— Pronta? — Artemis perguntou gentilmente.

Sua voz e presença firme lhe deram forças. *Pronta* talvez fosse uma palavra forte. Mas Clarion conseguiria. Ela assentiu.

Quando bateu, uma fada de talento da cura abriu a porta. Usava um vestido branco canelado de lírio-de-cala, e seu cabelo preto estava preso em uma touca de enfermeira. Apenas alguns fios ondulados escaparam e se acomodaram contra sua pele ocre.

— Bom dia — disse ela, e então acrescentou, visivelmente assustada quando se deu conta exatamente de quem estava parada em sua porta: — Oh! Vossa Alteza. Eu não estava esperando você também. O que a traz aqui?

— Gostaria de visitar o Ministro do Outono. — Embora já soubesse a resposta, Clarion não conseguiu deixar de perguntar: — Houve alguma mudança em sua condição?

As asas da fada da cura murcharam, assim como o seu sorriso.

— Não, infelizmente. Lamento não ter notícias melhores. Temos trabalhado muito em um antídoto, mas eu...

— Sei que todos estão fazendo o melhor que podem — afirmou Clarion gentilmente. — Você pode me levar até ele, por favor?

Com uma reverência de cabeça, a fada da cura levou Clarion e Artemis para a enfermaria, passando por uma cortina de suculentas colar-de-pérolas. Clarion parou na porta quando a náusea ameaçou dominá-la. Nunca tinha visto aquela sala tão cheia. Onze catres, enfeitados com musgo e sementes de cardo-mariano, estavam dispostos no chão com onze corpos muito imóveis sobre eles. O silêncio assustador da sala caiu sobre ela como o frio do Inverno.

— Vou deixar vocês duas à vontade para visitarem o paciente — disse a fada da cura.

Clarion se moveu silenciosamente pelas fileiras, seu brilho destacando as feições assombradas de cada fada por que passavam, até que parou ao lado da cama de Rowan. Sua testa estava franzida enquanto ele sonhava seus sonhos conturbados, e seu cabelo ruivo se espalhava desordenadamente sobre o travesseiro. As linhas acentuadas de suas maçãs do rosto pareciam ainda mais proeminentes. A visão dele naquele estado fez o coração de Clarion apertar. Sentir-se tão impotente a frustrava tanto quanto doía.

— Sinto muito — sussurrou.

Quando Clarion fechou os olhos, algo roçou nas bordas de sua consciência. Não conseguia identificar a sensação, exatamente. Era tão fugaz e inexplicável quanto um calafrio em plena luz do dia — uma sensação de que algo estava errado, mesmo quando nada parecia estar. A cada momento que passava, isso — o que quer *isso* que fosse — girava em foco no teatro de sua mente. Um fio — frio e escuro, emitindo pequenas faíscas de luz sinistra — se enrolara em torno da mente de Rowan.

Era essa a magia que o havia prendido em seu sono?

Quando Clarion focou a atenção nisso, cambaleou para trás em choque. Calafrios irromperam sobre sua pele, e seus pulmões se esvaziaram rapidamente. Suas costelas se contraíram, tão fortemente que sentiu que não conseguiria mais respirar. Clarion nunca soube como era seu medo, mas imaginou que parecia algo assim. Deu um passo cambaleante para trás.

— Vossa Alteza. — Artemis estava ao lado dela em um instante, segurando-a pelo cotovelo. Seu olhar estava fixo cautelosamente no ministro. — Você está bem?

Demorou alguns momentos para Clarion recuperar a voz.

— Eu acho que sim.

Lentamente, Artemis aliviou o aperto no braço de Clarion.

— O que aconteceu?

— Não sei exatamente. — Clarion esfregou a têmpora. Com alguma distância entre eles, o terror aliviou seu controle sobre ela, o suficiente para pensar com mais clareza. Tinha sido capaz de ver o poder persistente do Pesadelo, como um nó ou correntes pesadas prendendo-o ao reino de seus pesadelos. Isso poderia confirmar a teoria do Protetor? Por menor que fosse, Clarion tinha *alguma* conexão com a magia desbotada das fadas de talento dos sonhos. Só tinha que esperar que fosse o bastante para consertar a barreira desgastada que elas haviam deixado para trás.

Pelo bem de todos, não poderia falhar naquela noite.

— Você veio visitar.

Clarion se assustou, e Artemis baixou a cabeça, murmurando "Vossa Majestade".

Elvina havia saído de uma sala nos fundos com uma fada da cura, as mãos cruzadas e a expressão solene. A cortina de suculenta farfalhou suavemente atrás dela. Ali na luz do início da manhã, Clarion percebeu como a rainha parecia exausta.

— Sim — disse ela. — Eu queria dar uma olhada neles.

Elvina apenas assentiu. Elas tiveram a mesma ideia, afinal. Clarion percebeu que isso, pelo menos, as conectava; não importava o quanto suas ideias fossem diferentes, compartilhavam tanto o pesar quanto o amor por seus súditos.

Após um momento de silêncio, Elvina disse:

— Você tem uma reunião com a Ministra do Verão amanhã.

Clarion suspirou ao lembrar de sua agenda.

— Sim.

— Depois, mais tarde, você tem outro compromisso: provar seu vestido para o baile da coroação, e a prova final para seu vestido da coroação. Você tem apenas mais duas semanas antes de...

— Eu sei — Clarion a interrompeu, com um toque de impaciência.

Elvina olhou para ela, atordoada.

Quando lhe ocorreu que havia interrompido a Rainha do Refúgio das Fadas, baixou o olhar com deferência. Não *pretendia* ser tão rude, mas o pensamento de vestidos de baile, cardápios e cerimônia... Não conseguia suportar, não quando estava cercada por todas as fadas que falhara em proteger. Mas o que mais poderia fazer além de fingir?

— Quero dizer... Sim, estou ciente. Obrigada.

Elvina se recompôs e gesticulou para a enfermaria.

— É bom que você se preocupe com eles, mas quero garantir que seu foco esteja na coroação... e em dominar sua magia antes disso. Estou lidando com os Pesadelos.

— Ando focada...

Elvina arqueou uma sobrancelha.

— A Ministra da Primavera me disse que você parecia distraída da última vez que a viu.

— É só nervosismo. — Clarion hesitou, cruzando a sala para flutuar ao lado de Elvina. — E não consigo deixar de me preocupar um pouco. Mesmo que seu plano dê certo, não vai acordar essas fadas.

A expressão de Elvina ficou sombria, mas ela colocou a mão no ombro de Clarion.

— Nós encontraremos um jeito. Enquanto isso, garantiremos que ninguém mais caia. Meu plano está progredindo. Nossa artesã real tem me ajudado.

— Petra — disse Clarion, meio por reflexo. Elvina parecia incapaz de lembrar seu nome. — Certo.

Racionalmente, *sabia* que não deveria ter se sentido desapontada. Petra não tinha condições de desobedecer a rainha tão facilmente — não quando sua posição como artesã real poderia ser tirada dela. E ainda assim, doeu.

— Isso é bom — Clarion conseguiu dizer. — Ela é muito talentosa.

Elvina pareceu relaxar um pouco com isso.

— Então, tente não se preocupar muito. Eu estou cuidando de tudo.

— Claro — disse Clarion.

Mas tudo o que conseguia pensar era: *Não. Eu estou.*

Pouco antes do pôr do sol, Clarion jogou seu casaco, luvas e botas em uma bolsa. Abriu as portas da sacada e entrou na luz da hora dourada. O sol escorria espesso como xarope pelos galhos da Árvore do Pó de Fada, recortando padrões na terra com sombras salpicadas. As folhas suspiravam suavemente na brisa, como se lhe dessem adeus.

— Saindo de novo, Vossa Alteza?

Artemis estava sentada em seu poleiro habitual, folheando um livro. Já estava tão acostumada com a rotina delas que não se dava ao trabalho de olhar para cima... fosse o que fosse que estivesse fazendo. Clarion olhou de esguelha para a capa; o título parecia suspeitosamente com *A linguagem do amor das flores*.

Clarion riu, bufando.

— O que você está lendo?

— Nada. — Artemis fechou o livro e olhou feio. Então, recuperando seu decoro, limpou a garganta e acrescentou: — Por favor, não fique fora até tarde.

— Eu não vou. — Ela sorriu inocentemente. — Aliás, ela gosta de narcisos.

Artemis corou. Clarion acenou e então voou em direção ao Inverno.

Quando chegou, Milori já esperava por ela — e não estava sozinho. Uma coruja-das-neves, duas vezes mais alta do que ele, estava ao seu lado. Seu sangue gelou de apreensão. Desde que era uma recém-chegada, tinha aprendido que as aves de rapina estavam entre as maiores ameaças à espécie das fadas. E ali estava Milori, dando tapinhas em uma como se fosse tão dócil quanto um rato! Sério, fadas do Inverno não temiam nada.

— O que... — disse ela — ... é isso?

— Esta é Noctua — Milori respondeu, como se essa fosse uma resposta perfeitamente abrangente à sua pergunta. Depois de um momento, acrescentou: — É uma coruja-das-neves.

Ele *tinha dito* que tinha um fraco por corujas.

— Você não estava brincando.

Os olhos amarelos da coruja brilharam na escuridão crescente. Ela se movia da forma errática e cautelosa das aves em que Clarion nunca confiara muito, sua cabeça girando de forma não natural em seu pescoço. Estava amarrada por um de seus pés com garras assustadoras; Milori segurava a extremidade como uma coleira.

— Eu nunca brincaria sobre corujas — ele disse solenemente.

— Então, você está bravo.

Milori apenas sorriu.

— Você gostaria de conhecê-la?

Clarion engoliu seu gemido de pavor.

— Oh, sim. Não há coisa alguma que eu amaria mais.

Ela largou a bolsa e pegou seu equipamento de inverno. Depois de abotoar o último botão do casaco, cruzou a fronteira e deixou o frio do Inverno fluir sobre ela como água. Ao se aproximar, não pôde deixar de pensar que Milori parecia mais quente no sol poente, com suas asas atravessadas por tons de ouro polido e vermelho tênue. E agora que ela se forçava a olhar de perto, não podia negar que Noctua era uma criatura linda. Suas penas brilhavam tão brancas quanto a neve — quanto o cabelo de Milori. Um amuleto de cristal pendia de um cordão enrolado em seu pescoço e rédeas pendiam de suas costas.

— Nós vamos montá-la, não é? — Clarion perguntou, da forma mais alegre que conseguiu.

— Bem... — Milori segurou as rédeas e desamarrou a perna de Noctua. — Será mais rápido do que andar.

— Tem certeza sobre isso? — insistiu Clarion.

— Você está prestes a enfrentar Pesadelos de peito aberto — disse ele —, e tem medo de uma coruja.

Ela resistiu à vontade de bater em seu braço.

— Eu não tenho medo dela.

Ele deu-lhe um meio sorriso irônico, como se dissesse: *Até parece que eu acredito*. Justiça fosse feita, ele apenas perguntou:

— Vamos?

— Se temos mesmo... — resmungou.

Com um suspiro resignado, Clarion subiu nas costas da coruja. Noctua girou a cabeça cento e oitenta graus para encará-la com um olhar amarelo inquisitivo. Clarion considerou imediatamente se jogar no chão novamente. Se aquela fera fugisse com ela ainda em suas costas, despencaria para a morte com suas asas presas como estavam. Nunca uma fada tivera medo de altura até agora.

Felizmente, Milori logo se juntou a ela.

— Segure firme.

Clarion prendeu os braços em volta da cintura de Milori. Ele incentivou a coruja a ir em frente. Sem hesitação, Noctua levantou voo. O vento golpeava o rosto de Clarion. Seu estômago embrulhou. Ela reprimiu um grito enquanto eles voavam em direção ao céu escuro. Clarion pressionou a testa entre as omoplatas de Milori, apenas para evitar ver a velocidade com que estavam deixando o chão firme para trás.

— Eu odeio isso!

Milori riu, um som caloroso que quase fez tudo valer a pena. *Quase.*

Quando finalmente se permitiu olhar, a vista era espetacular. Eles voavam alto o suficiente para que Clarion sentisse como se pudesse estender a mão e arrancar a pálida lua do céu. As asas de Noctua cortavam as nuvens baixas, deixando rastros brancos atrás delas. Então, eles mergulharam. Seu cabelo chicoteava descontroladamente ao redor dela, dançando entre as rajadas de neve cada vez mais espessas.

Milori guiou Noctua até um galho e deslizou de suas costas. Então, ele ofereceu a mão a Clarion e a ajudou a descer para os bancos de neve. Clarion girou em um círculo lento, absorvendo o entorno com um medo crescente. Nessa seção do Bosque do Inverno, as árvores ficavam estranhas. Seus troncos pálidos erguiam-se em linhas retas e rígidas, e sua casca era espiralada e cheia de nós com formas escuras que pareciam olhos. Os galhos acima arranhavam o céu — e, logo à frente, ela podia ver uma abertura entre as árvores.

Um arrepio percorreu seu corpo, e alguma coisa bem no fundo de sua mente disse: *Corra.* Era a mesma voz que ouvira quando tinha sido confrontada com o Pesadelo no Outono, elevando-se sobre ela com seus horríveis olhos violeta.

Havia algo de *errado* ali.

— Onde estamos?

— Num lugar para onde poucos vão — disse Milori com ar grave. — Siga-me.

Quando emergiram da sombra das bétulas e entraram em uma clareira no sopé das montanhas, levou um momento para Clarion processar o que exatamente estava vendo. Um vasto lago se estendia diante deles, congelado e brilhando para a lua como um olho negro sólido. Tudo nela rejeitava aquilo.

Corra.

— Esta é a prisão dos Pesadelos — disse Milori.

Quando ele pisou em sua superfície, Clarion o seguiu com relutância. Uma tênue magia protetora cintilava e tremeluzia dentro do gelo, mas ela conseguia distinguir vagamente o movimento das águas escuras lá embaixo. As sinistras profundezas a perturbaram mais do que ela queria admitir. E, então, um lampejo de algo — um olho violeta, percebeu, fixo nela de forma maligna — chamou sua atenção e fez seu sangue gelar. Não, não era água.

O que quer que estivesse sob o gelo estava *vivo.*

— Os Pesadelos estão sob o lago.

— Sim — disse Milori. — Isso mesmo.

O coração de Clarion se apertou com a amargura em sua voz. Não conseguia imaginar o fardo que Milori carregava. Ele não só precisava se preocupar com seus súditos, mas também com essas criaturas contra as quais era totalmente impotente. Como seria saber que você era responsável por elas? Passar seus dias prestando atenção, observando, esperando por algo que você não podia evitar?

— Milori... — Ela ficou sem palavras. O que poderia realmente dizer para confortá-lo?

Ele olhou para ela, seus lábios se abrindo como se quisesse responder.

Mas naquele momento, parecia que todos os Pesadelos no lago se voltaram para ela. A consciência deles fez sua pele formigar. Aquele desespero instintivo de fugir surgiu dentro dela novamente e enviou um arrepio torturante por sua espinha. Ela o dominou o melhor que pôde e seguiu Milori em direção ao centro do lago. A cada passo, os Pesadelos fervilhavam. Eles pareciam se encolher a cada movimento dela.

— Aqui estamos.

Instantaneamente, Clarion viu o problema: o gelo estava fissurado. À luz do dia, dificilmente seria perceptível. Mas ali na escuridão, ele estava atravessado com um brilho sinistro, como se o que quer que estivesse contido abaixo dele estivesse começando a borbulhar. Ela se agachou ao lado da superfície quebrada para examiná-la mais de perto. Dava para distinguir os fios dourados da barreira mágica dos sonhos. Naquela parte, havia se tornado tão fina e puída quanto uma colcha velha. Alguns Pesadelos haviam deslizado através da barreira mágica e se acumulado logo abaixo do gelo como um derramamento de tinta, rangendo os dentes famintos.

A consciência de uma terrível verdade invadiu Clarion.

— Eles vão quebrá-lo.

— Exatamente — Milori disse. — Eu tentei selar as rachaduras com gelo, mas, cada vez que retorno, é como se eu não tivesse feito nada.

Ouvir isso não a surpreendeu. Embora os maiores Pesadelos permanecessem presos sob a rede de fios de sonho, eles perseverariam até criar uma abertura larga o suficiente para escaparem. Os outros só tinham que esperar até que a barreira mágica se deteriorasse o bastante para deixá-los passar também.

A menos, é claro, que Clarion pudesse fortalecê-la.

Ela fechou os olhos e se concentrou nas fibras antigas e desgastadas da magia das fadas de talento dos sonhos. Podia vê-las, brilhantes como a luz das estrelas, cintilando na escuridão atrás de suas pálpebras — da mesma forma que fora capaz de detectar o poder do Pesadelo na mente de Rowan. Quando imaginou fechar os dedos em volta daquela malha dourada, a felicidade floresceu dentro dela. Sua vontade era enrolá-la em torno de si como um suéter, para se aninhar em seu calor reconfortante. De fato, não parecia tão diferente de sua própria magia. Mas também podia sentir como o poder desses sonhos era fraco agora.

Se pudesse tecer a luz das estrelas nos buracos que o tempo havia aberto nele...

Ela invocou sua magia. Enquanto a luz dourada emanava de sua pele, um silvo — abafado sob a espessa camada de gelo — subiu debaixo dela. Suor frio se acumulou na parte de trás de seu pescoço enquanto concentrava sua energia nas mãos.

Seu primeiro pensamento não foi *controlar*, mas *proteger*.

Sua magia se entrelaçou na tapeçaria da magia dos sonhos. Enquanto os Pesadelos uivavam de raiva, seu poder iluminava todo o mundo em ouro. Milori olhou-a com patente admiração, ligeiramente boquiaberto. Ela precisou desviar os olhos dele para manter o foco. Assim que terminasse de costurar o segmento puído da barreira, Milori poderia congelar por cima da fissura na superfície.

Algo retumbou nas profundezas da prisão. O gelo estremeceu sob seus pés. Sua magia tremeluziu como uma vela se apagando, e Clarion sentiu seu trabalho se desfazendo como uma fileira de pontos de tricô se soltando. Um choque de pânico a percorreu.

— Você consegue aguentar? — Milori gritou.

— Eu acho q...

Um estrondo retumbante ecoou pela clareira assim que um Pesadelo se jogou contra a barreira. Clarion cambaleou, então perdeu o equilíbrio no gelo escorregadio. Desânimo a inundou quando seus pés escorregaram e o chão lhe faltou. A conexão com sua magia se rompeu, e ela caiu de costas com força. O ar foi expelido de seus pulmões com o impacto, e uma dor aguda irradiou através de suas asas. *Doeu*. E ainda assim, tudo o que conseguia pensar era na frustração. Tinha estado tão perto. Tudo o que restou de sua tentativa foi uma fina camada de pó de fada no gelo iluminado pela lua, seu brilho desaparecendo como uma brasa morrendo. As sombras nadavam ameaçadoramente abaixo dela, projetando uma malícia palpável.

— Clarion! — gritou Milori. — Você está bem?

Antes que pudesse responder, ouviu-se o som baixo de gelo trincando. Logo atrás de Milori, uma forma escura se ergueu como fumaça das profundezas do lago. Ela girou, então se expandiu como uma gota de tinta na água. Clarion conseguiu distinguir o formato de asas; elas se abriram e bloquearam a fraca luz da lua.

— Milori — sussurrou ela.

Toda a cor sumiu do rosto dele. Devagar, ele se virou para encará-la.

A forma esfumaçada do Pesadelo se contorceu e borbulhou até assumir uma forma reconhecível: um corvo. Um por um, dez olhos violeta piscaram e se abriram em seu corpo; todas as pupilas tremeram, como que num esforço para focar. Suas garras se flexionaram experimentalmente. Então, ele bateu as asas — uma, duas vezes — enviando uma rajada fétida de ar na direção de Clarion. Ele subiu mais alto no céu, com todos os olhos fixos nela. O corvo-Pesadelo grasnou e então mergulhou para atacá-la.

Ela nem pensou. Simplesmente rolou. Uma dor ardente a queimou, mas as garras do Pesadelo cravaram no local onde ela estava deitada apenas alguns momentos antes. O corvo se recuperou quase instantaneamente, voltando-se para ela outra vez. O coração de Clarion palpitava tão alto em seus ouvidos que mal conseguia escutar o som de sua própria respiração irregular. A simples presença da criatura era arrepiante, turvando sua mente até restar nada além do refrão constante de *corra, corra, corra*.

O Pesadelo se lançou contra ela. O terror que Clarion tentou reprimir fervia muito perto da superfície. Não podia detê-lo. Não conseguia fazer isso. Não conseguia...

Uma rajada de gelo tirou o monstro do curso. O corvo se estatelou na superfície congelada, dissolvendo-se em fumaça antes de reorganizar sua forma, mais horrível do que antes. Suas asas brotaram, com muitas articulações e pingando sombra viscosa enquanto subia aos céus. Ele soltou outro grasnado, tão penetrante que Clarion sentiu ressoar em seus ossos. Ele arremeteu, suas garras estendidas em direção a Milori.

— Noctua! — ele gritou. — Agora!

Noctua gritou, um som de pura fúria. Então, desceu sobre o Pesadelo como uma tempestade de neve, com suas batidas de asas e garras rasgando. As aves rasgaram o céu, num emaranhado de preto e branco. Clarion observou com o coração na garganta até que Noctua conseguiu se libertar, com um rastro de fumaça escorrendo de seu bico como sangue.

Clarion decidiu que talvez tivesse que rever sua opinião sobre corujas.

O Pesadelo aproveitou a oportunidade. Com uma batida de suas asas em ruínas, ele ascendeu até sua silhueta ser recortada contra o rosto pálido da lua crescente. Então, com um grasnado final, ele mergulhou e desapareceu na floresta.

Clarion caiu de joelhos, então socou o gelo com um grito de frustração. Como pôde ser tão *incompetente?* Tivera tudo nas mãos, e então deixara escapar. Conforme a adrenalina baixava, ela começou a tremer da cabeça aos pés de nervosismo. Sua respiração pesada embaçava o ar.

— Clarion. — Milori manteve a voz calma, mas reconheceu o pânico estrangulado quando o ouviu.

— Sinto muito. Eu nunca deveria ter…

— Clarion — ele repetiu, mais firmemente dessa vez. — Você está sangrando.

Ela olhou para baixo. Uma mancha vermelha florescia em seu braço. Agora que tinha notado, a dor — e o frio — a inundaram. Comprimiu o ferimento para estancar o sangramento, mas estremeceu com a sensação de sua pele molhada já esfriando.

— Oh.

A manga de seu casaco havia rasgado.

Não entre em pânico. Clarion exalou firme e longamente. Enquanto suas asas permanecessem isoladas, não corria perigo algum.

Milori atravessou voando a curta distância entre os dois.

— Você está bem?

— Foi só um arranhão — ela se apressou a dizer. Um arranhão profundo, sim, mas não fatal. — Sinto muito. Não consegui.

— Não. Sou *eu* quem deveria pedir desculpa. — A expressão de Milori era de agonia. — Eu coloquei você em perigo.

Milori já carregava culpa demais. Ela se recusava a deixá-lo adicioná-la à sua lista. Clarion apontou um dedo para ele.

— *Você* não fez nada. Eu me coloquei em perigo, e como futura Rainha do Refúgio das Fadas, não vou ouvir o contrário.

Ele parecia muito querer insistir, mas pensou melhor agora que ela havia usado a hierarquia para encerrar a discussão.

— Vou consertar o dano que eles fizeram no gelo. Depois disso, devemos levá-la a uma fada da cura.

Clarion apertou seu antebraço com mais força, estremecendo com a sensação de sangue escorrendo pelos espaços entre seus dedos.

— Sim, acho que é uma boa ideia.

Milori hesitou, como se Clarion fosse desmaiar se ele desviasse o olhar por um momento sequer. Com o cenho franzido, ele se virou. Clarion observou seus ombros se elevarem enquanto ele respirava fundo. Redemoinhos de cristais de gelo jorravam como névoa de suas mãos estendidas, brilhando ao luar. Geada floresceu no chão em padrões fractais, então cristalizou sobre o gelo quebrado, como cerâmica quebrada reparada com dourado.

Quando ele terminou, assobiou para Noctua. A coruja veio até ele no mesmo instante, piando suavemente em reconhecimento. Assim que pousou, ele encostou a cabeça no bico dela e murmurou:

— Obrigado.

Noctua afofou suas penas, contente. Ver o vínculo entre eles — e quão rápido Noctua havia saltado para protegê-lo — acabou por comover Clarion.

— Ela é incrível — disse Clarion com brandura.

Milori se animou. Até Noctua pareceu se envaidecer.

— Ela realmente é. — O sorriso de Milori desapareceu após um momento. — Você consegue subir? Vou pedir para ela nos levar às fadas de talento da cura.

— Acho que sim. — Clarion subiu nas costas de Noctua o mais graciosamente que pôde. Quando se firmou, franziu a testa para o braço. — Mas posso ter dificuldade em me segurar.

— Vou garantir que você não caia — ele respondeu sem hesitação. Clarion nunca tinha conhecido alguém com o hábito de fazer juramentos solenes tão prontamente.

Ela não conseguiu refletir sobre isso por muito tempo, pois quando Milori se juntou a ela, envolveu um braço firmemente pela sua cintura. Um rubor subiu pelo pescoço de Clarion com a proximidade repentina dele. Não, supôs que não cairia. Cheiro de pinheiros e água gelada, e também a promessa de neve irradiavam suavemente de sua pele. A presença de Milori amenizou a sensação de arrepios que a penetrante ira dos Pesadelos causava nela. Assim tão perto dele, quase conseguia acreditar que estava segura. Sem pensar, Clarion aninhou o rosto na curva do pescoço de Milori e tentou não notar a forma como a respiração dele vacilou.

14

Noctua os levou até um arbusto de azevinhos onde as fadas de talento da cura do Inverno tinham estabelecido sua clínica. Todas as suas folhas eram afiadas e prateadas sob o luar, e borrifos de frutas vermelhas salpicavam os galhos cobertos de neve. Tudo estava impossivelmente quieto àquela hora. Clarion não ouviu nada além do bater das asas de Noctua quando ela pousou.

Milori a ajudou a descer das costas da coruja e a conduziu por uma fenda oca nos galhos de azevinho. Uma luz pálida filtrava-se pelas aberturas nas folhas, formando um padrão no solo duro e iluminando a geada. À medida que se deslocavam, o caminho começou a descer.

— É subterrânea? — perguntou Clarion, com certa surpresa.

— Só um pouco — respondeu Milori. — Isso a mantém abrigada do vento.

Inteligente, pensou Clarion. Estava visivelmente mais quente ali do que lá fora. Mesmo assim, cada respiração sua formava uma pluma no ar. O frio se infiltrava pelo rasgo em seu casaco, mas ela cerrou os dentes para impedi-los de tiritar. Os dois pararam em frente a uma cortina de líquen. Clarion tentou não prestar atenção ao seu sangue escorrendo nas pontas dos dedos — e como ele pingava no chão.

— Olá? — Milori chamou suavemente.

A cortina se abriu e o rosto de uma fada da cura apareceu. Tinha pele escura e cabelos brancos que emolduravam seu rosto em cachos apertados. Como as fadas da cura nas estações quentes, usava um vestido branco. Este, Clarion notou, era feito de prímulas.

— Milori. — Seu sorriso vacilou quando ela viu Clarion, e foi substituído por um choque momentâneo. Clarion sabia que devia estar com uma aparência e tanto. O sangue havia secado em suas mãos e encharcado o lindo casaco que Petra havia feito para ela, manchando o ouro de um vermelho lívido. Metade de seu cabelo havia se soltado da trança e caía desgrenhado e parcialmente congelado em volta de seus ombros. — Quem é?

— Esta — ele disse com pouca ênfase — é a princesa Clarion.

Clarion observou pelo menos dez emoções passarem pelo rosto da fada da cura antes de ele se acomodar em consternação.

— E como, posso perguntar, ela acabou nessa condição?

Ele estremeceu.

— Tivemos alguns problemas.

— Dá para ver. — Preocupação permeava sua voz. — E você...

— Estou bem — ele se apressou a responder, levantando as mãos.

— Bom. — A fada da cura reorganizou sua expressão de volta para um severo desgosto, mas Clarion podia ver o carinho que tinha por ele: um tipo de familiaridade nascida de se conhecerem há muito tempo. Clarion ficou surpresa com a casualidade com que os súditos de Milori se dirigiam a ele.

— Tenha mais cuidado com ela daqui para a frente.

Repreendido, ele respondeu:

— Terei.

— Eu gosto dela — Clarion sussurrou para Milori, incapaz de conter um sorriso provocador.

— Eu achei que você gostaria — ele respondeu. — Esta é Milefólio.

— Estou honrada em conhecê-la, Vossa Alteza — Milefólio disse com uma reverência. — Eu só gostaria que fosse em circunstâncias melhores.

— Eu também — concordou Clarion, momentaneamente atordoada. Que incomum ser tratada tanto com respeito como com carinho. Como queria que as estações quentes fossem mais assim.

Milefólio os conduziu através da cortina de líquen e para dentro da enfermaria. Clarion congelou na porta, sua mão apertada contra o peito. A sala estava cheia de catres construídos com plataformas de neve e cobertos com uma treliça de gravetos. Todos eles abrigavam fadas presas em seus sonhos atormentados. Havia muito mais delas ali no Inverno. O coração de Clarion se condoeu por elas — e por Milori, que examinou a sala com uma expressão de pura culpa.

Não é culpa sua, ela queria dizer, mas Milefólio a apressou. Colocou Clarion em uma cama com uma pilha alta de cobertores. Clarion puxou um sobre os ombros e suspirou aliviada.

Milori se inclinou para mais perto e murmurou:

— Você ficará bem sozinha por alguns minutos?

— Claro — disse ela, de modo encorajador. — Vá.

Ele assentiu com gratidão estampada no rosto. Em poucos momentos, voou pelo chão da enfermaria e começou a falar com outra fada da cura em voz baixa. De vez em quando, lançava um olhar preocupado para as fadas adormecidas.

Milefólio, que estava arrumando os cobertores e travesseiros ao redor de Clarion, disse:

— Ele vem aqui todos os dias, sabia? Você está aquecida o suficiente?

Clarion desviou o olhar de Milori, envergonhada por ter sido pega observando.

— Estou, obrigada. Ele realmente vem?

Milefólio assentiu.

— Não há nada que ele possa fazer, mas...

Mas ele se sente responsável, Clarion completou. Conhecia bem esse sentimento em particular.

— Eu sei que ele se importa muito.

— Sim. Ele é amado no Inverno. — Milefólio parou por um momento, como se estivesse escolhendo as palavras seguintes com cuidado. — Estou feliz que ele tenha encontrado você. Faz muito tempo que não o vemos tão... esperançoso.

Clarion colocou uma mecha de cabelo atrás da orelha, mas se arrependeu quando sentiu sua pele esquentar com um rubor.

— Não foi nada que *eu* tenha feito.

— Se você está dizendo... — Ela sorriu significativamente.

— Bem, vamos dar uma olhada em você.

Clarion deixou o cobertor deslizar de seu ombro e estendeu o braço. A visão do sangue fez seu estômago revirar, mas não havia inspecionado o ferimento de perto. O tecido rasgado de seu casaco grudava na pele, escondendo de vista o pior do ferimento.

Milefólio estalou a língua em desaprovação.

— Você não pode tirar o casaco, então, vou precisar cortar a manga para dar uma olhada melhor.

Clarion se encolheu. Petra ia matá-la por brutalizar sua obra--prima dessa forma, mas isso era um problema para outra hora.

— Tudo bem.

Milefólio assentiu e se retirou para outra sala da clínica. Ali na sala principal, estava escuro e aconchegante à luz de velas. Tudo brilhava na luz refratada pelos pingentes de gelo que se projetavam do teto. As estantes que cobriam as paredes estavam abarrotadas de livros e chaleiras, cascas de bolota cheias de tinturas e tigelas de vidro marinho com ervas secas. O ar tinha um cheiro terroso e de plantas. Até aquele momento, Clarion nunca tinha percebido quantas coisas cresciam no Inverno. Como alguém poderia acreditar que era desprovido de vida?

Ela deixou sua atenção voltar para Milori, que havia começado a ajudar a outra fada de talento da cura. Elas se moviam de um lado para o outro, ajudando cada fada a beber goles de água. Seu coração acelerou com um carinho terrível. Como pôde tê-lo achado frio, mesmo por um momento?

Poucos minutos depois, Milefólio retornou com uma cesta de vime, uma caneca de pedra que fumegava no frio e uma delicada tesoura de tecido. Ela cortou a manga manchada de sangue, e Clarion sibilou de dor quando o ferimento foi exposto ao ar congelante. Milefólio pousou a tesoura em uma mesa lateral com um estalo e se abaixou para inspecioná-la mais de perto. Virou o antebraço de Clarion cuidadosamente para um lado e para o outro.

— Está limpo, mas é bem fundo. Vou precisar costurar você. Deve sarar rápido, mas você vai precisar manter um curativo por esta noite.

Clarion sentiu um pequeno alívio por não ter que explicar seu ferimento ou se comprometer com a escolha questionável de usar mangas compridas no Verão.

— Tudo bem.

Milefólio vasculhou uma cesta e pegou uma agulha fina em forma de gancho, bem como um cataplasma de zimbro, usnea e linhaça embrulhado em um pacote de folhas. Trabalhou em silêncio, limpando e suturando o ferimento. Clarion olhou resolutamente para a parede, se esforçando para não se encolher a cada puxão do fio em sua pele. Quando Milefólio terminou de passar o cataplasma e aplicar um curativo, lhe entregou uma caneca.

— O que é isso?

— Abeto balsâmico e gaultéria — disse Milefólio. — Ajudará na cura e na inflamação.

Clarion levou a caneca aos lábios. Tinha um cheiro resinoso — igual ao sabor. Mas aqueceu suas mãos, e agora, era tudo o que podia pedir.

— Obrigada.

Milefólio lançou-lhe um olhar severo.

— Tente não irritar o ferimento antes que ele feche. Não faça nada extenuante.

— Não farei.

— Vou mandar você para casa com esse cataplasma também. Aplique uma vez por dia. — Ela estreitou os olhos. — Não se esqueça.

Clarion podia ver como Milori se permitia ser importunado. Milefólio tinha sido bastante enérgica. Com uma risada, Clarion disse:

— Não esquecerei.

— Ótimo. — Milefólio a estudou pensativamente. — Espero que volte logo, Vossa Alteza, embora talvez não *aqui*. Há muito para ver no Inverno que não tem nada a ver com aquele lago terrível. — Fez uma pausa, e sua expressão se animou quando algo lhe ocorreu. — Milori é um patinador de gelo muito talentoso, sabia? Tenho certeza de que ele lhe ensinaria.

Clarion sorriu.

— Eu adoraria isso.

ASAS RELUZENTES

Ela só precisava descobrir como deter os Pesadelos antes que o plano de Elvina tomasse forma. Não podia abandonar as fadas do Inverno para os Pesadelos. Recusava-se a fazer isso. Essa convicção a encheu de ferrenha determinação.

Assim que Milefólio passou para o próximo paciente, Milori reapareceu ao seu lado.

— Como você está se sentindo?

Clarion ofereceu a ele um pequeno sorriso. Milefólio havia limpado o sangue de sua pele. Agora, tudo o que restava era uma linha de pontos bem cuidada. Ela o pegou examinando o ferimento, uma mecha de cabelo branco caindo do lugar enquanto ele inclinava a cabeça. Resistiu à vontade de arrumá-la.

— Muito melhor — disse ela. — Com um pouco de frio.

— Deveríamos levar você para casa.

Para casa. Cada vez mais, Clarion temia deixar o Inverno.

— Certo. Boa ideia.

Lá fora, Noctua esperava por eles, suas penas brancas esvoaçantes e brilhando friamente ao luar. Os dois subiram e, desta vez, quando Milori colocou um braço ao redor dela, Clarion se viu grata pelo contato próximo. Seu antebraço nu ardia no frio, e o vento que deslizava por baixo da meia manga esfarrapada a gelava até os ossos. Noctua voou em direção à Primavera, e as rajadas espessas giravam ao redor deles. Mesmo na escuridão, Inverno era de tirar o fôlego. Florestas infinitas de pinheiros polvilhados com neve se estendiam em direção a eles.

Clarion inclinou o rosto em direção ao de Milori até que ela pudesse ver seu perfil delineado pela luz das estrelas. Assim, desprotegido e perdido em pensamentos, ele parecia tão sério.

Faz muito tempo que não o víamos tão esperançoso.

Ela não conseguia acreditar que tinha causado aquele efeito nele. E, ainda assim, se fosse verdade, queria tirá-lo de sua tristeza o máximo que pudesse.

— Bem, isso não saiu totalmente como o planejado.

Ela provocou uma risada nele. Foi um som agradável, ainda mais doce por ser tão raro.

— Não, certamente não saiu.

— Mas encontraremos um jeito — disse ela. — Da próxima vez, será melhor.

— Da próxima vez — ele repetiu, tão solene quanto uma promessa.

— Preciso consertar o meu casaco primeiro. — Clarion puxou um fio solto na manga. — Não sei quanto tempo vai levar. Demorou alguns dias para fazê-lo da primeira vez.

— Eu não me importo — ele disse. — Eu vou esperar por você.

Clarion franziu a testa enquanto fixava o olhar para frente. Havia algo terrivelmente vulnerável no rosto de Milori. *Solidão.* Como poderia ser de outra forma? Ele passava o tempo debruçado sobre livros ilegíveis ou parado na fronteira ou patrulhando uma prisão que não podia proteger. Estava totalmente comprometido com o dever — e sempre fadado ao fracasso.

— Eu poderia ir visitá-lo — disse ela, e imediatamente desejou poder reformular. Pareceu ansioso demais até aos próprios ouvidos. Limpou a garganta e acrescentou: — Se você estiver lá esperando, de qualquer maneira. Podemos traçar estratégias sobre quais serão nossos próximos passos.

Combinando com sua indiferença fingida, ele respondeu:

— Como você desejar.

Clarion lançou a ele um olhar que dizia: *Como eu desejar?*

Aparentemente incapaz de manter a fachada, ele cedeu.

— Eu gostaria disso.

Ela não se enganou ao reparar o leve rosado nas pontas das orelhas dele.

— Está bem, então — disse ela. — Vejo você amanhã.

Os lábios dele se curvaram em um sorriso suave.

— Amanhã.

Uma estranha leveza — uma espécie de *vertigem* — a preencheu. Embora voassem alto acima do Bosque do Inverno, Clarion teve a nítida sensação de queda livre. Entre os Pesadelos e Milori, havia se metido em muito mais problemas do que esperava.

Na manhã seguinte, Clarion e Artemis estavam do lado de fora da porta de Petra na primeira luz do dia. Apesar do perigo em que se viu, Clarion acordou com um humor estranhamente bom. Isso foi, é claro, até ela processar que estava prestes a arruinar o dia de Petra, se não o mês inteiro. Em sua mochila estava o casaco rasgado e manchado de sangue que Petra havia costurado tão generosamente para ela. Se havia alguma boa notícia a ser tirada de toda a provação, era que as botas haviam escapado da luta com pouco mais do que um arranhão.

— Você vai bater? — perguntou Artemis.

Clarion se deu conta de que estava parada ali, encarando a porta — e cerrando o maxilar. Desejou que seu rosto relaxasse.

— Estou me preparando mentalmente.

Artemis lançou-lhe um olhar que ficou em algum lugar entre solidário e compadecido.

— Certamente ela vai entender.

— Veremos — respondeu Clarion com ceticismo. Nem mesmo Artemis parecia totalmente convencida por suas próprias palavras. — Você pode ter que intervir.

— Estou pronta.

— Ótimo. — Com um suspiro, bateu. — Petra, sou eu.

Mal se passou um segundo antes que Petra abrisse a porta. Parecia cansada, mas como se estivesse acordada há algum tempo. Seu rosto já estava manchado de graxa, e o calor de sua forja emanava constantemente de dentro.

— Você tem alguma ideia de que horas são?

Clarion sorriu inocentemente.

— Aurora?

— Exato... — Ela se interrompeu com um guincho estrangulado quando avistou Artemis. — Oh. Bom dia.

— Bom dia — Artemis respondeu de forma afetada.

Clarion deixou seu olhar voar entre elas por um momento, tentando não deixar sua exasperação transparecer.

— Você vai nos convidar para entrar?

Petra gemeu, mas se afastou para deixá-las passar.

— Você está com aquela expressão nos olhos de novo. O que foi dessa vez?

Melhor acabar logo com isso, Clarion decidiu. Afastou uma nova pilha de detritos da mesa da cozinha de Petra e então despejou o conteúdo de sua bolsa na superfície.

Petra soltou um gemido suave de consternação.

— O que você *fez*?

Clarion estremeceu.

— Eu posso ter sofrido um pequeno acidente.

Artemis a imobilizou com um olhar fixo que dizia: *Você poderia ter lidado melhor com isso.*

— Todo o meu trabalho árduo, arruinado! Completamente arruinado! — Petra ergueu a manga irregular do casaco. Após um momento de inspeção, ela o atirou do outro lado da sala com um grito de surpresa.

— Isso é *sangue*?

— Fale baixo — Clarion sibilou. — Sim, é sangue. Não é nada para se preocupar.

Petra agarrou os ombros de Clarion e os sacudiu. Pelo canto do olho, viu Artemis se mexer, como se debatesse se deveria ou não intervir. No fim, soltou um suspiro longo e sofrido e cruzou os braços atrás das costas.

— O que você *quer dizer* com não é nada para se preocupar? — questionou Petra. — Há monstros à solta, e você de repente decidiu ficar de bobeira pelo Bosque do Inverno, e agora aparece na minha porta com sangue nas roupas?

Por mais que ela se ressentisse da sugestão de que estava lá *ficando de bobeira*, quando Petra colocou dessa forma, Clarion supôs que soava um pouco ruim.

— Parece muito pior do que é. Não estou ferida. Não gravemente, de qualquer forma.

Ela levantou a manga para mostrar a Petra a fina tira de gaze amarrada em seu antebraço. Felizmente, escondia os pontos por baixo. Petra a largou e desabou pesadamente em uma poltrona.

Algo no canto mais distante da sala tombou e caiu no chão. Petra mal se encolheu.

— Eu sei que disse que não queria saber, mas decidi que não saber é muito pior do que a outra opção. O que está acontecendo com você?

Havia algo em sua voz mais profundo do que sua ansiedade habitual. Havia um apelo real ali, e Petra estava olhando para ela com uma acusação em seus olhos: *Sinto como se não a conhecesse mais*.

Ela detestava decepcionar Petra — e não saber como parar de fazê-lo. Mas se não podia ser franca com ela, que amizade elas realmente tinham? Clarion não poderia perdê-la depois de tudo que passaram juntas.

— Se eu lhe contar — disse Clarion —, você tem que prometer não contar a ninguém.

— Eu não contei a ninguém que você estava indo para o Bosque do Inverno antes — disse ela, derrotada. — Eu odeio guardar segredos, Clarion. Você sabe que eu sou péssima nisso, mas... vou tentar. Por você.

Com o máximo de naturalidade que conseguiu, Clarion disse:

— Você tem que prometer não gritar também.

Petra olhou feio para ela, o que Clarion decidiu interpretar como anuência.

— Cerca de duas semanas atrás, quando o Pesadelo foi visto pela primeira vez no Refúgio das Fadas, eu fui até a fronteira do Inverno. Pensei que encontraria uma trilha lá. Não encontrei, mas havia algo mais lá... bem, *alguém*. — Ela respirou fundo. — O Guardião do Bosque do Inverno.

Petra parecia prestes a desmaiar ou entrar em combustão.

— O Guardião do Bosque do Inverno? Você conheceu *o* Guardião do Bosque do Inverno?

— Só escute. — Clarion segurou seu cotovelo. — Eu estava um pouco cética no começo. Ele não é tão ruim assim quando você o conhece.

— Que reconfortante. — Petra riu sem achar graça, deixando a ironia transparecer. Então, algo ocorreu a ela. — Vocês se encontraram várias vezes, então?

— Algumas.

Petra abriu a boca de espanto.

— Você cruzou a fronteira para vê-lo?

Clarion corou.

— Sim. Mas...

— Você está saindo às escondidas para ver um *garoto*? — Petra parecia positivamente enojada, mas não havia nada de realmente mordaz em sua fala. Nunca ligara muito para homens-pardais; a própria ideia de achar um bonito o suficiente a ponto de arriscar a vida por ele era certamente perturbadora.

Artemis produziu um som que soou suspeitosamente como uma risada abafada.

— Não é só isso! — Clarion protestou, e percebeu tarde demais que isso não fora exatamente uma negação. Os olhos de Petra brilharam com triunfo cruel. — Encontramos uma forma de deter os Pesadelos. É por isso que preciso da sua...

— E é dessa forma que você os está detendo? — Petra apontou um dedo para o casaco amassado no canto. — Você não deveria participar disso. É muito perigoso.

Clarion não conseguiu esconder a frustração de sua voz.

— Estou cansada de ouvir que as coisas são muito perigosas.

— Mas *são*. Sei que isso nunca foi uma preocupação para você, mas algumas de nós estamos felizes escondidas em nossos cantos.

— Petra...

— Não. Não use seu tom de rainha comigo — disse ela, quase implorando. — Eu não farei isso. Não posso ver você voltar para casa assim de novo. Sou uma artesã, não uma fada da cura. Posso consertar seu casaco, mas não *você*.

Por um momento, elas permaneceram em um silêncio irritado, olhando uma para a outra na escuridão da oficina. Clarion se sentia monstruosa, de fato. Era isso mesmo que Petra pensava dela? Que era uma espécie de instigadora imprudente que ignorara seu desconforto todos aqueles anos?

Artemis, claramente sentindo que elas precisavam de espaço, decidiu sair dali sem dizer nada. Quando a porta se fechou atrás dela,

Clarion recuperou a voz novamente. Teve que lutar para manter a mágoa longe de seu tom.

— Eu não pediria se tivesse outra opção. Não há mais ninguém em quem eu possa confiar.

Petra suspirou irritada.

— Você e Elvina estão dependendo de mim para que seus esquemas funcionem. Estar nessa posição não é fácil para mim.

— Eu sei. — Um sentimento de culpa atingiu Clarion. — Mas o plano dela é equivocado. É dever da rainha garantir o bem-estar de seus súditos, não deixar um reino inteiro se defender sozinho.

Petra franziu a testa e distraidamente pegou uma tesoura de costura. A angústia de sua situação conflituosa estava estampada no rosto.

— Sinto muito por ter colocado você nessa posição — Clarion continuou — e serei o mais cuidadosa possível. Mas não posso fugir disso. Não vou fugir, tenha seu apoio ou não, porque, pela primeira vez, sinto que estou fazendo o que deveria.

Petra gemeu: um sinal revelador de que sua rendição estava próxima.

— Está bem. *Está bem.* Considere isso meu presente de coroação. Mas se o casaco voltar para mim em frangalhos novamente...

— Não voltará — Clarion interrompeu, sem fôlego. — Obrigada, Petra.

— Pode guardar sua gratidão para você. — Ela se virou para sua mesa de trabalho e começou a reorganizar as ferramentas. — Apenas continue viva.

A respiração de Clarion ficou presa na garganta.

— Pode deixar.

— Vossa Alteza?

Clarion acordou assustada — e se viu caída de forma um tanto indigna sobre sua escrivaninha. Pelo menos, conseguiu evitar cair de surpresa da cadeira. Ela se virou em direção à porta, onde uma fada de talento da costura de aparência apressada pairava sobre a soleira. Artemis apareceu logo atrás dela, com uma expressão de desculpas que parecia dizer: *Eu tentei impedi-la*.

— Olá — disse Clarion, sonolenta.

As pontas dos seus dedos formigavam com dormência por ter apoiado a cabeça no antebraço. A luz do sol crepuscular entrava pela janela, um fato que deixou Clarion um pouco consternada. Estava dormindo havia horas e mal conseguia lembrar quando, exatamente, havia adormecido. Certamente não pretendia tirar um cochilo.

Vagamente, refez seus passos. Depois de sua briga com Petra pela manhã, chegara atrasada para a reunião semanal do conselho, onde começou por derramar o conteúdo de sua xícara de chá em suas anotações, bem como no vestido novo da Ministra da Primavera. Quando voltou para o seu quarto, ainda ardendo de vergonha, tentou decifrar o redemoinho de chá e tinta em seu caderno…

Aquilo era o resultado. Obviamente, ficar acordada até tarde e acordar cedo não combinava com ela.

— Não quero interromper — disse a fada da costura, delicadamente. — Mas você tem uma prova de vestido.

Ela tinha esquecido completamente que tinha uma prova de vestido hoje. Patch, a costureira real, sem dúvida ficaria descontente com seu atraso. Já tinha feito um vestido para sua coroação, mas Clarion precisaria de um novo para o baile.

— Obrigada. — Clarion cravou as palmas das mãos nos olhos.

— Vamos?

A fada da costura a levou ao estúdio de Patch. Fadas de talento de ajudante — incluindo fadas de talento da limpeza e talento do polimento — se movimentavam pelos corredores e seguiam as fadas de talento da organização. Clarion passou a chamar os últimos de Círculo de Decoradores de Confiança de Elvina. Eles voavam pelo palácio, dando ordens aos assistentes e avaliando cada detalhe do trabalho dos outros. Clarion notou que a fada da costura que a guiava os evitava de maneira visível — e habilmente.

Quando finalmente chegaram, foram recebidas com um abrupto:

— Aí estão vocês!

Patch flutuava no centro de seu estúdio. Era de estrutura esbelta, tinha feições angulares e uma pele branca como bétula, como se não visse o sol há algum tempo. Seu cabelo castanho-escuro estava penteado em uma trança elegante que assentava perfeitamente contra o seu manto elegante de lírio-de-cala preto. Uma fita métrica estava enrolada em seu pescoço como uma serpente.

Enquanto Patch se vestia com roupas escuras, havia rolos de tecido em todos os tons imagináveis empilhados nas prateleiras que se alinhavam na sala. Trajes inacabados cobriam manequins espalhados pelo ambiente inteiro, e todo o estúdio parecia brilhar na luz do sol, que refletia no espelho de moldura ornamentada — e brilhava nos novelos e mais novelos de teia de aranha que Patch havia reunido em cestas. Do lado de fora da janela, uma vasta teia se estendia entre os galhos da Árvore do Pó de Fada, cada fio reluzindo como ouro na luz da tarde. Era ali que Patch obtinha a seda para seus bordados e rendas espetaculares. Sem dúvida, Fil — sua companheira aranha tecelã — estava se aquecendo no centro de sua teia.

Mas o que chamou a atenção de Clarion quando entrou na sala foi a Ministra do Verão. Aurélia estava sentada em uma poltrona, cochilando na luz do sol com uma mão elegante apoiando o queixo. Usava um vestido de pétalas de girassol; seu dourado vibrante contrastava com sua pele intensamente negra. Como sempre, parecia tão radiante e luminosa quanto o próprio verão.

— Ministra — disse Clarion, surpresa. — O que está fazendo aqui?

Os olhos dourados de Aurélia pousaram nela com curiosidade.

— Senti sua falta mais cedo.

Clarion se deu conta. Havia perdido sua reunião com Aurélia, tudo porque tinha adormecido.

— Oh, não. Sinto muito.

— Acontece. — Aurélia abanou desdenhosamente a mão. — O que tínhamos para falar pode muito bem ser discutido com você aqui. Eu queria saber sua opinião sobre o menu para o baile da coroação. Trouxe alguns dos meus talentos culinários, mas Patch os baniu desta sala.

Patch lançou um olhar penetrante para a ministra.

— Porque se eles mancharem esse vestido, eu…

— Fique em paz. — Aurélia reprimiu um bocejo. — Isso pode esperar até você terminar.

— Ótimo.

Patch não perdeu tempo em conduzir Clarion para trás de um biombo. Ali, seu vestido para o baile da coroação a esperava. O tecido brilhava intensamente e deslizava por suas mãos como água. Clarion tirou o vestido, fazendo o melhor que pôde para esconder seu braço machucado. Patch, se notou, não comentou nada. Ela a envolveu no vestido de baile com a facilidade que a prática traz, depois a guiou pelos ombros até o espelho na sala principal.

— O que você acha?

Na verdade, era a coisa mais linda que Clarion já tivera. As saias do vestido eram uma cascata de tecido dourado, desenrolando-se em uma cauda longa e elegante. As mangas, feitas de tecido transparente, iam até o chão. Quando se movia, ondulavam atrás dela como uma capa. Vestida assim, Clarion quase se sentia uma rainha.

— Está perfeito, Patch. Eu amei.

Clarion viu os olhares de aprovação de Aurélia e Patch refletidos de volta para ela.

— Excelente — disse Patch, visivelmente satisfeita. — Vou fazer apenas alguns ajustes finais.

Os vinte minutos passaram velozmente. Enquanto Patch espetava alfinetes na bainha e nas mangas, a Ministra do Verão se desculpou por um momento — apenas para retornar com seu séquito de fadas de talento da culinária. Patch irradiava um descontentamento palpável enquanto montavam o que parecia a Clarion um serviço de chá inteiro no canto de seu estúdio.

— Se eu encontrar uma mancha em qualquer coisa, mesmo que seja uma *gota*...

— Você não vai encontrar — Aurélia disse, completamente imperturbável.

As duas começaram a discutir, mas Clarion mal conseguia se concentrar no que estavam dizendo. Sem ninguém lhe falando diretamente, todas as coisas que tentava manter sob controle tomavam conta dela: sua iminente coroação, os Pesadelos, Milori.

Tinha que voltar para o Inverno o mais rápido que pudesse.

Por fim, quando Patch terminou de encher seu vestido de alfinetes, levou Clarion de volta para trás do biombo para que pudesse vestir novamente a roupa com que tinha chegado. Patch dobrou o vestido de baile quase reverentemente sobre o braço e então gritou:

— Ela é toda sua, Aurélia.

Quando Clarion reapareceu, Aurélia havia se instalado na mesa que as fadas da culinária tinham montado no canto. Sobre uma das toalhas de mesa ornamentadas de renda de seda de aranha de Patch estava um dos banquetes mais requintados que Clarion já tinha visto. Um suporte em camadas exibia uma impressionante seleção de tortas, algumas recheadas com finas rodelas de abóbora e tomate, outras com lascas de damasco e amoras. Ao lado, havia uma tigela de gaspacho de melancia, guarnecido com um raminho de hortelã e um fio de azeite de oliva. Havia até um bolo de ameixa, com recheio de geleia que cheirava a cardamomo e canela.

Tudo explodia com as cores e aromas do verão. Evocava pura alegria — ou deveria. Olhar para tudo aquilo fez Clarion se sentir estranhamente fria. Como poderia ficar ali planejando uma festa depois do que tinha visto no Inverno? Muitas fadas dependiam dela para salvá-las. Mas agora, Aurélia estava sentada diante dela com algo como expectativa em sua expressão.

Clarion se forçou a sorrir enquanto tomava seu lugar em frente a Aurélia.

— Tudo parece incrível.

Aurélia relaxou um pouco.

— Podemos fazer quaisquer ajustes que você desejar.

Clarion olhou para a mesa. Mal sabia por onde começar — e mal sabia como conseguiria passar por isso, quando o estresse havia roubado a maior parte de seu apetite. Ainda assim, encheu o prato com uma pequena amostra de cada prato e começou a comer sem sentir muito o gosto de nada.

Na metade de sua primeira garfada, Aurélia soltou um suspiro.

— Vossa Alteza, há algo errado? Posso ver que sua mente está em outro lugar.

Clarion engoliu sem mastigar completamente.

— Não, nada.

Aurélia a encarou com um olhar dourado avaliador.

— A mesma coisa que a impediu de nos encontrarmos, talvez?

Ela estremeceu.

— É que... tudo está acontecendo rápido demais.

A cada dia que passava, a coroação se aproximava mais dela, e Clarion sentia cada vez mais como se não estivesse dando conta de cumprir seus compromissos com todos. O tempo escapava por entre seus dedos. E, agora, temia que nem mesmo seus relacionamentos mais próximos fossem sólidos como antes.

— Ah. — Aurélia ficou pensativa. — Especialmente no Continente, o verão é uma estação de opostos: uma época em que você quer não fazer nada e quer fazer tudo. Os humanos têm a mesma probabilidade de passar um dia inteiro deitados na grama ou de ficar acordados a noite toda dançando sob as estrelas. O calor tem esse efeito sobre eles.

Como desejava poder se dar ao luxo de fazer isso...

— Entendo.

— O que quero dizer, suponho, é que o verão nos encoraja a saborear nosso tempo da maneira que escolhemos.

Clarion baixou os olhos para o prato e distraidamente empurrou uma torta com o garfo. Talvez fosse um conselho sensato, mas não conseguia pensar em nenhum meio de aplicá-lo. Havia muita pressão e muita coisa em jogo para ela.

— Estou achando difícil saborear este momento.

Aurélia franziu a testa para ela.

— Como o verão, este breve momento antes de você ascender ao trono é passageiro. Pense nisso, então, como um momento para estar desperta para o que você quer, e quem você quer se tornar.

Eu sempre quis coisas que não deveria, ela tinha dito a Milori uma vez.

Mas, agora, não tinha tanta certeza. Quando se permitia sonhar, pensava no Refúgio das Fadas, unido e seguro. Pensou na receptividade do Inverno, onde respeito não significava distância. Pensou em Milori.

Aqueles momentos de liberdade e felicidade lhe pareceram algo como poder. Como *seria* se saísse do seu próprio caminho? Se confiasse em seus instintos? Se fizesse o que parecia certo, não o que lhe tinha sido ensinado? A convicção parecia a luz do sol, iluminando-a por dentro. Talvez seu coração nunca a tivesse realmente levado para o caminho errado.

Naquela noite, Clarion retornou à fronteira. Ali, sentada de pernas cruzadas na ponte entre a Primavera e o Inverno, podia sentir o mais leve sussurro do frio sobre sua pele — e a brisa com toque de neve se enrolando em seu pulso. Parecia que a chamava para mais perto, convidando-a a flutuar sobre a grama clara, congelada e rígida com geada rendada. Nunca escaparia dessa atração agora que havia experimentado em primeira mão como era mágico aquele lugar — onde havia bibliotecas esculpidas em gelo, montanhas que você podia atravessar de trenó e fadas que faziam amizade com lobos.

Era triste que nenhuma outra fada das estações quentes tivesse experimentado o que ela experimentara.

Clarion estremeceu quando sentiu outra presença. Quando olhou para cima, captou o momento exato em que Milori começou a descer de seu voo. Obviamente, alguma parte dela estava em sintonia com ele — ou talvez o procurasse. Ele pousou delicadamente na terra ao lado dela, e o brilho derramado de suas asas prateou a neve como o luar. Desta vez, não se repreendeu pelo solavanco que seu coração deu em resposta.

Que mal havia em se permitir algo assim?

— Você voltou. — Ela se aquecia ao ver a expressão agradavelmente surpresa dele e saber que ele ansiava por esse encontro tanto quanto ela.

— Eu prometi que estaria aqui esta noite — Clarion rebateu. — Além disso, Milefólio me falou que você poderia me ensinar a patinar. Tive que voltar por isso.

— Ela falou? — A surpresa brilhou nas feições de Milori, antes que ele as controlasse. — Imagino que seja porque ela não viu você cair do trenó. Quem sabe o que vai acontecer quando a colocarmos no gelo?

Clarion tentou olhar feio para ele, mas descobriu que não conseguia reunir muita irritação sob o brilho em seus olhos. Ele desceu lentamente até o chão ao lado dela. Estavam sentados quase joelho com joelho na escuridão, perto o suficiente para se tocarem. Só de pensar nisso, a pele de Clarion formigava como eletricidade. *Ridículo*, ela se repreendeu. Tinham estado muito mais próximos do que isso na noite anterior. Mas, na ocasião, tinha sido por necessidade. De certa forma, sentia-se muito mais vulnerável. Especialmente quando Milori estava olhando para ela daquele jeito. Clarion não conseguia nomear exatamente o que viu ali, mas lhe despertou um terrível anseio.

— Um dia eu te ensino. — A voz dele soou baixa, quase melancólica, como se tivesse se perdido em um devaneio. Demorou um momento para Clarion se lembrar do que eles estavam falando.

— Eu vou te cobrar — disse ela, apenas um pouco sem fôlego.

Milori percorreu com o dedo a pontinha da manga dela.

— Como está seu braço?

— Bem. — Clarion puxou o tecido até o cotovelo e virou o braço. Havia removido o curativo antes e ficara chocada; o ferimento parecia dias mais antigo do que era. Nenhum inchaço, nenhuma complicação. Ela lhe ofereceu um sorriso provocador. — Você deveria ter mais fé nas suas fadas da cura.

Ele bufou.

— Eu tenho. Mas tenho consciência de como somos sortudos por ter sido apenas um ferimento pequeno. Se algo pior tivesse acontecido...

— Milori. — Clarion esticou o braço sobre a fronteira e pousou a mão no antebraço dele. Ele ficou terrivelmente imóvel, então levantou os olhos para ela.

O fulgor de Clarion banhou seu rosto em ouro e incendiou seus olhos claros. Por um momento, ela estava agudamente ciente da sensação da pele dele, fria e suave contra a dela — e do frio cortante do inverno, como outra mão reconfortante colocada sobre a dela. O pensamento fez seu peito doer.

— Por favor, não se culpe — continuou. — Foi escolha minha atravessar. Eu sabia dos perigos. E mesmo que eu tivesse me ferido gravemente, teria sido minha culpa, não sua.

Assim como foi culpa dela o que acontecera com Rowan. Suspirou através da repentina onda de vergonha.

— Isso não é verdade — ele protestou.

— É. Se eu tivesse um controle melhor sobre minha magia, não estaríamos em uma posição tão precária. Ninguém ficaria preso em um pesadelo. Nenhum dos nossos reinos teria que se preocupar. Mas eu não tenho, e então não posso salvar ninguém. — Ela não sabia que esses sentimentos estavam tão próximos da superfície. Não conseguia suportar olhar para Milori ao mesmo tempo que extravasava tudo aquilo. Agora que tinha aberto a comporta, descobriu que não conseguia se impedir de dar voz aos seus sentimentos. — Que tipo de rainha eu serei? Eu sou a única fada em todo o Refúgio das Fadas que não consegue fazer a única coisa que nasceu para fazer.

Milori colocou a mão sobre a dela, afastando o frio familiar do ar. Não havia percebido que tinha começado a cravar os dedos em seu braço. Certamente não tinha percebido como tinha chegado perto de chorar. Lentamente, afrouxou a força dos dedos, e só o que lhe restou foi seu obtuso desespero. Depois de um momento, ele a soltou, e Clarion retirou seu braço para o calor da Primavera. A falta de contato pareceu-lhe uma perda mais do que deveria.

— Você não deve se culpar por coisas além do seu controle — disse Milori.

Ela riu com a voz embargada, piscando através das lágrimas que brotavam e ameaçavam se derramar. Passou as pontas dos dedos sob os olhos.

— Você não pode simplesmente virar meu conselho de volta para mim. Não até que você mesmo o siga.

— Nesse caso, eu o retiro. — Ele sorriu, apenas um pouco. — Você não é a rainha sem talento que acredita ser. Você pode usar sua magia, mesmo que não esteja de acordo com seus padrões. Eu mesmo vi.

— Tão raramente — Clarion protestou. — Além disso, mal tenho consciência dela quando consigo empunhá-la. Isso não pode contar.

— Comece por aí, então.

Clarion soltou uma risada surpresa.

— Você realmente vai me dar uma aula de magia?

— Faça-me o favor. — Ele se curvou em direção a ela, puxando um joelho para o peito. — O que você sente nesses momentos?

— Nos momentos em que é mais fácil? — Clarion suspirou, apoiando-se nas palmas das mãos atrás de si. Inclinou a cabeça para o céu e observou a luz se esvair lentamente. — Medo. Durante o ataque do Pesadelo no Outono, minha magia surgiu do nada.

Milori inclinou-se para a frente, intrigado.

— E quando ela te escapa?

Aonde exatamente ele queria chegar com isso?

— Eu me lembro de mim mesma. Lembro de dominar meu medo. De controlar minha vontade e moldá-la. Usar meu poder, eu acho, é fácil. É moldá-lo em algo útil... — Clarion parou diante da expressão dele, presa em algum lugar entre incrédula e preocupada. — Por que você está me olhando desse jeito?

— Não é nada. — Ele hesitou. — É só que me parece que tentar suprimir seu medo está atrapalhando você. Na verdade, você parece acessar seu poder mais facilmente quando está tentando proteger os outros, quando tem medo pelos outros, mas é corajosa o suficiente para agir.

Ele estava lhe dando outro olhar significativo — um que parecia dizer: *Esse é o tipo de rainha que você será.* Clarion desviou os olhos. Ele tinha um jeito inconveniente de desafiar suas piores opiniões sobre si mesma. Ele a fez soar quase nobre.

— Talvez. — Ela franziu a testa. — Mas foi isso que Elvina me disse que eu deveria fazer. Afirmou que é mais fácil acessar nosso poder quando se está com a mente clara.

— Talvez ela o conceitualize de forma diferente de você. — Milori estendeu a mão. Em um instante, o próprio ar diante dele começou a brilhar. Delicados cristais de gelo cintilavam no pôr do sol, girando e se fundindo em uma esfera de gelo em sua palma. — Ninguém me ensinou o que sei. É o caso da maioria das fadas do Inverno. Não digo isso para confirmar o que você teme, mas... Perdoe-me por falar fora de hora, mas é possível que o conselho tenha lhe feito mais mal do que bem. Você já sabe como controlar sua magia. Todas as fadas sabem. O que aconteceria se você deixasse de lado o que ela lhe disse?

Uma resistência teimosa surgiu dentro dela. Elvina não a teria enganado. Pelo menos, não intencionalmente. Durante toda a vida de Clarion, Elvina tinha sido a imagem de uma rainha perfeita — tudo o que ela sabia que deveria seguir como modelo. Naturalmente, isso se estendia à maneira como exercia sua magia. Mas a avaliação de Milori fazia um sentido danado. Toda vez que Clarion tentava controlar qualquer centelha de magia que havia arrancado da fonte de luz das estrelas dentro dela, as paredes em sua mente se fechavam. Ela ficou perplexa que alguém que a conhecia há tão pouco tempo houvesse penetrado seu coração de forma tão certeira.

Pense nisso como um momento para estar desperta para o que você quer — e quem você quer se tornar.

— Não sei como.

— Vai chegar até você — ele disse. — Você nasceu para isso.

Sua segurança fez aquela voz dentro dela — aquela dúvida desagradável que a atormentava por semanas — se acalmar e ficar quieta.

— Encorajador — respondeu. — Mas não se pode chamar de prático.

Milori considerou por um momento.

— Você afirmou que sua magia chega até você mais facilmente quando está com medo. Talvez não seja medo, mas nos momentos em que você está totalmente imersa em uma situação, seja positiva ou negativa.

— Você está sugerindo que eu pare de pensar tanto?

Ele sorriu aquele sorrisinho irônico novamente. Com um enrolar de seus dedos, o orbe de gelo em sua mão se partiu em uma fina camada de geada. Brilhou contra sua pele até que o vento a levou embora.

— Algo assim.

Não era uma teoria ruim.

— Você quer que eu tente agora?

— Se você quiser — ele disse.

Por que não? Ela não tinha outro lugar onde quisesse estar.

Clarion fechou os olhos e tentou — não, não podia *tentar*. Isso acabava com o propósito, quando o objetivo do exercício era simplesmente estar presente. E, no entanto, era muito difícil estar totalmente presente quando podia sentir Milori ali. A autoconsciência tornaria aquilo totalmente impossível. Ela abriu os olhos novamente, preparada para dizer que não conseguiria, quando a visão dele silenciou todos os seus protestos.

Ele a olhava como se fosse algo para se admirar. Sua expressão ficou suave e desprotegida quando ele percebeu que Clarion o encarava de volta, como se não esperasse ser apanhado, mas não se importasse muito com isso. Não havia como confundir o anseio latente em seus olhos. Ele já a tinha olhado assim uma vez antes, ela percebera: na primeira vez que cruzara a fronteira para o Inverno. Clarion se perguntou exatamente há quanto tempo ele queria beijá-la — e se sentiu muito tola, de fato, por ser tão alheia.

E, ainda assim, Milori estava sentado como se estivesse congelado.

A neve caía a apenas poucos centímetros de distância dela em um redemoinho brilhante e tentador. Tão perto da fronteira — tão perto dele. Sua respiração era uma delicada e branca pluma no ar. Clarion se aproximou, até que o frio passou por um ombro, então pela concha de sua orelha. Era uma sensação estranha: metade dela segura nas estações quentes, metade beliscada pelo frio. Com cuidado, quase reverente, deixou as pontas dos dedos traçarem a linha do maxilar de Milori e inclinou o rosto dele em direção ao seu. O espaço que mantinha entre eles era uma pergunta — uma que ele respondeu prontamente. Sua mão pousou na lateral do pescoço de Clarion e, embora seu toque gelasse a pele dela, o calor a inundou.

Clarion inclinou-se completamente para o Inverno e o beijou.

Enquanto os lábios dele se moviam contra os dela, algo borbulhou dentro de Clarion como água de nascente até transbordar por completo. *Felicidade*, pensou, muito mais pura do que qualquer outra que já havia sentido — e magia. Ela a sentiu vibrando em seus ossos e tecendo através das pontas dos dedos, ansiosa para se aplicar. Desta vez, não parecia algo que tinha que dominar. Parecia um rio — um poço profundo e inesgotável. Fluía até que todo o seu corpo irradiasse uma luz dourada suave.

Milori recuou, apenas um pouco. Sua testa descansou contra a dela enquanto eles compartilhavam a mesma respiração trêmula. Os olhos de Clarion se abriram e ela teria jurado que as estrelas acima deles cintilavam mais. O brilho se refletia no cinza-claro dos olhos dele — e ao redor deles, como se as constelações tivessem sido atraídas para a terra. Pó de fada faiscava nos cílios de Clarion e nas mangas de seu vestido. Dançava alegremente pelo ar e se acumulava no cabelo de Milori como neve, pintando o mundo todo de dourado.

Ela tinha feito isso?

Quando ele falou, sua voz era baixa e cheia de admiração.

— Você é incrível.

Talvez pela primeira vez, ela acreditou.

16

Alguns dias antes do baile da coroação, Elvina chamou Clarion para seu escritório. O primeiro pensamento de Clarion foi: ela *sabe*.

Clarion não tinha ideia de *como*, exatamente, mas supôs que deveria ter esperado que tudo acabasse por desabar. Milori não era um segredo fácil de guardar, afinal — especialmente desde aquela noite na fronteira.

Talvez Elvina tivesse notado como ela estava distraída e enviado alguém para segui-la. Ou talvez houvesse algo inegavelmente diferente nela. Num impulso tolo, Clarion inspecionou seu rosto no espelho da penteadeira, procurando por alguma evidência do que tinha feito estampada em suas feições. Traçou a curva de seu lábio inferior, ainda rachado e dolorido com a lembrança do beijo de Milori. Ainda conseguia se lembrar de cada detalhe como se ele estivesse na sua frente agora: o frio de sua pele, o calor de seu olhar, o brilho cada vez maior das estrelas ao redor deles. Nada havia mudado — não de fato — e, ainda assim, ela se sentia consumida pela imensidão do acontecido.

Que poderia deixá-la louca, dada a frequência com que pensava nisso. Seu estômago afundava e se revirava quase constantemente, pois o mero ato de pensar em Milori a jogava em queda livre repentina. Seu coração disparava à menor provocação. Mal tinha comido alguma coisa desde que se separaram, muito cheia de nervosismo ou empolgação ou... qualquer que fosse esse sentimento. Não queria examiná-lo muito de perto, pois, por mais que a emocionasse, a aterrorizava também.

ASAS RELUZENTES

Ela havia resolvido não vê-lo até que seu equipamento de inverno fosse consertado; alguma distância, ela raciocinou, lhe restauraria o seu juízo normal. Mas Petra havia lhe entregado o casaco consertado apenas uma hora atrás, e o bom senso de Clarion não havia retornado — nem mesmo olhara para trás desde que a deixara. Mesmo ausente, Milori a assombrava, assim como ele sem dúvida ainda assombrava a fronteira da Primavera.

A menos que ele se arrependa, pensou.

Porque, com toda certeza, ele se arrependeu. Tinha sido impulsivo e imprudente, considerando os perigos que o Refúgio das Fadas enfrentava. Ambos se deixaram levar pelo momento e, naquela noite, teria que enfrentar a amarga realidade de que qualquer coisa entre eles era impossível. Oh, o que ela iria...

— Vossa Alteza? — Artemis perguntou. — Está tudo bem?

Clarion se assustou e bateu o joelho na parte de baixo da mesa. Soltando um suspiro de dor, ela se virou para encarar sua guarda. Artemis estava parada ao lado da porta do quarto, com uma expressão um tanto peculiar. Tardiamente ocorreu a Clarion que Artemis a havia informado da convocação de Elvina havia alguns minutos.

— Sim, claro! — Clarion sorriu alegremente, apenas para esconder seu constrangimento. — Por que pergunta?

Artemis parecia estar lutando para encontrar uma forma educada de responder. Depois de um momento, disse:

— Seu brilho...

— Meu... — Clarion olhou para baixo. Agora que Artemis havia apontado, ela supôs que estava muito mais brilhante do que o normal e ostentando um rubor rosado. E a luz do sol havia se intensificado desde a última vez que tinha verificado? Agora, supôs que entendia por que Elvina sempre alertava contra se deixar levar pela paixão.

— Além disso — disse Artemis, com o ar de alguém prestes a dar notícias graves —, a Árvore do Pó de Fada está florescendo.

Clarion se levantou e se aproximou das portas de vidro de sua sacada. De fato, os galhos do lado de fora estavam cobertos de miosótis e delicadas rosas brancas. Clarion olhou feio para os brotos. A árvore podia ser muito atrevida às vezes.

— Não é nada para se preocupar. — Clarion fechou as cortinas, ansiosa para bloquear todos os lembretes de sua *loucura*. — Eu estava perdida em pensamentos.

Artemis assentiu, obviamente não convencida.

— Devo acompanhá-la até a rainha?

Clarion supôs que não havia sentido em evitar, mas não estava exatamente interessada em ouvir quaisquer palavras escolhidas que Elvina tivesse reservado para ela.

— O que você acha que ela quer?

— Imagino que queira discutir os relatórios das batedoras — respondeu Artemis, com apenas um toque de confusão. — Uma de suas fadas ajudantes os entregou mais cedo. Você os revisou... — ela parou, como se não estivesse totalmente convencida sobre esse último ponto.

— Claro que sim.

De acordo com os relatórios das batedoras, os Pesadelos não pararam seu ataque. Na noite anterior, um deles, em forma de gato, afugentara um estábulo inteiro de ratos nos arredores do Recanto das Artesãs. As baias e carruagens eram agora pouco mais que destroços. E dois dias antes, um Pesadelo em forma de peixe, enorme o suficiente para engolir o reflexo de uma lua cheia, varreu várias casas de talentos aquáticos da margem do rio. Todos se animaram o máximo que puderam, mas Clarion podia sentir o desconforto que começou a se infiltrar até mesmo nas horas do dia.

Entretanto, ela não ousou esperar que Elvina quisesse sua opinião.

— Bem — disse Clarion com um suspiro resignado —, vamos.

Clarion encontrou a porta do escritório de Elvina entreaberta. Preparando-se, anunciou sua presença com uma batida suave e entrou. Artemis a seguiu enquanto passava pelas fileiras de retratos reais e entrava na inundação do sol da tarde.

Elvina estava acomodada em uma *chaise longue*, lendo um documento. Naquele dia, havia deixado de lado a coroa, e seu cabelo caía sobre os ombros em ondas soltas e suaves. Clarion podia ver os finos fios prateados, parecendo brilhar como a fria luz das estrelas.

A rainha parecia muito mais relaxada do que Clarion a via há algum tempo. Parte da tensão desapareceu de Clarion, substituída por uma leve pontada de afeição. Tanta coisa — demais, na verdade — pesava sobre ela. Clarion não tinha percebido completamente até aquele momento como a coroa era pesada.

— Você queria me ver?

Elvina deixou de lado o documento que estava lendo e, quando olhou para cima, sorriu.

— Clarion.

Quando fora a última vez que havia sido recebida tão calorosamente? Clarion tentou não deixar a surpresa transparecer em seu rosto enquanto se sentava em uma poltrona. Parecia que seu segredo ainda estava seguro — e que Aurélia não havia contado à rainha sobre a reunião perdida.

Graças às estrelas.

Um bule de chá estava fumegando na mesa entre elas, junto com um pequeno pote de mel. Elvina se inclinou para servir uma xícara para cada uma.

— Peço desculpas por estar tão ocupada — disse, passando uma xícara para Clarion. — Eu teria chamado você antes.

Clarion usou uma concha de madeira para derramar mel em seu chá e inalou o aroma terroso de flor de cenoura.

— Não há nada pelo que se desculpar. Nós duas estivemos ocupadas.

Ela tomou um gole apressado de chá para esconder sua expressão — e o rubor que certamente florescia em seu rosto. Era apenas em parte uma mentira. Tinha acompanhado os preparativos para a coroação, é claro, e passara boa parte do tempo se preocupando com como havia pouco que poderia fazer até Petra consertar seu casaco.

Apenas um momento de silêncio reinou antes de Elvina pousar sua xícara de chá.

— Tenho boas notícias para compartilhar.

Clarion se animou. Isso é que era um anúncio bem-vindo; boas notícias pareciam escassas ultimamente.

— Quais?

— Meu plano está quase pronto para ser colocado em ação.

Clarion cometeu o grave erro de tomar outro gole de chá logo após falar. Quase engasgou com ele agora.

— Está?

— Foi preciso um pouco de tentativa e erro — Elvina continuou. — A magia tecida entre nossos reinos é forte, é claro. Mas laços mágicos podem ser rompidos como qualquer outro, com a ferramenta e técnica certas.

O sangue de Clarion gelou.

— E o que são?

— Nenhuma ferramenta simples poderia cortá-la, e minha magia sozinha é muito fraca.

Elvina se levantou de seu assento e foi até sua mesa. Clarion não tinha notado antes, mas um elegante objeto de metal jazia sobre uma almofada ali. Foi só quando Elvina o pegou que Clarion percebeu o que era: o punho sem lâmina de uma espada. A guarda cruzada era intrincadamente trabalhada, moldada no formato de galhos entrelaçados que produziam folhas, porque é claro que Petra faria até mesmo de uma arma uma obra de arte. Afixada em seu centro estava uma pedra do sol, sua superfície semelhante a vidro nadando em luz laranja. Se olhasse de perto, poderia ver uma chama brilhando forte dentro dela. Clarion havia encontrado apenas uma outra joia como esta: a pedra da lua usada para transmutar o luar em pó de fada azulado.

— Mas no solstício de verão, um dia de grande significado para as fadas de talento de regente, nosso poder estará no auge. Petra construiu isso para canalizar nossa magia. — A gema brilhou com a luz dourada da magia de Elvina, e uma lâmina de pura luz das estrelas se "materializou" no ar, cintilando. — Se você empunhar esta lâmina no solstício, será poderosa o suficiente para cortar as pontes. Depois disso, nada nem ninguém será capaz de cruzar a fronteira entre o Inverno e as estações quentes.

Petra tinha conseguido. Claro que tinha.

Normalmente, Clarion poderia ter se orgulhado do brilhantismo de sua amiga e de sua incrível habilidade de solucionar problemas aparentemente insolúveis. Além disso, era o que sempre desejara: que as invenções da amiga tivessem valor. E, ainda assim, Clarion só conseguia sentir horror pelo que Petra havia feito.

Mas, então, ocorreu-lhe o que exatamente Elvina tinha dito.

— Quando *eu* empunhar?

Sob o brilho áspero da lâmina, o rosto de Elvina estava pálido com um branco severo.

— Tem que ser você. Será um começo auspicioso para seu reinado e incutirá confiança em seus súditos. Eles verão que você garantiu a segurança do Refúgio das Fadas contra os Pesadelos para sempre.

Não todo o Refúgio das Fadas, pensou Clarion.

Ela não conseguiu responder. Mal conseguia imaginar uma coisa tão terrível: uma lâmina poderosa o suficiente para rasgar o próprio tecido do Refúgio das Fadas. Não importava os perigos que as estações quentes enfrentassem, aquilo não poderia estar certo. Antes, poderia ter cedido; poderia até ter concordado. Mas depois de tudo que ela e Milori haviam passado — depois de terem chegado tão perto —, ela não conseguiu segurar a língua diante de um plano tão equivocado.

— Esta não pode ser a única maneira.

A lâmina de luz das estrelas desapareceu até que Elvina ficou segurando o punho vazio mais uma vez. Sem a luz brilhando em seus olhos, a expressão de Elvina se tornou ilegível, quase fria.

— Você está descontente.

Clarion levantou-se tão rápido que sua poltrona raspou contra o assoalho. Se Elvina ficou chocada com a explosão repentina, não deixou transparecer em seu rosto.

— Claro que estou! Não consigo entender como você está satisfeita com esse curso de ação. Você me ensinou a governar. Você sabe muito bem que trabalhamos para garantir que cada estação chegue ao Continente quando deveria. Isso vai contra a ordem natural das coisas.

Se ela aprendera alguma coisa nas últimas semanas, foi que cada estação era essencial. Milori não havia compartilhado com ela a sabedoria do Inverno da maneira com que os outros ministros fizeram, mas não precisara. Tinha visto por si mesma em primeira mão. O Inverno ensinava resistência — como manter a esperança, mesmo nas noites mais longas e escuras.

Elvina olhou para ela impassivelmente.

— Talvez você estivesse certa quando me confrontou antes. Eu não lhe ensinei tudo o que você precisa saber.

Sua calma imperturbável fez o calor da raiva de Clarion abrandar. Cautelosamente, ela perguntou:

— Não?

— Eu lhe disse antes que o Inverno é autossuficiente. É melhor que eles continuem assim. — Elvina colocou o punho da espada em sua mesa e cruzou as mãos. — Há uma história passada de rainha para rainha. É hora de eu compartilhá-la com você.

Lentamente, Clarion se recostou na cadeira. Por mais furiosa que estivesse, não conseguia negar sua própria curiosidade. Os ombros rígidos de Elvina relaxaram agora que ela havia recuperado o controle da conversa.

— Houve uma época, por mais difícil que seja acreditar, em que as estações quentes e o Bosque do Inverno viviam em harmonia. — A cadência da voz de Elvina mudou, como sempre acontecia quando compartilhava um relato da História do Refúgio das Fadas. — Claro, foi há muito tempo... Uma época da qual ninguém vivo se lembra. Entendendo o perigo que os Pesadelos representavam, a primeira Rainha do Refúgio das Fadas providenciou para que eles fossem aprisionados nas profundezas do Bosque do Inverno. Também confiou ao Guardião do Bosque do Inverno a responsabilidade de vigiar aquela prisão. Por um tempo, tudo foi tranquilo. Mas chegou um momento em que ele ficou ressentido com seu dever. Assim, reuniu suas batedoras e organizou uma rebelião contra a rainha.

— O quê? — Clarion interrompeu. — Mas por que ele faria uma coisa dessas?

Sentindo que agora tinha toda a atenção de Clarion, Elvina sorriu ironicamente.

— Os detalhes completos do conflito entre eles ficaram perdidos no tempo, infelizmente. Talvez ele tenha ficado entediado, ou talvez acreditasse que deveria governar todo o Refúgio das Fadas. As rainhas de Refúgio das Fadas têm muitas responsabilidades e muito poder. Talvez ele estivesse insatisfeito com seu destino, não tendo jurisdição sobre nada além de seu reino estéril.

Nenhuma dessas explicações satisfez Clarion. Seus reinos não poderiam ter sido separados por algo tão mesquinho quanto ambição ou tédio. Não conseguia acreditar nisso — não depois que ela mesma visitara o Inverno. Não depois que se apaixonara por ele. *Estéril* era a palavra menos apropriada para descrevê-lo. Era lindo e vibrante — uma estação que qualquer um teria orgulho de governar.

— No entanto — Elvina continuou —, tenho uma teoria própria. Eu acredito que os Pesadelos têm uma influência sobre as fadas do Inverno.

Elvina fez uma pausa, deixando aquela declaração sinistra pairar sobre as duas como uma lâmina esperando para cair, que deslizou sob a pele de Clarion como o frio do inverno, enchendo-a com um terrível e formigante desconforto.

— Uma influência?

— Você viu como os Pesadelos são insidiosos, como podem cravar suas garras na mente de uma fada. Quem disse que eles não podem fazer isso enquanto ainda se está acordado? — Elvina alisou as saias com as mãos. — Além disso, não consigo imaginar que efeito isso deve ter, viver ao lado de tantos Pesadelos por tanto tempo. Se a prisão enfraqueceu o suficiente para libertá-los para o mundo, certamente o poder deles vazou também.

Clarion se sentiu mal com a implicação — com o pensamento de todas as fadas que conhecera agora à mercê de monstros.

— Você acredita que os Pesadelos causaram a traição do Guardião.

— É possível que sim. — Elvina se aproximou de Clarion com passos lentos e medidos, então se empoleirou na beirada de sua *chaise longue*. Agora que os olhos das duas estavam no mesmo nível novamente, o peso de suas palavras parecia sufocante, inescapável. — É uma pena. Isso significa que o Guardião do Bosque do Inverno nunca pode ser totalmente confiável.

Clarion não conseguia acreditar. Ela se *recusava* a acreditar. Cravou os dedos nos joelhos, apenas para evitar fugir.

— Por que você não me contou isso antes?

— Eu não queria sobrecarregá-la com muitas informações de uma vez, especialmente quando você já parecia tão preocupada com as fadas do Inverno. — Clarion sentiu essas palavras como um tapa. Eram quase uma confirmação de seus piores medos: Elvina não a achava capaz de lidar com a verdade ou com seu dever. A rainha se inclinou e pousou a mão no braço de Clarion. A pele de Elvina estava febrilmente quente, como se cada um de seus dedos fosse um ferro em brasa. — Mas agora você sabe tudo o que eu sei. E no dia da sua coroação, cumprirá o último dos nossos deveres herdados: a Rainha do Refúgio das Fadas deve proteger as estações quentes contra a influência dos Pesadelos.

A ousadia de Clarion, brevemente suprimida sob o peso de suas antigas inseguranças, voltou violentamente à vida. Não conseguia ouvir mais nenhuma palavra disso.

— Se for verdade, então devemos ajudar os habitantes do Bosque do Inverno, não excluí-los!

— Não estamos em posição de ajudá-los. — O tom de Elvina não admitia discussão. — É muito perigoso. Não sabemos como combatê-los.

— E então você me forçaria a abandonar as fadas do Inverno à própria sorte? — A voz de Clarion tremeu. — Devo deixar os Pesadelos destruírem seus lares? Matá-los um por um? Isso não é pragmatismo, Elvina. Isso é monstruoso. Eu não farei isso.

Elvina a encarou em franco estado de choque. Quando se recuperou, Clarion ficou impressionada com a rapidez com que ela usara seu porte real ao redor de si como uma armadura — assim como conseguia vestir um traje simples e transformá-lo nas vestes reais de gala. Seu tom era gélido quando falou novamente:

— Isso é para o bem maior. Eu sei que você tem interesse nas fadas do Bosque do Inverno, mas deve tirá-las da sua mente. Elas sobreviveram todo esse tempo sozinhas, nas condições mais brutais. Elas vão suportar isso também.

Mas elas não deveriam ter que suportar. Clarion se controlou para não falar.

Tomando seu silêncio como aquiescência, Elvina suspirou, como se tentasse reunir os fragmentos de sua paciência despedaçada.

— Você vai entender com o tempo, Clarion. Sua gentileza é um trunfo, mas também é um fardo pesado para carregar. Você não pode se machucar tanto pelos outros.

— Vou levar isso em consideração — respondeu Clarion. — Agora, se me der licença. De repente, não estou me sentindo muito bem.

Ela não esperou pela resposta de Elvina antes de disparar de seu escritório. Assim que chegou ao seu próprio quarto, puxou de onde havia escondido a caixa que Petra lhe enviara: debaixo da cama. Soltou a fita cuidadosamente amarrada e então arrancou a tampa. Lá dentro estava o seu casaco: imaculado e inteiro. Clarion não conseguiu evitar abraçá-lo contra o peito. Não se importava se parecia ridícula, ajoelhada no chão com o rosto enterrado no capuz forrado de pele. Não que houvesse alguém ali para testemunhar isso.

Depois que ela respirou fundo e superou o pior de seu pânico, tentou desesperadamente organizar a confusão de seus pensamentos. Se o que Elvina tinha lhe dito era verdade ou não, não importava. Tudo o que ela sabia era que Elvina lhe havia passado uma questão quase esmagadora demais para suportar.

Ela e Milori tinham apenas até o solstício de verão para selar a prisão dos Pesadelos — ou Elvina condenaria o Bosque do Inverno ao isolamento eterno.

17

Cada minuto que Clarion esperava na fronteira passava em um rastejar glacial. Ela andava inquieta ao longo da margem do rio; a bainha de seu casaco remendado ia ondulando atrás dela. Enquanto observava a linha das árvores, tudo o que conseguia imaginar eram Pesadelos se desenrolando das sombras, numa escuridão voraz e biliosa. Selar o Inverno como se estivesse atrás de uma parede de vidro. As raízes que os uniam cortadas por sua própria mão. Não conseguia suportar essa visão de si mesma, a rainha fria e distante que pesava vidas como grãos em uma balança. Uma lâmina de luz das estrelas erguida acima de sua cabeça, fumegando com seu poder. A magia da Árvore do Pó de Fada, esvaziando-se no rio como sangue de uma ferida mortal.

Monstruoso, dissera a Elvina.

A funesta agitação de seus pensamentos só serviu para agravar o medo de ver Milori novamente. Passara tantas horas revivendo aquele beijo — e imaginando o que poderia dizer a ele quando se encontrassem outra vez. Essas preocupações pareciam terrivelmente distantes agora. E, no entanto, sua expectativa aumentava a cada segundo que passava.

Felizmente, não teve que sofrer muito. Milori nunca se atrasava.

Na verdade, ele chegou antes da hora.

O sol ainda não tinha começado a se pôr quando ele apareceu. A neve rodopiou ao seu redor quando pousou na ponte entre seus reinos com uma graça silenciosa. Apesar de tudo, ela sentiu o coração palpitar ao vê-lo. Mal percebeu quão desesperadamente sentira sua falta até ele estar ali diante dela. Clarion se viu dividida entre o impulso de se proteger com a distância e correr de vez para seus braços. A expressão cautelosa no rosto dele e a rigidez de seus ombros, pelo menos, tornaram sua escolha fácil. Doeu ver uma confirmação tão clara do que ela temia.

Nada poderia existir entre os dois.

Clarion apertou mais seu casaco ao redor de si enquanto pisava na ponte, suspirando com a sensação de magia zumbindo sob seus pés. As palavras evaporaram quando ela o encarou. Como sempre, sua beleza austera era como uma gélida lâmina no coração. Gelo brilhava em seus cílios claros, que estavam baixos sobre seus olhos cinzentos. Ele estava evitando o olhar dela.

— Clarion. — Ele pronunciou seu nome com uma formalidade tão cuidadosa que era como se a tivesse chamado de *Vossa Alteza*. A frieza disso a fez se arrepiar inteira.

— Milori.

O silêncio desconfortável se estendeu entre eles. Quando não conseguiu mais suportar, ela falou num rompante:

— Há algo que você deveria saber. — Ao mesmo tempo que ele disse:

— Eu queria...

Seus olhos se encontraram, e o calor floresceu no rosto de Clarion. Os lábios dele ainda estavam suavemente separados, e qualquer confissão que estivesse preparado para fazer ainda pairava em suspensão. Um olhar de vulnerabilidade singular passou por sua expressão, Clarion não pôde deixar de se perguntar se ela estava enganada. A esperança brotou dentro dela — mas não, não podia se permitir ler nada nisso. Tudo o que acontecera era que a interrupção mútua os havia perturbado.

Depois de um instante, ele balançou a cabeça e disse:

— Por favor. Você primeiro.

Clarion respirou fundo para se recompor. Agora que ele havia cedido a iniciativa, ela sentia-se mais lúcida. Por onde começar? De alguma forma, o perigo que o plano de Elvina representava para o Bosque do Inverno parecia um mar mais seguro para navegar do que seus sentimentos.

— Conversei com Elvina mais cedo.

Obviamente, não era isso que ele esperava que dissesse. Milori piscou, desorientado, como se estivesse despertando de um sonho perturbador. Um pouco de sua energia nervosa desapareceu, mas ela podia vê-lo lutando contra o desejo de pedir mais detalhes. Sempre paciente, ele respondeu:

— Entendo.

Mesmo na Primavera, Clarion sentia um terrível frio com a lembrança do que ela e Elvina haviam discutido. Cruzou os braços sobre o peito para conter um calafrio.

— Ela me disse que o primeiro Guardião do Bosque do Inverno tentou derrubar a Rainha do Refúgio das Fadas. Na mente dela, essa é a razão pela qual nossos dois reinos não têm mais nada a ver um com o outro. Pior, acredita que os Pesadelos exerciam alguma influência sobre ele. Que seria possível que isso acontecesse novamente, e...

Ela não conseguiu forçar as palavras a saírem. Não queria nem dizer, nem queria lhe fazer as perguntas que o medo havia despertado dentro dela.

Você acha que é verdade?

Você guarda o mesmo ressentimento que o primeiro guardião tinha?

Clarion observou a expressão de Milori se encher de certeza, lentamente; então, de repente, ele pareceu ter finalmente juntado as peças de algo que o estava intrigando.

— Você se preocupa que possa ser verdade — disse ele. Não havia um tom de acusação em sua voz, apenas uma espécie de compreensão resignada.

A culpa a atingiu. Como poderia acreditar nisso, quando ele e seu povo não tinham sido nada além de gentis com ela? Clarion juntou as mãos para evitar estender os braços para ele.

— Só na medida em que me preocupo com você. Você nunca me deu motivo para duvidar.

Ele franziu a testa enquanto a confusão o dominava mais uma vez.

— Eu nunca vi um Pesadelo ter qualquer poder sobre alguém que ainda estivesse acordado. Eu não acho que seja possível.

— Isso é um alívio — murmurou ela. — Certamente, haveria algum tipo de sinal. Você não notou nada...?

Milori trocou o peso dos pés e afastou o olhar do dela novamente.

— Eu não durmo bem há dias. Fora isso, não.

O medo se acumulou dentro dela.

— Você não acha...

— Não são os Pesadelos que me mantêm acordado, Clarion.

A voz dele soou absurdamente gentil — e tão suave, por um momento, que ela pensou que tinha ouvido errado. Quando ele voltou os olhos para ela, a intensidade e a seriedade que encontrou ali fizeram suas orelhas esquentarem. A lembrança sensorial do beijo deles despertou, saltando por sua pele em trilhas aquecidas e atiçando seu brilho para um clarão cor-de-rosa. Havia algo como devoção na maneira como ele embalava seu rosto, um juramento feito em cada roçar de seus lábios contra os dela. Oh, tinha sido tão tola em acreditar que um homem-pardal como Milori faria qualquer coisa sem a intenção de se comprometer totalmente.

— Oh. — Foi tudo que saiu dela.

— Você não voltou. — Partes iguais de dor e alívio impregnavam cada palavra dele. — No começo, fiquei preocupado que algo tivesse acontecido. Então, me convenci de que você se arrependia.

— Não — disse Clarion, através de uma risada sem humor. — Eu não me arrependi de jeito nenhum. Só lamento ter entrado em pânico... e que meu medo tenha lhe dado motivos para se preocupar.

Isso era o que mais a assustava: a sensação de que seu coração agora batia fora do peito. Milori estava diante dela, perto o suficiente para tocar. E ainda assim, não estava perto o bastante. Clarion temia que nunca ficaria satisfeita até que pudessem realmente compartilhar os mundos um do outro. E agora que ela sabia do plano de Elvina... Ficava aterrorizada ao pensar que os dois poderiam ficar separados para sempre.

Ela não conseguia mais evitar contar a ele o que havia descoberto.

— Há muito mais a dizer, eu sei. — Ela deu um passo para mais perto dele, até sentir a carícia fria do Inverno em seu rosto. Fechou os dedos em volta do antebraço dele e apertou gentilmente. — Mas isso não é tudo o que Elvina me disse.

Enquanto ele a olhava embevecido, a esperança desapareceu de seus olhos.

— O que foi?

— Elvina está perto de colocar seu plano em ação. Temos até o solstício de verão antes que as pontes entre Inverno e as estações quentes sejam destruídas.

Toda a cor sumiu do rosto de Milori. Quando ele se recuperou o suficiente para falar, disse:

— Eu não achava que fosse possível. — O desespero em sua voz a arrepiou.

— Eu também não achava. Mas ainda temos luz do dia. Estou pronta para tentar de novo.

Se ela falhasse...

Não, nem dava para pensar nisso. Não falharia uma segunda vez.

Reunindo coragem, Clarion disse:

— Acho que você e eu nascemos para fazer isso juntos. Para resolver o problema dos Pesadelos para sempre.

— Você e eu — ele repetiu, com a solenidade de uma promessa.

Talvez tenha sido uma declaração ousada. Mas o que eles encontraram se assemelhava um pouco a destino — em especial quando o espaço entre eles estalava com a possibilidade.

— Se selarmos a prisão antes de o sol se pôr completamente, nenhum deles terá a chance de sair durante a noite. — Ela ergueu o queixo, esperando projetar mais confiança do que sentia. Milori a observou com os olhos semicerrados, parte de sua resistência inicial deu lugar a algo como... admiração? Clarion continuou antes que pudesse perder a coragem. — Depois disso, todos sob o feitiço dos Pesadelos devem despertar, assim como quando as fadas de talento dos sonhos selaram os Pesadelos pela primeira vez.

— Muito bem — ele disse, com apenas um toque de relutância. — Mas se quisermos chegar à prisão antes do pôr do sol, precisaremos voar.

Com isso, a fachada de confiança de Clarion vacilou.

— Você quer dizer com Noctua.

— Claro, não precisamos — disse Milori, com o menor dos sorrisos brincando no canto da boca. — No entanto, precisaríamos nos reunir amanhã e começar a caminhada muito mais cedo.

Ela reprimiu um gemido.

— Tudo bem. Chame-a.

Milori pareceu muito satisfeito. Ele levou dois dedos aos lábios e assobiou. O som cortou a quietude serena da floresta. De alguma forma, o silêncio se aprofundou, como se o lugar inteiro estivesse prendendo a respiração. Apenas alguns segundos se passaram antes que Noctua aparecesse, irrompendo da cobertura dos pinheiros e recortando uma silhueta escura contra o céu avermelhado.

Com um suspiro de desânimo, Clarion abotoou os botões do casaco e entrou no Inverno. Noctua agitou suas penas e soltou um pio suave quando Clarion se aproximou. Desta vez, pelo menos, não recuou.

— Acho que ela gosta de você — disse Milori. — Se quiser, pode cavalgar sozinha desta vez.

A sugestão a encheu de visões indesejadas de despencar para seu fim prematuro. Ela estendeu a mão para segurar as rédeas.

— Não, eu realmente não quero.

Milori pousou a mão em sua cintura, preparado para levantá-la. O frio de seu toque penetrou seu casaco, e Clarion teve que lutar contra a vontade de se inclinar para ele. Num tom todo divertido e afetuoso, ele disse:

— A Rainha do Refúgio das Fadas realmente encontrou alguém que é páreo para ela.

Dois podiam jogar esse jogo. Clarion lançou-lhe um sorriso tímido.

— Ou talvez eu queira estar perto de você.

Isso, aparentemente, silenciou qualquer resposta inteligente. Sentindo uma onda de triunfo, Clarion começou a subir nas costas de Noctua. Com um impulso, ela se instalou em seu lugar facilmente — e não vacilou quando Noctua girou a cabeça para avaliá-la pelo canto dos olhos dourados. Talvez tivesse imaginado, mas Clarion poderia jurar que viu um lampejo de aprovação ali. Milori se acomodou atrás dela. Ele passou um braço ao redor de Clarion e segurou as rédeas com a mão livre.

— Pronta? — Sua respiração passou como um fantasma contra seu ouvido. Um arrepio agradável percorreu sua espinha.

— Pronta — respondeu.

Com isso, levantaram voo. Eles se esquivaram por galhos de pinheiros carregados de neve e ao redor dos pingentes de gelo que refletiam a luz do sol rosado como uma concha. Quando romperam as copas das árvores, a vista roubou o fôlego de Clarion. Extensões infinitas de neve e águas frias brilhavam, iluminadas naquela hora dourada. Tudo era tão pequeno daquela altura — e com suas asas presas sob seu casaco, um pouco de receio tingia a sua admiração. O vento frio fazia seu cabelo chicotear atrás dela e beliscava a ponta de seu nariz. Rajadas de neve dançavam descontroladamente diante dela, cada floco tingido em tons quentes de rosa e dourado enquanto o sol se punha como uma brasa acesa na curva das montanhas.

Então, eles mergulharam em direção à sombra da floresta. Abaixo deles, o olho redondo do lago congelado fixou-se nela, como se cada Pesadelo fervilhando abaixo dele sentisse sua presença e a odiasse. O terror instintivo acelerou seu pulso, e o ferimento no braço latejou com a lembrança do que acontecera da última vez em que tinham vindo ali. Mas Clarion não podia se dar ao luxo de perder a coragem agora.

Os pinheiros os envolveram, e Noctua pousou em um galho baixo. Mesmo dali, o miasma que se assentava como uma névoa densa sobre o gelo rastejava sobre eles. Os pelos da nuca de Clarion se arrepiaram. Até Noctua afofou sua plumagem com desconforto. Sem pensar, Clarion coçou o topo de sua cabeça para acalmá-la, então deslizou para fora das costas da coruja. Suas botas rangeram na neve profunda.

Milori pousou ao lado dela, seus olhos cinzentos fixos na prisão espreitando logo além da fileira de bétulas retorcidas. Outra lufada de vento soprou através das árvores e penetrou o seu casaco com garras geladas. Um véu de neve se levantou do chão, bloqueando o sol poente. Tudo isso parecia um aviso: *Deixe este lugar.*

— Vamos? — perguntou ela a Milori.

— Um momento. — Ele entrelaçou os dedos nos dela, e Clarion fez o possível para não derreter. O toque dele a estabilizava e a emocionava mais do que ela queria admitir.

De mãos dadas, caminharam pelos bancos de neve até que finalmente emergiram na beira do lago congelado. Enquanto vivesse, nunca se acostumaria com a *presença* absoluta dele. O silêncio ali era anormal, como se o lago engolisse todo o som. O medo se instalou sobre seus ombros como um manto de aço. Clarion fez o possível para respirar sob esse peso.

Ela pisou no gelo. Sua superfície traiçoeira brilhava, mas ainda conseguia distinguir as formas nebulosas dos Pesadelos ondulando sob suas botas como água escura. Enquanto ela e Milori seguiam para o centro, os Pesadelos se encolheram e atacaram alternadamente. Clarion evitou as finas rachaduras na superfície, que gemiam sob seu peso. E estremeceu ao pensar no que aconteceria se caísse nas profundezas do lago.

Quando chegaram ao centro, a luz do dia era uma lasca vermelha no horizonte. Clarion praticamente conseguia sentir a fome e a expectativa dos Pesadelos borbulhando das rachaduras. Eles giravam juntos, buscando ansiosamente sua liberdade.

Era agora ou nunca.

Relutantemente, Clarion deixou sua mão pender da de Milori. Agachou-se ao lado das novas fissuras no gelo, deixando sua consciência vagar para a barreira mágica dos sonhos logo abaixo — para seus fios finos e tramas soltas, mal segurando as feras que continha. Tinha ficado ainda mais puída desde a última vez que estiveram ali. Sua magia ansiava por consertá-la.

Seu primeiro instinto foi alcançar o que parecia familiar e confortável: dominar a si mesma, focar, esforçar-se. Em vez disso, fechou os olhos e sentiu seus pés plantados no gelo, a maneira como seu peito subia e descia enquanto respirava. Talvez, se tentasse se ver do jeito que Milori a via...

Você nasceu para isso.

Uma calma certeza a preencheu. A energia crepitava logo abaixo de sua pele, e seu brilho se intensificou. Clarion apoiou a palma da mão contra o gelo e deixou a magia fluir através dela. Uma luz dourada rodou por seu braço e se aglutinou na palma de sua mão. Os olhos atônitos de Milori refletiam o brilho de seu poder.

Clarion deixou-a voar.

A luz das estrelas fluiu para o gelo e se entrelaçou em torno dos fios de sonho desfiados. Ela os fortaleceu e, ponto por ponto, cobriu os rasgões. Sua magia acendeu o gelo por dentro, banhando-a em uma luz dourada marmorizada.

Enquanto os Pesadelos se agitavam dentro da prisão, seus gritos sacudiam seus ossos. Eles atacavam com torrentes de emoção negativa: a picada da rejeição, a sensação de humilhação de revirar o estômago, o terror agudo de algo voltar para assombrá-la. Tudo o que Clarion conseguia ver eram dentes rangendo e olhos malignos. Tudo o que conseguia pensar era naquela terrível versão futura de si mesma, isolando o Inverno com um único corte. Todos os seus piores medos pareciam muito próximos da superfície, urgentes e inegavelmente reais. A pressão aumentava atrás de seus olhos. Suas mãos começaram a tremer.

Mas, com um último nó, seu trabalho estava concluído. A barreira reparada brilhava como uma camada de gaze de seda de aranha. Através dos pontos, mal conseguia ver os Pesadelos, rosnando e estalando enquanto recuavam de seus novos limites.

— Milori — ela chamou. — Agora.

Ele estendeu as mãos, e a geada floresceu sobre o gelo fissurado. Os lamentos dos Pesadelos foram ficando mais abafados até que já não se conseguia ouvi-los.

A luz da barreira diminuiu sob a superfície congelada do lago, e a noite se instalou suavemente no espaço que ela deixou para trás. Enquanto sua visão se ajustava à escuridão estrelada, Clarion olhou para o trabalho deles. O próprio gelo parecia brilhar. Com a prisão selada, a atmosfera opressiva diminuiu, e Clarion imaginou que era assim que aquele lugar tinha sido séculos atrás.

Lindo.

Milori soltou um som suave de incredulidade. Quando Clarion se virou para ele, foi atingida por outra pontada de desejo. O luar dourava o gelo e o cobria. Assim, ele estava lustroso — um efeito que não era ajudado pela maneira como ele sorria *radiante* para ela.

— Nós conseguimos.

Ela não pôde evitar sorrir de volta para ele.

— Nós conseguimos.

Ela mal conseguia acreditar. Depois de semanas de medo e incerteza, eles haviam libertado seus súditos dos Pesadelos. Mal teve tempo de processar. Porque, com um bater de asas, Milori levantou voo. Ele pegou as duas mãos enluvadas dela nas suas — e então voou para trás, até que estava deslizando pelo gelo atrás dele.

— Milori! — ela protestou em meio a uma risada. Clarion estava quase cravando os calcanhares, mas a alegria dele era contagiante. Ela se rendeu e se deixou patinar pela superfície.

Ele a girou para diminuir o ritmo, uma mão descansando contra sua cintura para firmá-la.

— Venha comigo. Quero lhe mostrar uma coisa.

Quando ele estava tão vulneravelmente feliz, como poderia negar-lhe qualquer coisa?

— Claro. Para qualquer lugar.

Milori a levou para uma vista no topo do pico de outra montanha. Esta oferecia um panorama do Bosque do Inverno — o mais impressionante, o vasto lago congelado. O gelo liso como um espelho agora brilhava com veios de ouro. Uma luz dourada suave iluminava a escuridão ao redor. Além dele, Clarion podia ver o Salão do Inverno, brilhando frio ao luar, e os enclaves das casas das fadas do Inverno brilhando como vaga-lumes no escuro. E lá, luminosa e dourada, estava a Árvore do Pó de Fada. Parecia impossível que estivesse parada ali, olhando para o lugar onde passara toda a sua vida — um lugar que acreditava que nunca deixaria.

Mas não era a vista que Milori a trouxera para ver. Em um precipício com vista para a prisão dos Pesadelos, havia uma enorme escultura esculpida inteiramente em gelo.

Clarion se aproximou, inclinando a cabeça para trás para poder apreciá-la completamente. A estátua era de um homem-pardal, com a mão apoiada em uma espada no quadril. Havia um diadema — esculpido com a insígnia do floco de neve do Inverno — em sua testa. Uma capa enfeitada com a pele de um animal ondulava atrás dele. Suas asas, atravessadas pelo luar, brilhavam como o próprio inverno. Ele parecia estranhamente familiar... quase como Milori, com seu semblante estoico e olhos cansados.

— Aqui está — disse Milori. — Este é o primeiro Guardião do Bosque do Inverno. Dizem que esta estátua foi encomendada pela própria Rainha do Refúgio das Fadas.

— O Lorde do Inverno — murmurou Clarion.

— Sim — confirmou ele, após uma pausa. — Suponho que ele também fosse conhecido por esse título.

Aquele não parecia o memorial de um homem-pardal que havia arriscado tudo pelo bem de seu orgulho. Parecia alguém que, mesmo na morte, não havia esquecido seu dever.

Enquanto ela circulava a estátua, seu olhar se fixou no pedestal. Estava coberto de líquen e neve densamente compactada, mas podia ver algo escrito logo abaixo. Clarion se ajoelhou ao lado e raspou a geada com a luva. Pedaço por pedaço, ela se desprendeu. Clarion esfregou até conseguir distinguir a inscrição gravada.

NO GELO E NOS CORAÇÕES DE TODO O REFÚGIO DAS FADAS,
A MEMÓRIA DO LORDE DO INVERNO, UM VERDADEIRO
AMIGO E PROTETOR FIRME, É PRESERVADA PARA SEMPRE.

Logo abaixo da linha final havia um entalhe quase apagado. Clarion reconheceu-o como a insígnia real: a Árvore do Pó de Fada emoldurada pelas asas de uma borboleta-monarca. O coração de Clarion doeu ao vê-la. Esse não era o tipo de estátua construída para os vivos — o que significava que a história de Elvina estava completamente errada. Não houvera rebelião que tivesse separado seus reinos, nenhuma traição. Isso a confortou tanto quanto a intrigou.

— O que aconteceu, então? — perguntou. — Como acabamos assim?

— Eu não sei. — Milori se agachou ao lado dela e olhou para a estátua. — Em seus escritos, ele enfatizou que os Pesadelos não eram algo com que a rainha deveria se preocupar. Suponho que seu sucessor não fosse tão próximo da sucessora da rainha — e, então, talvez nós apenas tenhamos nos afastado com o tempo. Talvez seja uma característica que todos nós compartilhamos, querer carregar esse fardo sozinho.

Eu entendo a necessidade dessa visão de mundo, Milori havia lhe dito quando Clarion contou a filosofia de Elvina.

Clarion apoiou a mão no braço dele.

— Você não fez isso.

— Eu não fiz isso. — Ele sorriu tristemente. — Você não é a única fada no Refúgio das Fadas que acredita que não pode fazer o que nasceu para fazer. Por gerações, todo Guardião do Bosque do Inverno manteve seu dever infalivelmente, exceto eu. O que aconteceu com nossos súditos é inteiramente minha culpa, e eu pedi para você consertar o meu erro.

Inteiramente minha culpa. Ela não tinha pensado exatamente a mesma coisa, ajoelhada entre os destroços da Floresta do Outono? Mas ao ouvi-lo dizer isso, percebeu como tudo era terrivelmente injusto. Ninguém deveria assumir tanto.

— Tenho uma dívida enorme para com você — disse ele. — E quando você compartilhar as notícias com seus súditos, se você quiser me culpar...

— Como eu posso culpar você? — ela o interrompeu. — O que você poderia ter feito?

Ele ficou em silêncio.

— Você não me deve nada. *Eu* é que devo a você. — Clarion pegou as mãos dele nas dela. — Então, perdoe-se. Isso teria acontecido de uma forma ou de outra. Você e eu fomos apenas os azarados que tiveram que consertar o que nossos antecessores não conseguiram.

Por tanto tempo, você e eu desperdiçamos nossa energia tentando viver de acordo com eles. Mas você é bom o suficiente por seus próprios méritos.

Milori levantou o olhar para ela mais uma vez, e o mundo todo ficou tão parado quanto o inverno mais profundo. A queda de neve pareceu ser interrompida; o vento diminuiu para um sussurro. A emoção brilhando em seus olhos a deixou sem fôlego, e lhe ocorreu então como estavam próximos. Sua respiração virou uma nuvem no espaço estreito entre eles.

— Espero que você saiba que o mesmo é verdade para você. — Milori cuidadosamente ajeitou uma mecha de cabelo atrás da orelha dela. Os nós de seus dedos roçaram levemente a bochecha dela enquanto sua mão baixava. — Você será uma excelente rainha.

E embora o coração de Clarion disparasse ao ouvi-lo dizer isso, a lembrança de sua coroação fez a realidade se abater sobre ela como uma onda. Parecia cruel encontrá-lo justo antes que tivesse que deixá-lo ir. Logo acabariam seus dias de se esgueirar para o Inverno. Acabaria o que quer que fosse que havia entre eles. Porque, no momento em que a coroa fosse colocada em sua cabeça, ela passaria o restante de sua vida no palácio, e seus dias ocupados por reuniões, audiências e cerimônias. Clarion se tornaria a estrela fria, no alto de sua torre, olhando para tudo o que jurou supervisionar à distância.

Como Clarion, podia gostar dele. Mas a Rainha do Refúgio das Fadas jamais poderia realmente ficar com ele — ou com qualquer outra pessoa.

Milori sentiu claramente a mudança de seu estado de espírito.

— Está tudo bem?

— Sim. — Ela forçou um sorriso. — Estou apenas com frio.

Ele não pareceu convencido, mas disse:

— Então, deixe-me levá-la de volta para a Primavera.

Clarion manteve o silêncio na jornada de volta para a fronteira. Ele não a pressionou, embora Clarion pudesse sentir sua preocupação com ela. Foi só quando ela estava na beira da ponte que se virou para encará-lo. Não podia forçar os dois a definharem sem um encerramento — não de novo. Além disso, havia prometido a ele que terminariam a conversa que haviam começado.

— Tenho que confessar que menti — disse. — Não está tudo bem.

— Oh — disse ele, em um tom que sugeria que não sabia se deveria fingir surpresa. — Posso perguntar o que a incomoda?

Ela não conseguia decidir se deveria rir ou chorar. Como poderia responder a essa pergunta? Agora que tinham feito o que se propuseram a fazer, não tinham mais motivos para se ver.

— Vou sentir sua falta.

— É só isso? — ele perguntou. — Você pode voltar amanhã.

— Não posso. — Frustração e desejo borbulhavam dentro dela. Se ao menos fosse tão simples. — Minha coroação é em pouco mais de uma semana, Milori. Nossos deveres como governantes nos manterão separados um do outro.

Suas palavras caíram como um soco, fazendo-o cambalear. Milori balançou a cabeça, apenas um pouco. Clarion podia ver que ele queria discutir, mas apenas disse:

— Entendo.

— Eu gosto de você — continuou ela, sem fôlego. — Demais, demais.

— Então, eu não entendo por que...

— Isso me assusta. — *O quanto eu quero você. Como seria doloroso perdê-lo.* — Eu quis mesmo dizer o que disse. Não me arrependo de nada. Estou feliz que tenha acontecido, mas não pode acontecer de novo. Daqui para a frente, devemos manter uma distância formal entre nós. Antes que se torne muito doloroso.

Conforme os segundos passavam, a expressão ferida em seu rosto suavizou gradualmente. Ele deu um passo cauteloso para mais perto dela, como se tivesse medo de afastá-la. Com a voz baixa, ele disse:

— Eu acho que não deixei dúvidas quanto a isso com a minha falta de sutileza, mas sinto que devo dizer que gosto de você também.

Clarion não conseguiu evitar o riso, mesmo com a ameaça de lágrimas apertando sua garganta. Encostou a testa no ombro dele, apenas para esconder o quanto suas palavras a afetaram. Supôs que sabia há algum tempo como ele se sentia, mas ouvi-lo admitir em voz alta... Isso tornava *o que tinham* — o que quer que fosse — real: algo que ela poderia perder.

— É só isso que você tirou do que eu disse?

— Não acredito que nossos deveres exijam que fiquemos longe um do outro. Mas vou argumentar meu ponto de vista outra hora. — Quando ela ousou olhar para Milori novamente, ele desviou o olhar. Se não o conhecesse bem, diria que ele parecia nervoso. — Eu queria convidá-la para o baile da coroação do Inverno. Será realizado em sua homenagem.

A vulnerabilidade silenciosa em sua voz, escondida atrás daquele verniz de graça cortês, atingiu suas defesas como um martelo. Ele precisava tornar as coisas sempre tão *difíceis*?

— Milori...

— Você pode comparecer em caráter oficial, é claro, como nossa convidada de honra — ele se apressou em acrescentar. — Seus súditos no Inverno estão muito ansiosos para conhecê-la.

Ela considerou a questão. O bom senso ditava que deveria recusar o convite. Seria muito mais simples fazer disso uma ruptura completa — não se torturar mais por estar perto dele. Mas se quisesse diminuir a distância entre o Inverno e as estações quentes, teria que aprender a suportar. Com o tempo, talvez esses sentimentos desbotassem para pouco mais do que uma lembrança. Enquanto isso, teria que praticar.

Comparecer, é claro, representaria um desafio logístico. Mas como poderia ser difícil realmente escapar de seu próprio baile da coroação? Uma vez que cumprisse seus deveres cerimoniais e trocasse gentilezas com as fadas certas, ninguém notaria se escapasse por uma ou duas horas. Voltaria antes que alguém desse por sua falta.

Clarion puxou a manga de seu casaco.

— Não tenho nada para vestir em um baile de inverno.

Obviamente, ele sabia que já tinha vencido, porque um sorriso se formou em seus lábios.

— Você é a rainha. Pode usar o que quiser.

Um carinho arrebatador borbulhou dentro do peito dela.

— Então, suponho que terei que ir.

— Você vai? — Tão logo sua empolgação transpareceu, ele a amorteceu. — Todos ficarão muito felizes em ver você.

— Bem — respondeu ela —, o sentimento é mútuo.

Tarde demais, registrou que não havia se afastado dele — que não queria, apesar da distância que sabia muito bem que deveria manter entre eles. Seria uma coisa simples ficar na ponta dos pés e beijá-lo como fizera na outra noite, enfiar os dedos em seu cabelo branco como a neve.

O olhar de Milori percorreu seu rosto e permaneceu, apenas por um momento, em seus lábios. Ele estava certo quanto a nunca ter sido exatamente sutil; Clarion sabia, até a poeira estelar em seus ossos, que ele a deixaria beijá-lo. E, no entanto, estava tão imóvel quanto um homem-pardal esculpido em gelo.

— Você vai se resfriar se ficar muito mais tempo — ele murmurou.

Antes que pudesse pensar melhor, ela falou:

— Disseram que o Inverno combina comigo.

Levou apenas um momento para Milori perceber que Clarion havia virado as palavras dele contra si mesmo. Um vislumbre de desejo agridoce iluminou seus olhos, e Clarion soube naquele instante que havia cruzado uma linha da qual nunca se recuperaria. Talvez tivesse sido melhor não saber o que estava perdendo.

Talvez fosse melhor imaginar do que lamentar.

18

Desde que haviam selado a prisão, nenhum Pesadelo desceu sobre o Refúgio das Fadas enquanto dormiam. Ninguém acordou e encontrou seu trabalho destruído. Ninguém mais foi vítima de seu terrível feitiço.

Entretanto, ninguém despertou de seu sono de Pesadelo também.

Quando Clarion visitou a clínica, o silêncio assustador da enfermaria se abateu sobre ela. Olhando para as fadas adormecidas, ficou entorpecida pelo choque, sem entender o que acontecera. Mas a devastação que se seguiu foi como um vento gelado, perfurando-a e esvaziando-a. Não compreendia. Tinham selado a prisão, então por que não havia funcionado como antes?

Talvez devesse ter pensado melhor antes de colocar tanta fé em histórias. Ela e Milori podiam ter impedido que mais monstros escapassem, mas até que encontrassem uma cura para seu feitiço, esse pesadelo estava longe de acabar. E agora tinham apenas uma semana para pôr um fim a ele.

Pelo menos, o Refúgio das Fadas afinal, timidamente, foi baixando a guarda. Embora o novo desdobramento claramente tivesse confundido Elvina, ela anunciou que o toque de recolher seria suspenso para o baile da coroação daquela noite.

Clarion, no entanto, não estava com muita vontade de comemorar. Não poderia se contentar com o que havia conquistado até ter certeza de que tudo havia acabado de verdade — até que visse Rowan e os outros acordarem e o outono chegar ao Continente sem atraso. Tinha que haver alguma forma de libertá-los.

Mas como?

Clarion pensou na questão enquanto se vestia para o baile, sozinha e melancólica em seus aposentos. Ainda não parecia totalmente real que em uma semana a coroa seria dela. Talvez nunca fosse até que provasse ser digna do título.

As portas da sacada estavam entreabertas, deixando entrar uma onda fresca de ar noturno. Os aromas delicados e herbáceos de manto de dama e junquilhos a alcançavam fracamente. Flores roxas e amarelas balançavam nos galhos, como se tentassem chamar sua atenção. A Árvore do Pó de Fada tinha dado novos botões recentemente; na linguagem das flores, dizia: *Estou aqui para você.* Clarion se maravilhou com a forma como ela vinha sendo atenciosa nos últimos dias. Não conseguia deixar de se perguntar se a árvore sabia que ela estava tentando protegê-la.

Ela ficou em pé na frente do espelho, sentindo-se completamente ridícula — e decididamente pouco rainha. Tinha entrado em seu vestido depois de superestimar severamente sua capacidade de abotoar todos os pequenos botões que corriam ao longo de sua coluna. O tecido se abriu nas costas e ameaçou escorregar de seus ombros.

Como se fosse uma deixa, duas batidas fortes soaram na porta. O alívio a inundou. Alguém tinha vindo resgatá-la, afinal.

— Quem é?

— Artemis, Vossa Alteza.

— Oh, ótimo — respondeu ela. — Entre.

A porta se abriu. Artemis parou na soleira, trajando seu uniforme formal completo de batedora. Clarion admirou sua jaqueta, cortada sob medida, tecido preto e botões dourados brilhantes — e notou que a espada não era puramente cerimonial. Ela trazia consigo a mesma lâmina que sempre carregava no quadril, mas a enfiara em uma bainha mais ornamentada. Era filigranada em intrincados redemoinhos de ouro em forma de flores. Para grande choque de Clarion, até fizera algo em seu cabelo. Ele brilhava como a casca polida de uma bolota, penteado para trás e cuidadosamente preso atrás das orelhas.

Apesar de seu uniforme irretocável, parecia cansada — e um pouco triste. Clarion supôs que entendia a razão. Naquela noite, haveria uma cerimônia de cavalaria para batedoras que haviam arriscado a vida em patrulhas nas últimas semanas. Era a maior honra que poderiam alcançar, concedida pela própria rainha. Clarion não precisava perguntar para saber que era algo que Artemis queria — e algo que merecia, depois de salvar a vida de Clarion.

Artemis observou a cena diante dela. Evidentemente comovida pela situação de Clarion, perguntou:

— Você precisa de ajuda?

Clarion lançou-lhe um olhar agradecido pelo espelho.

— Por favor.

Artemis se aproximou rapidamente e, no mesmo instante, começou a trabalhar fechando os botões com facilidade praticada e eficiente. Quando terminou, ajustou a cauda, deixando-a se espalhar como um derramamento de água. Agora, Clarion podia apreciar o efeito total do vestido. O tecido refulgia tão forte quanto a luz das estrelas, e seu brilho lançava uma cintilação e sempre se transformava ao passar diante das paredes. Poucos minutos antes, ela havia trançado o cabelo. Uma das fadas de talento da jardinagem havia deixado uma guirlanda de forsítias e pétalas de margaridas para tecer em sua trança. Tudo o que faltava agora era aplicar sua maquiagem.

— Você está linda — declarou Artemis.

— Você também. — Clarion se aqueceu com o elogio, mas não conseguia se esquecer de como sua guarda parecia *ensimesmada,* mergulhada em um conflito de sentimentos. — Como você está?

Artemis pareceu um tanto surpresa, mas respondeu:

— Bem.

Clarion levantou uma sobrancelha.

— Sério?

Houve um momento de silêncio enquanto Artemis registrava a pergunta por trás de sua pergunta. Sua boca se contorceu em um muxoxo de enfado.

— Ah.

Francamente, Clarion pensou. Batedoras e seu estoicismo determinado. Talvez fosse pouco profissional forçar o assunto, mas seu bem-estar importava para Clarion.

— Você também merece reconhecimento, sabia?

— Não importa — Artemis se apressou a dizer. — Dei o melhor de mim para ajudar nas pequenas coisas que pude. Tudo o que quero é o bem do Refúgio das Fadas.

Clarion afastou-se de seu próprio reflexo e fixou Artemis com um olhar significativo. Ninguém poderia ser tão altruísta.

— Mas você quer mais do que isso.

Artemis hesitou.

— Acho que sim.

Pela segunda vez em todos os anos em que se conheciam, Clarion arrastou Artemis até o limite de sua vulnerabilidade. Não sabia se conseguiria convencê-la a dar o salto. Ela se empoleirou na beirada da cama e apoiou o queixo nas mãos.

— Uma vez, você me disse que tinha liderado com o coração acima da cabeça. É por isso que você foi designada para ser minha guarda. O que aconteceu, exatamente?

Por um momento, Clarion pensou que Artemis mudaria de assunto completamente. Mas a guarda deu um longo suspiro e se acomodou na cama ao lado dela. O colchão afundou sob seu peso. Artemis sentou-se com a coluna rigidamente reta e as mãos cruzadas sobre os joelhos.

— Quando cheguei ao Refúgio das Fadas — disse ela —, havia uma espécie de situação em andamento. Um falcão nos atacou e tentou estabelecer seu território na Floresta do Outono. Nenhuma das fadas de talento dos animais conseguiu controlá-lo ou convencê-lo a ir para outro lugar, então, cabia às batedoras lidar com o perigo que ele representava. Eu era da pá-virada naquela época.

Com isso, Clarion reprimiu uma risada. Artemis deu um sorriso irônico, mas ele desapareceu rapidamente.

— Eu tinha entrado numa luta com a ave, e estava pronta para afastá-la. Eu a tinha na mira, depois que eu e uma amiga da minha unidade a encurralamos. Mas ela calculou mal sua ração de pó de fada. Ela caiu.

As asas das fadas não conseguiam suportar seu peso sem pó de fada. E se estavam lutando contra um falcão, sem dúvida elas se encontravam bem acima do chão da floresta.

— Oh — Clarion murmurou.

Artemis baixou a cabeça, e seu cabelo preto cobriu o rosto.

— Eu a salvei... mas deixei nosso alvo se safar. Outros foram perdidos como resultado do meu erro. Meus superiores determinaram que eu não era sensata o suficiente para tomar as decisões certas na batalha. Meus instintos significavam que eu era mais adequada para o dever de guarda.

Uma boa rainha deve se concentrar na tarefa em questão, Elvina dissera uma vez, *e ajudar em grande escala*.

Seu coração se comoveu com a dor na voz de Artemis, uma dor que Clarion conhecia intimamente. Também não poderia ter virado as costas para alguém que poderia salvar. Era isso mesmo que significava ser responsável e sensata? Proteger os muitos hipotéticos em vez daquele indivíduo concreto na sua frente?

— Não tenho certeza se chamaria isso de *erro* — disse Clarion com brandura.

Artemis olhou para ela, uma esperança assustada brilhando em seus olhos. Ninguém nunca a absolvera disso? Em breve, Clarion seria capaz de oficialmente reintegrá-la. Ela já havia sido punida — e havia se punido — por tempo suficiente.

— Não sei se eu teria feito diferente. Sua atitude foi corajosa. — Clarion bateu o ombro contra o de Artemis. — Você tem um bom coração, Artemis. Precisamos de mais fadas como você nas batedoras.

Um leve sorriso se curvou nos lábios de Artemis. Hesitante, como se não confiasse em si mesma para falar, disse:

— É gentil da sua parte dizer isso.

Clarion retribuiu o sorriso.

— É a verdade.

Antes que Artemis pudesse responder, outra batida soou na porta.

— Sou eu.

Clarion se animou ao som da voz de Petra. Era uma espécie de tradição elas se prepararem para os bailes juntas, mas entre suas agendas e a tensão sobre o Inverno, Clarion não sabia se deveria esperá-la.

— A porta está aberta — disse Clarion, de longe.

Petra entrou no quarto, e Clarion tanto sentiu quanto ouviu a inspiração aguda de Artemis. Não podia culpá-la. Petra sempre tinha sido linda, mas naquela noite estava totalmente resplandecente. O corpete de seu vestido era justo, mas a saia se alargava em graciosas camadas de hera. Seus cachos ruivos haviam sido domados e reunidos em um elegante coque na nuca, com alguns cachos emoldurando artisticamente seu rosto.

Quando o olhar de Petra pousou em Artemis, soltou um som estrangulado de surpresa. Artemis se levantou automaticamente, e as duas se encararam através do cômodo, em admiração silenciosa. Clarion precisou de toda a força para se conter e não fazer nenhum comentário. Em vez disso, saiu da cama e foi para a penteadeira.

Artemis quebrou o silêncio primeiro.

— Você está... chamando atenção.

Um rubor subiu pelo pescoço de Petra, e um pânico de insegurança a invadiu. Quase se chocou contra a parede atrás dela.

— O quê? Por que você diz isso? Tem alguma coisa no meu rosto?

— Não, eu... — Artemis piscou, visivelmente sem saber como lidar com a situação. — Eu disse isso porque você está bonita.

— Certo. — Petra ainda parecia profundamente desconfiada, mas quase satisfeita.

— Então... — Clarion interrompeu.

Ambas se assustaram, como se tivessem esquecido completamente que ela estava ali.

— Petra e eu precisamos terminar de nos arrumar. — Clarion pegou um pincel cosmético e depois um pote raso de tinta para os olhos. Dentro havia um pigmento dourado feito de uma mistura de argila e pó de fada. — Você quer um pouco, Artemis?

Artemis a examinou como se avaliasse uma ameaça.

— Não, obrigada. Vou deixar isso para vocês.

Clarion levantou um ombro.

— Fique à vontade.

Petra se encolheu contra a parede quando Artemis passou por ela. Quando a porta se fechou atrás da guarda, Petra cruzou o quarto em um esvoaçar de saias de hera e cachos brilhantes como fogo.

— Você não me disse que Artemis estaria aqui.

— Ela sempre está aqui. — Clarion girou a tampa da tinta para os olhos. Incapaz de resistir, acrescentou: — Ela está de folga esta noite, sabia?

O rosto de Petra se animou.

— Sério?

Clarion ficou boquiaberta. Não *pretendia* pegar Petra desprevenida, mas agora quase confirmara o que suspeitava havia anos. Ela apontou o pincel para Petra.

— Eu sabia!

— Não há nada para saber!

Petra parecia pronta para arrancar o pincel dela, ou então fugir pela janela mais próxima. Isso não ajudava em nada para conter a faísca de travessura.

— Oh, eu acho que há.

— Não importa, de qualquer forma. — Petra enterrou o rosto nas mãos. — Ela é assustadora.

Clarion resistiu a vontade de revirar os olhos.

— Só a chame para dançar. Ela não vai te morder.

— Ela pode me esfaquear, no entanto — Petra disse sombriamente.

Clarion sorriu. Como era fácil cair nesse padrão com ela. As coisas pareciam tão normais que quase se esqueceu da última conversa tensa que haviam tido. Quase esquecera que, naquela noite, teria que passar por ela.

Você e Elvina estão dependendo de mim para que seus esquemas funcionem. Estar nessa posição não é fácil para mim.

A recordação — o lembrete da distância entre elas — doía dolorosamente. Se Petra soubesse que ela planejava fugir para o

Inverno esta noite, tentaria impedi-la. E agora que estava claro que seu plano não tinha dado certo, precisava falar com Milori mais do que nunca. Tinha que haver algo que pudessem fazer — qualquer coisa para impedir Elvina de usar a arma de Petra.

A expressão de Petra mudou para preocupação.

— O que foi?

— Minha cabeça anda muito cheia ultimamente. Com coisas da coroação. — Clarion forçou um sorriso. Em um esforço para se ocupar, trocou de lugar alguns frascos de vidro de fragrâncias. Eles se chocaram, produzindo um barulho alto demais no tenso silêncio.

— Venha aqui. Sente-se.

Petra empoleirou-se cautelosamente na beirada da cama.

Clarion girou para encará-la, quase batendo seus joelhos nos da amiga. Passou o pincel na tinta para os olhos e então pegou o queixo de Petra entre os dedos.

— O de sempre?

— Sim. — Depois de um momento, acrescentou: — Mas tem que ficar especialmente bom. Sem nenhuma razão em particular.

— Claro, sem nenhuma razão em particular — disse Clarion, com apenas um toque de travessura.

Apoiando seu pulso contra a maçã do rosto de Petra, Clarion espalhou ouro nas pálpebras de Petra. Suas pulseiras tilintaram suavemente, e a respiração constante de Petra espalhou-se contra sua pele enquanto trabalhava. Clarion entrou em um ritmo experiente, espalhando e aplicando camadas de pigmento em sua sobrancelha. Quando terminou de maquiar os olhos, Clarion mudou para seu pincel mais fofo e espalhou pó de fada nas maçãs do rosto de Petra. Era tudo o que precisava. Qualquer outra coisa esconderia suas sardas.

— Abra os olhos — disse Clarion.

Ela abriu — e o coração de Clarion pareceu parar. O dourado da tinta e o vermelho feroz de seu cabelo realçaram o tom de verde em seus olhos. Eram da cor de uma floresta de verão iluminada pelo sol.

— Perfeito. — Clarion largou seu pincel enfaticamente. — Ela vai se apaixonar por você.

Petra lamentou inarticuladamente em protesto, e apesar do medo e do estresse, Clarion riu. Por mais algumas horas, talvez pudesse fingir que tudo estava como sempre tinha sido.

Quando chegaram ao baile no coração do Verão, as festividades já estavam a todo vapor. Clarion, Petra e Artemis passaram por baixo do Círculo das Fadas — um anel de cogumelos-de-cabeça-vermelha — e entraram no salão de baile, anunciadas pelo tom alegre e ressonante da voz de uma fada de talento de arauto.

A visão do baile a deixou sem fôlego.

Larvas bioluminescentes, suspensas em galhos baixos, lançavam uma suave aura azulada sobre a grama. De vez em quando, vaga-lumes perfuravam a escuridão com pontinhos de luz enquanto flutuavam pelo ar. Mesmo sem a ajuda deles, toda a clareira estava extraordinariamente iluminada, banhada pelo luar. No centro, uma fonte borbulhava, transformada em um verdadeiro espetáculo pelas fadas de talento da água reunidos ao redor dela. Com um aceno de suas mãos, gotas subiam da superfície e refletiam o luar. Fios delicados de água serpenteavam pelo ar e se dissipavam em uma cortina cintilante de névoa.

Bem no fundo do salão de baile, Clarion avistou seu destino: um tablado improvisado no toco coberto de musgo de uma muda. De onde estava, Clarion conseguia distinguir as pontas em forma de gancho da coroa de Elvina e o brilho de suas asas. Quando esticou o pescoço para ver melhor, vislumbrou a comandante Beladona pairando bem ao seu lado. Logo se juntaria a elas enquanto Elvina presidia a cerimônia de nomeação de cavaleiros.

Elas passaram por mesas de banquete, cada uma abarrotada com o trabalho dedicado das fadas de talento da culinária. Cada prato mais parecia uma carta de amor ao verão e sua fartura: bolo de mel coberto com favo de mel, amoras e lascas de figo; delicadas tortas de mirtilo polvilhadas com açúcar cristal; geleia de pêssego e pão dourado; tomates em fatias grossas servidos com uma pitada de sal e manjericão; taças de vinho de groselha; rabanetes em conserva e acelga arco-íris; água aromatizada com flor de laranjeira e hortelã quase gelada de tão fresca, fazendo as jarras "suarem"; ruibarbo e *streusel* de morango. A boca de Clarion encheu-se de água enquanto olhava para tudo.

Mas o mais impressionante eram seus súditos, todos vestidos com suas melhores roupas. Fadas descansavam nas pétalas de flores que desabrochavam à noite, ajeitando seus trajes sob a luz da lua cheia. Outras se esparramavam sobre os cogumelos ou flutuavam sem rumo pelo ar, falando baixinho com seus amigos. Normalmente, sua conversa animada abafaria o som da música da orquestra. Mas naquela noite, a atmosfera estava tingida de melancolia.

As fadas adormecidas claramente estavam na mente de todos.

Enquanto se locomoviam pela clareira, a multidão se abria para ela e as conversas se calavam. Ao seu redor, Clarion podia ouvir murmúrios deferentes de "Vossa Alteza". Muitos faziam reverências ou se curvavam enquanto ela passava. Artemis era uma presença reconfortante ao lado dela, guiando-a em direção ao tablado como a proa de um navio pirata cortando as ondas do Mar do Nunca. Clarion fez a ela um rápido aceno de reconhecimento antes de flutuar para se juntar à rainha e à comandante das batedoras. Elvina a inspecionou com os olhos, segurando frouxamente o seu cetro cerimonial.

O que quer que tivesse visto a satisfez, pois ela disse:

— Você parece uma rainha esta noite.

O orgulho que brilhava em seus olhos desequilibrou Clarion. Há quanto tempo ela ansiava por ouvir aquilo... e como soava estranhamente vazio agora, quando Elvina não sabia o que tinha feito.

— Obrigada.

Elvina se virou para as fadas reunidas. A orquestra tocou uma última nota trêmula que se dissipou no ar úmido do verão e, com isso, o silêncio foi completo.

— Bem-vindos, todos. Obrigada por terem vindo ao baile da coroação realizado em homenagem à princesa Clarion, que será coroada sua rainha daqui a uma semana. — Elvina fez uma pausa quando sua voz vacilou. Clarion franziu a testa. Nunca tinha visto Elvina vacilar, especialmente na frente de seus súditos. Mas agora que Clarion a estava estudando de perto, podia ver que o rosto de Elvina estava bastante pálido. — Fazia muito tempo que não podíamos nos reunir assim. Os feridos no ataque estão em primeiro lugar em nossos pensamentos, mas a sombra escura que se abateu sobre o Refúgio das Fadas está finalmente se dissipando.

Uma série de aplausos hesitantes irrompeu pela clareira. Quando cessaram, Elvina continuou:

— E, então, gostaria de começar a noite homenageando algumas de nossas corajosas fadas batedoras. Elas trabalharam incansavelmente para garantir nossa segurança. Todas as noites, arriscavam a vida patrulhando os céus. Evacuavam áreas conforme necessário, forneciam relatórios completos e ajudavam a reparar quaisquer danos causados pelos Pesadelos. Esta noite, serão reconhecidas com a maior honra que os batedores podem alcançar: o título de cavaleiro.

Clarion olhou para as fadas batedoras, paradas em fileiras retas e organizadas bem na frente do tablado. Embora a maioria estivesse radiante, ela só conseguia se concentrar em Artemis. Estava parada atrás do grupo, com um anseio tão patente no rosto que Clarion precisou desviar o olhar.

— Todos os Cavaleiros do Refúgio das Fadas, por favor, juntem-se a mim.

Um pequeno grupo de batedoras levantou voo e veio pairar atrás de Elvina em um semicírculo. Cada qual usava um broche na lapela do casaco: um fragmento iridescente de abalone em forma de estrela, brilhando contra o tecido preto.

— Por favor, deem um passo à frente quando seus nomes forem chamados — Elvina entoou.

Clarion observou enquanto uma por uma, as batedoras escolhidas se adiantavam e se ajoelhavam diante de Elvina. Mesmo com as cabeças baixas, Clarion podia praticamente sentir a felicidade emanando delas. Elas mereciam — de verdade. Mas Clarion não conseguia evitar o sentimento agridoce que coagulava dentro dela, sabendo que Artemis havia perdido o que desejava tão ardentemente.

— Eu, com o poder a mim investido, o recebo na honrada ordem dos Cavaleiros do Refúgio das Fadas. — Elvina batia-lhe em ambos os ombros com seu cetro. — Levante-se, cavaleiro, e seja reconhecido.

Quando a última fada batedora foi nomeada cavaleiro, a multidão explodiu em gritos e aplausos. No caos, um talento para servir voou até o tablado e entregou a Clarion uma delicada taça. A taça gelou sua pele e, quando ela olhou para baixo, viu que a bebida era limonada guarnecida com um raminho de alecrim.

— Agora — Elvina gritou por cima da comemoração —, sua futura rainha dirá algumas palavras.

A garganta de Clarion ficou seca enquanto toda a atenção na clareira se concentrava nela. Flutuou para frente e varreu seu olhar sobre os súditos. Esta era a primeira vez que se dirigiria a eles sozinha, e achou a realidade do evento muito mais intimidadora do que a ideia. O calor lânguido do verão se instalou sobre ela — ou talvez fossem seu próprio nervosismo fazendo-a se sentir tão *quente*.

— Boa noite — disse ela, com voz incerta. — Quero fazer coro com o que Sua Majestade disse ao agradecer por terem vindo esta noite. Vou guardar meu discurso para o Dia da Coroação; mas, enquanto isso, direi que aprecio terem comparecido para celebrar esta ocasião mais do que posso dizer. Divirtam-se esta noite e dancem em minha homenagem. Então... — Ela ergueu sua taça. — A todos vocês, e aos dias melhores que virão.

O som alegre de copos tilintando viajou pela clareira. Clarion tomou um gole de sua limonada, mesmo que apenas para apagar o gosto amargo em sua boca. Não merecia ser celebrada quando ainda não havia despertado do feitiço os adormecidos.

Enquanto a orquestra tocava outra melodia, Elvina pousou a mão no ombro de Clarion. Embora não tivesse falado nada, Clarion entendeu o que ela queria dizer: *Você se saiu bem.*

— Vá em frente — disse Elvina. — Aproveite o restante da sua noite.

— Farei isso. — Uma onda de expectativa a atingiu. Agora, com suas obrigações cumpridas, poderia fazer uma visita aos seus súditos no Inverno. Tudo o que precisava era escapar sem ser detectada.

Enquanto voava pelo salão de baile, observou fadas fazendo piruetas no ar ao som da melodia crescente dos talentos musicais. O baile continuaria até tarde da noite, até que o mundo inteiro estivesse iluminado com chuvas de pó mágico e luz das estrelas. Durante toda a sua vida, ela soubera muito bem como era se sentir sozinha em uma multidão. Mas nunca tinha sentido isso mais intensamente do que naquela noite. Ver os outros de mãos dadas, girando e rindo enquanto trocavam de parceiros, lembrou-a de todas as coisas que ela nunca teria — nunca poderia ter.

Uma mão fechou-se em volta de seu braço, arrancando-a de seus pensamentos. Quando ela se virou para encarar quem a havia abordado, deparou-se com Petra. Clarion sentiu um aperto no estômago.

Que sorte a minha, pensou. Como escaparia agora?

— Eu vi um canto bem isolado ali — disse Petra, soando como se já estivesse falando por alguns segundos. — O que você acha?

— Na verdade — disse Clarion, livrando-se do aperto de Petra o mais gentilmente que pôde —, não estou me sentindo bem.

— Oh, não. Você não pode usar essa desculpa se eu não posso. Você não tem permissão para me abandonar aqui, onde as pessoas podem *falar comigo...* — Petra estremeceu — ... ou *pior.*

— O que poderia ser pior do que isso?

— Muitas coisas! Por exemplo — Petra se interrompeu. — Não, não me distraia. Se você for embora, eu vou com você.

— Não — Clarion se apressou a dizer. — Quero dizer... não, você não precisa fazer isso.

Petra a olhou, desconfiada.

— Por quê?

— Porque... — Clarion buscou por uma desculpa. — Só quero tomar um ar por alguns minutos. Você deveria ficar e aproveitar a festa.

— Aproveitar a... *Aproveitar?* — Petra balbuciou. — Você sabe que eu não gosto de festas. O que realmente está acontecendo aqui?

Clarion riu, de modo pouco convincente até para seus próprios ouvidos.

— Não está acontecendo nada.

— Sério? — Petra colocou a mão no quadril. — Então por que você está tentando fugir de mim?

Ela podia ser tão teimosa às vezes...

— Não estou — disse Clarion, tentando manter a crescente frustração fora de seu tom de voz.

Evidentemente, não conseguiu, porque Petra a olhou com uma expressão um tanto magoada.

— Eu fiz alguma coisa?

— Não, claro que não. — Clarion olhou por cima do ombro, inquieta. Realmente precisava ir. — Eu só quero ficar sozinha.

As bochechas de Petra ficaram vermelhas.

— Não posso me desculpar com você se não sei com o que você está chateada.

Algumas fadas próximas lançaram olhares curiosos em sua direção. Clarion agarrou o pulso de Petra e a guiou em direção à borda do Círculo das Fadas, onde a sombra da floresta alcançava o arco dos chapéus de cogumelo. A iluminação da festa brilhava no pó mágico na ponte do nariz de Petra e incendiava seu cabelo vermelho. No entanto, ali na quase escuridão, Clarion sentiu-se estranhamente gelada. Envolveu os braços em torno de si e fixou o olhar no chão. Obviamente, não ia escapar sem ser franca.

— Não estou chateada com você. É que você não queria que eu falasse sobre o Inverno.

Petra deu um passo reflexivo para trás.

— Isso tem a ver com o Inverno? O que você tem que fazer lá? Os ataques pararam.

— Mas ninguém acordou — Clarion rebateu. — E Elvina me mostrou o que você construiu para ela.

— Oh.

Oh. Era realmente tudo o que tinha a dizer? Quando Clarion ergueu a vista, Petra estava olhando para ela, seu rosto tão pálido quanto o próprio Inverno.

— Eu disse a você como me sentia sobre o plano dela, e pensei que você concordasse comigo. — A voz de Clarion tremeu com uma emoção que ela não tinha percebido que estava tão perto de transbordar. Havia muitas coisas que queria dizer, mas não queria atacar quando estava sofrendo. Não era culpa de Petra. Sua obrigação era com a Coroa, não com Clarion. Mesmo assim, o envolvimento de Petra tornava as coisas bem difíceis para ela. — Não importa. Estou fazendo o melhor que posso para resolver o problema do meu jeito.

Lentamente, a expressão ferida de Petra se transformou em determinação, mas o rubor não desapareceu. Altas emoções sempre manchavam seu rosto de vermelho-vivo.

— E é isso mesmo que você está planejando fazer *agora*?

Clarion não gostou do tom de julgamento em sua voz. Cautelosamente, disse:

— Fiz tudo o que era esperado de mim esta noite. Estou tentando manter o Refúgio das Fadas seguro.

Petra soltou um som leve de frustração.

— Em um vestido de baile, Clarion? Eu não sou ingênua. Você não vai investigar uma cura. Você está indo ver o Guardião.

Clarion recuou. Petra se ressentia de Milori por tomar o tempo de Clarion, ou ela realmente achava que Clarion estava apaixonada o suficiente para colocar um garoto acima de seus deveres? De qualquer forma, ela se arrepiou de indignação.

— E o que importa se eu estiver?

Petra olhou para ela incrédula.

— Sua coroação é em uma semana.

— O que significa que devo ficar dentro de casa até lá — respondeu amargamente —, e não falar com ninguém que você desaprove.

— Não. Significa que você precisa ser mais responsável. É muito perigoso brincar desses jogos! — O brilho de Petra se intensificou, queimando laranja nas bordas. — Você já se machucou por causa dele. Você se tornou distante e está exausta o tempo todo. E fugir hoje à noite, quando todos estão olhando para você para tranquilizá-los de que tudo ficará bem? É uma má ideia. Só que você *nunca* me ouve. Mas, também, quem o faz? Ninguém me leva a sério, porque eu sou apenas aquela que tem medo de tudo.

A dor em sua voz apagou as chamas mais quentes da raiva de Clarion. Porém, as palavras cortaram fundo.

Você acha que estou sendo egoísta. Você acha que não estou levando meu papel a sério.

Clarion engoliu essas palavras para não soltá-las. Não conseguia se lembrar da última vez que haviam brigado assim. Por mais que estivesse queimando para se defender — por mais que quisesse consertar o que quer que tivesse quebrado entre elas —, não havia tempo para isso. Não importava do que Petra quisesse acusá-la, o que ia fazer era tanto pelo Refúgio das Fadas quanto por seus sentimentos. Ela não lhe devia uma explicação.

Clarion fechou os olhos com força, como se isso pudesse evitar que suas lágrimas se derramassem. Furiosa — e com o máximo de cuidado que pôde —, ela as enxugou. Não poderia reaplicar o ouro nos olhos, e não queria encarar as fadas do Inverno parecendo que tinha acabado de chorar.

— Eu tenho que ir.

— Clarion, *por favor*...

Engolindo sua mágoa, Clarion deslizou para a escuridão e partiu em direção ao Inverno.

19

Se ao menos Petra tivesse deixado para lá. Se ao menos não tivesse incitado Clarion a um confronto para o qual não estava preparada...

Se ao menos, se ao menos, se ao menos. Clarion remoía seus pensamentos enquanto tirava seu casaco de onde o havia escondido no tronco oco de uma árvore próxima. Ela o abraçou contra o peito, inalando o cheiro familiar do Inverno entranhado na guarnição de pele. Isso não lhe trouxe conforto; serviu apenas como um lembrete amargo do quanto devia a Petra.

Respirando fundo, fez o possível para dobrar todos seus sentimentos feridos e arquivá-los cuidadosamente. Não podia se dar ao luxo de se tornar piegas agora. A jornada dessa noite para o Inverno, afinal, era puramente para cumprir seu dever real. Podia controlar suas emoções, como qualquer rainha competente conseguia fazer. E, no entanto, tudo o que ela queria era se retirar para a noite — para refletir sobre como havia oficialmente destruído o relacionamento com sua melhor amiga.

Embora o sol já tivesse se posto completamente, Clarion podia encontrar a fronteira do Inverno com a Primavera agora até com os olhos vendados. Suas asas conheciam o caminho: cada pedra projetando-se da terra, cada curva do rio, cada galho se curvando no caminho, guiando-a para o único lugar que parecia um lar. A Primavera parecia sentir sua tristeza esta noite. Galhos de salgueiro arrastavam-se suavemente ao longo de seus braços, e ela poderia jurar que as flores de cerejeira floresciam com mais intensidade do que antes. Suas pétalas se enredaram em suas saias e pousaram suavemente na superfície do lago iluminado pela lua por onde havia passado.

Quando chegou à fronteira, Milori estava esperando por ela. Lentamente, Clarion desceu de seu voo. A cauda do vestido se acumulou ao seu redor, e conforme a bainha se dissolvia em pó de fada e partículas de luz dourada, manchou a água e o gelo com ouro brilhante.

Na escuridão total, Milori era um esboço em carvão sob o brilho de um céu salpicado de estrelas. Ela descobriu que não conseguia desviar o olhar dele. Nunca o tinha visto antes paramentado com o traje formal de sua posição. Ele usava uma capa de brocado de seda de aranha, tingida de azul-claro e bordada com padrões de gelo em delicados fios prateados. Estava presa em volta dos ombros com um broche de gelo sólido, brilhando friamente contra o tecido. Um círculo de pingentes de gelo, frágil e imponente, aninhava-se em seu cabelo branco, que ele deixara solto, derramando-se como água ao luar em suas costas.

Por um momento, eles se encararam, o ar carregado com todas as coisas não ditas entre eles. Como havia acreditado que poderia manter seus sentimentos de fora quando eles se encontrassem?

Talvez Petra não estivesse *totalmente* errada.

Por fim, Milori quebrou o silêncio. A bainha de sua capa forrada de pele se moveu quando ele se curvou para ela.

— Nós estamos aqui para escoltá-la ao baile.

— Nós...? — Ela se interrompeu ao avistar Noctua. Estava empoleirada no galho de um abeto a alguns metros de distância, observando-os com um olhar que beirava a exasperação, na opinião de Clarion. Se até uma coruja podia sentir a tensão, as coisas estavam realmente desoladoras. — Claro.

Ele indicou com o queixo o casaco pendurado no braço de Clarion.

— Posso ajudá-la com seu casaco?

Ela hesitou. Ela queria — bem, *queria* era uma palavra forte, mas o ponto permanecia — manter alguma distância entre eles, mas que mal poderia haver em um gesto tão pequeno? Clarion entregou o casaco a ele.

— Não vejo por que não.

Milori o estendeu para ela, a fim de que pudesse deslizar os braços nas mangas. Depois que ela o deixou cair sobre os ombros, fechou os botões. Sabia que devia estar parecendo um tanto ridícula, usando aquele casaco remendado sobre o vestido de baile mais elegante que possuía. Mas quando olhou para Milori novamente, ele a estava observando como se todo o conjunto fosse a coisa mais impressionante que ele já tinha visto.

— O que foi? — perguntou ela.

— Nada. — Ele ofereceu-lhe o braço. — Vamos?

Ela enfiou a mão pela dobra do braço dele.

— Que decoroso.

— É a primeira vez que a realeza do Refúgio das Fadas agracia oficialmente este reino — ele disse, com um ar somente um pouquinho travesso. — Pretendo causar uma boa primeira impressão.

Ele se virou e, quando ela se moveu para segui-lo, adentrou o Inverno. O frio que a invadiu parecia purificador. O Verão e seu baile da coroação pareciam terrivelmente distantes agora.

Enquanto a conduzia em direção a Noctua, Milori deixou seu ombro bater suavemente no dela.

— Algo a preocupa?

Por um momento, Clarion considerou mentir.

— É tão óbvio?

A resposta de Milori foi um meio encolher de ombros que dizia: *Dolorosamente*. Depois de um momento, ele perguntou:

— São os Pesadelos?

— Em parte. — Ela mordeu o interior do lábio. — Sinto muito. Eu queria falar com você mais cedo. Os ataques pararam, mas...

— ... ninguém acordou.

Clarion se condoeu com o tom de melancolia na voz dele, com as olheiras de cansaço ainda marcadas sob seus olhos pálidos. Como ansiava por aliviar um pouco daquele fardo.

— Não entendo o que fizemos de errado.

— Você não fez nada de errado. — Milori manteve o olhar fixo à frente, aparentemente perdido em pensamentos. — As instruções não eram muito claras. Além disso, sempre havia o risco de que a lenda levasse a um beco sem saída, mas valeu a pena, mesmo assim. Selar a prisão deu paz de espírito aos seus súditos pela primeira vez em semanas. Esta noite é uma evidência disso.

— Acho que sim — murmurou ela. — Ainda assim, não consigo deixar de me sentir culpada. Como se tivéssemos esquecido os que dormem. Parece errado comemorar sem eles.

— Não tenho certeza se é errado aproveitar os momentos de alegria que podemos encontrar.

O coração de Clarion palpitou em resposta. Aquele tom grave e gentil de Milori parecia quase... deliberado. Era um sentimento adorável, que desejava poder acreditar que se aplicava a ela — a *eles*. Clarion manteve o silêncio, para que algo lamentavelmente caprichoso ou melancólico não escapasse de sua boca. Com seu humor atual, não tinha certeza do que seria.

— De qualquer forma... — ele prosseguiu. As pontas de suas orelhas queimavam em vermelho. — O Protetor e eu começamos a procurar outros textos que pudessem fornecer algumas respostas. Pode levar algum tempo, no entanto. O Salão do Inverno é vasto... e reconhecidamente bastante desorganizado. Cada Protetor teve seu próprio sistema de classificação, e nenhum deles conseguiu torná-lo consistente em toda a coleção durante sua gestão. Ainda há uma seção inteira com prateleiras organizadas por cor.

Clarion quase sorriu com a ideia. Que mágico que uma biblioteca inteira pudesse ser transformada em um arco-íris.

— Eu queria poder ajudar.

— Eu também. — Ele hesitou. — Se você quiser, posso escrever para você com nossas descobertas.

Após a coroação, ela supôs que não haveria ninguém monitorando sua correspondência.

— Tudo bem.

Ele assentiu.

— Tem mais alguma coisa incomodando você?

Clarion soltou um suspiro pesado. Sua respiração se desenrolou em uma nuvem branca.

— Temo que soe ridículo em comparação. Petra e eu discutimos no baile, e isso está me pesando.

Quando chegaram a Noctua, ele pegou as rédeas dela — essas, notou, eram feitas de um material muito mais fino; aparentemente, até aves tinham apetrechos de gala — e hesitou.

— Quer falar sobre isso?

Ela *queria*? Uma parte sua queria, é claro. Mas Clarion temia que, uma vez que abrisse a ferida, não haveria como conter a maré. Teria que pensar em como Petra quase havia viabilizado o pior resultado possível para o Inverno. Mas, pior ainda, teria que considerar o papel que ela mesma desempenhara em abrir um abismo entre elas. As preocupações de Petra não eram irracionais. Aventurar-se no Bosque do Inverno sendo uma fada das estações quentes *era* objetivamente perigoso. Talvez devesse ter falado com ela em vez de erguer muros.

Talvez, ao que parecia, Clarion não a escutava direito havia muito tempo.

Fazendo uma careta, Clarion meneou a cabeça.

— Isso vai passar logo.

Ele não pareceu terrivelmente convencido, mas não insistiu no assunto.

— Como quiser.

Ela e Milori subiram nas costas de Noctua — algo que estava se tornando quase natural para Clarion agora, percebeu. Não precisava mais se agarrar como se sua vida dependesse disso quando a coruja batia as asas e alçava voo, levando-as para o céu. Ali, aninhada com segurança nos braços de Milori, Clarion sentiu algo como paz. Ousou olhar para baixo. Sob o véu da noite, toda a neve estava tingida de um azul opaco.

Levou apenas alguns minutos para perceber que Milori os estava guiando para uma área que ela nunca tinha visto antes. Abaixo deles, havia um rio, congelado e brilhante como uma veia de vidro. Daquela altura, Clarion conseguia distinguir as multidões em movimento na superfície do gelo — e espalhadas aqui e ali ao longo das margens do rio, algumas cabanas, iluminadas por dentro com uma alegre luz laranja.

Milori desacelerou Noctua, e ela bateu as asas para pairar quase no lugar. Quando ele falou, Clarion pôde sentir sua voz retumbando no peito e se curvando suavemente sobre a concha de sua orelha.

— Eu deveria avisá-la que isso pode ser um tanto avassalador.

Ela lhe lançou um olhar irônico.

— Você duvida de mim?

— Nunca — respondeu ele, brandamente. — É só que eles sabem o que você fez por eles.

— Oh. — Clarion imaginou que isso *tornava* as coisas diferentes. Nas estações quentes, ninguém sabia que ela e Milori tinham selado os Pesadelos.

— Obrigada pelo aviso, mas acho que estou pronta.

Uma centelha de travessura brilhou nos olhos de Milori.

— Então, prepare-se para fazer uma bela entrada.

Eles fizeram uma bela entrada, de fato.

Noctua mergulhou, descendo sobre o Baile de Inverno em um redemoinho de penas brancas e pó de fada. A coruja desacelerou a descida com algumas batidas das asas, levantando a camada superior de neve, que rodopiou velozmente em torno deles enquanto pousavam do lado de fora do terreno do festival.

Mesmo com a rajada de vento, Clarion ouviu os aplausos das fadas de inverno. Em um instante, a multidão se comprimiu ao redor deles, e ela captou trechos de seu nome, falado não em um silêncio reverente, mas com... empolgação? Era um conceito tão estranho que mal conseguia entender.

— Nossa convidada de honra chegou! — exclamou Milori, suplantando o vozerio.

De alguma forma, o barulho se intensificou. Clarion só conseguia rir sem fôlego enquanto encarava seus rostos. Não achava que alguém já tivesse ficado tão feliz em vê-la. Só podia esperar não os decepcionar.

Milori se inclinou perto o suficiente para murmurar em seu ouvido:

— Eu te *avisei*.

— Com certeza você me avisou.

Enquanto Clarion desmontava, o vento puxava brilhantes fios soltos da bainha de seu vestido. Juntos, ela e Milori mergulharam no verdadeiro mar de fadas. Conseguiam fazer pouco progresso em direção ao rio, no entanto, uma vez que ela era parada a cada poucos passos.

— Bem-vinda ao Bosque do Inverno, Vossa Alteza. — Uma fada com uma elegante trança branca sobre o ombro sorriu para ela. — Eu gostaria de lhe dar isso, se você aceitar.

Ela estendeu uma flor de jasmim envolta em gelo, brilhante e perfeitamente preservada. Era linda — e o gesto, incrivelmente gentil. Deve ter sido difícil buscá-la; o jasmim crescia apenas na fronteira do Inverno com a Primavera.

Clarion pegou-a com delicadeza, com medo de arrancar as frágeis pétalas.

— Claro que sim. Muito obrigada.

As palavras mal tinham passado por seus lábios quando um homem-pardal tomou o lugar da fada. Ele ofereceu uma estatueta esculpida em gelo.

— Um pequeno símbolo de nossa gratidão, Vossa Alteza, por você ter arriscado sua vida para proteger a nossa.

— Oh — disse ela, um pouco dominada pela emoção. Clarion aceitou a estatueta com cuidado, embalando-a na palma de sua mão enluvada. Derreteria se a segurasse diretamente, se não agora, quando retornasse às estações quentes. Ela se maravilhava com a beleza frágil daquelas coisas efêmeras. — É um prazer.

Quando a terceira fada se aproximou dela, Clarion percebeu que algo como uma fila havia se formado, e ficou surpresa ao ver tantas fadas esperando para falar com *ela*. Suas interações acabaram se confundindo: um turbilhão de mãos apertadas, nomes trocados e presentes — tantos que não sabia como os levaria para casa, ou onde colocá-los, mesmo que pudesse. As fadas do Inverno, há tanto tempo separadas das estações quentes, estavam aparentemente ansiosas para compartilhar o que tinham a oferecer. A generosidade e o carinho delas a surpreenderam. A recepção, a briga com Petra, tudo havia mexido muito com ela, e suas emoções pareciam a um passo de transbordar.

Aquilo tinha sido avassalador, de fato.

Quando a agitação inicial diminuiu e a multidão foi se dispersando, uma fada gentil carregou um trenó com os presentes que Clarion recebera e se ofereceu para levá-lo até a fronteira após as festividades. O último de seus súditos à espera para vê-la era Milori. Clarion sentiu um alívio considerável ao vê-lo.

— Como você está se saindo?

— Perfeitamente bem — disse ela, e falou sério. — Um pouco cansada, no entanto.

Ele pareceu um pouco incerto.

— Devo levá-la para casa?

— Não — respondeu ela, talvez muito apressadamente. Na verdade, nunca quis ir embora. — Ainda não. Eu não visitei nenhum dos quiosques.

— Isso é essencial antes de você ir. — Milori ofereceu a mão a ela. Uma vertigem, irreprimível e viva, se desenrolou dentro dela com a visão. — Venha comigo, então.

Ela pegou a mão dele.

— Tudo bem.

Milori a levou em direção ao rio congelado. Conforme se aproximavam do festival, a noite clareou. Velas queimavam em todas as superfícies disponíveis — pedras, mesas de gelo, troncos — e mergulhavam tudo em tons rosados. O rio absorvia toda a luz das velas e parecia brilhar na escuridão. Ao longo de toda a margem, as fadas do Inverno tinham montado barracas de madeira pintadas, seus telhados como bolos cobertos de chantilly com uma espessa camada de neve e pingando pingentes de gelo. Cada uma oferecia algo diferente: sidra temperada, sopa de abóbora guarnecida com fragmentos de sementes de romã, saladas de folhas verde-escuras e delicadas lascas de beterraba, nozes cristalizadas cortadas em pedaços finos, doces com glacê de frutas cítricas, pudins de caramelo. Clarion insistiu em experimentar um pouco de tudo.

Ao redor deles, fadas patinavam no gelo e flutuavam no ar enquanto dançavam. Usavam roupas de um branco puro e vermelho intenso. Clarion parou para admirar as rendas e as joias de gelo que brilhavam em suas orelhas e pulsos. Até mesmo a moda delas era diferente aqui!

— Você gostaria de se juntar a elas? — Milori perguntou.

Clarion girou para encará-lo, perturbada por ter sido pega olhando com tanto... desejo. Levou um momento para processar que sua pergunta soou suspeitosamente como um convite.

— Você dança?

— Eu *consigo* — disse ele —, teoricamente. Mas acho que é raro eu ter motivos para isso.

— Estou chocada — respondeu ela com um sorriso. Mal conseguia imaginá-lo dançando. — Eu também não. Bem, suponho que não seja totalmente verdade. Eu sempre *quis* dançar.

Ele fez um som pensativo.

— Por que você não dança?

— Rainhas não dançam.

— No Inverno, elas podem. — Ele a olhou nos olhos de modo significativo, e a garganta de Clarion ficou seca. — Além disso, você ainda não é rainha.

Clarion corou ao ter suas palavras viradas contra si. Balançou a cabeça para ele em afetuosa exasperação. A cada momento que passava, ficava mais e mais difícil lembrar por que exatamente insistira em manter alguma aparência de distância entre eles. O que ele disse era verdade: ainda não era rainha. E ele estava olhando para ela com tanta esperança que parecia quase cruel lhe dizer não.

Por que não se permitir uma última noite de liberdade?

Assumindo ares de derrota, Clarion suspirou. Deu um passo mais perto e ergueu o queixo para encontrar o olhar dele.

— Acho que não posso argumentar contra isso.

Os lábios de Milori se separaram em silêncio. Clarion sentiu uma pequena emoção por aparentemente tê-lo deixado sem palavras. Obviamente, ele não esperava que ela concordasse com tanta facilidade. Mas, depois de um momento, ele se recuperou o bastante para perguntar:

— Então, posso ter a ousadia de lhe pedir sua primeira dança?

Clarion precisou reunir toda a sua força para manter seu tom provocantemente indiferente.

— Você pode.

À distância, ela registrou que as fadas de talento da música haviam começado outra canção. Lentamente, Clarion descansou uma mão em seu ombro; a outra deslizou para dentro da dele. Ele se posicionou para a dança, puxando-a para mais perto com a mão na curva de sua cintura. O frio familiar e reconfortante de sua pele a envolveu, junto com o cheiro de sempre-viva e neve recém-caída. E, embora Milori alegasse que raramente dançava, ele a guiou pelos passos com experiente desenvoltura. Eles estavam entre os poucos casais no chão; era libertador ocupar tanto espaço, nunca temer colidir com outra pessoa. O tecido de seu vestido ondulava ao redor deles enquanto giravam, juntando neve e luz das estrelas.

— Você apreciou o seu primeiro baile do Inverno? — ele perguntou.

— É incrível. É tão... — Ela lutou para encontrar a palavra exata, mas a mais paradoxal era a que se encaixava melhor. — Quente.

Milori pareceu satisfeito, mas sua expressão logo ficou pensativa.

— É assim que poderia ser, se você quisesse.

Pela primeira vez, Clarion se permitiu imaginar. Quando fosse rainha, estaria em seu poder mudar as coisas nas estações quentes. Embora Elvina tivesse transmitido sua sabedoria a Clarion, seu tempo no Inverno lhe mostrou que não era o único caminho a seguir. Como seria doce governar não de uma distância imparcial, mas de forma *calorosa*. Talvez, então, ela não precisasse ficar sozinha. O próprio pensamento a encheu de um desejo maior do que qualquer outro que já conhecera.

Quando a música terminou, Milori não a deixou ir de imediato. Clarion resistiu à vontade de encostar a cabeça em seu ombro. Mas enquanto seu coração ansiava por ficar, o frio se fez sentir. Seus dedos estavam ficando dormentes e as pontas de suas orelhas ardiam.

— Eu deveria voltar para o Verão antes que eles percebam que eu saí.

Se ele estava desapontado, isso não transpareceu em seu rosto. Mas podia ler sua relutância em deixá-la ir, quebrada apenas pelo arrepio que a percorreu. Mesmo depois que Milori soltou a mão de Clarion, a palma de sua outra mão ainda estava firme na parte inferior das costas dela.

— Claro. Vamos tirar você do frio.

Um clima solene tomou conta de ambos; o voo de volta para a fronteira transcorreu em silêncio. Clarion conseguia se concentrar em pouca coisa além da sensação de término. Milori claramente sentia isso também. Ele segurava as rédeas com tanta pressão que os nós de seus dedos estavam brancos, como se pudesse se agarrar a esses últimos momentos. Clarion recostou a cabeça no ombro dele, deixando os olhos semicerrados. Desse ponto de vista, vislumbrou seus cabelos brancos soltos, desenrolando-se como fitas no escuro.

Noctua pousou e imediatamente afofou suas penas. Sua cabeça pareceu recuar para dentro delas. Com o sol há muito tempo afundado abaixo do horizonte, a temperatura havia despencado. Blocos de gelo flutuavam na corrente do rio, tão reluzentes quanto folhas de vidro preto ao luar.

Quando Clarion desmontou, suas botas afundaram profundamente nos montes de neve. Ela hesitou, inclinando a cabeça para trás a fim de olhar para Milori, enquanto ele permanecia empoleirado nas costas de Noctua. Com seu diadema, congelado em pontas irregulares, ele parecia tanto com a estátua do Lorde do Inverno: tão desamparado quanto formidável. O vento varreu o Inverno como um suspiro triste. Fez a capa de Milori ondular, e as rajadas espessas flutuavam entre eles como uma cortina.

Ela não conseguia se despedir.

É assim que poderia ser, se você quisesse.

Depois de tudo, eles não mereciam felicidade?

— Milori — começou ela, ao mesmo tempo que ele disse:

— Eu...

Ele limpou a garganta.

— Continue.

Clarion soltou um suspiro trêmulo.

— Você vai descer primeiro?

Sem hesitar, ele pousou na neve ao lado dela. Clarion ainda precisava erguer a cabeça para poder olhar para ele, mas ali no nível do solo, parecia menos que ele iria escapar dela. Calçou suas luvas, uma após a outra. Reunindo coragem, disse:

— Eu estive pensando.

A voz de Milori soou quase inaudível.

— Sobre o quê?

— Sobre o que você disse. Eu... — As palavras lhe fugiram. Qualquer esperança de ser articulada a havia abandonado por completo. Suas luvas caíram no chão. Entrelaçou os dedos no tecido da capa dele onde as pontas se encontravam na curva da clavícula. Sustentando o seu olhar, disse: — Eu não quero ir embora.

Milori parecia ter esperado a vida inteira por aquelas palavras. Uma represa havia cedido dentro dele, e a emoção queimando em seus olhos a atingiu como uma onda. Suas mãos pousaram sobre as dela, seus dedos circundando seus pulsos. Podia sentir o bater alucinado do coração dele sob o seu toque, o frio de sua pele penetrando na dela.

— Então não vá — ele murmurou no espaço vazio entre eles.

Não vá. Como se fosse a coisa mais simples do mundo.

O que mais havia para fazer? Clarion ficou na ponta dos pés e o beijou.

Por um momento, eles permaneceram suspensos em uma espécie de terna incredulidade. Então, os lábios dele se separaram sob os dela, e Clarion pareceu pegar fogo. Sentiu o gosto de cacau e canela na língua, engoliu o seu suspiro enquanto se derretia nele. Os dedos de Milori se enfiaram no cabelo da nuca de Clarion, levantando o queixo dela em direção a ele enquanto aprofundava o beijo. Os grampos que prendiam a coroa de flores de Clarion no lugar se soltaram, cobrindo a terra a seus pés com pétalas brancas e pólen doce. Cada toque dele incendiava seus nervos com calor lânguido e frio escaldante.

Sem fôlego, ela se afastou. Mas mesmo essa pequena distância lhe doeu. Como se ressentia de suas próprias limitações agora — a incapacidade de seu corpo tolerar o reino de Milori por muito tempo.

— Estou congelando.

— Não podemos deixar. — Os lábios dele roçaram os dela a cada sílaba.

Nenhum dos dois parecia disposto a se separar.

Ele a abraçou e lentamente a fez andar para trás. Clarion riu cambaleando, passando os braços em volta do pescoço dele para se equilibrar. Milori parou apenas quando eles estavam em uma ponte entre mundos: os pés dela plantados no musgo coberto de geada, os dele na camada rasa de neve. Mas mesmo ali na Primavera, o frio se agarrava a ela. A neve brilhava contra seus cílios, e a respiração que compartilhava com ele formava uma nuvem que pairava suavemente no ar.

Isso, pensou ela, bastava. Eles poderiam fazer aquilo funcionar. Naquele momento, não havia nada nem ninguém além dos dois.

E, então, uma voz familiar cortou sua alegria:

— Clarion!

Elvina.

20

Elvina desceu sobre eles como uma estrela cadente, seu brilho refulgindo intensamente com a força da raiva. Milori não soltou Clarion no ato; seus dedos se curvaram quase protetoramente em torno dos braços dela. Por mais que ficasse grata, teria preferido desaparecer por completo. Dissolver-se e ser levada como sementes de dente-de-leão ao vento.

Aquilo não podia estar acontecendo.

Quando Elvina pousou na beira do rio, Clarion quase se encolheu para trás, afastando-se dela. Ao longo dos anos, Clarion tinha visto muitos lados de Elvina. Embora ela fosse uma fada discreta, Clarion tinha chegado a entender e antecipar as mudanças sutis de suas emoções. Muitas vezes, tinha visto sua decepção — mas nunca nada como presenciava agora. A face de Elvina estava contorcida com fúria malcontida, todos os planos de seu rosto esculpidos em sombras e luz laranja.

Mas o que doeu ainda mais foi a visão de Petra e Artemis atrás dela. Petra pairava a uma curta distância, meio escondida atrás de um arbusto de mirtilos. Mesmo assim, Clarion podia ver como parecia angustiada: suas mãos entrelaçadas, seu cabelo meio solto do elegante coque, seu lábio mordido em carne viva.

Clarion desviou seu olhar para Artemis, que balançou a cabeça sutilmente. Clarion entendeu o que ela queria dizer: *Não tive nada a ver com isso.*

Não houve dúvidas na mente de Clarion sobre o que tinha acontecido, então. Depois da briga no baile, Petra havia contado a

Elvina para onde Clarion fora. A mortificação se agitava de forma nauseante dentro de Clarion. Mas agora, a traição queimava toda sua humilhação, toda sua indignação. Por mais que a machucasse, não a surpreendia.

— O que você está fazendo aqui? — Foi tudo o que Clarion conseguiu pensar em perguntar.

Essa, aparentemente, não era a resposta esperada ou desejada. A aura de Elvina brilhou mais forte com indignação.

— Devo entender que foi *isso* que a consumiu nas últimas semanas? Foi *isso* que a deixou tão curiosa sobre o Inverno? Eu esperava mais de você, Clarion.

— Isso é minha responsabilidade — Milori interrompeu. Não havia nenhum traço de frieza em sua voz, apenas uma seriedade insuportável. Apesar do diadema em volta de sua testa, ele parecia disposto a se ajoelhar.

Clarion lhe lançou um olhar incrédulo. *Claro* que ele tentaria assumir o peso da ira de Elvina sozinho.

— Não é...

— Procurei a ajuda dela para remediar meu erro — Milori continuou, sem se deixar abater. — Tudo o que ela fez foi a meu pedido. Perdoe-me, Majestade.

Elvina olhou para Milori como se ele fosse pouco mais que um inseto, muito abaixo de sua atenção. A repulsa em seu rosto fez a raiva arder dentro de Clarion. Agora que sabia o que Elvina pensava sobre as fadas do Inverno, sabia que era inútil discutir. Não importava o que ele dissesse, nunca a satisfaria ou convenceria.

Ainda assim, Clarion não podia permitir que Milori assumisse a culpa. Ele não podia mais se martirizar; já havia feito isso de centenas de maneiras diferentes. Ele nascera para muito mais do que isso. Por muito tempo, as fadas do Inverno haviam sido ignoradas e difamadas por algo que elas nobremente se ofereceram para fazer. Clarion não podia ficar ali e ser cúmplice disso por mais tempo. O fardo que os Guardiões do Bosque do Inverno tiraram das costas das Rainhas do Refúgio das Fadas era imenso; elas deveriam se sentir honradas por isso.

— Você está errada sobre ele. — Clarion deu um passo à frente de Milori, como se pudesse protegê-lo do desdém escancarado de Elvina. — Sobre todos eles. O Bosque do Inverno não é nada como acreditávamos.

— Nós discutiremos isso em casa — disse Elvina entredentes. — Venha comigo. Agora.

— Não.

Sua voz ressoou no silêncio, e as estrelas lá no alto pareciam apoiá-la, brilhando mais intensamente com a força de sua emoção. Elvina cambaleou para trás. Parecia quase perplexa, como se mal soubesse o que fazer ou que criatura petulante havia substituído Clarion, sua herdeira controlada e serena. A própria Clarion mal sabia de onde havia tirado coragem.

— Receio que você não tenha escolha — disse Elvina.

— Ele tem trabalhado comigo para deter os Pesadelos! Se você apenas me ouvisse...

— Clarion — disse Elvina em advertência.

— Tudo o que fiz foi para proteger o Refúgio das Fadas. Você pode dizer o mesmo?

Elvina recuou como se tivesse levado um tapa.

— Como disse?

As mãos de Clarion tremiam com a repentina descarga de adrenalina. Mal se reconhecia. Essa raiva justificada parecia que a consumiria. Mas ardia como um incêndio, e ela não conseguia pará-la agora.

— Você não teve consideração por seus súditos do Inverno. Você planejou virar as costas para eles e deixá-los com uma tarefa impossível! Magia de talento de regente é a única coisa que pode deter os Pesadelos, mas você não tem se interessado em...

Elvina soltou uma única nota de risada sem humor.

— Você não tem ideia do que está falando.

— Eu tenho — Clarion insistiu. Agora que tinha começado, não seria silenciada. — As fadas do Inverno têm sido vítimas de nossa compreensão incompleta da história por muito tempo, e eu não vou deixar isso acontecer. Milo... o Guardião do Bosque do Inverno não é o que você pensou que ele fosse.

— Não — disse Elvina sombriamente. — Ele é jovem. Ainda não teve a chance de crescer e se tornar o que ele pode se tornar: ambicioso, como seu antecessor, ou corrompido pelas feras que envenenam tudo que tocam. Você não está segura com ele.

Ao lado dela, Milori estremeceu.

Então, era isso? Elvina desconsideraria tudo o que Clarion dissera?

— Eu nunca estive em um lugar mais seguro.

Elvina avançou em sua direção. Pela expressão em seus olhos, parecia que estava pronta e disposta a arrastar Clarion para fora daquela ponte sozinha.

— Ele já virou você contra mim.

— Não, *você* me virou contra você! — As palavras escaparam antes que ela pudesse se conter, parando Elvina de chofre. Sua voz tremeu. E, no entanto, era a verdade que não queria admitir. — Tentei viver de acordo com o padrão que você estabeleceu, tudo na esperança de ser digna da coroa. Tentei tanto ser igual a você. Mas não sou. Foi isso que o Inverno me ensinou.

Sua magia explodiu dentro dela, aumentando com a maré de suas emoções. Clarion se tornou luminosa com a força de sua convicção. Mesmo através de seu casaco, o brilho de suas asas banhou o rosto atordoado de Elvina com um branco pálido.

— Não. Você certamente não é — disse Elvina. Mas não havia horror em sua voz. Era algo como admiração.

— Não quero interromper — disse Petra calmamente, espiando do matagal atrás do qual se escondera. Seu rosto ficou pálido. — Mas acho que há algo errado.

Ela apontou, e o olhar de Clarion seguiu o caminho que ela havia indicado para o céu. Agora que mencionara, algo *de fato* parecia errado. Em algum momento nos últimos minutos, a escuridão da noite havia se aprofundado.

As nuvens estavam baixas e ameaçadoras, aglutinando-se sobre a lua cheia e todas as estrelas que a acompanhavam. A energia crepitava no ar e formigava ao longo de seus braços. As fadas de talento do clima não disseram nada sobre uma tempestade, mas...

Não, isso não era a promessa de raios. Parecia pior, quase sinistro. Clarion estremeceu.

E, então, algo disparou no céu: um raio dourado de pó de fada, impossivelmente brilhante contra a escuridão cada vez mais espessa. À medida que se aproximava, Clarion percebeu que era uma fada de talento batedora do Inverno, voando direto para eles.

Embora o homem-pardal ainda estivesse vestido com suas melhores roupas, segurava seu arco com tanta força que os nós de seus dedos estavam brancos. Seu peito arfava e seus olhos estavam desvairados — e vidrados, como se ainda olhassem para algo que não estava realmente ali.

— Milori — ele finalmente disse, engasgando. — Houve um ataque.

A expressão calma e estudada de Milori se estilhaçou.

— O quê?

— Os Pesadelos — o batedor falou com a respiração entrecortada. — Eles inundaram o festival, mais do que já vimos. Minha unidade está liderando o máximo de fadas possível para o Salão do Inverno, mas...

Clarion sentiu sua pausa como um golpe físico. Como se estivesse em queda livre, mergulhada em um atoleiro de confusão e culpa. Aquilo não deveria ter acontecido. Mas não era isso que acreditava sobre as fadas ainda presas em seu sono eterno? O que ela e Milori haviam conquistado não era nada mais do que um punhado de sacos de areia empilhados contra a maré crescente. Eles não haviam conquistado nada.

Isso é tudo culpa sua, sua dúvida sibilou.

Quantos eles haviam perdido para o feitiço dos Pesadelos dessa vez?

Emergindo do choque, Clarion perguntou:

— Como eles puderam se libertar novamente?

A compreensão tirou Elvina do estupor.

— Você tentou selá-los.

— Eu... eu não sei.

Milori balançou a cabeça. Clarion nunca o tinha visto tão abalado, mas ele reuniu sua determinação o suficiente para falar firmemente:

— Eu tenho que ir.

Clarion agarrou seu cotovelo e sustentou seu olhar.

— Eu vou com você.

A gratidão que iluminou os olhos de Milori a deixou quase sem fôlego.

— Clarion. — Um tom de súplica apunhalou a voz de Elvina. — Não faça isso.

Clarion lançou apenas um olhar para trás. Sua vista pousou em Petra, cujos olhos estavam arregalados e brilhando com uma emoção que ela não conseguia identificar. Talvez Petra e Elvina estivessem certas: seus sentimentos por Milori a haviam tornado imprudente. Mas com essa fúria protetora e justa queimando dentro dela, Clarion nunca se sentira mais sintonizada com seu propósito.

— Sinto muito — ela disse com brandura. — Eu tenho que fazer isso.

Dando as costas para suas amigas e mentora, seguiu Milori para o frio amargo do Inverno.

Por favor, não permita que estejamos atrasados demais.

Clarion agarrou-se a esse apelo como uma tábua de salvação enquanto voavam em direção ao local do festival, tão firmemente quanto ela se agarrava a Milori. Ele segurava firme as rédeas de Noctua, guiando-os pela tempestade que se formava. Naquela altura, as nuvens — quase pretas no escuro — flutuavam sobre a visão de Clarion como uma mancha de fumaça de incêndio. A neve pesada a fustigava, acumulando-se pesadamente em seus cílios e picando seu rosto como rajadas de gelo. Cada lufada de vento os tirava do curso, e Clarion podia jurar que carregava uma voz.

Outono, o vento sussurrava.

Pela primeira vez em todas as suas travessias da fronteira, o Inverno se mostrou hostil.

Um lampejo de sombra no canto de sua visão chamou sua atenção. Clarion girou em direção a ela... e avistou algo vindo de encontro a eles: uma forma alada, traçada no brilho violeta do poder dos Pesadelos.

— Milori! — gritou ela. — Cuidado!

A cabeça dele virou rapidamente em direção ao Pesadelo. Um relâmpago cortou o céu, iluminando a fera por um pavoroso momento.

Ele puxou as rédeas, e Noctua desviou do caminho do Pesadelo. Milori se abaixou contra as costas da coruja para manter o equilíbrio, arrastando Clarion junto a ele — bem a tempo de evitar que as garras da criatura os alcançassem. Pressionou a testa contra as omoplatas dele e soltou um suspiro trêmulo, horrorizada com quão perto chegara de perder tanto o assento *quanto* a cabeça. Montar em Noctua para um voo casual era uma coisa, mas o combate estava logo provando ser outra completamente diferente.

Clarion olhou para cima e viu o Pesadelo rodeando outra vez. Ele se torceu na forma de uma coruja: uma zombaria grotesca de Noctua. Seu bico se curvava sobre um conjunto de dentes perturbadoramente humanos, que estavam arreganhados em um sorriso vazio. Pior, logo além da sombra de sua envergadura, ela avistou uma nuvem escura se movendo em direção a eles com velocidade alarmante. Um som de chiado, distante a princípio, aumentou para um grito agudo que ressoou através de seus ossos. Não, não uma nuvem — mas um grupo de Pesadelos, carregados nas asas de insetos. Mesmo dali, Clarion podia *sentir* a fome deles.

O medo a invadiu. Eles nunca sobreviveriam se o enxame os alcançasse. Devia haver centenas deles. *Todos* os Pesadelos haviam se libertado?

— Precisamos pousar — gritou Clarion sobre o uivo do vento. — Agora.

Milori olhou para os Pesadelos invasores, um músculo se contraindo em sua mandíbula.

— Tudo bem. Segure firme.

Clarion obedeceu. Com isso, Milori deu rédeas a Noctua. A coruja colou as asas no corpo e mergulhou de cabeça na direção da floresta lá embaixo.

Os olhos de Clarion lacrimejaram quando as garras amargas do vento e do frio a rasgaram. O cabelo de Milori esvoaçava atrás dele, chicoteando o rosto de Clarion enquanto despencavam. Em questão de segundos, Noctua rompeu a copa das árvores da floresta, derrubando neve solta e pingentes de gelo afiados como facas enquanto avançava. Galhos enredaram o casaco e o cabelo de Clarion violentamente, mas mal sentiu alguma coisa em meio à descarga de adrenalina. A poucos metros do chão, Noctua bateu as asas para desacelerar a queda.

Quando pousaram, o coração de Clarion batia descontroladamente na garganta. Nenhum dos Pesadelos os havia seguido até ali, mas podia senti-los movendo-se logo além da treliça de galhos das copas. Permaneceu congelada no lugar até que o zumbido horrível dos insetos desapareceu. Os pedaços de céu que conseguia ver ainda estavam manchados de um tom sinistro de cinza — mas nada a encarava de volta. Com a respiração superficial e trêmula, Clarion sentiu o terror diminuindo seu controle sobre ela, e a sensação de arrepios pela presença dos Pesadelos desapareceu.

Por ora, eles haviam escapado.

Ela e Milori deslizaram das costas de Noctua. Quando estavam em segurança em solo firme, Clarion se virou para encará-lo. Ele havia perdido seu diadema em algum momento durante o voo, e pedaços de granizo e galhos quebrados estavam presos em seu cabelo. Mas, felizmente, parecia inteiro e relativamente ileso. Um arranhão fino havia se aberto na lateral de seu rosto.

Ela segurou seu queixo entre as mãos, limpando com o polegar o sangue que havia escorrido.

— Você está bem?

— Estou — respondeu Milori. Seus olhos percorreram-na, procurando por ferimentos. Ele aparentemente não encontrou nenhum, pois ela viu um pouco da tensão se esvaindo dele. — E você, está?

— Acho que sim. — Com as pernas trêmulas, girou em um círculo lento para se orientar. Nada mais lhe parecia familiar. — Devemos continuar andando.

Milori assentiu. Ele liderou a caminhada sombria mais para dentro da floresta, mais para dentro da tempestade; seu brilho, fraco e prateado na escuridão, guiava-os. Cuidadosamente, Clarion encaixava suas botas no formato das pegadas que ele deixava para trás. Através da escuridão e das rajadas de neve cada vez mais espessas, ela mal conseguia ver sua própria mão a poucos centímetros do seu rosto. Cada galho que perfurava a cortina de neve se estendia em direção a eles como garras, e o crescente desconforto fez com que ela enxergasse os pingentes de gelo pendurados nas árvores como presas gotejantes à mostra. Como odiava ver seu amado Bosque do Inverno transformado em um lugar tão mal-assombrado.

Era sempre silencioso ali, todo o som abafado pela forte nevasca. Mas o silêncio de agora não era natural, como se toda a floresta estivesse prendendo a respiração, aterrorizada demais para se mover. Seus passos estalavam alto demais na crosta de gelo que brilhava friamente sobre a neve.

Então, ela ouviu: gritos.

O sangue de Clarion gelou. Nenhum deles disse uma palavra; não precisavam. Estimulados por aquele som de terror, eles começaram a correr. Quando irromperam pela cobertura de faias e abetos, Clarion parou de repente.

Os destroços do festival estavam diante deles. As barracas pelas quais eles haviam vagado pouco tempo antes estavam completamente destruídas — nada além de esqueletos de madeira lascada. Brasas ardiam em seus restos mortais, tendo pegado fogo por velas que nunca haviam sido apagadas. Fragmentos irregulares de esculturas de gelo estavam espalhados na superfície do rio, brilhando entre a bagunça pisoteada de pétalas de flores e guirlandas.

Mas Clarion não conseguia desviar o olhar das formas escuras de fadas adormecidas esparramadas no gelo. Pareciam estátuas: perfeitamente imóveis em meio a tanta destruição. A neve já havia começado a se acumular sobre elas.

Ali estava exposta a evidência de seu fracasso.

Pesadelos se acumulavam ao redor das fadas como derramamentos de óleo, borbulhando enquanto lutavam para tomar forma. Rodopiavam pelo ar, tão escuros quanto fumaça. Outros rondavam em suas formas animais, crivados de flechas. Indistintamente, Clarion observou outra flecha afundar na órbita ocular de um urso disforme. Ele rugiu de indignação, e cuspe — não, ela percebeu, veneno — foi arremessado das pontas letais de suas presas.

Isso trouxe Clarion de volta a si.

Batedores voavam sobre suas cabeças, empunhando arcos e bradando gritos de guerra. Embora não pudessem lutar contra os Pesadelos, estavam arriscando a vida para salvar o máximo de fadas que pudessem. Alguns incitavam os Pesadelos a persegui-los, esquivando-se e ziguezagueando através de faixas de escuridão, enquanto seus companheiros conduziam os civis em direção ao Salão do Inverno. O coração de Clarion palpitou de emoção ao ver tamanha bravura e altruísmo.

Um rosnado baixo retumbou atrás dela.

Clarion ofegou, girando, e ficou cara a cara com uma versão distorcida de Fenris: um lobo com a boca cheia demais de dentes e um segundo par de olhos montados acima do primeiro. Antes que pudesse se mover — antes mesmo que Clarion pudesse abrir a boca para gritar —, a fera caiu esparramada no chão em um jato de neve e sombras contorcidas. Ficou imóvel de lado, perfurada por uma seta. Um líquido preto viscoso escorria ao redor da flecha, e fumaça subia lentamente como se a criatura tivesse sido chamuscada. Uma tênue luz dourada brilhava ao redor das bordas de sua ferida.

Lentamente, Clarion se virou — e o que viu quase trouxe lágrimas aos seus olhos.

Petra estava a alguns metros de distância, empunhando algum tipo de arma que Clarion nunca tinha visto antes. A expressão em seu rosto estava em algum lugar entre triunfo e horror. Seu cabelo era vermelho-sangue sob a cobertura da noite, com neve acumulada como um punhado de estrelas em seus cachos. Artemis estava ao lado dela, uma silhueta escura recortada contra a imensidão branca, uma mão apoiada no quadril.

— Belo tiro — disse. Ela parecia relutantemente impressionada. — E bons reflexos.

Clarion mal conseguia acreditar que elas estavam realmente ali. Se sua mente não estivesse ocupada com outra coisa, poderia se preocupar com espectadores inocentes sendo atingidos por uma flecha perdida. Não achava que alguma vez Petra já tivesse mirado uma arma em toda sua vida. Mas, agora, não conseguia sentir nada além de uma gratidão avassaladora.

— Vá falar com elas — Milori disse suavemente. — Vou ajudar os outros a encontrarem o caminho para o Salão do Inverno.

— Estarei bem atrás de você. — Ela sustentou seu olhar, sentindo uma súbita pontada de medo. Se algo acontecesse com ele... Não, não conseguia nem imaginar isso. — Tenha cuidado.

Milori assentiu firmemente.

— Você também. Vejo você em breve.

Ele se virou, o tecido de sua capa estalando logo atrás, e então levantou voo. Clarion não conseguiu engolir completamente o nó de ansiedade em sua garganta enquanto o brilho dele era abafado pela forte nevasca. Milori sabia se cuidar, assegurou a si mesma. Estariam juntos novamente em breve. Desviando o olhar do ponto onde ele havia desaparecido, Clarion correu pela neve até Artemis e Petra.

— O que vocês estão fazendo aqui? — Depois de um momento, algo mais urgente ocorreu a ela. — *Como* vocês estão aqui?

Petra deixou a arma pender ao seu lado. Como se fosse a coisa mais óbvia, ela disse:

— Não íamos deixar você fazer isso sozinha. Quanto ao como... meus protótipos de casacos podem ser feios, mas dão conta do recado bastante bem.

Clarion deu uma boa olhada nelas. As duas pareciam ridículas, se afogando em tecido. Os casacos eram monstruosidades de retalhos enormes, visivelmente feitos de qualquer coisa que Petra tivesse encontrado no Recanto das Artesãs. Clarion não conseguiu evitar rir, mesmo com a garganta embargada pelas lágrimas.

— Ela também queria uma chance de testar seu outro protótipo. — Artemis olhou cobiçosamente para a arma de Petra. Então ergueu a própria, que, embora de certa forma mais ou menos idêntica, parecia mantida unida por um sonho em vez de algo concreto. Para o olho destreinado de Clarion, parecia ser um arco de batedora pregado em um fino bloco de madeira. Um longo sulco descia pelo centro, onde uma flecha seria encaixada. A corda do arco, uma vez esticada, era mantida no lugar por um mecanismo liberado por um gatilho. — Ou, pelo menos, a *minha* é um protótipo.

— É por isso que você precisa ficar perto de mim — disse Petra, com um sorriso quase malandro. — Todos os meus esforços finalmente valeram a pena.

— Seus esforços para arruinar um arco e flecha perfeitamente bons — Artemis resmungou, sem nenhuma zanga real por trás. — Isso tira toda a arte da arqueria.

Petra apontou um dedo acusador para ela.

— Há arte! Você simplesmente não aprecia...

— Espere. — O estômago de Clarion deu um nó. — É *nisso* que você estava trabalhando? Não na espada?

Artemis e Petra ficaram em silêncio. A tensão crepitou no ar entre elas.

— Claro. — Petra deu-lhe um sorriso frouxo. — Eu teria te contado antes, mas nunca tive a chance exatamente de fazê-lo.

Clarion se encolheu ao lembrar da briga, mas antes que pudesse falar, Petra atropelou-a.

— Quer dizer, eu estava trabalhando na espada de Elvina também. Mas depois de um certo ponto, a maior parte do meu tempo foi gasto fazendo com que parecesse convincente.

Clarion franziu a testa.

— Convincente?

— Não funciona. — A frase irrompeu de Petra, uma confissão de culpa que ela não conseguia mais conter. — Se ela descobrir...

— Ela não vai descobrir — Artemis interrompeu, um pouco cansada. Isso tinha o ar de uma conversa que elas haviam tido pelo menos duas vezes antes.

— ... então eu serei exilada de verdade dessa vez!

— *Não funciona*?

Petra parou para considerar, recompondo-se.

— Bem, suponho que funcione na medida em que as pedras do sol canalizam a luz solar. Então, não é exagero pensar que funcionaria com as fadas de talento de regente da luz das estrelas... — A menção de fadas de talento de regente, evidentemente, lembrou

Petra de suas preocupações mais imediatas. — A questão é que não fará o que Elvina quer. Eu ia contar a ela, mas você parecia achar que sabia o que estava fazendo, e...

O restante da frase de Petra se transformou em um disparate. Tudo o que Clarion conseguiu dizer do que depreendeu foi:

— Você mentiu para Elvina?

O rosto de Petra ficou muito pálido, depois vagamente esverdeado.

— Acho que sim.

Mas Petra nunca mentia. Clarion mal conseguia processar.

— Por que você fez isso?

— Eu não sei. — Petra passou a mão pelo rosto. — Quando eu fiz, já era tarde demais. E agora, quando ela descobrir...

Artemis suspirou. Diplomaticamente, disse:

— Nós duas acreditamos em você, Clarion. — Então desviou o olhar intencionalmente para Petra. — Mesmo quando nos preocupamos com você.

A culpa afugentou o pânico de Petra.

— Sinto muito por mais cedo. Eu não deveria ter sido tão...

— Crítica? — Clarion sugeriu.

— Certo. Isso. — Petra estremeceu. — Sinto muito por envolver Elvina quando eu sabia que era a última coisa que você queria. Entrei em pânico, como sempre. Fiquei preocupada que fizesse algo tolo. Eu não queria que se machucasse.

— Eu sei. E suponho que você não estava errada — engasgou ela, em meio a uma risada. Clarion poderia ter chorado ali mesmo, se de alívio ou arrependimento ela não tinha certeza. Ainda havia tantas coisas emaranhadas entre elas, mas, por enquanto, era o suficiente. Tinha que ser, quando Clarion não sabia se sobreviveriam à noite. — Eu também sinto muito. Não deveria ter...

— Conversaremos mais tarde — Petra disse com brandura.

— Mais tarde, então. — Clarion fez o melhor que pôde para engolir a onda repentina de emoção. Gesticulou vagamente para a arma que Petra estava segurando. — O que exatamente é essa coisa, afinal?

Petra se animou.

— Ah, isso?

Aparentemente, era algum tipo de engenhoca para derrotar Pesadelos. Pelo menos, foi o que Clarion deduziu da descrição entusiasmada — e muito técnica — em que Petra embarcou.

— Decidi chamá-lo de arco T. Ou talvez arco X? Ainda estou trabalhando nos detalhes mais sutis, mas você pode carregá-lo com flechas abastecidas com pó de fada. Obviamente, não é tão potente quanto a magia de talento de regente, mas eu trabalhei com a hipótese... — Petra parou de falar, seu rosto empalidecendo. — Sabe, não acho que a ciência por trás disso importe agora.

O fim de sua frase foi interrompido por um guincho. Clarion se virou e viu que o Pesadelo que Petra havia acertado antes estava começando a se recompor. Sua forma de névoa desmoronava e borbulhava enquanto tentava se levantar. Elas não tinham muito tempo antes que ele conseguisse atacar novamente.

— Qual é o plano? — Artemis perguntou, sempre pragmática.

— A maioria das fadas do Inverno se abrigou no Salão do Inverno — respondeu Clarion. — Precisamos garantir a segurança delas antes de tudo. Encontraremos Milori lá, protegeremos a entrada e nos reagruparemos. Entendido?

Artemis prestou continência.

— Entendido, Vossa Alteza.

Petra carregou outra flecha e travou a corda esticada. A ponta brilhou, enchendo seus olhos com luz dourada. Seu rosto assumiu aquela calma familiar e assustadora. Agora entrara na mesma mentalidade de quando um prazo estava tão próximo que não deixava espaço para pânico.

— Vamos fazer isso.

Entre elas e o Salão do Inverno havia um verdadeiro mar de Pesadelos. Elas não o alcançariam sem lutar. Mas quando Clarion olhou para Artemis e Petra, seus olhos brilhantes de determinação, concluiu que parecia que elas poderiam vencer.

21

Elas partiram rumo ao Salão do Inverno, abrindo caminho pela neve na altura dos joelhos e por escuros bosques. A pé, era uma lentidão enlouquecedora. A nevasca continuava, com toda a sua neve chicoteante e ventos cortantes. O gelo raspava contra a pele exposta no rosto de Clarion, e o frio, tão afiado quanto uma lâmina, penetrava até seus ossos. Não sabia se o clima era influência dos Pesadelos, ou o próprio Inverno uivando seu grito de guerra.

— Não falta muito agora — ela gritou para Artemis e Petra, que vinham atrás dela.

Como esperava que isso fosse verdade. Era difícil dizer para onde, exatamente, estavam indo. Mas o som de luta a alcançou: gritos e rugidos ao longe, arrebatados pela tempestade. Embora ela pudesse ver e ouvir pouco, o poder dos Pesadelos permanecia como uma névoa baixa. Ele deslizava sobre sua pele, deixando todos os seus nervos incendiados de pavor.

Aqui e ali, vislumbrava Pesadelos voando acima de suas cabeças: novelos de sombras contorcidas bloqueando até mesmo a escuridão das nuvens. Eles não notaram o trio enquanto perseguiam obstinadamente as fadas do Inverno em fuga. O pânico confrangeu o peito de Clarion.

Ela enviou um desejo silencioso às estrelas: *Permitam que elas voem rápido*.

Fora um erro, pensou Clarion, deixar Milori seguir em frente sozinho.

Quando avistou o Salão do Inverno — suas portas talhadas em gelo brilhando com a suave luz azul de suas runas —, estava ardendo de expectativa. Agora estavam no topo de uma colina, olhando para o recôncavo do vale onde o Salão estava esculpido na encosta da montanha. Dali, Clarion podia ver o caos se desenrolando diante dela.

O Salão do Inverno estava completamente sitiado por Pesadelos.

Os batedores conduziam fadas aterrorizadas para dentro das portas entreabertas, fazendo o melhor que podiam para controlar a pressão frenética da multidão. Outro grupo voava pelo ar, provocando os Pesadelos para os atraírem para longe do Salão. E ali, no centro de tudo, cercado por uma falange de batedoras, estava Milori.

O coração de Clarion saltou enquanto admiração e alívio se entrelaçavam dentro dela. Nunca o tinha visto se mover assim, com uma graça eficiente e implacável. Ele desencadeou rajadas de frio puro, o ar eriçado de cristais de gelo enquanto congelava os Pesadelos no meio de um ataque. As feras tremiam e se enfureciam sob a geada, ameaçando se libertar, e outras mais desciam dos céus.

Por enquanto, estavam se aguentando. Por quanto tempo conseguiriam afastá-los?

Artemis recarregou seu arco. Seus olhos escuros brilharam enquanto ela examinava a cena abaixo delas.

— Há tantos deles.

Clarion entendeu claramente o que ela não disse: *um número esmagador.*

— Só precisamos contê-los até o amanhecer. Eles precisarão se esconder da luz do sol.

Mas o amanhecer ainda estava a horas de distância.

As runas gravadas nas portas do Salão do Inverno brilharam quando um Pesadelo atingiu o gelo. As proteções eram poderosas, mas contra um ataque de monstros...

— Até o amanhecer, então — disse Artemis, sua expressão fria e destemida. — Suas ordens?

— Cubra-me. Estou indo para as portas. Depois disso, ajude as batedoras a manter os Pesadelos ocupados. Não faça nada arriscado. — Quando Artemis lhe deu um meio-sorriso irônico, Clarion acrescentou: — Apenas fique viva.

Elas avançaram em direção à batalha. As amigas de Clarion a flanqueavam: Petra, seu cabelo ruivo deixando um rastro atrás dela como um cometa; Artemis, seus lábios arreganhados em um rosnado selvagem.

Ali no vale, a atmosfera opressiva era tão insuportável quanto tinha sido perto do lago-prisão. Toda a negatividade que os Pesadelos exalavam as pressionava como uma mão sufocante. Suor frio formigava na parte de trás do pescoço de Clarion, e o cheiro rançoso do medo ardia no fundo de sua garganta. Ao redor delas, Pesadelos ondulavam como faixas de tecido escuro e esfarrapado. Batedores passavam, suas expressões assombradas parecendo caveiras à luz laranja de seus próprios brilhos.

As hordas eram aparentemente infinitas. Pesadelos se desprendiam das sombras e se materializavam na neve como espectros. Juntas, Clarion e suas amigas atingiam os Pesadelos que flutuavam em seu caminho. Eles eram derrubados por flechas e luz das estrelas. Sob o calor da magia de Clarion, alguns deles começavam a se desintegrar, mas deslizavam em direção à sombra da floresta.

Covardes, pensou ela.

Do véu de neve, uma forma escura apareceu. Um cervo surgiu atrás de Artemis, seus chifres pingando veneno sombrio.

— Artemis! — Clarion alertou.

Artemis estremeceu de surpresa. Por reflexo, desembainhou a espada e golpeou a perna da criatura. Sua forma ondulou como água enquanto a lâmina passava inofensivamente por ela. Lentamente, as sombras de sua carne se solidificaram ao redor da arma e a arrancaram dela. Quando o casco desceu para jogá-la contra o chão, Artemis se esquivou com apenas uma inspiração suave. Uma segunda lâmina se materializou em sua mão. Ela a estava girando entre os dedos, preparando-se para golpear o cervo novamente, quando Petra o espetou com uma flecha brilhando intensamente com pó de fada. O cervo berrou, cambaleando para longe delas, com sangue oleoso escorrendo de seu ferimento.

— Obrigada — disse Artemis com voz rouca.

Fora por muito pouco para oferecer qualquer conforto.

Clarion estudou as duas. Uma fina linha escarlate se abrira na bochecha de Artemis e, embora Petra parecesse calma, seu braço tremia de suportar o peso do arco. Até Clarion se sentia exausta, com sua magia se apagando dentro dela.

— Vá — disse Petra. — Não se preocupe conosco.

Relutantemente, Clarion assentiu e correu em direção ao Salão do Inverno. Através do clamor e da agitação da batalha, encontrou seu verdadeiro norte: Milori.

Um grupo de Pesadelos irrompeu da nevasca, descendo sobre ela. Clarion cambaleou para trás, quase tropeçando nos próprios pés. Sem pensar, estendeu a mão, liberando um raio de luz das estrelas. As feras recuaram de seu poder, contorcendo-se para evitar serem queimadas. Quando se dispersaram, ela estava ofegante pelo esforço. Não sabia por quanto tempo conseguiria continuar assim.

— A rainha está aqui! — gritou do alto uma batedora. — Lutem!

Gritos de mobilização irromperam pelo vale. Clarion olhou para suas mãos trêmulas antes de cerrá-las em punhos. Seu poder era um símbolo de esperança. Agora, talvez fosse tudo de que precisavam.

Clarion correu o resto do caminho até o Salão do Inverno, liberando outro raio de luz das estrelas em um Pesadelo que se preparava para atacar Milori. Ele foi jogado para o lado, gritando de angústia. Milori girou em direção a ela, com choque e gratidão estampados em seu rosto.

Ela correu para o lado dele e, na breve calmaria, avaliou o seu estado.

— Você está bem.

Os dedos dele contornaram o queixo dela, apenas por um momento, antes que sua mão pendesse de volta ao longo do corpo.

— Assim como você.

Ela não teve tempo de responder, pois os Pesadelos que deso-rientara haviam se recuperado. Eles se aproximaram, seus rosnados baixos e o barulho de suas garras contra o gelo ecoando na encosta da montanha. Visivelmente, hesitavam em se aproximar muito dela. Nenhuma das criaturas havia recuperado a forma por completo. Alguns se esgueiraram sem convicção em direção a eles; outros se ergueram como fumaça de incêndio e os cercaram, envolvendo-os em um véu de escuridão.

Clarion e Milori trocaram olhares antes de se posicionarem com as costas apoiadas um no outro. Geada rodopiava ao redor de Milori ao passo que ouro se acumulava nas palmas de Clarion. À medida que os Pesadelos avançavam, eles entravam no ritmo da batalha. Clarion manejava sua magia como facas, cortando os Pesadelos enquanto eles atacavam. Ofereciam pouca resistência contra ela; sua luz penetrava sem esforço a escuridão. Mas ela nunca havia usado tanto seu poder; a cada monstro que derrubava, mais fraquejava.

Um pesadelo em forma de rato a atingiu com o rabo, e Clarion foi jogada com força contra a encosta da montanha. O ar de seus pulmões foi expulso no baque, enquanto o branco explodiu em sua visão. Ela se recuperou no momento em que uma explosão de gelo o lançou para longe dela.

Milori a puxou para ficar de pé e não a soltou. Seus olhos estavam arregalados de preocupação, e seus dedos se fecharam com urgência em torno do antebraço de Clarion.

— Você já fez o suficiente, Clarion. Deveria entrar.

— Não — ela se esforçou para dizer entre os dentes cerrados. — Eu posso continuar lutando. Temos que segurá-los até o amanhecer.

Havia algo quase resignado brilhando nos olhos de Milori. Clarion viu a verdade ali: ele não esperava durar até o amanhecer, mas não pretendia recuar. Um nó de emoção se apertou na garganta de Clarion. Não podia negar que a situação parecia sem esperança. Carregados pela tempestade que rugia atrás deles, mais e mais Pesadelos estavam chegando.

Clarion pousou a mão sobre a dele e sustentou o seu olhar.

— Não vou te deixar. Você não pode me pedir isso.

Ela viu o momento em que sua contenção cedeu. Sua face se contraiu e, por um torturante momento, ele encostou a testa na dela. Baixinho, Milori disse:

— Nós evacuamos o máximo de fadas que pudemos. Devemos convocar todas as que ainda estão do lado de fora e nos preparar para fazer nossa resistência final.

Resistência final. Tais palavras a fizeram tremer. No entanto, assentiu.

— Você chama os batedores. Vou encontrar Artemis e Petra para garantir que elas retornem a pé.

Ele voou para os céus, gritando a ordem de retirada. Clarion procurou por suas amigas naquele caos. Eventualmente, avistou Artemis e Petra travando uma batalha com um lince-Pesadelo.

Ela disparou pelo campo em direção às duas. Os gritos dos Pesadelos encheram seus ouvidos. Ela se jogou e rolou quando algo saltou sobre ela. Um raio de ouro voou por seu braço e o jogou para trás. Com o coração na garganta, Clarion se levantou rápido — bem a tempo de ver a fera cravar os dentes profundamente na canela de Artemis. Artemis gritou de dor. A criatura balançou a cabeça violentamente para arrebentá-la; o corpo de Artemis sacudiu de um lado para o outro como uma boneca de pano.

— Artemis! — Petra gritou.

Ela lançou uma flecha que zuniu na direção do monstro; quase atingiu seu ombro. O lince girou em direção a Petra. Os olhos de Petra estavam arregalados e vidrados de medo.

Um morcego-Pesadelo voou em direção a Clarion. Ela reuniu a luz das estrelas em sua mão e o derrubou — apenas para outro puxá-la para o chão. O monstro a prendeu sob seu peso. Ela se debateu descontroladamente por um momento antes que a magia irrompesse dela. A fera girou para trás, libertando-a de seu aperto esmagador. Clarion rastejou para frente antes de se levantar novamente. Seus ossos doíam. Havia cortado o próprio lábio com os dentes. Suas mãos tremiam demais para canalizar magia em qualquer coisa além de jorros. Mas não podia parar.

A uma curta distância, Clarion viu o mais tênue brilho de pó de fada caindo do céu: mais uma perdida. Isso provocou uma onda de agonia através dela, mas não havia nada que pudesse fazer por elas agora. Só conseguia se concentrar em Artemis, seu rosto se tornando pálido como um fantasma e levemente molhado de suor, sua perna esmagada em um ângulo estranho — e reluzindo num vermelho visceral.

O lince-Pesadelo avançou em direção a Petra. Veneno cobria suas garras, brilhando violeta na escuridão. Enquanto Petra lutava para encaixar outra flecha no arco, o Pesadelo a atacou. Ela voou alto, então bateu no tronco de uma árvore. Um estalo doentio cortou o silêncio. Sua arma caiu no chão e deslizou pelo gelo, para bem longe de seu alcance. Petra estava muito quieta, seu cabelo vermelho espalhado na neve como uma mancha de sangue. Seus olhos estavam fechados e seu rosto fixado em uma máscara de horror.

Presa no feitiço dos Pesadelos.

Não, pensou Clarion. *Não, não, não.*

Quantas fadas haviam tombado naquele dia? Quantas mais tombariam? Já havia perdido tantas. E, agora, havia perdido Petra.

A força de sua emoção a rasgou, então explodiu para fora em um arco de luz ofuscante. Sua magia refletiu em todo o gelo e neve até que o vale ficou tão brilhante quanto o dia na noite mais profunda. Todas as feras que enxameavam o Salão do Inverno uivaram em agonia. Dava quase pena a maneira como lutavam para escapar. Elas se reviravam e se contorciam em mil formas diferentes, desesperadas para se livrar da iluminação implacável de seu poder.

Presos em seu esplendor, todos os Pesadelos foram revelados: pequenos, encolhidos e patéticos, expostos como as míseras coisas que eram. A magia jorrava dela implacavelmente, incinerando-os. Quando a luz finalmente desapareceu, o vento suspirou pelo vale. Os resíduos que restaram dos Pesadelos se espalharam, carregados pelo ar como grãos de areia preta.

E Clarion caiu de joelhos.

22

Clarion se sentiu vazia, como se alguém tivesse raspado a medula de seus ossos. O brilho da luz das estrelas que ela geralmente sentia dentro de seu peito tinha esfriado como cinzas em uma lareira.

Embora a exaustão a arrastasse para baixo, embora sua visão piscasse preta, ela rastejou em direção a Petra. Quando finalmente conseguiu, soltou um soluço sufocado. As sardas de Petra pareciam desaparecer na palidez cerosa de sua pele. Seus olhos vagavam por trás das pálpebras fechadas, assombrados por algo que Clarion não conseguia ver — algo do qual não conseguia salvá-la. Era impossível suportar. Não conseguia mais aguentar o peso de seu fracasso. Queria se enrolar na neve ao lado dela e se render. Queria dormir por uma eternidade.

Seria tão fácil dormir.

Ela não fazia ideia de quanto tempo ficou ajoelhada ali antes de ouvir o som de passos na neve ao seu lado. Clarion inclinou a cabeça na direção do som. Milori e Milefólio estavam de pé ao seu lado, com olhares gêmeos de preocupação. Sentia frio de um jeito que nem mesmo a noite mais longa e amarga do inverno conseguiria provocar. Sentia frio até a alma. Isso deixava seu sangue lento — e seus pensamentos ainda mais lentos. Tudo parecia tão irreal, que não tinha certeza se eles estavam mesmo lá.

— Vejam Artemis primeiro — murmurou Clarion. As palavras pareciam grossas em sua boca; mal conseguia forçar seus lábios a moldarem-nas.

— As fadas da cura estão tratando dela — Milori respondeu suavemente.

— Que bom. — Seus olhos se fecharam. — Está tão frio.

Vagamente, registrou que Milori estava falando com Milefólio num tom baixo. Captou apenas fragmentos:

— ... muito pálida... faça alguma coisa...

Ele estava falando sobre ela, Clarion pensou. E se forçou a se concentrar na resposta de Milefólio.

— Não posso fazer nada se não houver um ferimento para tratar. A tensão que ela colocou em si mesma... — A fada da cura parou de falar. — Está mal, Milori. Está completamente esgotada. Precisa voltar para as estações quentes imediatamente. As fadas da cura saberão o que fazer com ela.

Estou morrendo?, ela se perguntou. Clarion se sentia tão desconectada de seu próprio corpo que a perspectiva dificilmente a assustava.

— Nenhuma de suas amigas está em condições de levá-la de volta — disse Milori. — Posso levá-la até a borda da Primavera.

— E se você não encontrar nenhuma fada das estações quentes? — Milefólio quis saber, as mãos se fechando em punhos ao lado do corpo. — Nossas batedoras as avisaram do ataque. Não consigo imaginar que alguém esteja esperando na fronteira.

A expressão de Milori ficou sombria. Clarion não gostou da postura determinada de sua mandíbula, do endireitar resignado de seus ombros. Um sentimento incipiente de pavor a percorreu, muito pior do que qualquer coisa que os Pesadelos lhe infligiram.

— Então, farei o que devo.

— Milori — Milefólio disse em advertência.

— Eu entendo o custo.

— Você realmente entende?

Clarion captou um lampejo da dor que iluminou os olhos de Milefólio — e como ela também não protestou mais quando Milori se ajoelhou ao lado de Clarion. Ele deslizou um braço por baixo dela e a ergueu nos braços.

Então acenou para uma fada batedora e assobiou para Noctua. Em um instante, a coruja voou para baixo de seu poleiro. Com a ajuda do batedor, Milori içou Clarion para as costas de Noctua e então subiu com ela. O calor suave das penas de Noctua reconfortou Clarion.

À medida que subiam para os céus do Inverno, a visão de Clarion começou a falhar, indo e voltando. Só conseguia distinguir confusamente os planos do rosto de Milori, dourados pelo luar, e seu cabelo, uma mecha branca de neve contra o céu estrelado. A tempestade havia passado, ela pensou vagamente. Ele parecia tão bonito — e tão triste. Sentindo o olhar dela sobre si, Milori a olhou. A preocupação que vincava a testa dele partiu o coração de Clarion. Mais do que tudo, queria tirá-la dele.

Mas, naquele momento, estava impotente.

Clarion não sentia nada além de vazio dentro dela. Uma dormência desconcertante tomou conta de todo o seu corpo. Se não lutasse, parecia-lhe que poderia partir. Parecia tão tentador. Suas pálpebras estavam impossivelmente pesadas. Através da neve emaranhada em seus cílios, observou as estrelas escurecerem. Elas estavam chamando seu nome.

Clarion.

Ou era Milori?

— Clarion — ele disse firmemente. — Fique comigo.

Ela estava tão cansada. Mas se Milori tinha pedido para ficar... bem, havia pouca coisa neste mundo que negaria a ele. Qualquer coisa que estivesse em poder de dar era dele. Suas palavras saíram arrastadas quando disse:

— Fale comigo.

Houve um momento de silêncio antes que ele soltasse um som ofegante, como se não pudesse acreditar no que estava prestes a dizer.

— Você sabia que eu vi sua estrela cair?

Com isso, uma mínima centelha de calor acendeu-se nela. Com os olhos anuviados, ela sorriu.

— Sério?

— Sério.

Ela forçou seus olhos a se abrirem diante da ternura na voz dele. Envolto em luz celestial, Milori parecia quase sobrenatural. Ele olhava para ela com desespero feroz, partes iguais de adoração e pesar. Isso fez uma dor florescer dentro de Clarion, uma emoção que ela não conseguia nomear borbulhando na superfície do lago turvo de seus pensamentos.

— Eu não sabia na época que isso estava nos trazendo uma nova rainha. Nunca tinha visto uma estrela cadente antes; elas caem tão rápido. Mas eu peguei o momento exato em que cortou o céu. Lembro-me de me sentir tão... — Ele parou, sua voz suavizando. Um sorriso agridoce apareceu em seu rosto. — Não sentia esperança há muito tempo, mas naquela noite eu senti. Até fiz um pedido.

Um pedido? Não se devia contar um pedido feito, ela sabia. Isso em geral os neutralizava. Mas, certamente, se fora feito à sua própria estrela, poderia mantê-lo seguro para ele.

Como se sentisse a mudança nos pensamentos de Clarion, ele respondeu.

— Desejei que pudesse haver um futuro diferente para mim no Refúgio das Fadas — disse ele, baixinho. — Onde eu não estivesse preso aos Pesadelos. Onde talvez nossos mundos não estivessem tão divididos.

Um lindo pedido. Quando ela se permitiu imaginá-lo, seu coração se encheu de anseio. Milori entrelaçou os dedos nos dela e roçou os lábios contra os nós dos dedos de Clarion.

— Haverá — ela sussurrou. — Eu prometo.

Nem que fosse a última coisa que fizesse, tornaria o desejo de Milori realidade.

As estrelas lá no alto brilharam mais intensamente. A expressão de Milori se encheu de admiração enquanto as luzes dançavam na neve que flutuava ao redor deles. Quando o seu olhar encontrou o dela novamente, Clarion não conseguia se lembrar de como respirar. Que lindo, ver o momento exato em que ele se apaixonara por ela. Talvez ele sempre a tivesse amado, em algum nível, desde aquela noite em que se permitiu ter esperança outra vez. Mas com a escuridão se aproximando — com sua mente flutuando em algum lugar além dela —, Clarion não conseguia se convencer de que não tinha imaginado aquilo.

Certamente, pensou, algo tão adorável tinha que ser um sonho.

Quando sua visão voltou a entrar em foco, eles pousaram.

Clarion estava enrolada de lado, ainda aninhada com segurança nas penas de Noctua. Levou apenas um momento para perceber que tinham parado na fronteira do Inverno com a Primavera — e que Milori não estava mais ao seu lado. Com um solavanco, lutou para se erguer sobre o cotovelo, mas com sua força minada, desabou mais uma vez. Só conseguia gemer fracamente enquanto o mundo se inclinava em seu eixo.

Daquele ponto de vista, conseguia ver pouco além de flocos de neve se acumulando em seu cabelo e girando preguiçosamente diante dela, e o luar branco brilhando na superfície do rio. E ali, ao longo de suas margens, trilhas profundas de pegadas, em camadas umas sobre as outras. Milori estivera andando de um lado para o outro, pensou ela — *ainda* estava andando. Ele apareceu novamente, com uma expressão que beirava o desânimo.

O que aconteceu?

A cabeça de Clarion doía com o esforço de lembrar. Ali, com o frio fazendo morada em seu interior, a resposta lhe escapava. Tudo parecia tão distante, como se estivesse se observando de uma grande altura.

— O que você está fazendo? — Clarion conseguiu perguntar. Sua própria voz soou confusa.

Milori se assustou, visivelmente chocado por encontrá-la acordada. Depois de um momento, suas feições se assentaram em uma compostura sombria.

— Nada. Onde ficam suas fadas da cura?

Ela franziu a testa, lutando para se concentrar.

— Campos de Matricária.

— Onde é isso? — O desespero arranhava a voz dele.

A resposta obviamente importava para ele. Clarion poderia se agarrar à consciência, mas só por mais um pouco.

— Na fronteira do Verão com o Outono.

Milori respirou fundo.

— Tudo bem, então.

Pela resolução em sua voz, ocorreu-lhe — tarde demais — por que ele havia perguntado. Lembranças a inundaram. O enxame de Pesadelos. Uma detonação de luz. Milori determinado a devolvê-la às estações quentes. Um raio de urgência cortou seu delírio: *Ele não pode.*

Se ele cruzasse a fronteira, quebraria suas asas.

Tinha que haver outro jeito. Se pudesse encontrar forças para andar, ou mesmo manter-se montada em Noctua... Mas não, mal conseguia mexer um dedo. Até mesmo seu tremor havia parado, como se seu corpo tivesse perdido a esperança de se aquecer novamente. Sua única chance era sua magia. Embora nunca tivesse conseguido se teletransportar, Elvina lhe ensinara a teoria por trás disso. Se fosse para conseguir fazer isso apenas uma vez na vida, tinha que ser agora. Buscou fundo dentro de si mesma e sentiu como se raspasse as unhas contra o fundo de um poço seco. Um suspiro suave de dor escapou dela. Não havia mais nada.

E, então, não havia outra opção.

— Deixe-me — disse ela, asperamente.

Enquanto Milori a sorvia com os olhos, seu pânico lentamente se derreteu em agonia. Ambos sabiam que naquele estado, ela tinha muito mais probabilidade de morrer do que chegar com vida às fadas da cura.

— Seu brilho está quase totalmente extinto.

Ela supunha que sim, agora que ele mencionara. Vagamente, notou sua pele desbotada; a noite, sem um brilho para lhe emprestar, acomodando-se sobre ela como um manto. Clarion não sentia dor, mas a expressão nos olhos dele a destruiu: completamente desamparada. Era como se Milori estivesse morrendo junto com ela.

Havia algum argumento que ela pretendia usar, mas lhe estava escapando. Era muito difícil forçar as palavras a saírem. Muito difícil se agarrar à consciência. Quando seus olhos se fecharam, Milori soltou um som estrangulado. Com um bater de asas, ele flutuou até as costas de Noctua e tomou Clarion nos braços.

— Milori... pare.

Ele não respondeu. Ele simplesmente pegou as rédeas com uma das mãos e as estalou, incitando Noctua a voar mais uma vez. Ele nem sequer vacilou enquanto voavam sobre a fronteira. Passar para a Primavera era como mergulhar em água quente. Enquanto o calor a inundava, Clarion queria soluçar de alívio e horror. Uma fada do Inverno não tinha proteção ali.

— Por favor. — Seus lábios formaram as palavras, mas saíram como um fiapo de som.

Ele chegara a ouvi-la?

Com a cabeça pendurada no ombro de Milori, tudo o que podia ver era sua mandíbula definida em determinação e seu olhar de aço fixo adiante. Sua pele pálida já estava começando a corar. O suor escorria em sua têmpora. Inclinada contra ele como estava, podia sentir seu coração disparado.

O calor era demais para ele.

— Suas asas. — A voz de Clarion estava embargada de emoção. Quando começara a chorar? Tinha acontecido tão de repente.

— Clarion. — Ele pronunciou o nome dela como um apelo. — Em comparação com a sua vida, elas não são nada para mim. Eu não hesitaria se tivesse que escolher fazer isso de novo.

Essas palavras quase acabaram com ela. Lágrimas escorriam livremente por suas bochechas, mas Clarion não tinha mais forças para enxugá-las. Mal conseguia se concentrar nele — o mundo nadava através de seus olhos encharcados.

— Por quê?

— O Refúgio das Fadas precisa de você — ele disse, baixinho. — Como Guardião, tenho o dever de defender o Refúgio das Fadas. Isso significa proteger você.

Se ao menos tivesse forças para discutir com ele... argumentaria com tudo o que tinha. Como a própria segurança poderia significar tão pouco para ele? Mas Clarion fora reduzida a ser prisioneira em seu próprio corpo, forçada a assistir enquanto ele se sacrificava por ela. Era o pior tipo de tortura que poderia imaginar.

— Fique brava se quiser — disse ele —, mas eu não posso perdê-la.

Tristemente, ela entendeu que faria o mesmo.

Em que tolos seus corações os transformaram.

Clarion soube o momento em que eles cruzaram para o Verão. Abaixo deles, tudo era um borrão de verdes exuberantes e flores douradas, mas seu calor suspirava sobre sua pele como se a recebesse em casa. Água escorria por seu pescoço enquanto a neve emaranhada em seu cabelo derretia. Aos poucos, a sensibilidade retornou às suas extremidades. Uma sensação não exatamente bem-vinda, não quando parecia que mil agulhas perfuravam sua pele antes dormente. O calor do ar, no entanto, não fez nada pelo frio dentro dela. Seu peito estava tão escuro e vazio quanto o espaço entre as estrelas.

A respiração de Milori se tornou irregular, agitando os cabelos que se enrolavam em seu rosto. Esse era, de longe, o lugar mais perigoso no Refúgio das Fadas para ele. À noite, pelo menos, era apenas abafado — nada como as tardes escaldantes sob o sol impiedoso.

O cheiro familiar de matricária flutuou até ela. Quando Clarion voltou seu olhar turvo para fora, viu cada pétala branca encharcada de luar. Nunca antes aquilo lhe parecera tão bonito, ou tão horrível.

— Lá — disse ela, desconsoladamente.

Quando pousaram no campo, Milori deslizou das costas de Noctua e caiu pesado, como se mal conseguisse suportar seu próprio peso. Ele se aproximou da porta da clínica das fadas de talento da cura com passos lentos e cambaleantes. Clarion não conseguia desviar o olhar de suas asas. Elas estavam dobradas contra suas costas, mas pareciam estar... murchando.

Não, pensou. *Derretendo*.

Pingavam nas pontas como pingentes de gelo no degelo do início da primavera. A simples visão daquilo fez seu estômago revirar com ondas nauseantes de culpa. Não conseguia imaginar a determinação necessária para superar esse tipo de dor. Ele bateu, seu punho atingindo debilmente a porta.

Em instantes, uma fada da cura apareceu na soleira, iluminado pela claridade que se infiltrava de dentro. De onde estava, Clarion não conseguia ouvir o que eles estavam dizendo, mas podia imaginar o teor geral da conversa. Observou as emoções abaterem a fada da cura enquanto Milori falava: confusão dando lugar ao choque — e, então, à calma sombria nascida da urgência.

A fada da cura assentiu para Milori e então desapareceu no interior da clínica. A porta, ela deixou entreaberta. Um vaga-lume mensageiro rastejou pela abertura e partiu em direção à Árvore do Pó de Fada, seu abdômen piscando com o sinal de emergência.

Milori voltou para ela.

— Vou ter que movê-la.

Com um suave grunhido de esforço, Milori a baixou das costas de Noctua. Ele a pegou nos braços e a carregou para a clínica. Sua pele, normalmente tão fria contra a dela, estava febrilmente quente. Velas queimavam fracamente, e derretiam em poças de cera em seus castiçais rasos. O cheiro suave de ervas curativas — erva-estrela mentolada e raiz de bardana acre — perfumava o ar. A única coisa em que conseguia se concentrar era no rítmico gotejar — *pingo, pingo, pingo* — de suas asas contra o assoalho.

— Aqui atrás — alguém chamou Milori.

Milori caminhou hesitante pela clínica. Na quase escuridão, Clarion não conseguia ver muita coisa, mas soube quando passaram por baixo da cortina de suculentas. Suas folhas cerosas batiam umas nas outras e roçavam quase ternamente em seu rosto. Ele a levou para o quarto reservado para fadas em estado crítico. Ainda não parecia muito real, mesmo quando ele a deitou no catre. Seus dentes batiam. Milori desabotoou o broche em seu pescoço e colocou sua capa sobre ela. Pensando nela, mesmo agora.

— Vá — sussurrou Clarion. — Por favor.

Ele parecia abalado.

— Não posso. — Ele se ajoelhou ao lado da cama dela. — Ainda não.

— *Por favor*. Milori. — Clarion buscou algo, qualquer coisa, para convencê-lo, mas não tinha nada. Mal conseguia entender os sons que saíam da própria boca. Através de seu delírio, podia ver o brilho de suor no rosto dele. Podia ouvir as fadas da cura gritando umas para as outras. Clarion registrava apenas sensações fugazes. Água fria em seus lábios. Brilho de pó de fada. A picada de uma agulha. E calor, devagarinho, lentamente retornando. Não sabia se foram minutos, horas ou dias que se passaram quando ouviu uma voz.

— Guardião?

Elvina, pensou. Seu tom era cauteloso, mas não chegava nem perto da hostilidade com que o havia tratado mais cedo naquela noite.

Clarion abriu os olhos, apenas um pouco, para olhar para a luz de vela projetada no teto. Oscilava hipnoticamente enquanto a chama dançava sobre o pavio. Que estranho estar envolta em uma escuridão tão completa. Suas asas estavam tão transparentes quanto vidro escurecido. Apenas minúsculas e tênues partículas de luz das estrelas brilhavam dentro delas.

— Eu precisava saber se ela ficaria bem — Milori respondeu, sua voz rouca.

Elvina produziu um som, em algum lugar entre admiração e incredulidade.

— Você deve ir agora. Volte para o Inverno antes que seja tarde demais.

Nenhum deles falou. Por um momento, Clarion acreditou que não eram nada além de invenções que sua mente confusa havia conjurado, agora desaparecidas.

Mas, então, Elvina disse:

— Obrigada.

Ela não precisava esclarecer.

— Ela faria o mesmo por mim — disse Milori.

Clarion lutou para se agarrar àquelas palavras. Mas a escuridão se insinuou nos cantos de sua visão. A última coisa que Clarion ouviu antes de mergulhar na inconsciência outra vez foi:

— Vale a pena protegê-la a qualquer custo.

23

Quando Clarion acordou, o brilho suave das lanternas enchia a sala de recuperação privada com luz quente, brilhando nos frascos e potes alinhados nas prateleiras. O céu do lado de fora de sua janela estava estriado com faixas de azul-escuro e laranja enquanto o sol espreitava na linha do horizonte.

Estou viva, pensou ela, vagamente.

Tinha vivido para ver o amanhecer, afinal.

Mesmo sob as cobertas, o frio permanecia abaixo de sua pele e se enrolava em seu coração. A título de teste, curvou os dedos. Ainda presos, felizmente. Nada havia sido perdido por congelamento. Puxou o cobertor e deu um suspiro de alívio ao ver suas asas brilhando fracamente na escuridão antes do amanhecer. Os redemoinhos de ouro entremeados nelas haviam retornado, embora o brilho que emitiam tivesse diminuído.

Quando rolou para o lado, seu olhar se fixou na capa pendurada na cadeira de cabeceira.

Milori.

O mero pensamento nele era um pingente de gelo atravessando seu coração. Quando Clarion fechou os olhos, queimava ali a lembrança de suas asas murchando enquanto pingavam no assoalho da clínica. A devoção e a agonia se entrelaçavam em sua voz quando ele dissera: *Eu não posso perdê-la.*

Talvez Elvina estivesse certa.

Se não se importasse com ninguém, se tivesse se mantido afastada como deveria, nada disso teria acontecido. Se Milori a tivesse deixado na fronteira, as estrelas teriam corrigido seu erro. Talvez outra estrela tivesse caído naquela noite mesmo para substituí-la. Outra fada com asas douradas, com um coração que combinava com seu talento: uma fada equilibrada e prática, que não ansiava por coisas que não poderia ter.

Em vez disso, ele garantiu que o Refúgio das Fadas a teria, com todas as suas imperfeições, por toda a sua longa vida. Clarion queria gritar. Queria varrer os frascos das prateleiras e ouvi-los se estilhaçando. Queria voltar no tempo — fazer tudo ao seu alcance para salvá-lo de sua própria abnegação.

Como ele pôde fazer isso?

Não, como ela pôde fazer isso? Se alguém tinha culpa, era ela e apenas ela. Fora egoísta o suficiente para puxá-lo para sua órbita. Uma rainha não nascia para viver entre seus súditos. Não podia se misturar e envolvê-los em coisas além do escopo de seus talentos. Ela sempre tinha sido destinada a ficar sozinha.

Estava na hora de parar de lutar contra isso.

— Clarion.

Ela se assustou, piscando forte ao som de seu nome. Em sua desorientação, levou um momento para processar que o quarto havia clareado. A luz do sol do fim da manhã entrava pela janela, suavizada ao passar pelas folhas, e banhava seu rosto suavemente com seu calor.

Ela devia ter adormecido outra vez.

Com os olhos turvos, tocou sua bochecha. Lágrimas haviam secado em sua pele, fazendo seu rosto arder com o sal. Ela as limpou com as costas do pulso. Conforme sua visão se ajustava à luz do dia, Elvina entrou em foco. Estava sentada na cadeira de cabeceira com uma exaustão profunda estampada em cada linha do rosto. Clarion sentiu uma pontada de culpa. A rainha a tinha velado a noite toda?

— Você está acordada — disse Elvina, sua voz carregada de alívio. — Graças às estrelas.

Clarion se apoiou nos travesseiros.

— Onde estão Petra e Artemis?

Um pequeno sorriso surgiu no canto dos lábios de Elvina, como se esperasse tal pergunta, mas desapareceu tão rápido quanto surgiu, substituído por uma máscara de rainha — a que reservava para transmitir más notícias com calma e distanciamento.

— Elas duas estão aqui. Eu vi o Guardião brevemente antes de ele partir para o Inverno. Ele nos pediu para enviar fadas da cura para a fronteira para buscá-las.

Claro, pensou. Mesmo quando ele estava sofrendo, pensou em planejar com Elvina sobre como levá-las para casa.

— Como elas estão?

— Artemis terá um longo caminho pela frente até se recuperar, mas está em condições estáveis. Petra está dormindo, como os outros.

A garganta de Clarion se apertou.

— E Milori?

Elvina hesitou.

— Ele não parecia bem.

— Entendo.

Clarion fechou os olhos com força. Por mais que quisesse acreditar que ele havia retornado ileso, não poderia nutrir um otimismo tão ingênuo. Nenhuma fada do Inverno poderia permanecer nas estações quentes sem consequências. Se pensasse mais nisso, não sabia se conseguiria suportar.

Elvina observou-a controlar suas emoções. Quando se recompôs, a rainha disse:

— Você estava certa, Clarion.

Clarion pegou a ponta do cobertor e enxugou os olhos. Uma risada sem humor escapou dela.

— Sobre o quê?

— Sobre o Guardião. — Sua boca se torceu em um pequeno muxoxo de desgosto, como se a machucasse admitir que estava errada. Depois de um momento, suspirou. — Sobre tudo. Meu plano era míope, na melhor das hipóteses, e incrivelmente perigoso, na pior. Nossos reinos deveriam estar trabalhando juntos.

Clarion queria ouvir essas palavras há muito tempo. E, ainda assim, mal conseguia acreditar nelas.

— Por que está falando isso agora?

— Ele salvou sua vida — respondeu Elvina com naturalidade. Cruzou as mãos no colo. — Por isso, estou em dívida com ele.

Então, ainda havia uma chance de consertar as coisas.

Talvez sua magia não houvesse sido poderosa o suficiente para prender os Pesadelos como os talentos de sonhos haviam feito um dia. Mas o livro do Protetor também falava de um Pesadelo que vivia nas profundezas de sua prisão como uma abelha-rainha em sua colmeia. Um pesadelo poderoso o suficiente para comandar seus zangões — para manter todo o seu poder.

A luz das estrelas de Clarion havia destruído todos os Pesadelos fora do Salão do Inverno. Se derrotasse o Pesadelo-Rainha, certamente seu feitiço do adormecimento seria quebrado. Mas Clarion ainda estava se recuperando. E, além disso, no fim, cada tentativa que tinha feito para ajudar só piorara as coisas.

— Você pode me ajudar. Juntas, com nossa magia do talento de regente, podemos destruir os Pesadelos — disse Clarion.

— Eu não posso. — Elvina sorriu tristemente. — Meu poder está diminuindo.

— Diminuindo? — Sua voz soou terrivelmente frágil aos seus próprios ouvidos, quase infantil.

Elvina abriu a mão. A luz das estrelas floresceu como uma rosa em sua palma, desabrochando lentamente. Ardia de maneira firme — mas decerto não tão brilhante quanto Clarion estava acostumada. Elvina fechou os dedos, apagando-a.

— Não consigo fazer muito mais do que isso agora.

Ela nunca tinha ouvido falar do talento de uma fada diminuindo com o tempo.

— Por quê?

— É assim que as coisas são — disse Elvina. — Logo após sua coroação, retornarei às estrelas, assim como todas as rainhas antes de nós.

— Eu não… — Clarion balançou a cabeça. Não conseguia processar; ela se recusava a fazê-lo. As palavras de Elvina ficaram confusas e sem sentido.

Se aquilo fosse verdade, então, certamente teria visto os sinais.

Elvina não parecia diferente, não é? Mas, também, Clarion mal conseguia se lembrar de como Elvina era quando chegou ao Refúgio das Fadas. Havia novos fios grisalhos em seu cabelo? Ela sempre parecera frágil, com ossos delicados como os dos passarinhos sob sua pele pálida? As fadas viviam vidas longas, as rainhas ainda mais do que a maioria. Mas não deveriam simplesmente morrer de algo tão mundano quanto a *idade*.

— Eu não entendo — disse Clarion, por fim.

— Sinto muito, Clarion. — A voz de Elvina vacilou apenas um pouco. Sua testa franziu com a dor que ela tentou e não conseguiu dominar. — Há tantas coisas que eu deveria ter te contado. Eu deveria ter te contado antes, mas não sabia como.

Clarion não queria ouvir isso. Por tanto tempo, quis que Elvina confiasse nela e lhe dissesse a verdade. Agora, a verdade parecia demais para suportar. Lágrimas queimaram em sua garganta quando Elvina estendeu a mão e colocou uma mecha de cabelo atrás da orelha de Clarion.

— Eu nunca estive no Continente, mas ouvi muitos relatos sobre ele. Os humanos amam seus filhos desde o momento em que nascem. Eles os criam na esperança de que sejam melhores do que seus pais. — Os dedos de Elvina permaneceram no queixo de Clarion. — Quando eu vi você se erguer daquela estrela, acho que entendi um pouco do que as mães devem sentir. Sei como é difícil e confuso ouvir desde o momento em que você respira pela primeira vez que o mundo depende de você. E como você sabe no fundo do coração que isso é verdade. Eu percebi que em muitos aspectos você era como eu, mas percebi também que em tantos outros você não era. A experiência me ensinou muitas lições, a maioria delas duramente conquistadas e dolorosas. Eu queria protegê-la disso. Eu não queria que você se machucasse. Você é preciosa para mim. — Elvina deixou sua mão pender. — O peso de um reino é esmagador, e nossas vidas são longas. E todas as fadas que você ama acabarão desaparecendo enquanto você permanece inalterada. Eu me mantive afastada para não sofrer mais do que eu poderia suportar. Eu a encorajei a fazer o mesmo, embora pudesse ver o quanto isso te doía. E você se esforçou tanto por mim.

O coração de Clarion doeu por ela, mais do que jamais imaginou ser possível. Via Elvina como a garota que tinha sido e a mulher que era agora — uma mulher com uma existência longa e solitária, moldada pela perda. Elvina tentara protegê-la do mal. No fim, seus melhores esforços só deixaram um novo tipo de cicatriz — um espelho distorcido das próprias feridas de Elvina. Mas, finalmente, Elvina libertara as duas. Clarion poderia escolher por si mesma que tipo de rainha queria se tornar.

Eu desejei que pudesse haver um futuro diferente para mim no Refúgio das Fadas, Milori tinha dito a ela.

Pensar nele — lembrar de um desejo seu que carregava seguro dentro de si — despertou algo nela. A luz das estrelas acendeu no frio oco de seu peito, girando através dela como o calor reconfortante de um fogo no outono. Talvez pudesse tornar esse sonho uma realidade para ambos. Talvez uma boa rainha fosse como a estrela da qual nascera. Não uma fria e distante, mas uma que conduzisse as esperanças de seus súditos adiante.

Nem que fosse a última coisa que faria, Clarion tinha que fazer os sacrifícios dele valerem a pena. Tinha que proteger o Refúgio das Fadas, e todos com quem se importava, dando tudo de si. Esse, ela decidiu, era o tipo de rainha que era.

— Acho que entendo agora — murmurou Clarion. — Obrigada, Elvina. Por tudo.

— Claro. — A rainha pareceu um tanto surpresa. — Agora descanse e recupere suas forças. Encontraremos um caminho a seguir juntas.

Juntas. Parecia um conceito tão doce. Mas tinha que fazer aquilo sozinha. Ninguém mais seria ferido por causa de seus fracassos.

Quando a porta se fechou atrás de Elvina, Clarion se agarrou àquela centelha determinada de esperança dentro dela. Brilhou, quente como uma brasa, e então se fortaleceu. Para acabar com aquilo, Clarion teria que enfrentar o Pesadelo-Rainha sozinha, antes que ele se libertasse.

Clarion teria que ir para baixo do gelo.

No terceiro dia de sua convalescença, Clarion planejou sua fuga.

Não sabia se realmente estaria pronta para enfrentar os Pesadelos novamente, mas se sua iminente coroação lhe ensinara alguma coisa, era que nunca se sentiria totalmente pronta para atos difíceis.

Ela esperou até que o nascer do sol tingisse a linha do horizonte de vermelho-sangue e os sons matinais do verão se filtrassem pelas janelas entreabertas da clínica. A essa altura, Clarion já estava sintonizada com os ritmos da rotina ali. Nesses momentos do amanhecer, as fadas da cura mantinham um fluxo constante de conversas na sala ao lado, fofocando sobre algum drama no local de trabalho ou outra coisa. Nada terrivelmente interessante, pelo que Clarion conseguiu depreender. O grito alegre dos tentilhões e os chamados suaves das rolas-carpideiras preenchiam os hiatos da conversa.

Era agora ou nunca.

Seu casaco de inverno estava dobrado ao lado da cama e, quando o sacudiu, estava intacto, apesar de algumas manchas de sangue. Ele sobreviveria a pelo menos mais uma viagem ao Inverno. Tudo o que restava era sair da clínica sem ser vista. O que significava que teria que superar o último obstáculo da magia de talento de regente: o teletransporte.

Nunca tinha conseguido antes. Mas, agora, com a luz das estrelas queimando firmemente dentro dela, não sentia nada além de uma calma convicção. Clarion cobriu os ombros com o casaco e escancarou por completo a janela. Melhor que sua primeira tentativa real não fosse através de um objeto sólido, decidiu. Então, respirou fundo e fechou os olhos.

Agora, se apenas se imaginasse ficando cada vez mais leve...

Um brilho emanou de dentro dela. Quando ergueu as mãos até o nível dos olhos, pôde notar suas bordas ficando menos nítidas e se transformando em faíscas douradas. O choque repentino de pânico foi rapidamente substituído por alegria. Pouco a pouco, ela se dissolveu em uma nuvem cintilante de pó de fada. Como se convocada por seus caprichos, a brisa soprou. Ela dançou através das folhas e a carregou em sua corrente suave. Clarion flutuou pela janela aberta, tão silenciosa e disforme quanto a névoa que descia pela encosta da montanha. Flutuou sobre as matricárias e seguiu até a linha das árvores. Assim que estava abrigada em segurança na sombra da floresta, ela se permitiu tomar forma outra vez.

Ela tinha conseguido.

Clarion riu, um som de incredulidade. Sentiu-se desorientada e instável em seus pés, mas um rápido olhar para baixo confirmou que ela havia realmente se teletransportado por completo. Nenhum membro havia sido deixado para trás — um completo sucesso para os seus padrões. Mas não teve tempo para se maravilhar com o que tinha feito.

Clarion alçou voo e partiu para a fronteira. Agora que a centelha de luz das estrelas dentro dela havia reacendido, o frio que havia se alojado em seus ossos havia começado a se dissipar. Seu brilho não estava nem perto da intensidade habitual, mas a luz do sol que penetrava em suas asas parecia quase curativa. A cada batida de asas, faíscas douradas dançavam no ar ao redor dela.

Abaixo, o Prado do Ponto Cheio era um vasto mar verde. Cardos-corredores cortavam a grama alta, ocasionalmente batendo uns nos outros em sua pressa. Era incomum ver tantos deles aglomerados, mas Clarion logo viu o motivo: uma longa faixa enegrecida de campo, como uma cicatriz escavada na terra. Os cardos deviam ter sido expulsos de suas casas pelos Pesadelos. A determinação explodiu dentro dela, alimentada por sua raiva.

De uma vez por todas, Clarion acabaria com isso.

Quando chegou à fronteira, sentiu uma pontada de alívio e tristeza por a ponte estar vazia. *Ótimo*, pensou. Seria mais fácil para ela se não tivesse que convencer Milori a ficar para trás.

Clarion fechou os botões do casaco e atravessou a fronteira para o Inverno. Saiu da ponte e inclinou a cabeça em direção ao céu. Por alguns momentos, permaneceu ali: respirando o ar fresco e o cheiro dos pinheiros, saboreando o frio nas bochechas, observando os flocos de neve caírem violentamente. Nunca tinha visto o Bosque do Inverno à luz do dia. A neve cintilava como se estivesse incrustada com diamantes, e o gelo espalhava luz dourada pelo chão.

Lindo, pensou.

Clarion se espantava com como um lugar podia carregar ao mesmo tempo lembranças tão alegres e outras tão dolorosas. Mas queria se lembrar do Inverno assim: como um amigo, mantendo seu silêncio companheiro com ela. O vento agitava seus cabelos, como se os puxasse pelas pontas, de brincadeira.

— É hora de libertá-lo — murmurou.

Dali, era uma longa jornada até a prisão dos Pesadelos. Se ao menos pudesse chamar Noctua... Clarion franziu a testa quando a ideia lhe ocorreu. Com certeza não faria mal tentar. Levou os dedos aos lábios e assobiou.

Nada aconteceu.

Lentamente, deixou a mão pender ao lado do corpo, sentindo-se bastante tola por ter tentado. Mas, então, um pio indagador soou logo acima dela.

Clarion engasgou de espanto.

— Noctua!

A coruja girou a cabeça para inspecionar Clarion. De alguma forma, conseguiu parecer bastante incrédula. Obviamente, não esperava que *Clarion* a chamasse. No entanto, pulou do poleiro e agitou as penas em saudação.

Eufórica demais para se lembrar do medo, Clarion praticamente saltou para a frente e acariciou o bico de Noctua com os dedos. Sua mão parecia tão frágil contra a extremidade aguçada e letal da ave. Quanta rapidez, Clarion pensou ironicamente, em ter perdido todo o seu instinto de autopreservação. Talvez Milori tivesse sido uma má influência, afinal. Com sorte, ele não se importaria muito se pegasse emprestado seu animal de estimação.

— Desculpe — disse ela, suavemente. — Hoje somos só você e eu.

Noctua piscou devagar. Clarion não tinha certeza, mas lhe pareceu aceitação.

Clarion olhou para ela enquanto se dava conta de algo terrível: estaria montando a coruja sozinha. Mas havia praticado o suficiente, com certeza. E o risco de cair era suplantado pelo de caminhar. *Tinha* que chegar lá antes do anoitecer, afinal.

— Tudo bem — ela se tranquilizou —, você consegue.

Segurando as rédeas, Clarion subiu nas costas de Noctua. Assim que se equilibrou, um sorriso surgiu em seu rosto. Não foi tão difícil. Agora, o que Milori fazia para incentivar Noctua a levantar voo? Ah, isso mesmo. Hesitante, ela estalou as rédeas.

Noctua saiu como uma flecha. E como estava sozinha, Clarion não se preocupou em abafar seu grito.

Elas irromperam da copa das árvores em uma chuva de neve e galhos de pinheiro. O sol refletia nas asas de Noctua, emprestando às bordas de suas penas um brilho iridescente. A coruja avançava a toda velocidade enquanto as rédeas escorregavam inutilmente pelos dedos de Clarion.

Ela se inclinou sobre o pescoço de Noctua, seu cabelo solto chicoteando violentamente atrás de si. Depois de um momento frenético de esforço, ela agarrou as rédeas e as ergueu. Noctua jogou a cabeça em protesto.

— Ôa! — Sua voz soou rouca, meio pelo terror, meio pela alegria.

Com o controle recuperado, Clarion se firmou. Foi preciso toda a força de suas coxas e antebraços para se manter sentada, mas estava conseguindo. Com uma onda de triunfo, incitou Noctua a seguir em direção à prisão dos Pesadelos.

Agora entendia por que Milori amava tanto voar nas costas de uma coruja.

Elas voaram alto sobre os pinheiros e bétulas, mergulhando apenas quando Clarion avistou o olho do lago congelado. Elas pousaram na margem, e Clarion desmontou. Suas pernas tremiam, mas ela se firmou contra Noctua. Permaneceu ao lado da coruja, olhando para a extensão brilhante do lago. Mesmo na luz fria da manhã, aquela sensação oleosa de pavor a atingiu mais implacavelmente do que nunca. Lutou para reprimir um calafrio.

— Deseje-me sorte.

Noctua deu uma bicadinha em seu ombro, o que Clarion decidiu interpretar como votos de felicidades.

Clarion caminhou em direção à margem com passos lentos e instáveis. O gelo parecia mais fino do que da última vez que estivera ali, movendo-se e estalando sob o seu peso. Mas foi somente quando chegou ao centro que Clarion viu os destroços da barreira que ela e Milori haviam criado. Fragmentos de gelo cintilavam como uma confusão de vidro quebrado, e os delicados fios de luz das estrelas tinham sido rompidos como se não fossem nada mais do que teias de aranha. A prisão tinha se aberto o suficiente para libertar todos, exceto os maiores Pesadelos. Talvez a magia de talento de regente fosse realmente incompatível com a magia dos sonhos, ou talvez os Pesadelos tivessem se tornado poderosos demais para serem contidos por mais tempo. Fosse qual fosse o motivo, Clarion garantiria que eles nunca mais machucassem outra fada.

À luz do dia, o que quer que permanecesse sob o gelo estava assustadoramente quieto. Mas Clarion podia sentir seus olhos perfurando-a enquanto encarava o mundo abaixo do lago. Estaria congelante lá dentro? Haveria água, afinal, pronta para arrastá-la para suas profundezas mais escuras? A incerteza a espicaçava. Clarion tinha chegado até ali, e só havia uma maneira de descobrir.

Ela pulou.

24

Clarion esperara um mergulho, uma onda de frio. Mas enquanto deslizava sob o gelo, não havia nada além de espaço aberto e escuridão envolvendo-a. Sua queda diminuiu, então parou por completo. Mesmo com suas asas presas sob o casaco, flutuava em algum lugar acima do abismo sem fundo, suspensa na escuridão total. Uma impressão de rastejamento se espalhou por sua pele, semelhante à sensação que teria se um predador escondido num matagal fixasse os olhos nela.

Algo a estava observando.

Clarion conteve um estremecimento e inclinou a cabeça para trás. Dali, podia ver a rachadura na prisão pela qual havia entrado — e, logo além, lanças de luz diáfana filtrando-se para baixo. O sol iluminava o gelo de cima, lançando padrões estranhamente belos ao seu redor. O mundo lá no alto estava borrado e, para sua tortura, fora de alcance. Quase conseguia entender por que os Pesadelos queriam escapar tão desesperadamente. Não havia nada ali embaixo: nenhuma luz, nenhum som, nenhum cheiro. Isso a perturbava terrivelmente.

Então, surgiu um gotejamento constante: *pingo, pingo, pingo*.

A respiração de Clarion ficou presa na garganta. Parecia-se muito com... Balançando a cabeça para dissipar o pensamento, ela perguntou:

— Quem está aí?

Nenhuma resposta além de *pingo, pingo, pingo*.

O som ricocheteava em sua mente, enlouquecedoramente alto. A cada gota, culpa e horror subiam por sua garganta como bile. Girou em direção ao som e canalizou seu poder. A luz das estrelas se acumulou em suas palmas, mas a cortina de sombras não se levantou. A sensação de pressão insuportável — de maldade — se intensificou. No entanto, ela viu um fino fio branco contra a escuridão.

Milori.

Viu apenas um vislumbre de seu cabelo fluindo atrás dele enquanto ele recuava com passos lentos e vacilantes. Isso a lembrava muito de como ele estava na outra noite, arrastando-se escada acima até a clínica das fadas da cura.

— Milori? — chamou ela. Sua voz ecoou infinitamente na escuridão.

Ele não a reconheceu.

De repente, seus pés pisaram em chão firme. Tropeçou ao recuperar o equilíbrio. Nada apareceu abaixo dela que conseguisse enxergar, mas a cada passo à frente, a escuridão ondulava sob seus pés como se tivesse pousado na superfície de um lago parado e escuro. Gradualmente, começou a correr. Tinha que alcançá-lo.

O que ele estava *fazendo* ali? E para onde ele estava indo?

— Milori!

Ela correu atrás dele. Mas não importava quão rápido se deslocasse, não importava quão longe eles fossem, ele nunca parecia se aproximar. A escuridão se agitava ao redor dela, as sombras deslizando, nadando e se aproximando.

Uma mudança na pressão do ar. Então, algo se lançou contra ela.

Clarion se abaixou, evitando por pouco o estalar de dentes quando eles se fecharam sobre sua cabeça. Ela disparou um raio de luz das estrelas na coisa. O que quer que fosse recuou, sibilando sua fúria por ter sido frustrado.

O coração batia forte na garganta; suas mãos, incandescentes por sua magia, tremiam. Como ela podia lutar quando mal conseguia ver seus inimigos? Mas não podia perder tempo ali; não podia perder Milori em um lugar como aquele.

Quando olhou para cima, Clarion o viu parado a uma curta distância, olhando para ela com aqueles penetrantes olhos cinzentos. Clarion avançou em sua direção. Quanto mais perto chegava dele, mais o mundo começava a tomar forma ao seu redor em tons de carvão.

Silhuetas de árvores surgiram da escuridão. A grama brotava, balançando em um vento que ela não conseguia sentir. Seus pés sabiam exatamente para onde levá-la, quais obstáculos ultrapassar, como se aquele fosse um sonho pelo qual já havia vagado muitas vezes antes.

Ali não era mais o Inverno.

Milori se virou e se afastou dela com um propósito, sem se importar com o que o calor faria com ele. *Não*, pensou. O que *já havia* feito com ele.

Ela não podia ficar olhando isso acontecer novamente de braços cruzados.

Nuvens se acumularam no alto, delineadas por uma luminosidade violeta sinistra. Parecia o momento antes de um raio cair — o momento antes de um ataque de Pesadelo. Cada pelo da nuca de Clarion se arrepiou, e sua pele formigou por uma ansiedade indefinida. Sua mente havia se esvaziado de todos os pensamentos exceto: *Eu tenho que impedir.*

O ar engrossou e começou a assentar pesadamente em seus pulmões. Cheirava a decomposição: um cheiro vegetal fétido e enjoativo que fez seu estômago revirar. Reconhecia aquele lugar agora: o último trecho de floresta antes de chegar ao rio que separava a Árvore do Pó de Fada do Verão.

Enquanto avançava, Clarion poderia jurar que ouviu gritos.

Sarças surgiram da terra, bloqueando sua passagem. Clarion abriu caminho empurrando-as e tropeçou, sua bota prendendo em uma videira virada para cima. Ela se estatelou no chão, esfolando a pele das mãos. O sangue brotou em suas palmas e escorreu por seus pulsos. No entanto, ela nem sentiu a dor. Quando olhou para cima, o que viu a congelou no lugar. Aquilo a deixou completamente entorpecida de horror.

A Árvore do Pó de Fada estava apodrecendo.

Um líquido preto viscoso pingava das pontas dos galhos, e todas as folhas estavam escorregadias com a decomposição. Uma podridão doentia lambia as laterais do tronco, borbulhando e escorrendo. Mas o pior de tudo é que havia brotos novos e frágeis: cachos magros de rododendros e rosas negras que mal conseguiam desabrochar.

Perigo, a árvore dizia. *Desespero*.

Socorro.

Poças de Pesadelos se erguiam do solo esponjoso em suas raízes, abrindo caminho em direção ao Poço do Pó de Fada. Tudo no mundo das fadas dependia da sobrevivência da árvore. Sem ela, não haveria pó de fada. Nem um lar. Nenhum lugar para fadas recém-nascidas pousarem. O Refúgio das Fadas teria desaparecido — e sem as Fadas do Nunca, o que aconteceria com o Continente?

— Não... — Clarion engasgou. — Não, não, não.

Clarion atravessou as águas rasas do rio, quase frenética em seu desespero. Ela estava suando em seu casaco de inverno. Por que estava usando um casaco de inverno? Explodiu mecanicamente os poucos Pesadelos que viu, mal olhando para ver se seus golpes acertaram ou se os monstros permaneceram no chão.

Quando chegou ao outro lado, agarrou a primeira fada que viu pelo ombro.

— O que aconteceu?

Ele recuou, com desgosto estampado no rosto. Havia algo em seus olhos com o qual ela nunca havia se deparado: ódio. Isso contorcia as feições da fada em um ricto horrível e fazia seus olhos brilharem. Tal visão abalou Clarion profundamente.

— Você aconteceu — ele disparou.

Eu?

Ele se afastou. Clarion se virou para descobrir que um pequeno grupo havia se reunido atrás dela, amontoados enquanto observavam o coração de seu reino apodrecer. Todos eles a encararam com puro ódio. Murmúrios se espalharam pelo grupo, baixos e sinistros. Clarion conseguia distinguir algumas palavras aqui e ali:

Fria. Indiferente. Indigna.

Erro, erro, erro.

Aquilo ecoou em sua cabeça: a confirmação de todos os seus piores medos.

Não, ainda podia fazer alguma coisa. Ainda podia salvá-los. Não tinha ido ali para salvá-los? O pânico obliterou todos os seus sentidos enquanto fugia para a base da Árvore do Pó de Fada. Fadas estavam espalhadas pelas raízes, imóveis como cadáveres sob o feitiço dos Pesadelos. Algumas delas começavam a afundar na terra podre. E ali, contra a mancha de podridão negra, estava o cabelo vermelho espalhado de Petra.

— Petra!

A terra borbulhava como água de pântano, arrastando-a para as profundezas. Clarion mergulhou as mãos, engasgando com o fedor, e a arrastou para fora.

— Petra — disse suplicante. — Por favor, acorde. Sinto muito.

Os olhos de Petra se abriram. Clarion soltou um soluço estrangulado. Então, pelo menos havia algo de bom neste mundo. Um pouco de misericórdia.

— Você — disse Petra, cheia de veneno. Ela se sentou devagar, olhando fixamente para Clarion sem piscar. — Você fez isso comigo. Você se recusou a me ouvir quando mais importava. Você é tão *egoísta*.

Clarion cambaleou para trás — diretamente nas canelas de outra pessoa. Esticou o pescoço e se viu olhando diretamente para o rosto impassível de Elvina.

— Você é uma completa decepção — disse Elvina com um franzir de lábios. — Por que as estrelas enviaram *você*?

— Eu não sei — sussurrou ela, se encolhendo. — Eu não sei.

Ela desejou que não tivessem feito isso. O peso da coroa sempre tinha sido demais para suportar. Como pensou que poderia carregar tudo isso? Nascer com talento de regente foi um erro. Não importava o que ela fizesse, nunca melhoraria. Sempre havia sido destinada a acabar assim.

O Refúgio das Fadas, arruinado. Ela, sozinha e insultada.

A escuridão fluía do rio, cercando-a como névoa. Qual era o sentido de lutar?

— Clarion!

Ela conhecia aquela voz, mas de onde? Ousou levantar a cabeça, mas parecia tão pesada — e suas pálpebras ainda mais. Tudo o que via eram os rostos cruéis daqueles que mais a amaram um dia e a odiavam mais amargamente agora. Pelo menos eles estavam desaparecendo de vista lentamente, enquanto essa escuridão se fechava ao seu redor. Se não oferecesse resistência, poderia se deixar levar e adormecer para sempre.

— Clarion. — A voz soou muito mais tensa do que antes, agora com uma pitada de desespero. — Não é real. Você tem que acordar.

Milori. O que ele estava fazendo ali?

Ele não podia estar ali nas estações quentes. E, ainda assim, não o tinha visto há apenas alguns instantes...?

Não, percebeu. Ela não estava nas estações quentes. Estava sob o gelo, nas profundezas do Bosque do Inverno. A névoa a envolveu completamente, tão sufocante que mal conseguia respirar. Se ela se concentrasse, poderia ver a luz violeta da magia dos Pesadelos se espalhando em seu entorno. *Uma ilusão.* Como todas aquelas fadas presas em seu sono, ela havia sido lançada no reino dos Pesadelos.

Ela mordeu o interior do lábio, com força suficiente para que a dor a acordasse com um sobressalto. A horrível versão de pesadelo do Refúgio das Fadas desapareceu, revelando nada além da engolidora escuridão sob o lago mais uma vez.

Clarion lutou contra o mal-estar e canalizou seu poder. A luz das estrelas jorrou dela em raios, e a escuridão que a prendia desapareceu, como tecido retalhado. Ela caiu de joelhos, aterrissando com força na água invisível e vítrea abaixo dela. Seus dentes batiam. Mas com a luz da magia refletindo no gelo acima dela, Clarion percebia agora o que a havia dominado: uma fumaça roxa doentia, subindo das narinas de uma criatura enorme. Soltou um suspiro trêmulo e se arrastou para trás, para obter alguma distância.

Um silvo gutural cortou o silêncio. Dois olhos reptilianos piscaram abertos — e se fixaram nela com expressão vingativa. Via agora o que espreitava nos recessos mais profundos da prisão.

O Pesadelo-Rainha.

Um dragão.

Clarion não conseguia entender como tal coisa existia. Não sabia como deveria encarar algo assim. Seu terror a prendia no lugar.

Suas mãos tremiam violentamente, e aquela centelha de luz das estrelas dentro dela parecia terrivelmente pequena diante de algo tão imenso. O medo não era apenas terror cru e instintivo, ou a morte mordendo seus calcanhares. Era isso também: desespero.

O dragão abriu a boca para revelar fileira após fileira de dentes serrilhados, e uma luz sulfúrica se espalhou na escuridão entre eles. Levou apenas um momento para perceber que era uma bola de fogo, pronta para ser liberada.

— Clarion!

Clarion se assustou com o som distante da voz de Milori. Olhou para cima e viu Milori batendo no gelo lá em cima. Seu rosto estava indistinto, mas ela podia ver a *confiança* determinada brilhando nele.

— Não se esqueça do que você me prometeu!

Isso tirou Clarion de seu estupor — o suficiente para sacudi-la com a mais leve risada. Tinha sido um desejo tão lindo — um pelo qual valia a pena lutar.

Não, não podia se render agora.

Dentro de si, carregava os sonhos de milhares que tinham visto sua estrela cair. Por um momento, eles se sentiram esperançosos ou desesperados o suficiente para abandonar seu cinismo e confiar seus desejos a ela. Enquanto ela os tivesse, não poderia sucumbir ao desespero.

Enquanto as chamas subiam pela garganta do dragão, Clarion endireitou os ombros. Era a Rainha do Refúgio das Fadas. E esse monstro? Era o medo de uma criança, moldado e deixado apodrecendo por tempo demais.

Na luz forte do dia, não era nada.

Clarion queimava como uma estrela: inesgotável e obliterante. Uma luz dourada explodiu para fora, enchendo a prisão. O dragão berrou enquanto, fio por fio, o horror e a dúvida que o haviam tecido se desfizeram. Fios de escuridão se desenrolaram, desintegrando-se em cinzas enquanto flutuavam pelo ar.

No fim, nada além disso restou: partículas cintilantes de luz das estrelas transformaram o que estava vazio no brilho infinito do céu noturno.

25

Quando a luz das estrelas se apagou, Milori puxou Clarion das profundezas do lago. Assim que ele a guiou para o chão firme, o gelo se fechou atrás dela, como uma ferida finalmente se curando — e, por baixo, Clarion podia ver as águas escuras se agitando. Assim, foi como se a prisão nunca tivesse existido.

Ela tinha feito isso.

Lentamente, Clarion se acomodou de volta no espelho liso da superfície do lago e olhou para o céu. O frio penetrava em seu casaco, mas ela descobriu que não se importava. O tempo havia escapado dela sob o gelo. A noite havia caído como uma cortina sobre o Inverno, mas estava positivamente luminosa com luz celestial. Uma aurora boreal se desenrolou no céu em fitas largas e ondulantes. Houve um tempo, talvez, em que fadas dos sonhos teriam voado abaixo delas, reunindo-as em suas cestas. Mas, agora, elas brilhavam provocantemente fora de alcance, sua magia tão maravilhosa e misteriosa quanto a própria noite. Elas coroavam Milori, pintando-o em verdes e azuis suaves.

— Como você soube que tinha que vir aqui? — perguntou, incapaz de esconder a admiração em seu tom.

— Você roubou a minha coruja — ele respondeu, com um ar divertido. — Quem mais além da rainha ousaria fazer uma coisa dessas? Não foi particularmente difícil descobrir para onde você poderia tê-la levado.

Clarion corou.

— Para deixar claro, ela me deixou roubá-la.

Milori riu. Ele parecia tão infantil e descomplicadamente feliz, que Clarion não conseguiu evitar rir também. Ela segurou seu braço e o puxou para o seu lado no gelo. Ele foi de bom grado. Por um momento, os dois ficaram lado a lado como um casal de observadores de estrelas. Lentamente, Clarion abriu os dedos sobre o peito dele e se apoiou para olhá-lo. O cabelo de Milori se amontoava ao redor dele, um derramamento de branco contra o azul opaco do gelo.

Por mais um tempo, ela queria ficar ali, onde nada existia além deles dois. Clarion traçou o queixo dele com as pontas dos dedos. Inclinou-se sobre ele, o cabelo caindo sobre os seus ombros e cobrindo-os como uma cortina.

— Seu pedido à estrela cadente foi realizado — murmurou. — O que você vai fazer agora?

Milori juntou o peso do cabelo dela em uma mão, afastando-o do rosto de Clarion e colocando-o sobre o ombro. Apesar do frio da pele de Milori, o corpo inteiro de Clarion se aqueceu com o seu toque.

— Sinceramente, não sei. Pareceu um sonho impossível por tanto tempo. Nunca me permiti imaginar o que aconteceria se isso se tornasse realidade.

Felizmente, ela havia pensado um pouco sobre isso nas horas que passara presa ao leito.

— Bem, se vou lhe conceder seu segundo desejo... quero você na minha corte. Não como o Guardião do Bosque do Inverno, mas como o Lorde do Inverno.

Milori piscou, surpreso. Seu tom era cauteloso, mas sua expressão estava cheia de esperança hesitante.

— Não temos um Lorde do Inverno há muito tempo.

— E isso é uma pena. — Ela não ouviria nenhuma argumentação contrária. Clarion sentou-se e ofereceu suas mãos a ele. Quando ele as aceitou, Clarion apertou-as de volta, como se pudesse pressionar sua confiança nele. — Você merece que seu título ancestral seja devolvido a você. Temos três Ministros das Estações e nenhum envolvimento no Inverno. Não faz sentido excluí-lo.

— Seus outros ministros podem não sentir o mesmo — disse Milori, mas dava para ela perceber que tinha vencido.

— Eles se convencerão da sensatez disso — Clarion ergueu o queixo, ganhando um sorriso de Milori. Com os membros doloridos, ela se levantou e o ajudou a se levantar. — Ou eu os persuadirei assim que for rainha. Cada um de nós tem recursos e experiência para compartilhar.

— Muito bem. Eu aceitarei sua oferta. — Ele fez um teatrinho para soar cerimonioso, mas um levíssimo sorriso curvou os cantos de seus lábios.

— Será meu primeiro decreto — disse Clarion. — Nunca mais nossos dois mundos estarão em desavença um com o outro.

— Nunca mais — ele concordou suavemente.

No silêncio que se seguiu, a realidade perfurou a bolha sonhadora de sua vitória. Ainda havia muito a fazer para tornar essa visão uma realidade. E agora que estavam seguros, agora que Milori estava ali na frente dela, Clarion tinha que lidar com o que havia acontecido. Relutantemente, soltou as mãos dele.

— Como está...?

Suas palavras falharam, mas ela não precisou terminar a pergunta. Os olhos dele se encheram de uma compreensão terrível e sombria.

— Está quebrada — ele disse.

Ele se virou, e a alegria silenciosa desse momento roubado evaporou. O olhar dela seguiu os padrões delicados e espiralados em sua asa direita até o fim. Por um momento, o horror do que via foi algo que sua mente se recusou a processar. A metade inferior parecia ter derretido por completo e, então, congelado novamente em bordas irregulares.

A força de sua emoção a deixou sem fôlego. Culpa e vergonha eram algemas em seus pulsos, arrastando-a para o desespero mais uma vez.

— Milori... Sinto muito.

— Clarion — ele disse, com um pouco de dureza em sua voz. — Não me arrependo do que fiz, nem a culpo pelo que aconteceu. Eu faria de novo se tivesse a oportunidade.

Sua visão ficou turva com lágrimas não derramadas, mas ela piscou ferozmente para contê-las.

— Você deveria ter me deixado na fronteira.

— Não. — Milori se virou para encará-la, apoiando as mãos firmemente em seus ombros. O lampejo de vulnerabilidade nos olhos dele a devastou. Sob seu olhar, Clarion quase podia acreditar que era algo precioso e insubstituível. — Eu não poderia ter feito isso. Precisarei me ajustar, sim. Mas no Inverno, cicatrizes como essa são um sinal de honra, e não é como se eu nunca mais fosse voar. Eu tenho Noctua.

Ela sabia, é claro, que era tudo verdade. Pelo que ele fizera, seria reconhecido como um herói. Mas, ainda assim, isso deveria ter sido tão *evitável*.

— Você nem hesitou. Por quê?

— Eu acho que você sabe a razão, Clarion.

Sua voz era baixa e gentil — e tão dolorosamente agridoce, que ela mal conseguiu suportar. Claro que sabia a razão. Era a mesma razão pela qual o seu coração estava se despedaçando agora.

Enquanto Clarion encarava os sinceros olhos cinzentos de Milori, a imensidão do sentimento que a dominava parecia tanto uma revelação quanto uma inevitabilidade.

Ela o amava.

Talvez sempre estivera destinada a amá-lo, desde o momento em que o tinha visto parado na fronteira. Como não poderia? Amava sua firmeza, sua gentileza, até mesmo sua bravura imprudente e altruísta. Amava seu humor irônico e a devoção inabalável ao seu povo. Também o amava porque ele a havia libertado.

E, ainda assim, ele havia partido seu coração.

Se algo acontecesse com ele, Clarion não sobreviveria. E Milori, leal até o âmago, se lançaria ao perigo por ela sempre. Agora, via toda a verdade da sabedoria de Elvina. O amor expunha a muita dor. O amor dividia lealdades, prioridades. Para quase qualquer um no Refúgio das Fadas, seria aceitável, mas para o Lorde do Inverno...

Era muito perigoso amá-la.

— Eu sei — sussurrou Clarion.

O calor brilhando nos olhos de Milori desapareceu enquanto ele sorvia sua expressão.

— Eu entenderei se você não sentir o mesmo, mas eu...

— Não é isso. — A voz de Clarion tremeu. Não, não podia chorar agora. Não podia suportar que ele duvidasse de sua convicção. Mas parecia muito difícil respirar através da dor em seu peito. Ela não sabia que seria assim... como se seu coração estivesse realmente desmoronando. — Você não pode. Isso impedirá sua capacidade de liderar.

— Não. — Milori parecia estar em queda livre, como se não conseguisse encontrar nada sólido em que se segurar, como se tudo em que ele acreditava ter estivesse rapidamente escorregando por entre seus dedos. — Você não sabe disso, não com certeza.

— Isso impedirá *minha* capacidade de liderar. — Já tinha acontecido. Ela preferiria ver o Refúgio das Fadas apodrecer, seu pior pesadelo transformado em realidade horrível, do que ver qualquer mal acontecer a ele novamente. — Eu tomaria todas as decisões pensando em você. Arriscaria qualquer coisa, *tudo*, para protegê-lo. Você entendeu? Eu amo você, Milori. Isso me assusta demais.

— Eu também amo você — ele disse, tristemente.

Ouvir essas palavras quase a desfez. *Ótimo*, pensou. *Que essa dor sirva como lembrete de como nossa separação é desesperadamente necessária.*

Um amor como o deles era fadado à ruína. Uma asa quebrada não era nada, se comparado a um coração partido. Ela só podia esperar que a dor de ambos desaparecesse com o tempo.

Clarion se armou com determinação — com resignação. Quando falou novamente, sua voz estava calma.

— Eu garantirei que o mundo que nós dois sonhamos exista. Mas ninguém mais deveria ter que passar o que nós passamos. Cruzar a fronteira é muito perigoso. Deveria ser proibido. Começando a partir de agora.

Não havia culpa na expressão dele, mas o que encontrou ali — algo entre um apelo e um desafio — doeu de olhar. Seus olhos, geralmente o prateado plácido da água iluminada pela lua, agora lhe pareciam o cinza-ardósia do Mar do Nunca, profundo e selvagem. Eles a puxariam para baixo.

— Se é isso que você realmente quer — ele disse, com mais compostura do que esperava —, eu defenderei o seu governo.

— É. — Sua própria alma gritou em protesto enquanto ela pronunciava essas palavras. — É o que eu quero.

Mas assim que a última palavra caiu como uma pedra entre eles, percebeu como ela tinha sido tola em acreditar que Milori tornaria isso fácil para ela. Não sabia qual deles se moveu primeiro.

Eles se chocaram, e a boca dele estava na dela com um desespero que a deixou sem fôlego. Ela o encontrou com igual fervor. Seu mundo se estreitou em torno disso: o cabelo dele, escorregando por entre os dedos dela como água. As mãos, deslizando por sua espinha e abrangendo a curva de sua cintura. Ele a puxou para mais perto, como se quisesse apagar todo o espaço entre eles. Como se pudessem ficar próximos o suficiente. Como se Clarion pudesse expressar as profundezas de seu desejo pelo tempo que eles nunca teriam.

Eles se separaram, suas respirações irregulares. Ele encostou a testa na dela e segurou seu rosto nas mãos. Em seguida, traçou suas maçãs do rosto, a linha de sua mandíbula, o arco de seus lábios, com tanta reverência, que era como se estivesse guardando cada detalhe na memória. Vagamente, Clarion registrou a umidade de lágrimas em seu rosto. De quem eram, ela não sabia. Com a ponta do polegar, ele as enxugou.

— Tudo bem — ele disse, baixinho, depois de soltá-la para deixá-la se recompor. Seu toque desapareceu, deixando-a desolada. — Vamos levá-la de volta para a fronteira.

Por favor, ela queria dizer. *Só mais um pouquinho.* Em vez disso, com uma voz que era pouco mais que um sussurro, respondeu:

— Está bem.

Milori assobiou para Noctua. Em instantes, a envergadura de suas asas bloqueou o luar. Enquanto Clarion subia em suas costas, ela se recusou a pensar em como esta poderia ser a última vez que montaria em uma coruja. Não conseguia pensar em todas as fadas do Inverno que nunca conheceria e em todos os lugares maravilhosos pelos quais nunca se aventuraria. Nunca mais ouviria o som dos próprios passos na neve recém-caída. Nem sentiria a dança do vento frio do norte em seus cabelos. Ou andaria ao lado do homem-pardal que antes achava tão impassível. Ele nunca a ensinara a patinar.

Estrelas, Clarion não era forte o suficiente para fazer isso.

— Vou te ver de novo? — ele perguntou, tão baixinho que ela quase não o ouviu.

— Decidi que quero que minha coroação aconteça onde *todos* os meus súditos possam estar presentes, na fronteira. Então, se você vier...

— Claro — ele respondeu. — Eu não perderia.

Por um momento, eles se encararam. Clarion desviou o olhar primeiro, apenas para evitar chorar novamente.

Quando chegaram à fronteira, um grupo de fadas a esperava no lado da Primavera. Batedoras voavam para cima e para baixo na margem do rio, e lá, como um farol dourado brilhante na escuridão, estava Elvina. Mesmo daquela altura, Clarion conseguiu ouvir as exclamações de surpresa e alarme. Quase a fez sorrir. Que triste que nenhuma daquelas fadas jamais conheceria a amizade de uma coruja.

Noctua pousou sem ruído. Quando Clarion deslizou de suas costas, um temor silencioso se abateu sobre as fadas das estações quentes. Clarion queria afundar de joelhos na neve. Queria ficar sozinha, mesmo que apenas para se permitir sentir todo o peso do que havia feito.

Mas seus súditos precisavam dela.

Com os ombros para trás, ela pisou na ponte. E quando cruzou para a Primavera, não se virou. Se o fizesse — se sentisse aquela corda invisível entre eles se esticar, chamando-a de volta para o lado dele —, poderia mudar de ideia. Mas isso, ela sabia, era o melhor a fazer.

Um dia, Clarion esperava realmente acreditar nisso.

Durante todo o caminho de volta ao palácio, fadas a encararam com olhares curiosos — e, talvez pela primeira vez em sua vida, falaram com ela sem serem solicitadas. As fadas batedoras que escoltavam Clarion e Elvina de volta à Árvore do Pó de Fada começaram a bombardeá-la com perguntas que ela não respondeu — ou não podia responder.

— Como é o Guardião do Bosque do Inverno?

— Como você conseguiu derrotar os Pesadelos?

— O feitiço será quebrado?

O interrogatório durou até todos chegarem ao palácio — até todos se aglomerarem em volta da porta dos aposentos de Clarion com os olhos brilhantes e ansiosos.

— Deixem sua rainha descansar — disse Elvina, com um olhar furioso que poderia fazer leite azedar. — Vocês terão tempo suficiente para entrevistá-la mais tarde.

Com um coro apressado de "Sim, Vossa Majestade", todos se dispersaram.

Clarion lançou-lhe um olhar de gratidão. Com um sorriso cúmplice, Elvina a conduziu para dentro. A porta se fechou, e Clarion não perdeu tempo para se arrastar para a cama. Tirou o casaco de inverno, deixando-o cair no chão a seus pés, depois caiu de bruços no colchão. Ele afundou sob o peso de Elvina, enquanto esta se sentava ao seu lado.

Mesmo sem olhar para ela, Clarion sabia que a rainha estava esperando... pelo que quer que saísse de sua boca — supôs. Na verdade, ela mesma não sabia o que diria até falar:

— Acabou.

E aí estava: tanto os Pesadelos quanto o que quer que tivesse tido com Milori. Agora, ela se sentia misericordiosamente entorpecida.

Como Elvina não respondeu, Clarion virou a cabeça o suficiente para olhar para ela. Não era pena nos olhos de Elvina, mas uma compreensão antiga e terrível. Era estranhamente reconfortante — e estranhamente lindo ser compreendida sem ter que dizer uma palavra.

Havia tanto que Elvina não havia contado a Clarion sobre o funcionamento do mundo deles. Havia tanta coisa mais que ela não havia contado a Clarion sobre si mesma. Também tinha se machucado assim? Parecia impossível imaginar que Elvina tivesse se apaixonado — ainda mais que tivesse cometido algum tipo de erro fatal ou de cálculo. Mas ela mesma admitira que sua sabedoria não lhe vinha facilmente.

Por semanas, o abismo entre elas parecia quase impossível de ser transposto; mas, agora, essa dor compartilhada as unia. Talvez, pelo tempo de vida que restava a Elvina, fosse qual fosse, ela a guiaria no caminho à frente.

Dentre todas as coisas, foi isso que finalmente rompeu as comportas.

Suas lágrimas escorriam por seu rosto, quentes e implacáveis. Soluços sacudiam o seu corpo. Para seu completo choque, Elvina envolveu Clarion nos braços e a deixou chorar em seu colo como uma criança.

— Eu cometi muitos erros com você — disse Elvina, baixinho. — Talvez até comigo mesma. Como é terrivelmente triste que eu só consiga ver isso no fim da minha vida. Você esteve aqui por apenas um piscar de olhos e, ainda assim, me ensinou tanto.

— Não vá — sussurrou Clarion. — Por favor, por favor, não vá.

Ela ouviu a respiração suave de Elvina.

— Nem mesmo eu posso desafiar as estrelas. Mas você ficará bem sem mim, Clarion. Sinto-me muito confiante em deixar o Refúgio das Fadas em suas mãos capazes.

O peito de Clarion se apertou dolorosamente. Durante toda a sua vida, ela ansiara por ouvir essas palavras. Que doce, finalmente ter a garantia que esperava. Só que não tinha tanta certeza de que a merecia. Ela havia salvado o Refúgio das Fadas. Havia dominado a própria magia, mas viveria o resto de sua vida com a mancha de seus erros. Como poderia ensinar às fadas recém-chegadas a voar? Como poderia ousar desdobrar suas asas com a suavidade que mereciam quando ela sempre se lembraria daquelas que havia quebrado?

A voz de Elvina cortou a névoa de seu desespero.

— É bom ter uma conexão com o Inverno. Unir as estações é uma forma muito forte de começar seu reinado. Você terá que se desculpar com seu Guardião do Bosque do Inverno em meu nome.

Seu. Não, não tinha mais o direito de reivindicá-lo.

— Não sei se posso vê-lo novamente.

Elvina franziu a testa. O que quer que tenha visto nos olhos de Clarion, ela pareceu entender.

— Apenas descanse... E eu realmente estou falando sério dessa vez. Ainda há muito a fazer antes de sua coroação.

Naquele estado, o descanso não seria fácil. Mas Elvina acariciou gentilmente seu cabelo e não protestou quando Clarion enrolou os braços em volta de sua cintura. Apesar de se sentir tão alquebrada e infeliz, era um consolo ser amparada.

— Era uma vez — Elvina começou. E sussurrou para Clarion todas as belas histórias que costumava lhe contar quando chegou, histórias de coragem, amor e de rainhas de outrora.

Clarion adormeceu embalada pela voz suave de Elvina. Sonhou com neve e luz das estrelas. Com olhos cinza-claros, cheios de perdão que ela nunca receberia de fato.

26

Clarion acordou e encontrou seu quarto encharcado pela luz do sol do fim da tarde. Ela ficou desorientada por ter dormido tanto, mas suas pálpebras ainda estavam pesadas o suficiente para que adormecesse novamente se as deixasse fechar. Essa exaustão não era nada se comparada ao esgotamento que tivera anteriormente, o frio devorador que se espalhara pelo oco de seu peito, mas ainda assim era tão tentador se enrolar de novo e...

Petra. O pensamento a sobressaltou e deixou totalmente consciente. Tinha que verificar como ela e os outros estavam.

Clarion afastou as cobertas. Estava tão sufocante embaixo delas que até o ar parado de seu quarto parecia frio contra sua pele. Em sua mesa de cabeceira, três coisas a esperavam: uma tigela de mingau, que já estava fria, dado o tempo que jazia abandonada ali; sua ração diária de pó de fada, cuidadosamente empacotada em um sachê de folhas; e uma carta, carimbada com o selo real.

O que Elvina poderia ter para lhe dizer?

Ela pegou o bilhete e cuidadosamente deslizou o dedo sob o selo de cera para abri-lo. Mesmo sem a insígnia real, teria reconhecido a caligrafia perfeita de Elvina.

Venha para a clínica assim que puder. O feitiço finalmente se quebrou.

A respiração de Clarion escapou dela em um jato trêmulo. Semanas de estresse, de preocupação, se dissiparam num instante. O Refúgio das Fadas estava finalmente livre.

E ela veria sua melhor amiga novamente.

ASAS RELUZENTES

Clarion colocou o primeiro vestido que encontrou, depois derramou o pó de fada sobre as asas. Suspirou de contentamento quando seu cheiro doce impregnou o ar. Do outro lado do quarto, teve um vislumbre de seu reflexo. Manchas de ouro grudavam em seus cílios e brilhavam em seu cabelo solto e despenteado pelo sono. Suas pálpebras estavam inchadas de tanto chorar, e os vincos de seus lençóis marcavam seu rosto em finas linhas vermelhas. Não importava muito sua aparência. Não podia esperar nem mais um minuto para sair.

Clarion abriu as portas de sua sacada. A Árvore do Pó de Fada a saudou com o movimento suave e o farfalhar de sua folhagem agitada pela brisa. Clarion se permitiu demorar um momento, então apoiou as mãos na balaustrada e se inclinou sobre a borda. O Refúgio das Fadas se estendia diante dela, vasto e belo à luz dourada do pôr do sol.

Logo, seria sua missão proteger tudo isso.

E, talvez pela primeira vez, Clarion se sentiu à altura da tarefa.

Sentindo-se mais leve do que há semanas, ela levantou voo. Parecia terrivelmente incomum não estar se esgueirando para variar. Não havia batedoras vigilantes patrulhando os céus. Nenhuma náusea provocada em parte pela emoção, em parte pelo medo de ser pega. Nenhum comentário de Artemis enquanto decolava em direção ao Inverno.

Artemis.

Com sorte, ela também estava se recuperando. Clarion a veria em breve.

Enquanto voava sobre a Clareira do Verão, Clarion sorriu ao ver que o Refúgio das Fadas havia retornado ao normal. O som de risadas e cantos a alcançou, mesmo àquela altura. Fadas da jardinagem flutuavam sobre os Campos de Matricária, trazendo novos brotos à vida. Enquanto trabalhavam, os aromas de argila rica e ervas amargas se intensificavam, carregados pelo sopro do vento.

Clarion pousou em frente à clínica das fadas da cura, onde as flores de coração dourado davam lugar à grama exuberante. Chapéus- -de-cobra brotavam da terra, suas coberturas largas servindo como varanda da frente da clínica. Ela voou para cima para transpor a distância, então pousou na varanda. Imediatamente, seu coração saltou de alegria.

— Artemis!

A batedora estava sentada em uma cadeira de balanço, sua perna direita estendida à frente. Estava com uma tala feita de duas finas tiras de casca de árvore amarradas por uma corda de palha. Um cajado estava apoiado ao lado dela, aninhado na curva de seu pescoço e ombro. Seu cabelo escuro estava mais desgrenhado do que Clarion já tinha visto, e seus olhos ainda exibiam olheiras de exaustão. Ao som da voz de Clarion, sua expressão suavizou-se com alívio.

Com um bater de asas, Artemis se levantou de seu assento, firmando-se com seu cajado. Não disse uma palavra. Apenas transpôs o espaço entre as duas, a ponta do cajado batendo ritmicamente contra os chapéus dos cogumelos. Então, puxou Clarion para um abraço com um braço musculoso envolvendo seu pescoço. Seu aperto era esmagador, mas Clarion não ousou reclamar. Era improvável que extraísse dela novamente tamanha e escancarada demonstração de afeto.

— Você conseguiu — disse Artemis contra o seu cabelo.

— Eu não conseguiria ter feito isso sem você. — Clarion recuou e examinou-a. — Como está se sentindo?

— Quase de volta ao normal, Vossa Alteza.

Clarion deu-lhe um olhar significativo, que dizia: *Seja franca comigo*. Artemis estava apoiada pesadamente no cajado. Embora as fadas raramente caminhassem, pequenas diferenças na distribuição de seu peso poderiam dificultar bastante o equilíbrio durante o voo. Precisaria de um auxílio de mobilidade até que a tala fosse removida, no mínimo.

— Já estive melhor. — Artemis murchou, claramente descontente por ter que admitir. — Você se importa se eu sentar?

— Claro que não — respondeu Clarion. — À vontade.

Lançando-lhe um olhar agradecido, Artemis se abaixou cuidadosamente na cadeira de balanço. Ela esticou a perna, tomando cuidado para não sacudi-la.

— A dor é controlável e, em breve, eles não terão mais que me impedir de escapar.

— Nada de fugir — repreendeu Clarion. — Isso é uma ordem, a propósito. Você precisa se curar.

— Sim, Vossa Alteza — Artemis sorriu debilmente. — Se você aprovar uma exceção, as fadas da cura me liberaram para ir à sua coroação. Uma rainha não deve ficar sem sua guarda.

— Eu aprovo, é claro. — Clarion franziu a testa. — Mas acho que você mais do que merece um posto diferente. Depois que eu for coroada, ficarei feliz em transferi-la para...

— Com todo o respeito — Artemis a interrompeu —, estou feliz com meu posto. Se não se importar, eu gostaria de mantê-lo.

— Você quer ficar na minha guarda? — Clarion perguntou incrédula. — Achei que você queria voltar a patrulhar.

— Eu queria. — Interpretando mal sua incredulidade como resistência, Artemis se apressou em acrescentar: — Claro, se você acha que eu seria mais adequada em outro lugar...

— Não é isso — Clarion respondeu. Estava totalmente preparada para deixar Artemis ir, mas não podia negar que, no fundo, esperava por isso. Depois de tantos anos juntas, ela mal sabia o que faria sem Artemis. — Estou apenas curiosa sobre o que causou essa mudança repentina de ideia.

— Eu costumava acreditar que servir como sua guarda era minha expiação. Talvez até uma punição. — A boca de Artemis se torceu em um sorriso triste. — Que recuperar minha posição era a única maneira de fazer a diferença no Refúgio das Fadas. Nos últimos dias, comecei a duvidar de que minhas intenções fossem tão puras. Desde minha transferência, senti que havia algo que eu precisava provar.

— Não há nada que você precise provar, Artemis — disse Clarion, gentilmente. — Sempre acreditei que você está entre as fadas mais nobres do Refúgio das Fadas.

— Estou feliz que você pense assim. — Artemis bateu seu cajado no chão, pensativa. — Se eu voltasse, teria que esmagar aquela parte de mim que você diz admirar. Por muitos anos, tentei fazer isso. Mas vendo o que você fez...

Ela parou de falar, visivelmente procurando pelas palavras certas. Clarion se aqueceu sob a intensidade reverente do olhar dela.

— Eu acredito em você — disse Artemis. — Sua força. Sua gentileza. Sua visão. Proteger alguém como você é um uso digno do meu talento.

Oh, Clarion ficaria sentimental se Artemis continuasse com isso. Provocando, perguntou:

— Você está dizendo que sentiria minha falta?

— Estou dizendo que não confio em mais ninguém para ser sua guarda — Artemis rebateu. Clarion gostou do fato de ela não negar sua acusação. — Com seu temperamento, é um trabalho mais difícil do que se poderia esperar. Nem eu mesma tenho me saído de acordo com meus próprios padrões recentemente.

Artemis olhou para ela. Embora nunca dissesse isso em voz alta, Clarion leu com clareza o que ela queria dizer: *Você está com uma aparência horrível.*

Clarion não conseguiu conter o riso. Não havia como argumentar contra isso. Ambas estavam certamente piores depois dos eventos dos últimos dias.

— Bem — disse ela —, eu ficaria feliz em tê-la comigo. Eu também sentiria sua falta, sabia?

— Ótimo — Artemis disse, rispidamente. — Este ferimento não me impedirá de servi-la.

— Não tenho dúvida. — Clarion sorriu para ela. — Se me der licença, vou dar uma olhada em todos lá dentro.

— Claro, Vossa Alteza. — Artemis baixou a cabeça. Então, hesitou, como se não tivesse certeza de suas palavras seguintes. Por fim, disse: — A última vez que verifiquei, a artesã não tinha acordado. Quando acordar…

Clarion apertou seu ombro de forma tranquilizadora enquanto passava.

— Você será a primeira a saber.

O suave "obrigada" de Artemis alcançou-a ao entrar na clínica.

O ar estava impregnado com o cheiro familiar de ervas curativas: camomila, raiz de marshmallow, urtiga. Quando a porta se fechou atrás dela, ocorreu-lhe que podia ouvir vozes — e risos — se espalhando pelo átrio. Clarion não achava que já tinha ouvido algo tão alto ali. Pela primeira vez em semanas, o clima era quase… alegre. Animada pela energia, passou correndo pela cortina de suculentas penduradas que isolava a enfermaria.

O lugar estava *lotado*.

Clarion não conseguiu evitar seu espanto e encantamento. Fadas tinham se aglomerado ali com arranjos de flores e terrinas de sopa e, claro, as últimas fofocas. As que haviam acordado tinham verdadeiras multidões ao redor de suas camas. Algumas conversavam e riam, prontas para retomar suas vidas normais. Outras choravam. Outras ainda abraçavam apertado seus amigos enquanto emergiam de seus sonhos atormentados.

Todas elas estavam completamente cercadas de amor.

Estavam todos tão absortos em seus reencontros que ninguém a notou na porta — ninguém além de Elvina, que pairava no fundo do quarto ao lado de uma fada da cura. A rainha lhe deu um sorriso gentil antes de apontar com o queixo um leito no canto.

Ela está ali, pareceu dizer.

Clarion não perdeu tempo em correr para onde Petra estava deitada. Seu cabelo ruivo estava espalhado cuidadosamente pelo travesseiro, os cachos brilhantes e perfeitos como nunca estiveram em sua vida cotidiana. Alguém obviamente o havia penteado e torcido as mechas. Arrumação realmente não combinava com Petra. Clarion sorriu, tomada pela afeição que brotou dentro dela.

Muito gentilmente, ela pegou uma das mãos de Petra entre suas duas.

— Quando você acordar — sussurrou ela —, tenho tanto para lhe contar.

E como se a tivesse ouvido, Petra se mexeu.

— Alguém mande chamar Artemis! — Clarion gritou. Apenas registrou vagamente uma resposta de um talento de cura: "Imediatamente, Vossa Alteza!". Clarion não conseguia se concentrar em nada além de seu próprio alívio, a sensação tão radiante e alegre quanto o sol.

Os olhos de Petra piscaram e se abriram, vidrados e desfocados em sua desorientação. Então, quando viu o rosto de Clarion pairando a apenas alguns centímetros do seu, eles se arregalaram de choque. Ela soltou um grito e se arrastou para trás.

— Clarion!

— Petra. — A voz de Clarion vacilou de forma embaraçosa.

— O que você está... Oh.

Clarion jogou os braços em volta de Petra e a abraçou.

— Você está de volta. Graças às estrelas.

Petra relaxou contra ela.

— O que aconteceu? Eu me sinto tão descansada. E também como se estivesse correndo por dias sem parar. A última coisa de que me lembro...

Clarion recuou quando sentiu seu estremecimento. A expressão de Petra ficou assombrada conforme as lembranças voltavam.

— Os Pesadelos se foram agora — disse ela. — Você está segura.

Clarion contou a Petra o que tinha acontecido desde que caíra sob o feitiço dos Pesadelos. Quando terminou, Petra estava olhando para ela com infinita compaixão em seus olhos. Clarion mal conseguia olhar para ela.

— Eu sinto muito — as duas deixaram escapar ao mesmo tempo.

Houve um momento de silêncio — e então ambas caíram na gargalhada.

— *Você* sente muito? — Clarion perguntou incrédula. — Por quê? Sou eu quem precisa se desculpar com você.

A testa de Petra franziu.

— Pela distância entre nós.

— Por favor, não se desculpe por isso — disse Clarion. — Você não tem sido outra coisa que não uma boa amiga para mim. E eu...

— Ei. — Petra pousou uma mão em seu braço. — Você não precisa se culpar, Clarion. Eu a perdoo.

— Perdoa?

— Claro que sim. — Petra sorriu para ela. — Nós duas estávamos às voltas com nossas próprias preocupações. Eu sei que vai levar algum tempo para descobrir como nos encaixarmos na vida uma da outra quando você for rainha. Mas eu não vou a lugar nenhum.

— Obrigada.

Antes que Petra pudesse responder, as cortinas sobre a porta da clínica farfalharam violentamente. Ambas se viraram para a entrada da enfermaria. Artemis pairava a uma curta distância, seus olhos loucos de medo e esperança misturados.

— Petra.

Clarion nunca tinha ouvido sua voz tão frágil.

Artemis se aproximou delas, navegando pela confusão e pelo labirinto de catres o melhor que podia com seu cajado. Mesmo assim, quase saiu derrubando tudo com sua pressa. Uma fada da cura parada em sua estação de trabalho pareceu consternada, mas não disse nada. Em vez disso, ela se ocupou com seu pilão e almofariz, moendo frutas e ervas para um cataplasma.

Quando Artemis chegou ao lado da cama de Petra, olhou para ela.

— Você... — Petra começou, mas foi silenciada quando a batedora deu um beijo em sua testa, então, mais timidamente, em seus lábios. Quando Artemis se afastou, todo o rosto de Petra estava manchado de vermelho.

— *Nunca* mais me assuste assim de novo — disse Artemis.

— Até que enfim — Clarion murmurou para si mesma. Então, para as duas, disse: — Vou deixá-las a sós por um momento.

Mas elas mal pareciam ouvi-la.

Seu peito doía com uma pontada de solidão — e algo como alegria também. Se não podia ser feliz, então, no mínimo, que suas amigas fossem. Não se ressentiria de ninguém por ter o que havia negado a si mesma. Seu coração — e toda sua devoção — pertenciam a seus súditos agora. Clarion voltou a atenção para o restante da clínica.

Ainda havia uma outra fada que ela precisava visitar.

Quando chegou ao lado da cama do Ministro do Outono, se sentou na cadeira vazia e examinou o seu rosto, frouxo e tranquilo no sono. Então, aquilo terminaria onde havia começado.

Ela não teve que esperar muito. Quando ele acordou — de forma gentil, fácil, como se tivesse tirado um cochilo muito necessário —, seus olhos encontraram os dela imediatamente, então se enrugaram em um sorriso.

— Vossa Majestade?

— Ainda não — respondeu Clarion com brandura.

Ele fechou os olhos outra vez, um sorriso aliviado surgindo em suas feições.

— Eu sempre soube que você conseguiria.

27

O Dia da Coroação chegou, e era uma gloriosa tarde de verão. Clarion esperava nos bastidores do terreno da cerimônia, escondida por um matagal de arbustos de mirtilo. Os galhos acima estavam pesados, carregados de frutinhas, que iam escurecendo conforme amadureciam, e delicadas flores em forma de sino. A conversa animada da multidão se elevava acima do som do borbulhar do rio — e do som de seu próprio coração acelerado. Sua expectativa aumentava a cada momento que passava, especialmente porque ela não conseguia ver nada através da folhagem densa.

— Está na hora, Alteza — disse Artemis. — Eles estão prontos para você.

Clarion se virou em direção ao som de sua voz. Artemis apareceu ao lado dela, anunciada apenas pelo suave baque de seu cajado contra a terra.

— Essa pode ser a última vez que ouvirei você me chamar assim. Teremos que nos acostumar.

— Acho que será bem natural da minha parte. — Artemis lhe ofereceu um pequeno sorriso. — Vamos?

Juntas, elas seguiram em direção à saída, um arco enrolado cortado no matagal. Abaixo dele, Elvina e os três Ministros das Estações esperavam por ela. As feições da rainha estavam compostas como sempre, mas Clarion não deixou de perceber o orgulho que irradiava dela.

Íris engasgou.

— Vossa Alteza! Você está um espetáculo.

Clarion sorriu para ela.

— Obrigada.

Seu vestido era de um dourado puro e brilhante, com uma sobreposição de renda de seda de aranha translúcida tingida com pó de fada. Seu cabelo tinha sido penteado na tradicional coroa de tranças e adornado com uma guirlanda de flores de cerejeira.

Não importava o quanto se sentisse nervosa, não havia como negar: ela parecia uma rainha — e também se sentia como tal.

Rowan inclinou-se em sua direção com ar conspiratório, a costura dourada em sua capa capturando a luz enquanto deslizava sobre seu ombro.

— Você está pronta?

— Esperamos que sim — disse Aurélia, de forma brincalhona —, ou perderá sua própria cerimônia.

Íris escondeu uma risada atrás da mão.

— Estou muito pronta — disse Clarion. — Vamos ver que prodígios vocês operaram.

— Acho que você ficará contente — respondeu Íris em tom cantado.

Clarion tinha a maior fé neles, é claro... mas, ainda assim, não fazia ideia do que esperar. Quando ela e Elvina tinham dado a notícia de que, com dois dias de antecedência, mudariam o local do evento, Aurélia reagiu com um olhar estudadamente vazio. Se ela estava decepcionada ou em pânico, Clarion não sabia, nem teve muita oportunidade de se perguntar. Íris girara no ar, quase gargalhando em triunfo.

Finalmente, a Primavera tem sua vez!, ela havia gritado. *Você não vai se arrepender disso!*

Aurélia olhara feio para a Ministra da Primavera, mas as duas resolveram fazer acontecer. Rowan parecia bastante divertido com a coisa toda, de uma forma que só alguém sem nenhuma participação real na questão poderia estar.

Talvez o único benefício de dormir por tanto tempo, ele disse com uma piscadela.

Elvina limpou a garganta, ajustando o pergaminho que carregava em seus braços.

— Não vamos deixá-los esperando mais. Imagino que todos estejam ansiosos para ver sua nova rainha.

Eles emergiram do matagal, na fronteira da Primavera. Quando Clarion pôs os olhos no terreno da cerimônia, sua respiração ficou presa com admiração. Ao lado dela, Aurélia e Íris trocaram olhares satisfeitos.

Elas haviam se superado.

Um delicado sol filtrava-se pelos galhos lá no alto, salpicando o terreno com poças de luz dourada. Arcos-íris, cuidadosamente pintados pelas fadas de talento da luz de Aurélia, estavam espalhados pela clareira, desenrolando-se no céu como estandartes reais. Fileiras de cadeiras, dispostas em semicírculo, haviam sido posicionadas de frente para a ponte entre o Inverno e a Primavera — e todas as fadas do Inverno do outro lado da fronteira. Fadas de talento do gelo haviam esculpido fileiras e mais fileiras de bancos de gelo, todos eles enfeitados com visco, azevinho e delicadas flores brancas como a neve. Ela ficou emocionada que Aurélia e Íris tivessem pensado em cooperar com Milori.

— Todos de pé — anunciou uma fada de talento de arauto — para receber Sua Alteza Real, a princesa Clarion.

Em uníssono, todas as fadas no Refúgio das Fadas se levantaram — e se viraram para encará-la. Nunca em sua vida tantos olhos estiveram nela. Nunca antes estavam tão cheios de adoração.

Clarion não conseguiu evitar o sorriso que apareceu em seu rosto. Murmúrios e suspiros deliciados ecoaram enquanto ela e Elvina seguiam em direção à ponte, logo engolidos pelo som dos instrumentos das fadas de talento da música quando começaram a tocar. A cauda de seu vestido pairava logo acima do chão e ondulava atrás dela como se fosse carregada pela corrente invisível de um rio.

Ela e Elvina passaram pelos corredores e pousaram na ponte, acomodando-se sob um arco intrincado que perpassava o espaço entre as estações. De todos os detalhes que seus ministros haviam organizado, aquele era talvez o seu favorito. A metade do arco do

Inverno era composta de bétula, coroada com neve e geada delicada. A metade da Primavera — tecida com os galhos cobertos de musgo de uma muda — encontrava-a no meio, onde seus galhos se entrelaçavam como dedos. Flores de todas as estações entremeavam a estrutura, numa explosão de textura e cor.

O espaço liminar da fronteira a confortava. O frio do Inverno roçava nela ternamente, como o toque de um velho amigo. Alguns flocos de neve perdidos ficavam presos em seu cabelo antes de derreter. Não havia outro lugar onde preferiria ser coroada: ali, onde aprendera a acreditar em si mesma. Ali, onde conhecera aquele que havia consertado e partido seu coração.

Inconscientemente, Clarion examinou a multidão em busca dele, mas não o encontrou antes que Elvina começasse a desenrolar o pergaminho que carregava.

— Princesa Clarion — disse ela, sua voz ecoando no silêncio —, está disposta a fazer seu juramento real?

Sua voz não vacilou quando ela disse:

— Estou.

— Você promete proteger o Refúgio das Fadas com sua própria vida?

— Prometo.

— Você governará essas fadas reunidas diante de você com justiça e clemência?

— Governarei.

— Você jura garantir a mudança das estações com fidelidade e eficiência?

— Eu juro.

Elvina assentiu, e duas fadas de talento de ajudante se materializaram. Uma carregava o cetro real; a outra, uma coroa aninhada em uma almofada. Elvina pegou a coroa primeiro, um elegante diadema de cobre batido que Clarion imediatamente reconheceu como obra de Petra. De alguma forma, em meio a tudo aquilo, ela encontrara tempo para fazer-lhe algo bonito.

Cuidadosamente, Elvina colocou-o no cabelo de Clarion. Em seguida, pressionou o cetro em suas mãos. Elvina ajustou a coroa mais uma vez, e por um momento, Clarion poderia jurar que viu lágrimas em seus olhos — estavam lá e desapareceram antes que ela pudesse piscar. Quando Elvina ficou satisfeita, se virou para a multidão.

— Então, todos saúdem a nova Rainha do Refúgio das Fadas, a rainha Clarion!

Aplausos e gritos ecoaram pela clareira. Clarion sentiu seu coração se elevar para recebê-los. As fadas pegaram sachês e jogaram pó de fada no ar. Um grupo de fadas velozes mergulhou dos galhos, levantando uma brisa alegre. O ouro brilhava e rodopiava pelo ar. Clarion só conseguia encarar a multidão de súditos com a emoção presa na garganta. Ela os amava a todos tão intensamente...

Esse amor seria o suficiente para sustentá-la.

Quando a comoção diminuiu, respirou fundo e projetou sua voz.

— Se me permitem, gostaria de me dirigir a vocês pela primeira vez como sua rainha.

Imediatamente, a multidão ficou em silêncio. Será que se acostumaria com esse efeito? Algum dia seria natural para preencher o espaço que lhe haviam concedido?

— Muitos de vocês podem não me conhecer bem. Permaneci longe desde que cheguei, algo que lamento profundamente. Mas gostaria de mudar isso, a começar de hoje. Então... permitam-me me apresentar oficialmente. Sou Clarion. Espero conhecer cada um de vocês ao longo do meu reinado. Sua segurança e felicidade são minha prioridade número um, então, espero liderar com sabedoria... e senso de humor. — Ela sorriu timidamente. — Sintam-se à vontade para vir até mim com quaisquer problemas ou ideias que tenham. E não hesitem em dizer olá. Eu aprecio qualquer oportunidade de falar com vocês.

Ela ousou olhar para Elvina, que baixou o queixo.

Continue, parecia dizer.

— No mês passado, aprendi muito sobre mim e nosso mundo. Entre as coisas que aprendi, a principal é sobre nossos vizinhos, as fadas do Inverno. — Clarion olhou para elas, assentindo em reconhecimento. — Eu entendo que, por muitos anos, elas foram consideradas... inacessíveis, até mesmo indignas de confiança. Mas tive o prazer de conhecê-las. Elas são um grupo vibrante, com muito a nos ensinar. E me receberam com mais generosidade e calor do que eu poderia esperar. Com elas, aprendi a manter a esperança firmemente, mesmo nas noites mais escuras e frias. Estou ansiosa para ver o que mais podemos alcançar juntos.

Aplausos flutuaram do lado do Inverno da fronteira. Clarion esperou que eles desaparecessem antes de prosseguir.

— Sem o Guardião do Bosque do Inverno, não estaríamos aqui hoje. — Clarion engoliu o nó de emoção em sua garganta. — Digo isso com confiança. Eu não teria conseguido derrotar os Pesadelos. Muitos mais de nós estaríamos sob o feitiço dos Pesadelos. Com o tempo, eles poderiam ter levado todos nós. Temos uma enorme dívida de gratidão para com ele.

Pelo menos, ela tinha. Clarion nunca seria capaz de retribuí-lo pelo que Milori fez por ela.

— E, então, meu primeiro decreto é unir nossos reinos. — O propósito a aqueceu por dentro, queimando tão ardentemente quanto uma chama. — Nós forneceremos ajuda a eles, emprestando nossas fadas artesãs para fazer melhorias em seus processos. Além disso, o Guardião do Bosque do Inverno será doravante conhecido como o Lorde do Inverno. Ele tem governado o Bosque do Inverno como meu representante e deve ser reconhecido por isso. Ele servirá formalmente em meu conselho.

Ela fez uma pausa, incerta sobre como o decreto seria recebido. Mas, lentamente, aplausos preencheram o silêncio que ela havia deixado para trás. A alegria — e puro alívio — que sentiu a animaram. Isso a levaria até seu próximo anúncio.

— No entanto — continuou —, como todos vocês sabem, o mundo das fadas do Inverno, embora lindo, não é seguro para fadas das estações quentes, assim como o nosso não é seguro para elas. E, então, hoje, estou oficialmente proibindo qualquer fada de cruzar a fronteira. Mesmo que tenhamos que permanecer fisicamente separados, saibam que estamos unidos em espírito e propósito. Com nossa parceria, quero dar as boas-vindas a uma nova era de um Refúgio das Fadas unificado. Uma era de esperança. Darei o melhor de mim. Sei que cometerei erros. Mas juro que darei tudo o que tenho a vocês.

As palavras finais de seu discurso se dissiparam no ar quente da Primavera. E, então, ela ouviu a voz de Milori:

— Salve, rainha Clarion!

Algo se retesou dentro dela ao som de seu nome. Como se houvesse uma corda os unindo, seu olhar encontrou o dele na multidão. Como era raro vê-lo no brilho da luz da tarde. O prateado ensolarado de seus olhos a paralisou completamente.

Todos na clareira o apoiaram, explodindo em aplausos estridentes. Mas eles soaram abafados em seus ouvidos, e tudo, exceto ele, desapareceu. Era como se ela e Milori sozinhos tivessem sido mergulhados em algum mundo privado e compartilhado — fora do tempo, cintilante como um sonho. Não conseguia tirar os olhos dele. Não conseguia se proteger contra o orgulho que irradiava dele — e todo o desejo também.

Ela se forçou a retornar à realidade, a se concentrar na felicidade daquele dia. Era uma felicidade incompleta, quando metade dela permanecia onde nunca poderia alcançar. Mas, agora, banhada pela aceitação de seus súditos, era o suficiente.

A festa durou horas, numa alegre agitação. Enquanto as fadas das estações quentes e do Inverno inicialmente se mantiveram reservadas, logo, suas comemorações se espalharam pela fronteira. Algumas mais corajosas — ou pelo menos mais amigáveis — tinham se deslocado até a beira do rio para quebrar o proverbial gelo. Elas entabularam conversas gritadas e dançaram no ar, tão próximas quanto ousaram. Deixaram comida umas para as outras na ponte, convidando-as a aproveitar o que cada estação tinha a oferecer. Uma empreendedora fada de talento do gelo até começou um jogo de bola, que durou até a bola de neve derreter tragicamente.

Mas conforme o sol se punha e as fadas começavam a voltar para casa, Clarion percebeu que seu humor estava ficando pensativo

— quase melancólico. Ainda havia uma última coisa que precisava fazer — a coisa que mais temia.

Dizer adeus.

Embora seus reinos trabalhassem juntos, ela e Milori nunca mais se encontrariam como antes.

Clarion estava à margem da festa, envolta por uma cortina de glicínias perfumadas. Bebia um copo de ponche: algo que sabia objetivamente ser brilhante e ácido, mas do qual não sentia gosto algum. Sua mente estava totalmente em outro lugar. As flores entrelaçadas em seu cabelo já tinham começado a murchar no calor, e sua felicidade anterior parecia bem distante agora, pois sabia o que tinha que fazer. No entanto, ser rainha não girava em torno de tomar decisões fáceis. Requeria tomar as decisões certas.

Eventualmente, Petra a encontrou.

Ela se aproximou de Clarion.

— O que você está fazendo aqui? Meditando?

Clarion não conseguiu evitar uma leve risada.

— Suponho que sim. Você veio me impedir?

Petra estava trajando um vestido de saia longa de filodendro. Pulseiras de metal polido — design próprio, é claro — tilintavam em seus pulsos enquanto ela girava uma taça nas mãos. Com um encolher de ombros, disse:

— Você tem permissão, se realmente faz questão. A festa *é* sua.

— Verdade. — A expressão de Clarion suavizou. — A propósito, a coroa é linda. Obrigada.

— Não tem de quê. — Petra ficou em silêncio por alguns momentos, contemplativa. Quando falou novamente, não havia um tom de acusação em sua voz, apenas uma tranquila solidariedade. — Você vai falar com ele? Ele está parecendo *alheio* a noite toda.

— Eu deveria. Eu quero. — Deveria mesmo? Vê-lo novamente doeria, e ela já havia causado dor suficiente a si mesma hoje por causa de seu próprio decreto. Ali, na escuridão reconfortante com sua amiga mais querida, a questão com a qual estava lutando pareceu urgente demais para deixar de ser formulada. — Petra, eu fiz a coisa certa?

— Claro que sim… Você é nossa rainha. — Petra franziu a testa, hesitante, como se estivesse selecionando suas próximas palavras cuidadosamente. Ela estudou o rosto de Clarion, e o que quer que tenha encontrado ali pareceu solidificar sua decisão. — Mas acho que você nunca saberá com certeza.

Clarion suspirou tristemente. Supôs que isso era verdade.

— Tudo o que sei é que temos que nos proteger da maneira que pudermos — e você tem a vida de muitos outros para cuidar. Você está dando o melhor de si. — Petra cutucou seu ombro com o seu. — Vá. Eu ficarei bem sozinha.

— Obrigada. — Clarion apertou seu braço. — Sério. Por tudo.

Petra ofereceu-lhe um sorriso gentil.

— Boa sorte.

Enquanto Clarion se dirigia para a fronteira, os sons de sua festa — a música, as risadas, os gritos — ficaram para trás. Aqui e ali, vaga-lumes brilhavam na noite. Eles iluminavam o seu caminho, dançando e ziguezagueando ao redor dela, como se esperassem animá-la. Só se separaram de Clarion quando ela pisou na ponte. Parecia muito com a primeira noite em que se aventurara ali: sua determinação segurando a onda de seu medo, as flores de cerejeira pintadas com o luar enquanto caíam.

O musgo estava frio e úmido com orvalho. A longa cauda de seu vestido arrastava-se na terra. Uma névoa baixa havia rolado do rio, agitada pela brisa suave. A noite prometia ser melancólica, com a promessa de chuva nas nuvens cinzentas que se formavam.

Não demorou mais do que um minuto para Milori chegar, como se estivesse observando a ponte, esperando que o brilho dela aparecesse como um farol. Confiável, como sempre — e devastador. Os olhos dele eram as coisas mais brilhantes e claras que ela já tinha visto. Eles perfuravam direto o coração dela com sua força tranquila e gentil. Seu coração deu um pulo terrível. Não sabia se sobreviveria à perda dele. Mas, independentemente de ficarem juntos ou não, ela o perderia. De uma forma ou de outra, as estrelas os manteriam separados.

Melhor, então, mantê-lo a salvo dela.

O exíguo espaço entre o Inverno e a Primavera aparentava uma barreira invisível entre eles. Parecia, de repente, tão espesso quanto uma camada de gelo e como se simplesmente não houvesse nada.

Milori quebrou o silêncio primeiro.

— Parabéns, Vossa Majestade.

A formalidade fria de seu tom a deixou sem fôlego. Todo o tempo que haviam passado juntos agora estava apagado: ele se dirigiu a ela com a mesma neutralidade que tinha na noite em que se conheceram. Custou a Clarion todas as suas forças para fincar o pé no lugar, não diminuir a distância entre os dois, jogar os braços ao redor dele ou implorar para que Milori olhasse para ela como tinha feito apenas alguns dias antes.

Seu olhar se prendeu nas duas contas de turquesa presas em sua túnica. Elas seguravam o cálamo de duas penas brancas no lugar. Uma nova capa, percebeu: feita inteiramente das penas de Noctua. Parecia um novo par de asas dobradas contra suas costas.

Ela se forçou a encontrar seu olhar novamente.

— Obrigada, Lorde do Inverno.

O uso do título por Clarion fez o que restava da resistência dele ceder.

— Qual o sentido de fingir? — Ele parecia completamente lastimável. — Eu não pensei em mais nada além de você desde que nos separamos.

Desta vez, não se preocupou em negar seus piores impulsos. Clarion o abraçou, e o frio do inverno suspirou contra seus braços nus. O coração dele batia ferozmente contra sua bochecha. Os dedos dela cravaram no topo de seus ombros, provavelmente mais forte do que deveriam, mas precisava de algo para firmá-la.

— Eu também não — disse ela. — Você me fez acreditar que eu merecia a coroa e, ainda assim, por sua causa, o que sinto é que daria qualquer coisa para ser outra pessoa. Eu devolveria tudo se eu pudesse.

— Por favor, não diga isso — Milori murmurou. — Você *merece*. Você vai fazer coisas incríveis, Clarion. Você já fez.

— E, no entanto, estarei sozinha — escapou, rápido demais para se conter.

Milori ergueu o queixo de Clarion, para que ele pudesse encontrar seu olhar.

— Você terá todos os seus súditos para amá-la. E mesmo que eu não esteja ao seu lado, você ainda terá a mim. Nunca haverá uma estrela mais brilhante. Eu sempre te amarei.

Clarion engasgou com um soluço. Isso era impróprio de uma rainha, pensou ela, vagamente, mas não conseguia se importar.

— E eu também.

Ela pegou o rosto dele nas mãos e o beijou — breve, de forma egoísta, apenas para gravá-lo inteiramente na memória. A sensação de seus lábios suaves contra os dela. A maneira como sua respiração ficou suspensa, não importava quantas vezes eles tivessem feito isso. O frio agradável de sua pele sob seu toque. O cheiro de ar fresco e perene. Não lhe trouxe alívio quando parecia tão final — e tão insuficiente.

Isso era um adeus.

Relutante, ela se afastou apenas o suficiente para sussurrar:

— Lembre-se de ser livre, Milori. Chega de assombrar esta fronteira como um fantasma.

Ele lhe deu o sorriso mais comovente que já tinha visto.

— Você também.

Impossível, pensou Clarion. Enquanto vivesse, nunca estaria livre dele. Nunca haveria outro. Não importava. Como a Rainha do Refúgio das Fadas, ela poderia suportar essa dor sozinha. Esse era seu dever. Lentamente, ela se afastou dele. Clarion deixou as mãos deslizarem por seus braços, então seus pulsos, até que finalmente seus dedos escorregaram.

— Cuide-se, Vossa Majestade — ele disse.

Ela não confiava em si mesma para falar.

Quando Milori se afastou dela, um vento suave soprou. Dançou por seu cabelo e fez sua nova capa esvoaçar atrás dele. Clarion teve um vislumbre de sua asa. Ao luar, brilhava tão forte e clara quanto uma vidraça quebrada.

Clarion ficou na ponte até ele desaparecer na cobertura das árvores, até que as nuvens no alto cederam e uma chuva suave começou a cair. Ficou sozinha na Primavera enquanto o cheiro de terra molhada subia ao seu redor, olhando para o frio vazio do Inverno.

Ela chamaria aquele lugar de lar pelo resto de sua longa vida.

AGRADECIMENTOS

De certa forma, mal posso acreditar que você está lendo isso. Publicar meu quinto livro é um marco que eu não poderia imaginar alcançar quando comecei a escrever "a sério" em 2016. E se você tivesse me dito naquela época que um dia eu escreveria algo para a Disney Fadas, acho que não teria acreditado. Sonhos realmente se realizam.

Primeiro, quero expressar minha imensa gratidão por terem me confiado um mundo tão amado. Espero que este livro tenha sido um retorno ao lar para alguns de vocês. E se esta for sua introdução ao universo Disney Fadas... Para citar a própria rainha Clarion: *A felicidade os trouxe aqui. Bem-vindos ao Refúgio das Fadas!*

Este livro existe devido aos esforços de muitas pessoas talentosas — e, claro, muito pó de fada. Como sempre, um grande obrigada às minhas agentes, Claire Friedman e Jess Mileo, por sempre lutarem por mim. A cada livro, minha gratidão por vocês se aprofunda ainda mais.

Para minha editora, Katlin Sarantou. Você me surpreendeu com seu entusiasmo, comunicação e ética de trabalho sobre-humana. Este livro não seria o que é sem seu olhar aguçado para os detalhes, suas sugestões e seu apoio. Foi uma honra trabalhar com você neste projeto mágico!

Para o restante da equipe da Disney Press: Rachel Rivera, Warren Meislin, Nancee Adams e Jennifer Black — meus editores de texto, que heroicamente me mantiveram na linha, já que todos esses personagens têm quinze centímetros de altura; Cathryn McHugh, editora-chefe; Hannah Meyer, gerente de ilustração; Jeremy Burton, gerente de produção; Kaia Hilson, do marketing; e Crystal McCoy de publicidade. Obrigada a Charlie Bowater por ilustrar esta capa estupenda e a Gegham Vardanyan pelo design.

Para meus amigos! Courtney Gould, minha gêmea editorial e querida amiga, você esteve comigo em cada passo do caminho. Eu não poderia ter feito isso sem seu incentivo e intimidação ocasional. Jo Schulte, Megan Lally, Kalie Cassidy, Alex Clayton e Courtney (de novo), que me viram revisar um pedaço deste livro em Charleston: vocês foram extremamente inúteis, mas me fizeram rir muito, então, acho que isso compensa. Charles Keegan, Diane McClamroch, Andrew Oyé, Ana O'Connor: seu apoio, humor e compreensão durante um ano estressante significaram muito para mim. Helen Wiley, Audrey Coulthurst e Elisha Walker: eu estaria perdida sem vocês. Amo vocês demais!